सारा आकाश

[उपन्यास]

"...उपन्यास अत्यन्त रोचक है और जगह-जगह वर्णन इतना मार्मिक हो उठा है कि कलेजे को पकड़ लेता है...आपने निम्न-मध्यमवर्ग की एक ऐसी वेदना का इतिहास लिखा है जिसे हममें से अधिक लोगों ने भुगता होगा...यह आग कितनी भयानक है और किस बेबसी से हम उसे पाले जा रहे हैं। कानून, संसद और योजना सब बेकार है, सब असमर्थ है।...आपने एक ऐसी समस्या के मुख पर से परदा खींच दिया जो सर्वानुभूत होने पर भी अधिकतर उपेक्षित चली आ रही है। ...किन्तु 'सारा आकाश' से भी व्यंजना आपने खूब निकाली। मैं पंक्तियों को वापस लेने से इनकार करता हूँ। बहुत कुछ फेंककर अब हलका होने लगा हूँ। मुझ बीमार पर तो अब बोझ मत डालिए।"

–रामधारी सिंह 'दिनकर'

"इस ज़ोरदार और प्रभावशाली कृति के लिए बहुत-बहुत बधाई! जिस वर्ग के और जिन लोगों के चित्र आपने खीचे हैं, उसके और उनके प्रति सचाई और अनासक्त ढंग की सहानुभूति का आपने अच्छा निर्वाह किया है...इस ज़ोरदार और स्मरणीय कृति रचने में मेरी बधाई स्वीकार कीजिए।"

–अज्ञेय

सारा आकाश

[फिल्म-निर्माण के संस्मरण और
'प्रेत बोलते हैं' के अंशों सहित]

राजेन्द्र यादव

राधाकृष्ण प्रकाशन

ISBN : 978-81-7119-443-8

सारा आकाश

पहला संस्करण : 1952 (प्रेत बोलते हैं)
पहला संस्करण : 1960 (सारा आकाश)
राजकमल संस्करण : 1960
अक्षर प्रकाशन संस्करण : 1968
हिन्द पॉकेट बुक्स संस्करण : 1972
राधाकृष्ण संस्करण : 1990
इकतालीसवाँ संस्करण : 2019

मूल्य : ₹495

प्रकाशक
राधाकृष्ण प्रकाशन प्राइवेट लिमिटेड
7/31, अंसारी मार्ग, दरियागंज, नई दिल्ली-110 002

शाखाएँ : अशोक राजपथ, साइंस कॉलेज के सामने, पटना-800 006
पहली मंजिल, दरबारी बिल्डिंग, महात्मा गांधी मार्ग, इलाहाबाद-211 001
36 ए, शेक्सपियर सरणी, कोलकाता-700 017

वेबसाइट : www.radhakrishnaprakashan.com
ई-मेल : info@radhakrishnaprakashan.com

मुद्रक
बी.के. ऑफसेट
नवीन शाहदरा, दिल्ली-110 032

SARA AAKASH
Novel by Rajendra Yadav

नामकरण

मेरे लिए यह तीसरा उपन्यास भी है और पहला भी। इसकी मूल कहानी को जब मैंने 'रफ़' रूप में लिखा था तो नाम दिया था, 'प्रेत बोलते हैं।' उस कहानी ने प्रेस के दर्शन भी किए और पुस्तक का रूप भी पाया—कुछ स्नेहियों ने उसे जाना और पढ़ा भी; लेकिन वास्तविकता यह है कि पुस्तक बाज़ार में नहीं ही आई; न आएगी। अब लगभग दस साल बाद मैंने जब उसी कहानी को अलग परिवेश और प्रभाव देने के लिए एकदम नए सिरे से लिख डाला है, नए अर्थ और अभिप्राय दिए हैं तो नाम भी नया ही दे दिया है। शायद यह नया रूप और नाम ही अधिक सही और व्यापक है...

''सेनानी, करो प्रयाण अभय, भावी इतिहास तुम्हारा है,
ये नखत अमा के बुझते हैं, सारा आकाश तुम्हारा है।''

तेरह-चौदह वर्ष पहले किशोर-मन में गूँजती कवि दिनकर की ये दो पंक्तियाँ उपन्यास के नाम की प्रेरणा हैं और इन्हीं के संदर्भ में प्रस्तुत कथा अपनी सार्थकता भी खोजती है। अपनी पीढ़ी की ओर से बोलूँ तो कहूँ : इस कहानी के ब्याज, इन पंक्तियों को पुनः विद्रोही कवि को लौटा रहा हूँ कि आज हमें इनका अर्थ भी चाहिए। यों कहानी की पृष्ठभूमि पहले चुनाव से पहले की है; लेकिन, वास्तविकता आज सन् '60 (या नए संस्करण के समय सन् '86) में भी बदली नहीं है। जिन्होंने अपनी ओर से बढ़कर विचार और सुझाव दिए हैं उनकी शुभकामनाएँ चाहूँगा, ताकि समय की बेचैनी और संघर्ष को और भी अधिक ईमानदारी से आँक और अरथा सकूँ...!

—राजेन्द्र यादव

एक अंतरंग 'सारा आकाश'

रास्ते में बासु चटर्जी ने एक सवाल किया, ''जिस समय आपने यह उपन्यास लिखा, उस समय किस तरह के घर की कल्पना की थी ?''

बीस-इक्कीस साल के बाद भी मुझे दिक्कत नहीं हुई, ''जिस घर में यह कहानी घटित हुई, उसे तो शायद आज तक मैंने बाहर से भी नहीं देखा। हाँ, उस समय जो घर मेरी सारी मानसिक बनावट का अंग था, उसे ज़रूर आपको दिखा दूँगा।''

फ़िल्म की प्रारंभिक स्थिति थी और बासु, महाजन और मैं तीनों आगरा जा रहे थे, शूटिंग के लिहाज से जगहें देखने। बासु ने बताया था, ''मेरे सामने दो ही दिक़्क़तें हैं। एक मेरी अपनी है और एक फ़िल्म के लिए सही जगह को लेकर है। अपनी दिक़्क़त यह है कि मैं अपने-आपको कन्विंस नहीं कर पाता; नव-विवाहित पति-पत्नी दोनों एक साथ, एक ही कमरे में रहें और आपस में बिलकुल न बोलें। यह समय कम करना होगा। दर्शक इस 'न बोलने' के तर्क को गले नहीं उतार पाएगा।''

मेरा कहना था, ''वास्तविक जीवन में तो वे लोग नौ साल इसी तरह रहे, आपस में बिलकुल नहीं बोले। उपन्यास लिखते हुए आपकी तरह मुझे भी लगा था कि नौ साल वाली बात कोई मानेगा नहीं, इसलिए घटाकर वह समय साल-भर कर दिया गया।''

''दर्शक के लिए एक वर्ष भी बहुत है। कोई ठोस कारण नहीं है, इसलिए स्क्रिप्ट में छः महीने कर दिया है।''

''मैं स्क्रिप्ट की बात नहीं समझता। जिस चीज़ को नहीं जानता, उसमें दखल नहीं देता। मैं तो केवल वही जानता हूँ, जो वास्तव में हुआ था। समर साहब तो इस समय विदेश में हैं। हाँ, प्रभाजी लौटने के बाद संयोग से आगरा में ही हैं, उनसे मिलकर हम लोग कोई ठोस कारण तलाश करेंगे।''

सबसे पहले हम लोग 'पुराने घर' गए। तब साझा घर था और चाचा-ताउओं में चार बाहर नौकरियों पर रहा करते थे, दो वहीं थे। एक को तीन साल की उम्र में कबूतरों का साथ मिल गया था, जो अस्सी साल तक रहा। वे कबूतरों की तरह हम लोगों की भी घेर-घार किए रखते। कबूतरों के बारे में वे इतना जानते थे, जितना दुनिया में बहुत कम लोग जानते होंगे। कभी आगरे का सबसे बड़ा कबूतरी फ्लीट उनका था और वे दसियों बरस से ख़लीफ़ा चुने जाते थे। पढ़ाई के सिलसिले में हमें

यहीं रहना होता था। पाँच-छः आँगन का लंबा-चौड़ा मकान, मुख्य सड़क से गली के आखिरी छोर तक पहुँचता हुआ। कुछ हिस्से 'आधुनिक' बना दिए गए थे, कुछ वही पुराने और बेढंगे, ककइयाँ ईंटों के बने—चौबारे, तिबारे, गलियारे, नीचे दरवाज़े और बहुत पतली, खड़ी घुमावदार सीढ़ियाँ। नीचे का हिस्सा ख़ाली रहता। वहाँ नल, गुसलख़ाना, लकड़ी-कंडों की कोठरियाँ और गोदाम। अँधेरा रहता था और वहाँ कुछ जगहों को लेकर बड़ा रहस्य और आतंक समाया रहता। दो-एक जगह तो नीचे की मंज़िल पर सीढ़ियाँ ख़त्म होने के बाद भी घूमती हुई कहीं और चली जाती थीं; लेकिन वहाँ धूल और जालों से लदे तालेबंद किवाड़ थे, जिनकी चाबियाँ खो गई थीं। बताया जाता था कि ये तहख़ानों के दरवाज़े हैं और इनमें जमुना तक या जाने कहाँ तक जाने की सुरंगें हैं। पुराने मुगल बादशाहों के ज़माने का घर है और इसमें बीरबल या टोडरमल या पता नहीं किसकी रिहाइश थी, या शाही टकसाल थी। बहरहाल, ये सब हर घर की 'गौरव गाथाएँ' हैं और उनमें सच्चाई कितनी होती है, कोई नहीं जानता। किसी छोटे-मोटे सिपहसालार का मकान रहा होगा—बीरबल-टोडरमल वहाँ क्यों आएँगे ? ख़ैर, पहले भय और फिर उदासीनता के कारण मकान के कुछ हिस्से यों ही बने रहे, कुछ हिस्सों में भूत-प्रेत भी जोड़ दिए गए। हाँ, नए हिस्से जुड़ते जाने के बावजूद, मकान में दो-ढाई सौ साल पुरानेपन की गंध थी। बिना किसी योजना या प्लान के वह अजीब भूल-भुलैया बन गया था। उसी गंध और बेढंगेपन में गेंद-टप्पा, गुल्ली-डंडा लेकर भरी दोपहर में छतों पर कबूतरबाज़ी और पतंगें उड़ाने में बचपन और कैशोर्य बीता था। शायद कुछ ऐसा लगाव था कि भाइयों के आपसी बँटवारे के बाद पिताजी ने उसी मुहल्ले में दूसरा मकान बनवा लिया, तब भी मैं चार महीने 'अपने कमरे' में ही जमा रहा—नई जगह के साथ कोई एसोसिएशन नहीं था। फिर बाहर रहने का सिलसिला शुरू हुआ, तो एकाध-दिन के लिए आगरा रुके, यार-दोस्तों से घिरे रहे और वापस 'पुराने मकान' में गए दसियों साल गुज़र गए...संबंध भी उतने खींचनेवाले नहीं रह गए थे कि किसी भी तरह समय निकालकर वहाँ जाने की बात सोची जाती।

महाजन और बासु के साथ सारे घर को नए सिरे से घूम-घूमकर देखना सचमुच रोमांचकारी अनुभव था। एक-एक हिस्से को नए व्यक्ति की तरह अपने लिए अन्वेषित करना... एक बहुत पुराने अलबम से गुज़रना। किराएदार भर दिए गए थे, ख़स्ता जगहें और भी धसक और उखड़ गई थीं, सफ़ेदी-मरम्मत नहीं हुई थी—एक ज़ीने से दूसरे ज़ीने, एक आँगन या छत से दूसरे में जाते हुए इस हाल पर शर्म भी थी और गर्व भी, भाग जाने का मन भी होता और रुक-रुककर देखने का भी—एक कचोट—कभी यह 'मेरा घर' था, आज सिर्फ़ 'हमारा पुराना घर।' रह-रहकर मुझे लगता था, जैसे घर बोलता हो; क्या मैं पूरा उपन्यास नहीं हूँ ? मैं अपराध और संकोच से अपने को सांत्वना देता रहा : कभी चार-छः महीने लगातार अपने मुहल्ले में रहूँगा, दो-तीन दशक पीछे

छूटी हुई दुनिया को जगाऊँगा और उपन्यास लिखूँगा...एक शव-साधना ही सही...

वापस आकर बासु और महाजन कुछ नहीं बोले। चाय पीते हुए महाजन ने ही शब्द दिए, ''फ़ैंटास्टिक...''

''यही कमरे, यही छतें, ये ही दालान, ज़ीने और टट्टर थे मेरी चेतना में, जब यह उपन्यास लिखा था...''

''शूटिंग के लिए यह घर नहीं मिलेगा ?'' बासु स्क्रीन पर देख रहे थे, वहीं से पूछा।

''बासु दा, ये तो बना-बनाया सेट है, बंबई में तो ऐसा सेट बना सकना ही...''

''यही मिल जाएगा...'' मैंने दृढ़ता से कहा। हालाँकि बाद में बातें इतनी आसानी से नहीं हुईं। मुहल्लेवालों की कल्पना थी कि फ़िल्म कंपनी का मतलब है, क्लार्क-शीराज़ में ठहरकर ताजमहल और सीकरी की शूटिंग करनेवाले लोग; 'मुगलेआज़म' के सेट्स...पहली निराशा तो यही कि अपने मुहल्ले और इस पुराने घर में शूटिंग ? बाद में निराशा यह कि ये कैसे फ़िल्मवाले हैं, जो ऐसे कुर्ते-पतलूनें पहने दुकानों पर जलेबी-कचौड़ी खाते फिरते हैं...न लंबी-चौड़ी गाड़ियाँ, न झटकेदार हीरो...चलो, फिर भी छोटा-मोटा तमाशा ही सही...

घर तय हो गया। दो दिनों गलियों और दूसरे मुहल्लों के चक्कर लगाते रहे। स्क्रिप्ट में कुछ बातें थीं, जो तय नहीं हो रही थीं। बासु भी मेरी ही तरह उस 'पुराने लड़के' को देख रहे थे, जो सिनेमा या मैच देखने मथुरा से आगरा भागकर आया करता था—घंटे-भर का रेल सफ़र। बासु का बचपन भी मथुरा में ही बीता था। हम दोनों का यथार्थ एक ही था। पहले तो 'प्रभा' भाभी बहुत भड़कीं कि हमने उनके 'समर' को बिना उन्हें बताए दुबारा अमरीका भगा दिया और न उनका कोई ख़याल किया, न ख़बर ली। फिर शांत हुईं। लाइन पर आईं, तो मैंने इन लोगों की समस्या बताई, ''भाभीजी, आप लोग शादी के बाद नौ साल नहीं बोले, इस बात का बासुजी को विश्वास नहीं है।''

''न मानें, जो हमारे साथ हुआ, उसे हमसे ज्यादा कौन जानेगा ?'' वे भी उन्हीं पुरानी गलियों और सींखचेदार खिड़कियों में पहुँच गई थीं, ''हम खाना दे देते थे, बिस्तर कर देते, कपड़े धो देते, कमरा साफ़ कर देते, पर बोलता कोई नहीं था। ये सारे दिन कॉलेज रहते, ट्यूशनों पर जाते—सुबह के निकले रात को लौटते। आपको तो सब पता है, जब बोले थे, तो आपके पास ही तो भागे गए थे सुबह-सुबह।''

और भाभीजी ने धीरे-धीरे सारी बातें, जो उपन्यास में हैं और नहीं हैं, क्रमशः पुनः जीनी शुरू कर दीं...बासु के सामने फ़िल्म खुलती रही और मैं सोचता रहा कि जो कुछ हुआ था, यह सब उपन्यास में कहाँ आ पाया है ? 'घर' आकर हम लोग फिर उसी न बोलने के कारण पर बहस करते रहे। अपना तर्क मैंने बाद में भी कई जगह बताया है : न बोलने का कारण किसी घटना या बात में नहीं, इतिहास और

संस्कारों में है। संस्कार डालने के नाम पर हमें कुछ झूठे-सच्चे 'महान् आदर्श' दे दिए जाते थे...कुछ महान् पुरुष थे, जो इतिहास के पन्नों में और हमारे भीतर हमें अपना जैसा बनाने के लिए धमाचौकड़ी मचाए रहते थे। तपोभ्रष्ट ऋषि, ब्रह्मचर्य की महिमा, शिवाजी से लेकर दयानंद तक की महानता—किसी भी विराट लक्ष्य के लिए नारी बाधा है, उसका आकर्षण, साधक और तपस्वी को रास्ते से भटका देता है और वह उसी 'अस्थि चर्ममय देह' के मोह में फँसकर सारी ऊँचाइयों से मुँह फेर लेता है...इसलिए हमारे राष्ट्रीय महापुरुषों या हीरोज़ ने नारी को त्यागा है, राम ने सीता को त्यागा, कृष्ण ने राधा को छोड़ा, नल ने दमयंती को, दुष्यंत ने शकुंतला को, बुद्ध ने यशोधरा को, भर्तृहरि ने पिंगला को...नेहरू और सुभाष जैसे नेताओं के सामने यह बाधा रही ही नहीं। समर भी तो आदर्शों, सपनों और महत्त्वाकांक्षाओं में जीनेवाला प्राणी है, वह बिना सींग-पूँछ हिलाए कैसे इस जाल को स्वीकार करेगा ? और हम लोगों ने तय कर लिया कि 'चलेगा'।

लेकिन अब सवाल 'सारा आकाश' की आज की प्रासंगिकता को लेकर था। बासु समय बदलकर उसे आज की आधुनिक कहानी बनाना चाहते थे। शुरू में मेरा तर्क था कि उसके समय को बिलकुल न बदला जाए। फिर लगा कि समय पर उस हद तक चिपकना ही उसे अप्रासंगिक बनाएगा। नई दिल्ली, कलकत्ता, बंबई या दो-एक बड़े शहरों की बात छोड़ दीजिए और आज के किसी भी नगर में देख लीजिए, क्या वास्तविकता बहुत अधिक बदल गई है ? टेरिलीन, ट्रांजिस्टरों और स्कूटरों के बावजूद ज़िंदगी वही है, वैसी ही है। दो-तीन महानगर बरगदों की तरह बढ़ते चले जा रहे हैं और आस-पास का गतिशील युवा उनकी ओर दौड़ा चला आ रहा है। वहाँ की घुटन और सड़ाँध से ऊबकर मौलिक परिवर्तन करनेवाला कोई नहीं रहता। युवक वहाँ अब केवल छुट्टियों में जाते हैं और वहाँ की गतिहीनता और जड़ता से दुखी होकर परिवर्तन की बात सोचते हैं कि लौटने का समय हो आता है। खुद 'सारा आकाश' उपन्यास का अंत भी यही है। सामाजिक सुधार करनेवाले युवकों की जो पीढ़ी बीस साल पहले आई थी, वह अपने यथार्थ से कटकर किसी न किसी मशीन का पुर्जा रह गई है। परंपरागत विवाह की रस्में अब और ज़ोर से मनाई जाने लगी हैं। रोशनी और भाँगड़ा, ज़िंदगी की दैनिक जड़ता को घंटे भर के लिए तोड़कर फिर वहीं वापस भेज देते हैं। ब्लैक-मनी की छाया में दहेज और सामाजिक हैसियत की माँग पहले से बढ़ गई है और मेरा विश्वास दृढ़ होता जाता है कि जब तक विवाह कराने की डोर माँ-बाप के हाथों में है, 'सारा आकाश' की सच्चाई ज़िंदा है। लड़के-लड़कियों को आपस में एक-दूसरे को समझने की यातनाओं से गुज़रना ही है, एडजस्टमेंट की तकलीफ़ें करनी ही हैं।

हाँ, ऊपरी डिटेल्स ज़रूर बदल गए हैं : लड़कियाँ मैट्रिक नहीं; बी.ए. और एम.ए. होती हैं; लड़के इंटर का इम्तिहान नहीं, प्रतियोगिता की तैयारियाँ करते हैं, लेकिन उनके आपसी संबंध कहाँ बदले हैं ? एक-दूसरे के यहाँ जाकर लड़की या

लड़का देख लेने, डटकर नाश्ता करके उनके रहन-सहन के स्तर पर बातचीत कर लेने से ही तो आपस की दूरियाँ नहीं मिट जातीं। परिचय, स्वभाव और एक-दूसरे की मानसिक बनावट के उतार-चढ़ाव से तो उन्हें खुद ही सफ़र करना होता है। 'सारा आकाश' के समर-प्रभा एक-दूसरे से नहीं बोलते, लेकिन इस नए जोड़े के बीच ही कौन-सा 'संवाद' होता है ? और क्या बरसों उनकी ज़िंदगी में 'संवाद' का वह आत्मीय क्षण आ पाता है ? क्या अधिकांश जोड़ों की ज़िंदगी एक काम-चलाऊ बातचीत में ही नहीं गुज़रती रहती ? ऐसी 'बातचीत' प्रभा-समर बिना बोले भी करते ही रहते हैं। पचास साल पहले की बात होती, तो शायद बच्चे भी हो जाते...कुछ लोगों ने जब 'सारा आकाश' को हू-ब-हू अपनी ज़िंदगी बताया और कुछ ने जब कंधे उचकाकर झटके से कह दिया, 'आजकल ऐसा नहीं होता...' तो सचमुच मुझे आश्चर्य ही हुआ। खुद संवादहीनता के एक काम-चलाऊ एरेंजमेंट के तहत जीनेवाले ये लोग क्या प्रतीकार्थ बिलकुल नहीं समझ पाते ?

शायद इसलिए मैं और बासु अन-कहे ही एक नतीज़े पर आ गए थे कि 'सारा आकाश' की ट्रेजडी किसी सन्, समय या व्यक्ति-विशेष की ट्रेजडी नहीं, खुद चुनाव न कर सकने की, दो अपरिचित व्यक्तियों को एक स्थिति में झोंककर भाग्य को सराहने या कोसने की ट्रेजडी है, संयुक्त परिवार में जब तक यह 'चुनाव' नहीं है, सँकरी और गंदी गलियों की खिड़कियों के पीछे लड़कियाँ 'सारा आकाश' देखती रहेंगी; लड़के दफ्तरों, पार्कों और सड़कों पर भटकते रहेंगे, 'एकांत आसमान' को गवाह बनाकर अपने आपसे लड़ते रहेंगे, दो नितांत अकेलों की यह कहानी तब तक सच है, जब तक उनके बीच का समय रुक गया है !

इन कुछ बातों पर सहमत हो जाने के बाद कहानी को पूरी तरह बासु के हाथों में छोड़ देने में मुझे कोई अड़चन नहीं रही; ट्रांजिस्टर और विविध-भारती मुझे बिलकुल भी नहीं खटके, फ़ोटो खिंचवाना, फ़िल्म जाना या बालों के पिन को लेकर बासु ने भी उसी ज़िंदगी को पकड़ने की कोशिश की, जो उपन्यास के माध्यम से मेरा लक्ष्य था।

अगर मूलभूत संवेदना पर असहमति न हो, तो माध्यम की भिन्नता को इतनी छूट देना गलत भी नहीं लगता; फ़िल्म अपने यथार्थवाद के लिए सराही गई है, लेकिन कुछ बातें मुझे खटकती रही हैं, द्वाराचार के समय नंगे हाथोंवाली महिला का कलश लिए खड़ा होना, नई शादी के समय का घर, नई बहू के हाथों बनाए गए खाने का स्तर (खास तौर पर बाज़ार से मँगाई गई मोटी-मोटी रोटियाँ) शादी के समय की नहीं, बल्कि लड़की होने के समय की दावत, बहू को लाने-छोड़ने किसी का भी स्टेशन तक न जाना, गली-मुहल्ले की टिपिकल दुनिया का न होना—ये कुछ बातें थीं, जिन्हें बहुत आसानी से दूर किया जा सकता था और उससे यथार्थ की प्रामाणिकता और बढ़ती। हो सकता है, औरों का ध्यान उधर जाता भी न हो, मगर मुझे हर बार ये बातें परेशान करती हैं। कुछ स्थानीय रीति-रिवाज, बोलियाँ, आवाज़ें और भी डाले जा सकते थे।

कुछ मुन्नी भी अपनी ससुराल में उसी यातना से गुज़रती रही है, जिससे यहाँ प्रभा गुज़र रही है—बेटी और बहू के लिए हमारे घरों में कितने दुहरे मापदंड हैं—यह बात भी शायद ज्यादा उजागर नहीं हो पाई है। तरला मेहता ने अपने सधे अभिनय से लहजे और उच्चारण की कमी को काफ़ी ढक लिया है, वरना वह तो कानों को और भी कचोटती। तरला ने वहाँ की औरतों के बीच उठ-बैठकर उनकी चाल-ढाल को काफ़ी हद तक सीखने की कोशिश की थी।

इसलिए मैं एकाध दिन के अलावा शूटिंग देखंने भी नहीं गया। हमेशा पचास से दो सौ लोगों की भीड़ के बीच ऐक्टिंग कैसे की जा सकती है, यह समझना मेरे लिए असंभव था। दिल्ली से ही सुनता रहता था कि अपनी राजामंडी सारे शहर का आकर्षण है। एक बार आगरा गया तो यही जाँचने के लिए कैंट स्टेशन से 'जहाँ फ़िल्म की शूटिंग हो रही है, वहाँ ले चलो' कहकर मैं रिक्शे में अपने घर ही आ गया था। हाँ, रास्ते में रिक्शेवाले ने यह ज़रूर बताया, 'सुनते हैं, जिनकी फिलम बन रही है, उनकी आगरे में ही कोठी है, अब सब साली बिक-बिका जाएगी।' मैंने चौंककर पूछा, 'क्यों भाई ?' 'अरे कोई फिलम है ! न हीरो, न हीरोइन, न डांस, न गाना—एक दिन नहीं चलेगी,' मैं देर तक हँसता रहा। बहरहाल, वास्तविक लोकेल से हटकर लोगों की प्रतिक्रिया मुझे ज्यादा दिलचस्प लगती थी, 'क्या राजे बाबू, तुमने फ़िलम भी बनवाई तो ऐसी...अरे कुछ ऐसी तो बनवाते कि ताज और सिकंदरे पर छनती, कुछ हम भी अपना कमाल दिखाते। एक सीन हमारा डलवा दो न, हमारी दुकान नईं आई तो देख लेना साब, लड़ाई हो जाएगी—' यूनिट के सभी लोग, खुली तबियत के मस्त लोग थे और उनके साथ शाम को बैठक ज्यादा आकर्षक लगती थी। यहाँ तक कि अंतिम दृश्य की शूटिंग के समय भी मैं घर सोया रहा था। तय हुआ कि यहाँ 'किस' दिखा दिया जाए। शूटिंग रात को बारह बजे होनी थी। मन्नू ने कहा, 'तब तो बासु दा, ये ज़रूर पहुँचेंगे। पहले आप समर को समझाएँगे कि इस तरह करो, तभी कैमरा छोड़कर महाजन पहुँचेंगे, फिर ये क्यों पीछे रहेंगे ? कहेंगे जिस भाव से मैंने लिखा है, वह यों है...'

बहरहाल, दिल्ली के कुछ मित्रों की इस फ़ब्ती पर मैं भी काफ़ी सोचता रहा कि 'इस फ़िल्म में ज़रूर कोई गड़बड़ है, वरना ऐसा कैसे हो सकता है कि ताँगेवालों से लेकर निहायत स्नॉब-बौद्धिक—सभी को समान रूप से पसंद आए ?' और आख़िरी तुरुप-चाल की तरह सिनेमा मैनेजर को यह बताने पर भी कि 'मैं इस फ़िल्म के उपन्यास का लेखक हूँ' सातवें दिन किसी भी शो का कोई टिकट न मिले और मैं, मन्नू और संयुक्ता टी-हाउस में डोसे खाकर ही अपनी झेंप मिटा लें। यही समस्या दूसरे स्तर पर मन्नू के उपन्यास 'आपका बंटी' को लेकर भी सामने आई है। हमारे यहाँ तो बहुत ही स्पष्ट दो विभाजन हैं—गुलशन नंदा और अज्ञेय-जैनेन्द्र। बिना कलात्मक की बलि चढ़ाए, या कहना चाहिए, अपनी सारी कलात्मक प्रयोगवादिता के बावजूद लोकप्रिय हो जानेवाले 'चित्रलेखा' जैसे उपन्यास इस यथास्थिति को डगमगा

देते हैं, तब मानसिक रूप से बड़ी बेचैनी होने लगती है कि इसे किस कोटि में रखा जा सकता है ? बर्गमान, त्रूफ़ों, फ़ैलनी, वाज़्दा और रेनुआँ की आधुनिकतम मुद्राओं को ठेठ गाँवों की ज़िंदगी में धाँस देनेवाले ना-काबिले-बर्दाश्त प्रयोगों के डिब्बा-बंद अहंकार में 'भुवन-शोम' और 'सारा आकाश' का दोष यही है कि लोग इन्हें देख लेते हैं।

अरुण कौल ने संपूर्ण उपन्यास का जो ट्रीटमेंट मुझे बहुत पहले सुनाया था, वह निश्चय ही मेरे संपूर्ण लेखन के संदर्भ में अधिक सार्थक, बौद्धिक और आधुनिक था। अरुण का कहना था कि मेरे सारे उपन्यासों के नायक स्थान छोड़ने के लिए अभिशप्त हैं। 'उखड़े हुए लोग' का शरद्, 'मंत्रविद्ध' का तारक, 'कुलटा' का तेजपाल—सभी एक मानसिक संकट में जीते हैं और वहाँ से निकल भागते हैं। अरुण के ढंग से, हो सकता है, उपन्यास पूरा आ जाता, लेकिन पता नहीं, फिर वह ज़िंदगी इस तरह पर्दे पर आ पाती या नहीं, जिसे झाँक लेने के लिए मैं हर चार-छः महीने बाद आगरा दौड़ता हूँ ? वैसे अरुण को अभी अंतर्प्रान्तीय भावात्मक एकता से फुरसत कहाँ है ? हिंदी की सभी अच्छी कहानियाँ तो उनके हरम में अनुबंधित हैं। आधुनिक हिंदी-सिनेमा के ये दादा साहब फालके अभी भी मुझे धमकी देते हैं कि दस-बीस साल बाद मैं 'सारा आकाश' बनाऊँगा तब देखना।

'सारा आकाश' आज एक प्रयोगवादी न्यूवेव फ़िल्म है, काफ़ी प्रसिद्ध और प्रशंसित। उस पर बहुत कुछ निकला है। उपन्यास के यथार्थ और कथ्य के प्रति बेहद ईमानदारी के बावजूद वह बासु चटर्जी की अपनी रचना है; मैं अपने को 'सारा आकाश' उपन्यास के लेखक के रूप में ही रखना पसंद करूँगा।

—राजेन्द्र यादव
3-1-72

कुछ और भी : 25 वर्ष बाद

('सारा आकाश' के बारहवें संस्करण के समय)

'सारा आकाश' को लेकर भी एक वर्ग की ओर से दो आरोप सुनाई पड़ते हैं : एक, 'सारा आकाश' का यथार्थ आज अप्रासंगिक हो गया है। दूसरा, चूँकि इस पर फ़िल्म बनी है इसलिए वह 'चालू' रचना है।

लिखे जाने के बरसों बाद ('सारा आकाश' के संदर्भ में लगभग बीस वर्ष) फ़िल्म बनने से ही कोई रचना घटिया या चालू हो जाती हो तो 'पथेर पांचाली', 'क्राइम एंड पनिशमेंट', 'वार एंड पीस', या शेक्सपीयर के सारे नाटक और हिंदी में 'चित्रलेखा', 'गोदान', 'गबन', 'उसने कहा था', 'तीसरी कसम' सभी बाज़ारू रचनाएँ हैं।

इसी तरह उपन्यास के यथार्थ के प्रासंगिक होने की बात भी उतनी ही अजीब है। देश की 90 प्रतिशत जनता गाँव या कस्बों में रहती है और आर्थिक-सामाजिक

दृष्टि से निम्न या निम्नमध्यवर्गीय अशिक्षित है—इस तथ्य को समझते हुए भी जब कुछ 'शहरी पढ़े-लिखे' यह कहते हैं कि दहेज, छुआछूत या दूसरी ऐसी ही समस्याएँ समाप्त हो गई हैं—तो उन 'सावनी चक्षुधारियों' पर तरस आता है। 'गोदान' (सन् '34-'35) में चूँकि मालती ने तलाक ले लिया था, या उससे पहले विजयलक्ष्मी पंडित ने भी यही किया था—क्या इसका अर्थ समाज और साहित्य में 'तलाक' का अप्रासंगिक हो जाना है ? और अगर मान भी लें कि 'गोदान', 'गबन' और 'सेवासदन' की समस्याएँ आज के जीवन में नहीं रह गई हैं, और आज का युवा उनसे परिचित नहीं है तो क्या इससे ये उपन्यास साहित्य से निकाल दिए जाने चाहिए ?

'सारा आकाश' प्रमुखतः निम्नमध्यवर्गीय युवक के अस्तित्व के संघर्ष की कहानी है, आशाओं, महत्त्वाकांक्षाओं और आर्थिक-सामाजिक, सांस्कारिक सीमाओं के बीच चलते द्वंद्व, हारने-थकने और कोई रास्ता निकालने की बेचैनी की कहानी है। उसके इसी कथ्य को रेखांकित करने के लिए मैंने लिखने के आठ साल बाद दिनकर की पंक्तियों से 'सारा आकाश' शब्द पकड़ा था। लेकिन जब इसे यह सब न मानकर सिर्फ पति-पत्नी के बीच बोलने-न-बोलने की कहानी के रूप में ही उछाला जाता है तो भवभूति की याद आती है। मैं फिर ज़ोर देकर कहना चाहूँगा कि यह अंश भी ज़रा तिरछे रूप में समर और प्रभा के बीच की 'संवादहीनता' को ही उजागर करता है। संयुक्त परिवार के जाने कितने रिवाज-लिहाज़ और सामाजिक-आर्थिक दबाव होते हैं जहाँ पति-पत्नी एक-दूसरे से सीधे संवाद कर ही नहीं पाते। अगर समर और प्रभा आपस में दो-चार शब्द बोल भी लेते तो स्थिति या समझ में क्या कुछ बदल जाता ?

इन्हीं कुछ मानसिकताओं को समझने की दृष्टि से मैं भूमिका के रूप में फ़िल्मी संस्मरण को फिर जाने दे रहा हूँ। वह उपन्यास की लेखकीय पृष्ठभूमि को पकड़ने में भी मदद देता है।

आज उपन्यास के बारहवें संस्करण और विभिन्न प्रकाशनों द्वारा एक लाख से अधिक प्रतियाँ निकल चुकने पर ये सारी सफ़ाइयाँ देना शोभनीय नहीं लगता। मगर ऐसा ही होता तो बर्नार्ड शॉ को अपनी वसीयत में वह सब लिखने की ज़रूरत क्यों होती...

—राजेन्द्र यादव

4 मई, 1976

पूर्वार्द्ध : साँझ

बिना उत्तर वाली दस दिशाएँ

एक

बिना किसी ताल और लय के ढमाढम पिटती ढोलक और औरतों के चिचियाते स्वर अचानक रुक गए। 'क्या हुआ ? क्या हुआ ?' के साथ सारी औरतें-बच्चे गलीवाले जँगलों और छज्जों पर लद आए। नीचे फाटक पर कमर लचका-लचकाकर ताली बजाते हिजड़े 'अये...जियो-जियो रे लला...' का अलाप भूलकर बौखलाए-से ऊपर मुँह उठा-उठाकर ताकने लगे।

गली के पार, ठीक हमारे घर के सामनेवाले साँवल की बहू मिट्टी का तेल छिड़ककर कोठरी में जल मरी थी...धुएँ के बगूले देखकर लोग भागे, लेकिन किवाड़ तोड़ते-तोड़ते तो उसके प्राण-पखेरू उड़ चुके थे। हाय, ऐसी शुभ घड़ी में यह सब क्या हुआ ? जाने किस अनिष्ट की आशंका से सबके दिल धड़क उठे। ऐसी चीख-पुकार, भाग-दौड़ मच गई थी जैसे कहीं भूचाल आ गया हो।

लाख अपने को विश्वास दिलाता था; लेकिन विश्वास ही नहीं होता था कि आज मेरी ही सुहागरात है।

सीलन-भरी, गंदी सँकरी गली में देर तक औरतों के रोने-चिल्लाने के स्वर पीछे छूटते सुनाई देते रहे। इस उथल-पुथल में आँख बचाकर मैं भाग निकला था। पीछे से आनेवाला स्वर किसी के विवाह के आनंद में गाने का स्वर है या किसी के जल मरने पर रोने का, यह फ़र्क़ करना मेरे लिए मुश्किल हो गया था...शायद यह फ़र्क़ करने की मुझे फुरसत भी नहीं थी...

आज सारा संसार जान गया है कि इस लड़के की सुहागरात है। 'देश को साहसी और कर्मठ युवकों की ज़रूरत है' का नारा देनेवाला यह युवक भी अब चौपाया हो गया है। कोई विश्वास करेगा कि जो आँधी-पानी में भी नहीं रुका, वही समर आज दो हफ्तों से शाखा नहीं गया है, अपने ही साथियों से आँख चुराता घूम रहा है ? कि इस समय वह मेहमानों, दोस्तों, परिचित-अपरिचितों—सभी की उँगली उठाती आँखों से बचता-कतराता गलियों-गलियों मंदिर की ओर चला जा रहा है ? वही तो एक जगह है जहाँ बैठकर कुछ क्षण शांति से इस इतने बड़े परिवर्तन पर सोचेगा, रात को देर से लौटेगा। तब तक यह हल्ला-गुल्ला भी शांत हो लेगा। लेकिन स्वर पीछा कर रहे हैं।

"अरे लो...लो... एक और पियो, ठाकुर साहब ! तुम्हारे दूसरे लड़के की शादी है और तुम ऐसे सुस्त हो ? पर यार, तुम्हारे ये समधी साहब कुछ...क्यों ठाकुर साहब,

आप लोगों में भी बरात के लिए देसी का ही इंतज़ाम किया जाता है ? आज तो विलायती...''

झलझलाया हुआ चेहरा...कीचड़-भरी आँखें...लड़खड़ाती ज़बान...भपारे छोड़ती शराबी साँसें...माँड़े के नीचे पगड़ी को सँभालते बाबूजी दहाड़ रहे थे, ''हमारे साथ धोखा किया गया...''

''उठो...उठो, फेरों का वक्त हो गया। सोना ही है तो जाकर जनवासे में सोना। ...यहाँ पड़े हो, न शरीर का होश, न कपड़ों का खयाल...क्या कहेंगे लोग कि अच्छे बराती लेकर आए हैं...उठो... उठो...''

''देख... देख... उसे देख ज़रा, वह जो लड़की की माँ के पीछेवाली है न, बड़े-बड़े बालों की चोटी किए... जिसके कानों में सफेद नगोंवाले फूल हैं। यार क्या आँखें हैं—हमारी तो अर्थी यहीं उठेगी !''

''हाँ कहो, कुआँ-बावड़ी-धर्मशाला, जो कुछ भी बनवाऊँगा तुम्हारी राय और मशवरे से ही बनवाऊँगा—इसके बाद लड़की वचन लेती है कि...''

'तु-तू-ऊ-ऊ-तु-तू-ऊ-ऊ'—बाहर नफीरी और किडिंग-'किडिंग धम्' नगाड़े के जोड़-तोड़ मिलाए जा रहे हैं।

भागो-भागो—इस जंजाल से दूर भागो—मेरे भीतर कोई लगातार रट लगाए चला जा रहा था। वह देखो सामनेवाला लड़का, कुछ-कुछ जाना-पहचाना लगता है। एकदम मुड़ पड़ो, वरना दो घंटे बातें करेगा। बेवकूफी के मज़ाक सुनने पड़ेंगे...'बीवी कैसी लगी ?' 'मिठाई खिलाओ', '...हमें बरात में भी नहीं ले गए ?'...भागो।

कैसा बोझीला प्रारंभ है ज़िंदगी का ! मन होता है सब कुछ छोड़-छाड़कर कहीं दूर अनजानी जगह भाग जाऊँ। कल ही अखबारों में निकलेगा—'बेटा, तुम्हारी माँ की तबीयत बहुत खराब है। हमें अब कोई शिकायत नहीं है।' आस-पास कहीं भी तो कोई गति नहीं है। लगता है जैसे कोई भारी ट्रक किसी रेतीली और फुसफुसी धरती में जाकर फँस गया है। इंजन धूँ-धूँ कराहता है, घर्र-घर्र पहिए घूमते हैं, लेकिन ट्रक वहीं खड़ा है और पहाड़-जैसे बगूले आसमान तक छा गए हैं। कुछ भी नहीं दीखता, दिशाएँ खो गई हैं। शक्ति जवाब दे गई है। साँस घुटती है और जी घबरा-घबराकर रह जाता है—वातावरण में छाई यह धूल... धूल... गतिहीन धूल...।

गोधूलि के बाद का कोहरा चारों ओर छाया था। मैंने मंदिर के खंभे से माथा टेक दिया—जाने क्या भारी-भारी भरा था सिर में ! संगमरमर के सुंदर काले-सफेद टुकड़ों से बनी शतरंजी—ठाकुरजी के सामनेवाले द्वार तक चली गई खंभों की दो कतारें—उन पर टिका बड़ा भारी हॉल—बीचोबीच मूर्ति के सामने मंजीरा, मृदंग,

हारमोनियम, सितार इत्यादि लेकर गाते हुए कुछ भक्त लोग—'मेरे तो गिरधर गुपाल ...अरे हाँ, मेरे तो गिरधर गुपाल'—आस-पास गूँजते भक्ति के उद्‌गार... 'जय बंसरीवाले की—नंद के लाले की... नमामि भक्तवत्सलम्...।' गूँजती साँझ, लोबान और अगरबत्ती की छाई गंध, धुँधली-धुँधली रोशनियाँ। कोई मुझे बताओ, मैं क्या करूँ ?

खंभे से टेक लगाए मैं बाहर की सीढ़ियों पर ही बैठा रहा।

मुझमें भागने का भी तो साहस नहीं है। काश, उस समय पंद्रह दिन को ही कहीं कलकत्ता-बंबई, पूना-हरिद्वार—कहीं भी भाग गया होता तो यह सब क्यों होता ? तब तो बस रोता और गिड़गिड़ाता रहा, 'मेरे पाँव में चक्की मत बाँधो'... 'मेरे पाँव में यह चक्की मत बाँधो'...मुट्ठी में पसीजता हरी चूड़ियोंवाला हाथ और आटे का गोला लिए चुपचाप बैठा-बैठा भीतर से क्रम-क्रम से आती दोनों आवाज़ें सुनता रहा था... 'अब भी समय है, उठ भाग !' और 'हाय भगवान्, यह जाने किसको मेरे गले बाँधा जा रहा है...!' धुँधलाती लपटों के आस-पास डगमगाते कदमों से नापे गए वे सात फेरे...पंडित जाने क्या-क्या कहे जा रहा था...। याद आया था... इसी तरह तो पुरोहित ने कहा होगा 'सावधान...' और उसे चेतावनी समझकर समर्थ गुरु रामदास माँड़ा छोड़कर उठ भागे थे।

'अब तो इस घर में बहू आनी ही चाहिए...बड़े की बरात गई थी, उसे आठ साल से ऊपर हो गया।' सगे-संबंधी कहते। अम्मा रोज़ मनातीं, 'वह कौन-सा दिन होगा जब देहली पर छोटी बहू का पाँव पड़ेगा !' बाबूजी सुनाते, 'इस मुन्नी के ब्याह में सात-आठ हजार कर्जा हो गया है। अब ये लड़के ही कुछ करें तो हो; मेरे तो बस का है नहीं...' अपना सुख, अपना स्वार्थ, अपना संतोष, बस यही हमारे घर की रीति है। दूसरा मरे, पिसे उनकी बला से। न दूसरे की इच्छा है, न जान। बड़े-बूढ़े समझते हैं, दुनिया जैसे उनके ज़माने में थी, वैसी ही चलनी चाहिए, नहीं तो रसातल में चली जाएगी। 'अजी साहब, लड़कों की भी अपनी कोई इच्छा होती है ? समझते ही क्या हैं ? हमने दुनिया देखी है।' और सच बात यह है कि नाक के आगे उन्हें कुछ दीखता ही नहीं है। लड़के को इससे ज्यादा और चाहिए ही क्या कि उसकी शादी हो जाए, बहू आ जाए, बच्चे हों, वह क्लर्क बाबू हो जाए और हमारे बाद हुक्के की नै सँभाल ले...! हाय मेरी वे सारी महत्त्वाकांक्षाएँ, कुछ बनकर दिखलाने के सपने, अब यों ही घुट-घुटकर मर जाएँगे—रात-रात भर की नींद और खून दे-देकर पाले हुए वे सारे भविष्य के सपने अब दम तोड़ देंगे।

लगता है सुबह जो कुछ सोचता रहा था, वह मैंने नहीं, किसी और ने सोचा था। अब तो सब-कुछ नकली-सा लगता है। मैंने डायरी में लिखा था, 'मैं इतनी जल्दी अपनी हिम्मत क्यों हार जाता हूँ ? अभी से क्यों सोचता हूँ कि मेरी सारी महत्त्वाकांक्षाएँ मर गईं ? सोने को आग में भी तपना पड़ता है तभी तो वह कुंदन की तरह निखरता है—सभी के जीवन में परीक्षा के क्षण आते हैं—यह मेरी अग्नि-परीक्षा का क्षण है। मुसीबतों से इतनी जल्दी घबरा जाना अच्छी आदत नहीं है। ऐसे संकट के अवसरों

पर अपने को साधे रखना मुझे सीखना होगा। यही तो महान् बनने का सबसे पहला गुर है—मुसीबतों में दिमाग़ शांत रखना। नैपोलियन युद्ध के मैदान में खत लिखा करता था। मुझे इस बात को कभी नहीं भूलना कि मुझे कुछ बनना है—'कुछ' बनना है जिसके सामने दुनिया झुके। जिसकी एक बात देश के लिए आज्ञा हो, जो भारत-माता को इन विदेशी म्लेच्छों के चंगुल से मुक्त कर सके। भारत महापुरुषों का देश है। राणा प्रताप और शिवाजी का रक्त मेरी धमनियों में बहता है, उसे लजाना नहीं है। उनकी यह परंपरा, संस्कृति की रक्षा की धारा को हमें ही तो चलाना और जीवित रखना होगा। हम युवक हैं। आज भी हममें हज़ारों भगवान् बुद्ध, महावीर स्वामी, भगवान् कृष्ण, भगवान् राम हैं, उन्हें जगाने और सामने लाने की ज़रूरत है। हमारी ही शक्तियाँ आज हनुमान, भीम और भीष्म पितामह को पैदा कर सकती हैं। मेरे सामने आज परीक्षा का काल है—हमेशा तो रहेगा नहीं। यहीं तो वे खाइयाँ और रुकावटें हैं जिनके पार महानता और गौरव के आत्मसम्मान का सौरभ है, अमरता का देश है। यह 'हर्डल-रेस' वहाँ तक पहुँचने के लिए चुनौती है। भगवान् ने ये बाधाएँ हमारी शक्तियों को माँजते रहने के लिए रखी हैं। हाँ, हम इन्हीं बाधाओं और मुसीबतों पर पाँव रखकर आगे बढ़ेंगे। मैं आज भी दृढ़ हूँ अपनी उस आजन्म ब्रह्मचारी रहने की प्रतिज्ञा पर...'

यह सुबह लिखी डायरी ! इस समय तो ऐसा लगता है जैसे एक तेज़ बहाव है जो मुझे अपने साथ बहाए लिए जा रहा है। जाने कहाँ ले जाकर छोड़ेगा ? लेकिन अब इस वर्तमान का क्या करूँ ? बीच में आए इस माया-जाल और मोहिनी में अपने को फँस जाने दूँ या इस झाड़ी से कतराकर निकल जाऊँ ? जहाँ तक हो सकेगा मैं इसमें उलझूँगा नहीं, यह मेरा निश्चय है। हे भगवान्, इस परीक्षा के समय मेरी आत्मा को बल देना, मुझे दृढ़ता देना कि मैं झुक न जाऊँ... कहीं मैं हार न जाऊँ।

खैर, जैसा भी हुआ अब तो यह विवाह हो ही गया है। लेकिन मैं आज भी मन से वही हूँ। मैं इसकी रंगीनियों और झंझट में नहीं फँसूँगा। शायद बहुत बड़ी बात सोच रहा हूँ, लेकिन जी-जान से इसे निभाने की कोशिश करूँगा। यह मेरे बनने का समय है, मेरा निर्माण-काल है।

कोई कहता था, प्रभा दसवीं पास है। मैंने तो उसके हाथ के सिवा कुछ देखा ही नहीं। हाँ, भाँवरों पर जब वह आगे चल रही थी तो पाँव देखे थे, महावर लगी थी। लेकिन जो भी हो... मुझे उससे कोई संबंध ही नहीं रखना। मैं उससे बोलूँगा नहीं। अगर बोलना ही पड़ा तो मतलब की एक-दो बातें ही, बस। अभी तो कोशिश करूँगा कि उसे उसके घर ही भेज दूँ। जब सभी अपना-अपना स्वार्थ देखते हैं तो मैं भी क्यों न देखूँ ? किसी के बहकावे में नहीं आऊँगा। दबाव और कहने में आकर शादी कर ली। बस, यही बहुत हो गया। तुम्हें कुछ मिला हो या न मिला हो, मुझे कोई मतलब नहीं। मुझे तो अपना निर्माण खुद ही करना है। चाहता हूँ—खूब मन लगाकर, जी-जान से अपनी शिक्षा-दीक्षा पूरी कर डालूँ। अभी चार साल और हैं। एम.ए. करूँगा। तब

तक वह क्या करेगी, कहाँ रहेगी, मुझे नहीं मालूम। होगा भी क्या मालूम करके ? जिस राह जाना ही नहीं उसके मील गिनने से फ़ायदा ? बाधाएँ कभी-कभी बड़ा सुंदर रूप धरकर सामने आती हैं, उनमें न भरमाना ही बुद्धिमानी है। पत्नी की जो इच्छा हो करे, हम क्यों एक-दूसरे के लिए बाधा बनें।

कोई कहता था, बहुत पढ़ी-लिखी है, बड़ी समझदार है। क्या उसे अपना सारा दृष्टिकोण समझाया नहीं जा सकता ? मान लो, आगे जाकर गृहस्थ-जीवन बिताना ही हुआ तो यह काल उसके लिए भी तैयारी का हो सकता है। कम से कम मुझे उसका चेहरा तो देख ही लेना चाहिए था। भाभी कहती हैं, चेहरे पर हलके-हलके चेचक की झाँई है। पता नहीं, नाक-नक्शा कैसा है ! आज सुहागरात है। सब लोग छेड़ेंगे, इसलिए यहाँ आ बैठा हूँ। जाने आज क्या-क्या करना होता है ! कैसे करना होता है !

खैर, जो भी हो। मुझे इस सबसे लेना-देना क्या ! मुझे तो आज एक बहुत बड़ा निश्चय करना है—परीक्षा का सबसे कठिन पेपर है। आज अगर फिसल गया तो संसार की कोई शक्ति मेरा उद्धार नहीं कर सकती और अगर आज ही निकल गया तो एक साथ सारे सिर-दर्द से पीछा छूट जाएगा। एकदम न बोलने की बात तो शायद संभव न हो। हाँ, मैं उससे कहूँगा, 'देखिए, हम लोग काफ़ी समझदार हैं। माँ-बाप जैसे भी हैं या जो भी कर सकते हैं, उन्होंने कर दिया, लेकिन अपना आगा-पीछा तो हमें ही देखना है। सबसे पहले तो हमें अपनी शिक्षा पूरी करनी होगी...' लेकिन यह सब सुनकर अगर वह रोने लगी तो। कहीं ऐसा तो नहीं होगा कि उसके खारे आँसू मेरी दृढ़ता की सारी धरती को ही गला डालें... ? नहीं, नहीं, नहीं... भगवान् बुद्ध को यशोधरा का सौंदर्य बाँधकर नहीं रख पाया, गोपियों के प्यार ने कृष्ण को योगिराज बनने से नहीं रोका।

अच्छा, क्यों जी, पत्नी क्या सदैव ही बाधा होती है ? राम की शक्ति को क्या सीता से अलग किया जा सकता है। राजपूताने की क्षत्राणियों ने ही क्या खुद अपने सुहागों को रण में नहीं भेज दिया था ?... लेकिन मैं... मैं तो बहुत कमज़ोर हूँ। अपने को उस रूप में ढाल लूँ तभी तो यह हो सकेगा। तब तक उपेक्षा मेरा अस्त्र होगी और उदासीनता मेरी ढाल... आँसुओं और वासना के इस दलदल में काफी पाँव जमा-जमाकर मुझे चलना होगा। साक्षी रहे यह भगवान् की मूर्ति...

हे भगवान्, मुझे शक्ति दे, संयम दे, सुबुद्धि दे कि मैं अपने-आपको सही मार्ग पर लिए चलूँ। जो मेरे साथ रह सके वह रहे, पीछे छूट जानेवाले के मोह में पड़कर मुझे रुकना न पड़े। मैं गुनगुनाने लगा, 'वह शक्ति हमें दो दयानिधे, कर्तव्य मार्ग पर डट जाएँ...'

तभी चौंककर देखा, भजन बंद होकर कीर्तन शुरू हो गया था।

दो

वे हँसी-कहकहे, खिलखिलाहटें और मज़ाक—शहनाईवालों का एक-दूसरे के मुँह की ओर घुमाते हुए ज़ोर-ज़ोर से शहनाइयाँ बजाना—लेकिन मुझे लगता रहा जैसे एक तूफान किसी भारी गुंबद में बंद हो गया है; गूँज-गूँजकर, घूम-घूमकर, इधर से उधर फुफकारता फिर रहा है और बाहर निकलने का रास्ता नहीं पा रहा।

मालूम नहीं, यह अच्छा हुआ या बुरा। सुहागरात आई और चली गई। सच ही मैं उससे नहीं बोला। अभी तक बड़ी दुविधा में हूँ कि यह भगवान् की ओर से मेरी प्रार्थना की स्वीकृति है या मेरे दुर्भाग्य का प्रारंभ...!

...मैं बहुत भावुक हूँ, बहुत कमज़ोर हूँ। भावों और कमजोरियों के उफान में बड़ी जल्दी बह और बहक जाता हूँ और उस समय कोई किनारा मुझे नहीं मिल पाता।

हलके से धक्का देकर भाभी ने पीछे से किवाड़ बंद कर दिए तो मैं कमरे में आ गया। उस समय प्रभा जंगले में सिर रखे खड़ी थी, जैसे खड़ी-खड़ी सो गई हो। थोड़ी देर यों ही खड़ा रहा और फिर धीरे से जाकर पलंग के सिरे पर इस तरह बैठ गया जैसे डर लग रहा हो। सोचा था कि चुपचाप जाकर पलंग पर सो जाऊँगा... और सोने के बाद सुबह से पहले जागना मैंने जाना नहीं। इस समय मेरा दिल धड़क रहा था और सारी शक्ति की चट्टानें जैसे डायनामाइट में विस्फोट से फट जाने को तैयार थीं। अपने आत्मविश्वास और दृढ़ता को समेट-समेटकर ला रहा था। लड़के मुझे जाने क्या-क्या बताने को उत्सुक थे। मूर्ख लड़के ! वे उन हज़ारों-लाखों की तरह मुझे भी समझते हैं जिनके लिए नारी या कोई भी चलती-फिरती लड़की, न जाने किस स्वर्ग का फूल है और उसके लिए युगों से उनकी आत्माएँ तड़फड़ाया करती हैं। ताँगे में जाती लड़कियों के पीछे अपना रास्ता छोड़कर वे मीलों केवल उसका 'दर्शन-सुख' लेते चले जाते हैं। मैं उन जैसा तो था नहीं। मेरा रास्ता उनका रास्ता नहीं था।

मन-ही-मन में दुहराता रहा... नारी अंधकार है, नारी मोह है, नारी माया है। नारी देवत्व की ओर उठते मनुष्य को बाँधकर राक्षसत्व के गहरे अंधे कुओं में डाल देती है। नारी पुरुष की सबसे बड़ी कमज़ोरी है।

मेरा रास्ता हज़ारों-लाखों लड़कों का रास्ता नहीं है। ऊपर से देखने में मैं चाहे जैसा लगूँ, मैं उनसे हर तरह भिन्न हूँ। मेरा भविष्य मेरे हाथों में है। मैं हर क्षण तलवार की धार पर चलता हूँ। बस, ज़रा-सा अपने को साध लूँ और डगमगाऊँ नहीं। मैंने

हर समय अपने को इन लोगों से कितना ऊँचा उठा हुआ पाया है।

इस कमरे में आने से पहले मैं सोच रहा था कि जैसा सभी विवाहों में होता है, प्रभा लजीली नव-वधू की तरह गठरी बनी होगी, उसी साज-सज्जा से मेरा स्वागत करने को तैयार होगी। वही तो एक क्षण है जब मुझे अपने को सावधान रखना होगा। लेकिन अब उसे देखकर मैं चौंक पड़ा...कपड़े तो जैसे विवाहों में पहनाए जाते हैं वैसे ही रंग-बिरंगे पहने थी, लेकिन मेरे खाट पर बैठ जाने पर भी वह यों ही चुपचाप सामने के जँगले पर खड़ी रही। भीतर प्रवेश करते समय भाभी के साथ और भी मुहल्ले-पड़ोस या रिश्तेदारी की जाने कौन-कौन आपस में खुसर-पुसर करतीं, खिलखिलातीं, भगवान् जाने क्या-क्या कह रही थीं ! मैंने कुछ भी नहीं सुना था। इस समय तो कमरे के सन्नाटे में स्टूल पर रखे पंखे की भनभनाहट ही गूँज रही थी। जब कभी पंखे की कोई पंखड़ी किसी तार से लग जाती तो खनखनाहट बज उठती। विवाह के अवसर पर बिजली पड़ोसी से उधार ले ली गई थी। मैं भरसक उपेक्षा और लापरवाही दिखाना चाहता था। कल्पना कर रहा था कि मेरी भावनाओं की शुद्धता और ऊँचाई के कारण मेरा चेहरा जगमगाते ज्योतिर्वलय से घिरा हुआ है। कुछ देर बाद ज़रा-सा कौतूहल भी हुआ कि कहीं सो तो नहीं गई। लेकिन मेरे पलंग पर बैठते ही उसने ज़रा-सा सिर उठाकर देखा, और जैसे कुछ हुआ ही न हो, इस तरह फिर सिर वहीं टिका दिया।

मैं बुद्धू की तरह बैठा-बैठा पंखे को देखता रहा। अब क्या करूँ ? धीरे से पलंग पर आड़ा ही लेट गया। सिर दीवार के सहारे उठा था। क्षण के पीछे क्षण फिसलते रहे। मुझे आशंका हो रही थी कि अभी मेरी इस कठोरता पर वह फूट-फूटकर रो उठेगी... दोनों हाथों से मेरे पाँव पकड़कर अभय माँगती-सी आँसू-भीगा मुँह उठाकर पूछेगी—'मेरे नाथ ! बताओ, इस दासी से क्या अपराध हुआ है।' फिर पाँवों पर सिर पटक-पटककर हज़ारों बार क्षमा माँगेगी। उस क्षण अपने को साध लेना शायद सबसे कठिन कार्य होगा। बस, एकाध पल ही जा रहा है। यही नाटक होगा...

लेकिन मुझे लगा, काफ़ी देर हो गई है और कभी-कभी कुछ चूड़ियों की झनक के साथ-साथ आधी रात का सन्नाटा हमारे बीच विषैले धुएँ की तरह फैलता रहा। अचानक मुझे लगा कि आशंका और भावुकता के सागर में स्पंज की तरह फूलता-पिचकता मेरा हृदय अब जमकर एक पत्थर का टुकड़ा रह गया है। किसी ने भीतर पूछा—'मैं यहाँ क्यों आया ! न बोलना, न स्वागत—क्या यह मेरा अपमान नहीं है ?' मैं स्वीकार करता हूँ कि इन तमाम महत्त्वाकांक्षाओं, आशाओं और दृढ़ता की निस्पंद और बर्फीली चादर के नीचे गरमाहट के बहते स्रोत की सनसनाहट मैं अनुभव करता रहा था। मन के किसी अँधेरे कोने में शायद बहुत-कुछ इस विषय में था भी—शायद उत्सुकता... शायद मिठास। अपनी इस ऊपरी सारी दृढ़ता के साथ यह भय भी मुझे था ही, कि कहीं पीछे बहते गरम खून का यह स्रोत प्रचंड ग्लेशियर की तरह फूट न पड़े और फिर उसके बहाव में मैं खो जाऊँ।

जैसे सनसनाता हुआ तीर खच्चू से अपने लक्ष्य में आकर धँस जाए, इसी तरह

मुझे लगा जैसे मेरे भीतर कोई चीज़ सन्नाकर टकराई—अपमान ! यह मेरा अपमान है। भीतर बहती तरल खून की धार पल-भर में जमकर बर्फ बन गई। मैं यहाँ आया ही क्यों ? आज के दिन कहीं और नहीं जा सकता था। घरवाले ज़रा-से परेशान ही तो होते न ! हमारे घर के लोग बे-पढ़े हैं और यह मैट्रिक तक पढ़ी है। शायद यही गुमान इसे हो गया है। निश्चय ही यह अपने को बहुत समझती है। वह यों ही खड़ी रही और मैं गुस्से से उठकर सीधा बैठ गया। बेशर्म ! यही आजकल की शिक्षा है ?—न किसी का लिहाज, न हया। समझती है, दूसरे लड़कों की तरह, मैं इसे मनाऊँगा, खुशामद करूँगा ? हुँह, सो खातिर जमा रखे। कयामत तक तो यह मौका आएगा नहीं। पहले मैंने सोचा था कि हम लोग शिक्षित हैं, समझदार हैं। आपस में बातें करके अपने को अधिक से अधिक योग्य बनाने की ओर ध्यान देंगे। लेकिन नहीं। अगर इसकी मर्जी यही है तो यही सही। झुकूँगा नहीं, आज का झुकना जिंदगी-भर का बवाले-जान हो जाएगा। आज तो बिल्ली मुझे ही मारनी है। आप शायद खड़ी-खड़ी यही सोच रही हैं कि मैं जाकर कहूँ, 'चलिए, खड़ी क्यों हैं ? बैठिए।' फिर शरमाएँगी और नखरे दिखाएँगी, रूठने-मटकने की ऐक्टिंग होगी। तभी पहली बार मेरा ध्यान उसकी इस अशिष्टता की ओर गया कि मेरे आने पर नमस्कार-प्रणाम कुछ नहीं। मैं तो सोचता था कि वह मेरे पाँवों पर झुक जाएगी तो मैं उसके दोनों कंधे पकड़कर उठा लूँगा। यही तमीज़ और अदब सिखाया है घरवालों ने ? उस वक्त तो बड़े गर्व से कहा था कि हमारी लड़की 'मैट्रिक' तक पढ़ी है।

जब कुछ क्षण यों ही बैठे-बैठे और बीत गए तो मैं एक झटके से उठकर खड़ा हो गया। दिमाग भन्ना रहा था और सारा कमरा अपमान के संकेतों से जैसे मुझ पर अट्टहास कर रहा था। मन के भीतर तब भी कहीं यह भाव था कि जब मैं चलूँगा तो यह पीछे से आकर मेरा हाथ या कुरते का छोर पकड़ लेगी। तब मैं कुछ देर ठिठकूँगा और उसे क्षमा कर देने के विषय पर विचार करूँगा। लेकिन जब खड़े होकर दो-चार कदम दरवाज़े की ओर चल भी लिया और उसने ऐसा कोई भाव नहीं दिखाया तो मेरे आत्मसम्मान का पेट्रोल-कुंड भकभकाकर जल उठा। मैंने निश्चय कर लिया कि अब अगर यह रोकने आएगी भी तो बिना मुड़कर पीछे देखे ही चल दूँगा। बद्‌तमीज़ !

भड़ाक् से जब किवाड़ खोले तो लगा चौंककर उसने सिर उठाकर देखा। तब तक मैं बाहर आ चुका था। जाने क्यों, मैं एक क्षण बाहर रुका और फिर सीढ़ियाँ चढ़कर खुली छत पर आ गया। सभी लोग चारपाइयों या ज़मीन पर सो चुके थे। चाँदनी की वर्षा हो रही थी और चाँद का छाता लगाए रात की रानी नीहारिकाओं के पथ से चली जा रही थी। मैंने कुछ भी नहीं देखा और एक कोने में नंगी धरती पर पड़कर अपने आपसे लड़ने लगा।

उफ्, इस व्यवहार को मैं कभी ज़िंदगी भर भूल पाऊँगा ? नहीं, नहीं। विद्योत्तमा के इसी व्यवहार ने एक वज्रमूर्ख को कविता का राजकुमार—कालिदास बना दिया था।

अब देखना है कि मैं इस अपमान का बदला किस रूप में चुकाता हूँ। लेकिन... आखिर मैं वहाँ गया ही क्यों ? क्या यह मेरे भीतर ही कोई कमज़ोरी नहीं है ? क्या यह पथ-भ्रष्ट होने का दैवी दंड नहीं है ? मुझे सँभालनेवाली ठोकर ! कहीं पढ़ा था—'अपमान से बढ़कर संसार में कोई ऐसी शक्ति नहीं है जो मनुष्य की सच्ची आत्मा को खींचकर बाहर ला सके।' अब मुझे देखना है कि मेरी आत्मा में कितनी शक्ति है। याद रहेगा, यह सुहागरात का उपहार ! जो हुआ अच्छा ही हुआ। वह रास्ता मेरा था भी नहीं।

मुझे ऐसा लगा, जैसे मैं अपने भाग्य की गति स्पष्ट देख रहा हूँ—जैसे वह सारे इधर-उधर के रास्तों को बंद करता हुआ एक निश्चित रास्ता मेरे लिए खोले जा रहा हो। और निश्चय ही वह रास्ता ऊँचाई का रास्ता है, मानवता का रास्ता है।

और इसी दिमागी उठा-पटक में कब मेरी आँखें बुरी तरह डबडबा आईं कि लाख कोशिश करने पर भी मैं अपने आपको सँभाल न सका। अपलक आकाश की ओर ताकती खुली आँखों से चुप-चुप आँसू बहते रहे। हे भगवान्, यह मेरे गले में क्या बाँध दिया है ! कहाँ लाकर पटक दिया है मुझे ! उस क्षण वही पुरानी भावना उमड़-उमड़कर मन-मस्तिष्क पर छा गई कि इस बीहड़-पथ पर मैं अकेला हूँ—नितांत अकेला। कोई साथ नहीं है। कोई ऐसा नहीं जो मेरी थकान और पसीने को सांत्वना के शब्दों से समेट ले, मेरी निराशा के आँसुओं को पोंछकर कहे...'चलो, मैं तो तुम्हारे साथ हूँ...' पता नहीं किस तरह की लड़की को मेरे गले मढ़ दिया गया है ? कैसे चलेगी जिंदगी... ? फिर लगा, जैसे कोई अज्ञात शक्ति मेरे शरीर के कण-कण से पानी निचोड़-निचोड़कर आँखों की राह उलीचे दे रही है।

अपने मन की और गहराई में मैं सोचता रहा कि मान लो, अभी उठूँ और बिना किसी से कुछ कहे-सुने बाहर निकल पड़ूँ तो कैसा रहे। कहीं चला जाऊँगा—कलकत्ता, बंबई या हरिद्वार... भागो... भागो !

धुआँ, अंगारों और भाप की भट्टी पर मैं रात-भर भुनता और उबलता रहा।

तीन

वन में लगी भयंकर आग की तरह यह समाचार सारे घर में फैल गया कि समर प्रभा से नहीं बोला।

दोनों हाथों से सिर पकड़े, कुहनियों को घुटनों पर रखे, मैं अपने कमरे की देहली पर बैठा-बैठा जाने क्या-क्या सोचता रहा ! मन में ऐसी उदासी छाई थी जैसे अभी-अभी लाश फूँककर आया हूँ। साँझ की छायाएँ अब कोनों-अंतरों की ओट से बाहर निकल-निकलकर फैलने लगी थीं। लेकिन उदासी थी कि अँधेरे के साथ-साथ बढ़ती चली जा रही थी। लगता था जैसे आगे एक महाशून्य का अंधा-सागर ठाठें मार रहा हो—अब मैं क्या करूँ ?

सुबह से कई लोग पूछ चुके थे। शायद प्रभा से भी पूछा हो। लेकिन दोनों ने ऐसी अनिच्छा का भाव दिखाया कि फिर पूछने की किसी की हिम्मत ही नहीं पड़ी। भाभी ने पहले व्यंग्य में प्रश्न किया फिर गंभीरता से जानना चाहा। अम्मा ने पूछा। लेकिन सबको मैंने टाल दिया। सारा दिन मैं मुँह छिपाता इधर से उधर भटकता रहा। मैं अपनी उस तथाकथित पत्नी से नाराज़ ज़रूर था; लेकिन यह भी जानना चाहता था कि सुनूँ उसने मेरे खिलाफ क्या-क्या कहा है। अभी तक तो कुछ भी सुनने में नहीं आया था और इसी का मुझे आश्चर्य था। लगा, उससे घरवाले कुछ भी नहीं निकाल पाए। जो भी उन्होंने चाहा वह सब मेरे ही व्यवहार से ! कभी-कभी तो मैं चौंक उठता कि यह सब कहीं मुझे प्रभावित करने का ढंग तो नहीं ! लेकिन मुझे अब एक ऐसी तटस्थ निरासक्ति भी अपने भीतर महसूस हो रही थी, जैसे अब घर में कोई भी मेरा कुछ नहीं लगता। अगर वह सबसे कुछ न कुछ कहती फिरती, तब भी शायद क्या नया नहीं लगता।

बाबूजी ने अत्यंत गूढ़ रहस्य जानने की मुद्रा में पूछा था, "कुछ खास बात हुई क्या ?" मैं चुप रहा। फिर उन्होंने पूछा, "लड़ाई-वड़ाई तो नहीं हो गई ?"

उस समय तो मेरा साहस डगमगा गया, जब मुन्नी आई, "बाबूजी ने बुलाया है।" बाबूजी ने क्यों बुलाया है ? मरे-मरे कदमों से मैं वहाँ पहुँचा।

बाबूजी के सामने पड़ने से मैं हमेशा ही डरता रहा हूँ। यों इधर तीन-चार साल से उन्होंने हाथ नहीं उठाया, लेकिन शरीर पर पड़ी हुई पुरानी नीलें अभी भी ताज़ी हो आती हैं। और ये यादें ही उनके आतंक को जैसे दिन-दूना रात-चौगुना बढ़ाया

करती हैं। किस समय वे क्या कर बैठेंगे, कोई ठिकाना नहीं। जिन दिनों वे मुझे मारते थे, उन दिनों तो एक अल्हड़ और ज़िद्दी निश्‍चिंतता रहती थी कि ज़्यादा से ज़्यादा पीट ही तो देंगे। हॉकी-फुटबॉल में भी तो चोट लग जाती है और हम उसे सहते ही हैं। लेकिन इधर तो एक अजब रहस्यमय खौफ़ मुझे उनके हर व्यवहार से लगता था। अपनी किसी ग़लती पर जब मैं पीटे या डाँटे जाने की आशंका करता और वे टाल देते तो लगता जैसे मेरे खाते में जाने कितनी सज़ा इकट्ठी हो गई है। नतीजे में उनसे कतराना और डरना मेरा स्वभाव बन गया था। मैं मन में चाहे जितना विरोधी और विद्रोही बनता रहूँ, बाबूजी का आतंक मेरी नस-नस में इस तरह समा गया था कि उनके सामने ज़बान नहीं खुलती थी। और मन ही मन कुढ़ते हुए भी जो कुछ वह कहते, मैं कर डालता।

बहुत डरते हुए मैंने भी उनकी बातों के जवाब में एक भाषण तैयार किया। वे चुपचाप फ़र्शी पीते हुए अत्यंत गंभीर दार्शनिक की मुद्रा में बैठे होंठ टेढ़े करते हुए धुआँ निकाल रहे थे। आस-पास की ख़ाली कुर्सी और मूढ़े देखकर लगा जैसे अभी-अभी कुछ लोग उठकर गए हों। उन्होंने भौंहों के संकेत से बैठने को कहा तो मेरा साहस धुएँ की तरह उड़ गया। मैं जैसे-तैसे चुपचाप किनारे पर बैठ गया।

"क्या बात है ? बहू तुझे पसंद नहीं आई ?" अत्यंत मुलायम शब्दों में उन्होंने पूछा। शब्दों की मुलायमियत से मैं चौंककर डर गया। अपने भाषण का एक-एक शब्द फिसलता लगने लगा।

मुझे चुप देखकर उन्होंने फ़र्शी में एक लंबा-सा कश खींचा और धुआँ घूँटते हुए फिर से पूछा, "साफ बता न, इसमें झिझक की क्या बात है ? सुनते हैं तू उससे बोला भी नहीं ?"

मैं चुपचाप हथेली फैलाकर हाथ की लकीरें देखता रहा। सारे सोचे हुए सवाल-जवाब दिमाग से निकल गए। मन में एक आर्द्र उच्छ्‍वास-सा घिर आया।

अब बाबूजी ने हुंकारी भरकर कहा, "यह भी तो सोचो कि वह बेचारी पराई लड़की किसके बूते पर आई है ? कोई घर में आता है तो इस व्यवहार के लिए ? क्या कहेगी वह घर जाकर ? माना कि शादी करने की तुम्हारी इच्छा नहीं थी, लेकिन बेटा, यह लोक-व्यवहार है। और जो हो जाता है उसे निभाना तो पड़ता ही है। मान लो कि..."

अचानक मेरे फूट-फूटकर रोने से उनकी बात बीच में ही टूट गई। सच पूछो तो इस सचाई के लिए मैं खुद भी कतई तैयार न था। लेकिन बाबूजी की उन बातों के सामने जाने क्यों अपने को रोक नहीं पाया। मैं बच्चों की तरह अपने को सँभालता, मुट्ठियों के पिछले हिस्से से आँखों और नाक को रगड़ने लगा, और जब उन्होंने समझाने के स्वर में कहा कि 'जाओ, ऐसा लड़कपन नहीं करते', तो मैं चुपचाप उठकर चला आया।

अपने पढ़ने की कोठरी के दरवाज़े पर बैठा-बैठा मैं बड़ी देर तक निरुद्देश्य जाने

क्या-क्या सोचता रहा—बे-सिर-पाँव की बातें। इस सारे कांड में मुझे अपनी गलती ही दिखाई नहीं देती थी। यह शादी मेरे उच्चादर्शों और महत्त्वाकांक्षाओं के लिए ज़हर थी, यह जानते हुए भी कहीं यह आशा थी कि चलो लड़की पढ़ी-लिखी और समझदार है। हम लोग एक-दूसरे को समझने की कोशिश करेंगे, बनने में मदद देंगे। चाहता तो मैं भी अपनी सुहागरात के दिन उसे खींचकर पलंग पर डाल देता और अंधाधुंध उसके रूप का बखान शुरू कर देता, या बिलकुल जाहिलों की तरह कोई तोता या बिल्ली ले जाता और ऐन मौके पर क्रोध में उसे मारकर ज़िंदगी भर के लिए अपना रौब गालिब कर लेता। लेकिन मैंने तो चाहा था कि पढ़े-लिखे, सभ्य और शिष्ट आदमी की तरह मैं यह सब नहीं करूँगा और सबसे पहले उसे बाकायदा अपना परिचय दूँगा, उसका परिचय पूछूँगा। फिर उसे अपने सपनों और महत्त्वाकांक्षाओं के बारे में बताऊँगा, उसे समझाऊँगा कि जीवन और जगत् के बारे में मेरे विचार क्या हैं ? यह सब अच्छी तरह समझा चुकने के बाद नम्रता से पूछूँगा, 'कहिए इन सबमें आप कहाँ और किस तरह मेरी सहायता करना चाहेंगी ?'... लेकिन इस संबकी तो उसने अपने व्यवहार में गुंजायश ही नहीं रखी। वहाँ ऐसा मौका ही कौन-सा था कि मैं यह सब बातें कह पाता ! नहीं, इस सबमें मेरा अपराध नहीं है। बाबूजी व्यर्थ ही मेरे सिर सारा दोष मढ़ रहे हैं।

अचानक किसी ने भीतर से पूछा—मैं उससे नहीं बोला, यह बात बाबूजी को पता कैसे चली ? मैं चौंक उठा ! हाँ, ठीक ही तो है, उनसे यह बात किसने कही ? मैंने तो इस बात का किसी से भी ज़िक्र नहीं किया। उसी ने कहा होगा। मुझे तो सुबह से ही इस बात पर आश्चर्य हो रहा था कि क्यों वह इस इतनी महत्त्वपूर्ण बात को अत्यंत तुच्छ बनाकर उड़ाए हुए है, क्यों नहीं उसने किसी से कुछ कहा ? लेकिन उसके बताए बिना कोई जान ही नहीं सकता। आखिर औरत है ना, अम्मा से चाहे न कहा हो, लेकिन मुन्नी या भाभी से ज़रूर कहा होगा। मुन्नी या भाभी से मालूम करूँ ? नहीं, यह पूछना अपनी कमज़ोरी होगी। ये फिर झट उसके कान में जाकर बात पिरो देंगी तो सोचेगी कि कितना कमज़ोर आदमी है। कमज़ोर ?... अभी तो उसने मेरी मज़बूती की एक ही झलक देखी है...

"लालाजी, क्या सोच रहे हो ऐसे डूबे हुए ?" तभी जाने किधर से निकलकर भाभी ने कहा, "तुम्हारी तो शादी न हुई, लगता है दुनिया-भर की चिंताओं का बोझ ही तुम्हारे ऊपर आ गया। माथे पर हाथ रखे क्यों बैठे हो ? सिर-विर में दर्द है क्या ? कोई देखे तो समझे जाने किसी लड़के-लड़की की शादी करनी है तुम्हें !"

मैं चौंक गया, जैसे चोरी करता हुआ पकड़ा गया होऊँ। अपनी चिंताओं और दुखों को दिखाना भी तो भीतरी कमज़ोरी है। सँभलकर कहा, "कुछ भी तो नहीं भाभी, सोच-साच तो कुछ नहीं रहा। यों ही बैठा हूँ।" मुझे लगता था जैसे घर का एक-एक

आदमी, या हर मिलनेवाला अपनी बातचीत या हरकत से सिर्फ इसी ओर संकेत करता हो। और इस संकेत की चुभन या उसकी जवाबदेही से मैं बुरी तरह भयभीत हो उठता था।

"लालाजी, बनो मत ! दीखता तो सभी को है। दिन छिप गया और न तुम्हें खाने की सुध है, न पीने की।" इसके बाद कुछ शैतानी से मुस्कराकर वे बोलीं, "क्यों, बनी नहीं क्या ?"

उनके मज़ाक को समझते हुए भी गंभीरता से जवाब दिया, "और भाभी, बन भी नहीं सकती। घमंड मैं अपने सगे से सगे का नहीं सह सकता, चाहे कितना ही खूबसूरत हो या पढ़ा-लिखा। ऐसे घमंड को यहाँ जूती पर रखते हैं।" आज भी नहीं कह सकता कि इतनी ज़ोर से मैंने बाबूजी की बात का जवाब दिया, घर में कहीं बैठी प्रभा को सुनाया, या सिर्फ भाभी से बात कही।

"सो तो बात हमें भी लगती है, लालाजी !" भाभी ने इधर-उधर शंकित निगाहों से देखते हुए धीरे-से खुसुर-फुसुर करके कहा, "प्रभा में थोड़ा-सा अपनी पढ़ाई और खूबसूरती को लेकर गुमान है। मुझसे पूछो, तो कोई ऐसी परीज़ादी भी नहीं है। यों अपनी उमर पर खूबसूरत कौन नहीं होती ! हम नहीं थे। अम्माजी नहीं थीं ?" और कहने के साथ ही वह अपनी बात पर लजा गईं।

"हुँह !" मैंने उपेक्षा से सिर झटका, "ऐसी खूबसूरत हैं तब तो यह हाल है। अगर सचमुच खूबसूरत होती तो न जाने दिमाग का क्या हाल होता ?" मैं ज़ोर से ही बोला था, ताकि वह भी सुन ले।

भाभी मेरी बात समझ गईं। खुशामद से बोलीं, "तुम्हारे हाथ जोड़ूँ लाला, ज़रा धीरे बोलो, नहीं तो कोई ज़रा-से में समझेगा कि तुम्हें जाने क्या उलटा-सीधा सिखा रही हूँ।"

"सिखाने की क्या बात है, भाभी ! मैं क्या समझता नहीं हूँ ? अंधा तो नहीं हूँ। कहता था कि मुझे इस कुएँ में मत डालो, मत डालो। पर तब तो तुम्हें भी ज़िद चढ़ी थी कि इसके गले में ही फाँसी का फंदा क्यों न पड़े ! बताओ, अब क्या करूँ ?"

"अच्छा छोड़ो लालाजी, तुम भी क्या ज़रा-ज़रा-सी बातों में सिर खपाया करते हो !" स्नेह और आत्मीयता से भाभी बोलीं, "चलो, खाना खा लो। सब धीरे-धीरे ठीक हो जाएगा। तुम्हारा भी खून गरम है और वह भी अभी बच्ची ही है। मैं समझा दूँगी उसे। तब भी उसे ऐसा करना नहीं चाहिए था। पर सबसे बड़ी मुश्किल तो यही है कि अपने को जाने क्या समझती है ! हमें तो बात करने लायक भी नहीं मानती। कोई आए, कोई जाए, न घूँघट, न पल्ला। बस, किताब ले आई है अपने घर से, सो उसे ही पढ़ती रहती है। और तो कुछ लाई नहीं है। जो है सो तो है ही, पढ़ाई का दिखावा बहुत है। खैर लालाजी, तुम अपनी पढ़ाई-लिखाई इस सबके आगे क्यों बरबाद करते हो !" फिर भाभी थोड़ी देर चुप रहीं। सोचती-सी बोलीं, "कल सुबह का खाना वही बना रही है। तुम्हारे भाई साहब तो कहते थे कि खाना क्या बनाती है, अमरित

बनाती है; उँगली चाट-चाटकर खाओ तब भी संतोष न हो।"

"उन्हें क्या पता है ?" मैं सहसा पूछ बैठा।

भाभी कुछ चौंकी। फिर साधारण बात की तरह कहा, "देखने गए थे तो खा आए होंगे, तभी से तारीफ़ के मारे घर भरे दे रहे हैं। कल तुम्हीं देख लेना।" फिर वे मुड़कर चल दीं—"अच्छा आओ, तुम्हें मेरी कसम है, दो रोटियाँ खा लो। मैं चलकर परोस रही हूँ।"

सुबह से ही घर का वातावरण मुझे इतना बोझीला, दमघोंटू और उबानेवाला लग रहा था कि खाना तो क्या, पानी पीने की इच्छा नहीं हो रही थी। पर अब भाभी से बातें करके जाने क्यों मन हलका हो गया। चुपचाप उठकर रसोईघर में जा पहुँचा।

रात को फिर अम्मा-बाबूजी ने अप्रत्यक्ष और मुन्नी तथा भाभी ने साफ़-साफ़ मुझसे आग्रह करके कहा, "ऐसा होता ही रहता है। इस तरह की बातों पर ज़िंदगी-भर के लिए लड़ा जाता है ? जिसके साथ सात भाँवरें डालकर लाए हो, उसे तो निभाना ही पड़ेगा। आखिर वह बेचारी करे भी क्या ? कसूर उसका ही हो तब भी ऐसे मौक़े पर माफ़ कर देना ही ठीक है। दो दिन बाद उसके भाई उसे लेने आ जाएँगे। क्या कहेगी घर जाकर हमारे बारे में ? सारी बिरादरी में बदनामी होगी सो तो होगी ही, संबंधों में भी तनाव आ जाएगा। अब वह माफ़ी माँग लेगी।" पर इस सारे वातावरण में मुझे भी जाने कैसे ज़िद आ गई थी। मैंने भी मुन्नी से साफ़-साफ़ कह दिया, "आप लोग मुझे रात को यहाँ सोने देना चाहें तो सोने दीजिए, नहीं तो दिवाकर या किसी और दोस्त के यहाँ जाकर पड़ा रहूँगा।"

"लालाजी, जब तुम्हें ज़िद चढ़ जाती है तब तुम किसी की नहीं मानते। अब यह भी कोई बात हुई ! कभी-कभी तो बड़ों का कहना भी माना करो।"

"नहीं भाभी, नहीं, एक कहना मानकर तो यह सुख पाया। अब तो मेरा पीछा छोड़ दो।" उन सारे लोगों की बातों में जाने अस्पष्ट-सा क्या था कि मेरे हठ को बढ़ाए जा रहा था और कल की घटना कई गुना बढ़कर सामने आ रही थी।

तभी मैंने देखा, दरवाज़े पर कोई छाया-सी आई। वहीं द्वार के पास आकर खड़ी हो गई। भाभी ने देखा तो पास जाकर चौखटे के पास कान ले जाकर बोलीं, "क्या लाई हो ? दूध ? अरे, तुम क्यों लाईं ? कोई और नहीं था ? यह मुन्नी बीबी भी गज़ब करती हैं ! नई बहू को दो दिन बैठने दिया होता कि दूध लेकर भिजवा दिया। खुद ही ज़रा-सी तकलीफ़ कर लेतीं। अब यहाँ तक ले आई हो तो दे दो न ! शरम काहे की ?" तभी भीतर दूर से आवाज़ आई, "भाभी, अम्मा बुला रही है। सुबह के लिए दाल कितनी भीगेगी, बता जाओ।" मुन्नी थी।

"अच्छा, आई।" मेरी ओर रहस्य से मुस्कराती भाभी चल दीं। धीरे-से उससे कहती गईं, "माफी माँग लो, ऐसी बातों में क्या फ़ायदा, तुम्हीं छोटी बन जाओ।"

फिर वही रातवाला कमरा था। लाल डोरी में गहरे नीले रंग का बल्ब खूँटी के

पास जल रहा था। अजब सपनीला-सा वातावरण था। मैं बल्ब की ओर यों ही देखता चुपचाप इस तरह बैठा रहा जैसे सारी दुनिया से बेखबर होकर कोई गंभीर बात सोच रहा हूँ। मगर मेरी सारी चेतना दरवाज़े की ओर जा सिमटी थी। हाथ में गिलास और रेशमी साड़ीवाला आधा शरीर दिखाई दे रहा था। मैं मन ही मन उत्कंठा से प्रतीक्षा कर रहा था कि वह अभी आकर मुझसे माफ़ी माँगेगी, दूध पी लेने का आग्रह करेगी। अब मैं भी उसे माफ ही कर दूँगा। घर जाकर हमारे घर के बारे में कहेगी तो मुझे अच्छा नहीं लगेगा। उसे पता तो लग ही गया कि आदमी कितना जिद्दी हूँ।

एक मिनट... दो मिनट... पाँच मिनट... दस मिनट... काफी देर हो गई और यों बैठना भद्दा लगने लगा। मैं झटके से इस तरह से सचेत हुआ जैसे सोचते-सोचते कोई बात याद आ गई हो, और सहसा चौंक उठा हूँ फिर भी घुटनों पर हाथ रखे इस तरह बैठा रहा जैसे उठने ही वाला हूँ। और तब खड़ा होकर द्वार की ओर इस तरह चलने लगा जैसे मुझे पता न हो कि वहाँ कौन खड़ा है। निहायत लापरवाही में उसके स्पर्श से बचता हुआ मैं द्वार से निकल आया और वह दूध लिए यों ही चुपचाप खड़ी रही। बाहर आते समय भर्राए कंठ की झिझकती आवाज़ सुनी—"सुनिए !" पर मैंने कुछ नहीं सुना और इस तरह धड़धड़ाता हुआ बाहर निकल आया जैसे मुझे किसी की चिंता नहीं है। आज फिर छत पर खुला आसमान तना था।

उस रात मैंने दो निश्चय किए। एक तो यह कि अब चाहे वह अपनी ओर से बोले या न बोले, मैं नहीं बोलूँगा। भरसक न तो कोई संबंध रखूँगा, न कोई इस तरह की कमज़ोरी दिखाऊँगा। दूसरे खूब ध्यान से पढ़ूँगा और अपने पुराने कार्यक्रम पर इस तरह लौट आऊँगा जैसे कुछ भी न हुआ हो। एक बुरा सपना देखा था, जो बीत गया।

सुबह खाना बना। न बोलने का निश्चय अभी भी यों ही था। लेकिन रात का यह निश्चय कि उससे कुछ संबंध न रखूँगा, अब कुछ अपनी ज़्यादती लगने लगा। न बोलूँगा और न अपनी ओर से कोई झुकाव ही दिखाऊँगा, यहाँ तक तो ठीक है; लेकिन उसके हाथ का बना खाना—कम से कम एक बार देखने के लिए ही सही—खाने में कोई बुराई नहीं लगी। हाँ, जाऊँगा तभी जब कोई खुशामद करेगा। वह तो खैर करेगी ही क्या ! काश...

उसके हाथ की रसोई को पहले मुझे ही खाना था। यों घर में विवाह के जितने भी रीति-रिवाज हो रहे थे उनसे मुझे कोई मतलब नहीं था। रोज़ पास-पड़ोस की औरतों की फ़ौजें आतीं और तीन बजे से रात के ग्यारह बजे तक बुरी तरह से ढोलक पीटी जाती। बाद में अंजलियाँ भर-भरकर बूँदी के लड्डू और बताशे बाँटे जाते। मुन्नी का तो गाते-गाते गला पड़ गया था। भाभी बड़ी-बूढ़ियों के पैर लगते-लगते और उनके लिए पान लगाते-लगाते बुरी तरह झल्लाने और बड़बड़ाने लगी थीं। ऐसे समय में अकेली कमरे में चुपचाप कोई किताब पढ़ती या अपनी समवयस्काओं से उसे देखने या मिलने आई होतीं, बातें करती प्रभा के पास वे पानों की डलिया और पानदान रख

जातीं। और जब कभी सुन आतीं कि छोटी बहू बड़ी से ज्यादा सुंदर, सलीकेदार और शिष्ट है, तो आकर अपने आपसे बोलतीं, 'तुमने अभी तक पान नहीं लगाए बहू, वहाँ मौसीजी और अम्माजी मेरी जान खाए डाल रही हैं कि ला, पान ला। लाओ, मैं लगा डालूँ जल्दी-जल्दी। तुम नई बहू हो न, सो लजा रही हो ?' और फिर दो-चार लगे हुए पानों को ले-जाकर बाहरवालियों की बातों में शामिल हो जातीं कि इस शादी में उन लोगों को कितना कम मिला है।

मैंने भाभी से साफ़ कह दिया कि खाना ही क्या, उसके हाथ की मैं कोई चीज़ नहीं खाऊँगा। मैं असल में देखना चाहता था कि वह क्या कहती है। इतनी देर में अम्मा ने पहली बार कहा, "नहीं भैया, ऐसा नहीं करते। यह तो घर की रीति है। अन्न देवता का कहीं अपमान किया जाता होगा ?" इस सारे कांड में अम्मा ने पहली बार मुझे समझाया था। यह मुझे आश्चर्य था कि वे मुझे डाँट क्यों नहीं रहीं। कभी-कभी तो घरवालों की इस अप्रत्याशित शालीनता को देखकर लगता था जैसे जो कुछ मैं कर रहा हूँ उसमें उन्हें खुशी ही है। लेकिन बात-बात पर डाँटनेवाली अम्मा चुप थीं, बस कभी-कभी मौसी से बहुत धीरे-धीरे कहतीं, "क्या बताएँ पूनो, हमारा तो शादी करने का सारा हौसला ही खत्म हो गया।" और गहरी साँस लेकर मानो शेष बात को दबा जातीं।

जब मुझे खाना खाने को बुलाया गया तो रसोई में मुन्नी, अम्मा, भाभी और अमर वगैरह सब बैठे थे। रसोईघर में खाना बनाने और खाना खाने की जगह को बाँटने के लिए छाती के बराबर ऊँची एक ईंट की दीवार उठा दी गई है ताकि बड़े-बूढ़ों को पर्दा बना रहे। वह उसकी आड़ में थी। मैं यह तो नहीं देख सका कि कैसे बैठकर वह खाना बना रही है, लेकिन थाली परोसते या थाली में कटोरियाँ चुनते हुए हाथ मुझे दिखाई पड़ रहे थे। अब मैंने मानो पहली बार देखा, हाथ गोरे थे, और हथेलियों और नाखूनों पर मेहँदी लगी थी। दो उँगलियों में सोने की नए डिज़ाइन की नौकाकार लंबी-लंबी अँगूठियाँ थीं, एक हाथ में सोने की चूड़ियाँ—काँच की चूड़ियों के बीच में, और दूसरे में काले रेशमी फीते से बँधी छोटी-सी रिस्टवाच। मुझे लगा जैसे हाथ काफी सुंदर हैं, उँगलियाँ पतली-पतली और नाज़ुक हैं। पहली बार उसका चेहरा भरपूर देखने को मन हुआ। साथ ही अपनी उस सारी बेवकूफी की ऐक्टिंग पर गुस्सा भी आया।

काँपते दो हाथों ने थाली बढ़ाई तो भाभी ने सँभलकर मेरी ओर सरका दी। सब लोग चारों ओर से इस तरह झुक आए, जैसे मैं कोई जादू करनेवाला हूँ। थाली में दो तह की हुई पतली-पतली छोटी-सी दो रोटियाँ, तीन साग, एक दाल, रायता, दो चटनियाँ, पापड़ और अचार। देखकर ही भूख से मुँह में पानी भर आया। मुस्कराते हुए मुँह का पानी सटका और थाली अपनी ओर सरका ली। बड़ी नज़ाकत से पहला टुकड़ा लेकर दाल में डुबोया। सबको उत्सुकता थी कि मैं खाने की प्रशंसा किन शब्दों में करता हूँ। लेकिन जैसे ही ग्रास मुँह में रखा कि 'ओ-ओ' करता हुआ बाहर भागा। बाहर ज्यों-का-त्यों मुँह नीचे करके सारा उलट दिया। आँखों में बुरी तरह पानी भर आया।

"क्या हुआ ? क्या हुआ ?" सब मेरी ओर स्तब्ध देखने लगीं। लगा, जैसे प्रभा के हाथ से बेलन छूटकर नीचे गिरा हो।

"हुआ मेरा सिर ! दाल कड़वी ज़हर कर रखी है। मुझे नहीं खाने यह छप्पन भोग !" मैंने शहीदों की तरह झुककर एक टुकड़ा तोड़कर माथे से लगाया और फिर ज़ोर की ठोकर थाली में मारकर उछलती कटोरियों को बिना पीछे मुड़कर देखे ही बाहर चला गया। शायद रुआँसी-सी आवाज़ भी सुनी थी, "मैंने तो चख ली थी दाल।"

खूब बावेला मचा। "बहू खाना बनाना नहीं जानती। अब यह सब भी सिखाना होगा।" भाभी ने ताना कसा, "दिखाते वक्त किसी को क्या पता कि खाना किसने बनाकर खिलाया है। बड़ी चली थी रिस्टवाच पहनकर खाना बनाने ! बोलो, घड़ी का तुम चूल्हे में करोगी क्या ? या तो फैशन ही कर लो या काम ही कर लो। अरे, पहली बार तो ठीक से बनाकर खिला देतीं ! अब चाहे अमरित ही बनाती रहो, यह बात तो अब आने से रही।" अम्मा की बड़बड़ाहट सुनी, "बड़ी आई, दाल तो मैंने चख ली थी ! अरे, तुम्हारे यहाँ निरा नमक खाया जाता हो, हमें क्या मतलब ? ज़रा कम ही डाल देतीं। दुबारा माँगने में कौन-सी इज्ज़त जाती है ! लो, अब इन्हें यह भी सिखाओ। हमें तो इस शादी में कुछ भी नहीं मिला। न लड़की ही मिली न...।"

जाने क्यों मुन्नी बिलकुल चुप थी। मुझे ऐसा लगा जैसे वह प्रभा की ओर है।

दूसरे दिन उसके भाई आए और वह उनके साथ चली गई। ज़िंदगी में थोड़ी-सी हलचल आई, चर्चा हुई और फिर पहले जैसी गति आ गई। दूसरे दिन ही रसोई से उठनेवाली घी और पकवानों की खुशबू बरसों पहले की बात हो गई।

चार

"समर भैया, ज़रा इधर देखो, नीचे।" नीचे से अमर की आवाज़ आई। वह भाई साहब की साइकिल साफ कर रहा था। झाँककर देखा, चौक के दरवाज़े में दो स्वयंसेवक खड़े थे। नीचे आया। "कई दिन से आप आ नहीं रहे हैं। हमने सोचा कुछ तबीयत..." सुबह इधर मैंने व्यायाम की दृष्टि से शाखा जाना शुरू कर दिया था। संध्या को 'बौद्धिक' जाता था। शादी और अपने मानसिक उद्वेलन के कारण जाने को मन ही नहीं हुआ। बड़ी मुश्किल से उन्हें लौटाया और निहायत उदास, पाँव घिसटाता हुआ लौट आया। ये लोग फिर आएँगे, यह आशंका ही अब डराने लगी।

सचमुच, एक तूफान की तरह वह आई और लहर की तरह चली गई। लेकिन घर में चली आती एक स्वाभाविक गति को जैसे किसी ने पकड़कर बुरी तरह झंझोड़ डाला। लगता है, जैसे कोई बहुत बड़ी दुर्घटना होकर चुकी है और उसके वास्तविक प्रभाव को सही रूप से आँक पाने में अभी मन असमर्थ है। मैं तो कहता हूँ, एक मुसीबत आई और चली गई। ठीक तो कहा है किसी ने—"दूर से पहाड़ी जैसी बड़ी और भयंकर दिखाई पड़नेवाली मुसीबत चाहे जितनी विशाल और विराट क्यों न दिखाई दे, निकट आने पर उसमें कहीं न कहीं पगडंडियाँ और रास्ते निकल ही आते हैं।" एक बार अम्मा ने किसी से कहा, "अपने लड़कों को लड़कियों की क्या कमी ? हम तो समर की दूसरी शादी कर देंगे।" सुनकर मैंने शायद ज़िंदगी में पहली या दूसरी बार ज़ोर से डाँट दिया, "एक शादी ने ही निहाल कर दिया ! अब मुझे पढ़ लेने दो।" वह फिर कुछ नहीं बोलीं, भीतर कहीं यह विश्वास है कि चाहे आज न बोलूँ, दो महीने, चार महीने, साल-दो साल न बोलूँ, लेकिन है तो वह मेरी पत्नी ही। अब जब दोनों के भाग्य बाँध दिए गए हैं तो निभाना तो पड़ेगा ही।

मेरी ज़िद के कारण पहले से कोई सौदा न किया जा सका और जितना उम्मीद थी उतना मिला नहीं, इसलिए अम्मा अक्सर ही कहतीं, "कहें क्या चंदन, शादी के तो सारे हौसले मर ही गए।" चंदन मामाजी का नाम है। उन्होंने ही शादी कराई थी। वे ताने से कहतीं, "पढ़ी-लिखी लड़की के सिवा तूने कुछ और भी देखा बस ?"

विवाह के दिनों का सारा दिखावा समाप्त हो चुका था और अब वही कठोर यथार्थ आ गया था। चीनीवाले, गेहूँवाले सभी को पैसे देने में घर में रोज़ महाभारत होता। अक्सर ही बिना किसी कराण, बाबूजी अम्मा और भाईसाहब से कहते रहते,

"अब आगे कैसा होगा, इस पर भी सोचा ?" उन्हें सिर्फ पचीस रुपए पेंशन मिलती थी। महँगाई भत्ता सब मिलाकर निन्यानवे भाई साहब को। शादी में साइकिल मिली थी, उसे ही घसीट रहे थे। बीमारी से शरीर बिलकुल जर्जर हो गया है, इसलिए अक्सर अम्मा चारपाई पर बैठी-बैठी माला जपती हुई कुछ बुदबुदाया करती हैं। दो-तीन बच्चे पढ़ने को हैं। अमर मैट्रिक देगा, सबसे छोटा कुँवर अभी छठे में है। सबको पढ़ाना है। मुन्नी है ही। मुझे इस बार वैसे भी इंटर पास कर लेना है।

हमारे घर में मुन्नी ही सबसे अभागिन है। मुझसे दो साल छोटी है। दो-तीन साल पहले, सोलह-सत्रह की उम्र में उसकी पढ़ाई छुड़ाकर शादी कर दी गई। 'इतनी बड़ी कर ली है' के लगातार प्रहारों से मजबूर होकर घर की कुछ चीज़ें बेच-बाचकर, कुछ भाई साहब की शादी में मिली चीज़ें मिलाकर दहेज दिया। उफ, क्या तंग किया बरातियों ने भी–हमारी खातिर यों होनी चाहिए, हमें यह चाहिए। ससुराल से मुन्नी के बड़े ही करुणापूर्ण खत आते। यहाँ आती तो बुरी तरह बिलख-बिलखकर रोती। सास और पति मिलकर जो-जो अत्याचार करते उन्हें किसी से कह भी तो नहीं सकती थी। इसका पता तो बाद को चला कि पति का चाल-चलन कैसा है और वह रातों कहाँ-कहाँ घूमता है। एक-डेढ़ साल तो गाड़ी रोते-झींकते खिंचती रही, लेकिन सास के मरते ही मुसीबतों का पहाड़ अर्राकर टूट पड़ा। अब पतिदेव का हाथ पकड़नेवाला कौन था ! उसने जाने किसको लाकर घर में डाल लिया। सुनते हैं, कोई ब्राह्मण जाति की थी। नौकरानी की तरह अपनी और अपनी उस रखैल की मुन्नी से सेवा कराता, और दो-दो, तीन-तीन दिन खाना नहीं देता था। और भी न जाने कितने कहने-अनकहने अत्याचार किए। मुन्नी तो बताती ही नहीं थी। रात-रात-भर इसकी दोनों हथेलियों पर खाट के पाए रखकर इसे कुढ़ाने और जलाने को अपनी आनंद-क्रीड़ा के प्रदर्शन किए जाते और एक दिन सारे शरीर पर बेंतों के फूले हुए नीले निशान लेकर मुन्नी सुबह-सुबह फिर हमारे यहाँ आ गई। बस तब से यहीं है।

अब तो उसे देखते ही मन जाने कैसा हो जाता है। इच्छा होती है, उसके पति को पकड़कर भरे बाज़ार में ठोकरों और कोड़ों से खूब पीटूँ–'राक्षस, अपनी फूल-सी बहन हमने इसलिए तुझे दी थी ? देख, शरीर पर चोट यों लगती है।' और मैं मन ही मन दाँत पीसता उसकी काल्पनिक तसवीर की इतनी मरम्मत करता कि उसके मुँह से झाग निकलने लगते। मुन्नी तो पता नहीं कुछ सोचती भी है या नहीं। अधिक से अधिक चुप और तटस्थ रहना उसका स्वभाव हो गया है। सब नीचे होंगे तो वह ऊपर अकेली बैठी-बैठी एकटक ताका करेगी। ऊपर से आई तो सिकुड़ी-सिकुड़ाई-सी सबकी निगाहों से बचती रहेगी। जाने क्या उलटा-सीधा सोचा करती है, भीतर जैसे उसे कोई चीज़ पीसे डाल रही हो। हम सब देखते रहते हैं, वह दिन-दिन पीली पड़ती चली जा रही है। अठारह-उन्नीस बरस की चमकते मोती-सी उम्र झुर्रियों और दुख के पाले में मुरझा गई है। लेकिन करें भी तो क्या ? अब तो शायद ज़िंदगी भर उसे यहीं रहना है। बाबूजी ने उस आदमी को कितना लिखा है, शहर और बाहर बिरादरी

के प्रमुख लोगों द्वारा उस पर कितना दबाव डलवाने की कोशिश की है, लेकिन कुछ नहीं होता। खुद इतना पढ़ी-लिखी नहीं कि कुछ कर सके। दिन-रात पढ़े-लिखे तो पाँच-छः साल में इतना पढ़ पाएगी कि तीस-पैंतीस की मास्टरनी बन सके। सिलाई-कढ़ाई सीखने में भी दो-एक साल चाहिए। फिर इतना पैसा भी एक समस्या है। यहाँ लड़कों को पढ़ाने की आफत मची रहती है। मुन्नी जब आई-आई थी तो सभी उसके प्रति हमदर्दी दिखाते, उसे हिम्मत बँधाते थे। अब तो प्रायः सभी भूल चुके हैं। हाँ, अगर नहीं भूली है तो वह स्वयं कि घर के ऊपर वह बोझ है।

शादी के बाद अब जाने क्यों लगता जैसे घर की वास्तविक हालत मुझे जान-बूझकर दिखाई जाने लगी है। लगता ही नहीं कि मेरी शादी भी हुई थी। वह तो शायद कोई और था। अब तो बहू की बात भी घर में कोई नहीं करता। लगता है, जैसे मेरी अनिच्छा को ज़रूरत से ज्यादा महत्त्व दिया जा रहा है। किसी एक बाहरी आदमी को घर का आदमी माना जाने लगा है, इसे सब भूल गए हैं। हाँ, एकाध बार भाभी ने प्रसन्न मनःस्थिति में हँसकर कहा था, "ठीक है लालाजी, सब ढंग पर आ जाएगी। औरत को जब तक दबाकर नहीं रखा जाता, हाथ नहीं आती। और जहाँ पहले से ही गुमान बढ़े हों वहाँ तो फिर कहना ही क्या है ! औरत तो लकड़ी का बंदर है, हमारे बाबा कहा करते थे। इतना भी मुँह न लगाए कि आदमी को आगा-पीछा कुछ दिखाई न दे। चाहे जितनी पढ़ लो, चाहे जितनी सुरग की परी बन लो, काम तो वही करना पड़ेगा। आदमी को काम प्यारा होता है, चाम नहीं। अब इसमें क्या फ़ायदा कि किताबें तो तुमने लाखों पढ़ लीं, आने के नाम खाक-धूल कुछ नहीं। हमें तो लालाजी, तुम भराभर नींद में उठा दो, बिना देखे, सारा मिर्च-मसाला डाल देंगे। नाक कटा दें जो ज़रा भी कम ज़्यादा हो जाए।" फिर अपने घर की बात बताने लगतीं, "हमारे बड़े भैया की बहू भी ऐसी ही आई थी। किसी को अपने सामने बदती ही नहीं थी। सो भैया को यह सब कहाँ बर्दाश्त ! दो दिन में सारा नज़ला झाड़ दिया। वो तो किसी-किसी की आदत ही होवे है लालाजी, बिना पिटे-कुटे ठीक रास्ते पर नहीं चल सके। अब भाभी बिलकुल ठीक हैं। भैया की भौं पर बल देखा नहीं, कि पत्ते की तरह यों काँप जावें।" और उन्होंने पंजा कँपकँपाकर पत्ते के काँपने का रूप रखा।

जाने क्यों मेरा मन बड़ा भारी-भारी और रोगी-सा रहने लगा है। जब देखो तब यह रुपए-पैसों की तंगी का बखान। हमेशा यह संकेत कि हमारी मदद करो। मैं तो इन लोगों के सामने पड़ते डरता हूँ। एक दिन पूछा था, "आप चाहते हैं मैं एफ.ए. का इम्तिहान दूँ या नहीं ?" तो झट भैया बोले, "पढ़ने को कौन मना करता है ?" मैंने कहना चाहा, 'तो फिर यह दिन-रात की झिक-झिक बंद कीजिए, पढ़ाने का एहसान भी है और पढ़ने भी नहीं देना चाहते।'

कभी-कभी तो मन में बड़ी प्रबल तड़प जागती है कि इन सबको भूल-भालकर पढ़ने में रात-दिन एक कर दूँ। जो जिसकी इच्छा हो, सो बकने दो। अपने भीतर एक

और अजब बात अनुभव हो रही है। पहले जैसी एक अल्हड़ निश्चिंतता से मन ओत-प्रोत रहता था, उज्ज्वल और उन्नत भविष्य के सपने मन-प्राण में झिलमिलाया करते थे, वे सब बुझते चले जा रहे हैं। जो कुछ मैं करूँगा वह सामने दीखने लगा है। एक अद्भुत वितृष्णा और विरक्ति भारी निहाई की तरह जमी है और उस पर ये सारी बातें घन की तरह बज उठती हैं—एक खोखली खनखनाहट और सूनी धमक से सारा अंतर्लोक विक्षुब्ध और संत्रस्त हो उठता है। घर में रहने को मन नहीं करता। दोनों वक्त खाना और सोना मजबूरी है। चुप मैं पहले भी रहता था, अब भी रहता हूँ। लेकिन पहले की चुप्पी आत्म-तृप्ति और संतुष्टि की चुप्पी थी और यह चुप्पी तो जैसे आरे की तरह भीतर ही भीतर अपने को रेते जा रही है। किसी भी काम में मन नहीं लगता। डैमोक्लोज की लटकती तलवार की तरह बोर्ड के इम्तिहान अपनी निश्चित, क्रूर मंथर गति से झुके चले आ रहे हैं। कभी जब उसका ध्यान आता है तो छुरे के नीचे पड़े बकरे की तरह सारा अस्तित्व काँप उठता है। कॉलेज में पीरियड हो या न हो, दस से चार बजे का समय मैं इधर-उधर भटक-भटककर ही काट देता हूँ। कभी होस्टल में किसी के यहाँ जा बैठे, या किसी के घर चले गए। समझ में नहीं आता, मेरे भीतर क्या था जो खो गया। मैं एक और बात को भी समझने लगा हूँ कि लोग मुझे बिलकुल बेकार का ऐसा आदमी मानने लगे हैं जिसे कोई काम-धाम नहीं, दिन-भर बस मन-भर का मुँह बनाए घूमता रहता हो। उसकी आँखों में तैरती अवज्ञा और अनादर मन के भीतर की कोमलता पर तेज़ाब की लकीरें खींच जाते हैं। और जब इसे सहा नहीं जाता तो बाहर पार्क में जा बैठता हूँ। तीन-तीन, चार-चार घंटे पड़ा रहता हूँ। उठने को जी ही नहीं करता। पड़ा-पड़ा जाने क्या-क्या सोचा करता हूँ। या तो वे बातें इतनी अधिक हैं कि मुझे याद नहीं हैं या कुछ भी नहीं सोचता। अचानक जब इस बात का ध्यान आता है कि निरुद्देश्य पड़े-पड़े बहुत वक्त हो गया तो पाँव घसीटता घर आ जाता हूँ। घर में कौन आया, कौन गया, क्या हुआ कुछ भी जानने की इच्छा नहीं होती। लाख अपने पर झुँझलाता हूँ। पहले जैसा निश्चिंत बनने को तड़पता हूँ, लेकिन बोझ है टलता ही नहीं है।

व्यर्थ, व्यर्थ, सारी जिंदगी मेरी बेकार गई। निरर्थक और निरुद्देश्य रहे हैं वे दिन, जो मैंने जिए हैं और आगे वाले दिनों के सामने भयंकर अंधकार की दीवार खड़ी हो गई है। वहाँ कोई राह ही नहीं दीखती। हर काम करने से पहले सामने प्रश्न आता है—क्या होगा इसे करके ? क्या फायदा ? जैसे संसार की हर चीज़ निर्लक्ष्य और अनावश्यक हो। ज़िंदगी के रस-भरे स्पंज को जैसे किसी क्रूर मुट्ठी ने भींचकर निचोड़ दिया है। बस कुहासा है जो मन और आँखों के आगे छाया रहता है और निरंतर एक बर्फीली सीलन से उन्हें निष्प्राण रखता है।

अनुभव करता हूँ, जैसे मकड़ी के जाल में फँसी मक्खी-सा मैं किसी चक्कर में उलझ गया हूँ जो मेरी सारी जीवन-शक्ति का अपहरण करके मुझे बूँद-बूँद सुखाकर बाकी बचे फोक की तरह मेरे कंकाल को छोड़ जाएगा कि मैं खुद मर जाऊँ। देख

रहा हूँ, महसूस कर रहा हूँ कि मेरी आँखों की ज्योति और होंठों की मुस्कराहट चली जा रही है, गलती जा रही है, लेकिन आखिर रोकूँ कैसे ?... यह घर की चख-चख, यह हमेशा अपने मन में किसी अपराध की ग्लानि और परिताप, यह धू-धू करता सपनों का लाक्षागृह।

कॉलेज के लड़कों को देखता हूँ, जो बात बिना-बात हो-हो करके ज़ोर-ज़ोर से हँसते हैं। लापरवाह रहते हैं और कभी इसको बनाते हैं कभी उससे मज़ाक करते हैं। मुझे लगता है, इनमें से मैं किसी को नहीं पहचानता। ये चलती हुई लड़कियों पर आवाज़ें कसना, इशारे करना, उनके ताँगों के पीछे चक्कर काटना, या धर्मशालाओं में आकर ठहरी हुई सहायता माँगने आनेवाली शरणार्थिनी औरतों के साथ के अपने झूठे-सच्चे किस्से बखानना, अभिनेता-अभिनेत्रियों की बातें करना या क्रिकेट के खिलाड़ियों की बहसें करना, मुझे सब एकदम नकली और झूठे लगते हैं। यही क्यों जहाँ कुछ प्रबुद्ध लड़के राजनीति पर बहस करते हैं, कम्युनिज़्म से भारतीय संस्कृति के संभावित खतरों की बातें करते हैं, वहाँ जाने को भी मन नहीं करता। लगता है, ये सब लोग ऐसी बातें करते हैं जिनका ज़िंदगी से कोई संबंध नहीं है। इन सब पर मुझे झुँझलाहट भी आती है कि ये लोग चुप क्यों नहीं बैठते ? क्यों दिन-रात बड़-बड़ करते रहते हैं ? क्यों बेवकूफों की तरह उछलते-कूदते रहते हैं ? क्या फायदा इन बातों से ? भाई, मधुबाला संसार की सबसे सुंदर एक्ट्रेस सही और अशोक कुमार बुड्ढा होकर भी कमाल करता है, फिर तुम्हें उन सबसे क्या लेना-देना ? माना कि असली खेल की अपेक्षा उसकी रनिंग-कमेंट्री लाख दरजे रोचक होती है और स्तालिन की लड़की की बड़ी-बड़ी करतूतें खुल रही हैं, फिर ? आप आखिर क्या चाहते हैं ?—सब मिलाकर बाहर का यह सारा जीवन निरानंद, खोखला और अनावश्यक लगता है। कभी-कभी इन लोगों से बड़ा रश्क होता है कि क्यों नहीं मैं भी इन सबकी तरह जी खोलकर हँस-बोल सकता, क्यों नहीं उछलकर रास्ते में पड़े सिगरेट के डिब्बे में किक लगाने को मेरा मन करता ? मगर मैं करूँ क्या, मन ही मर गया है। कॉलेज के लड़कों से दिन-रात 'मनहूस-मनहूस' सुनते-सुनते लगता है, जैसे मैं बीस साल और बुड्ढा हो गया हूँ। एक गहरी निराशा, सूक्ष्म किंतु व्यापक थकान मेरी रग-रग में बैठ गई है।

बादलों के पार लहराता यह भगवा-ध्वज मुझसे दिन-दिन दूर होता चला जा रहा है। लगता है सिनेमा देखे बरसों हो गए हैं। विवाह के दिनों में एकाध देखा था। जाने कैसे मन में यह बात समा गई है कि विवाह के बाद अम्मा-बाबूजी से पैसे माँगने का अधिकार छिन गया है। निराश और हताश... मैं अकेला पड़ गया हूँ ! कभी-कभी गीता पढ़ता हूँ तो क्षणिक शांति मिलती है। मंदिर के एकांत में बैठकर सोचने में सुख मिलता है। बस, उसी समय लगता है जैसे मैं सब कुछ भूलकर आया हूँ। दुश्चिंताओं और परेशानियों से फटती नसों को यहाँ का सुगंधित अगरू धूम्र सहला-सहलाकर सुला देता है। हाँ, लौटते समय लगता है जैसे फिर उसी काँय-काँयवाली दुनिया में जा रहा हूँ जहाँ मनुष्य कोल्हू में पेला जा रहा है। लेकिन एक घटना के बाद अब मंदिर जाना

भी छोड़ दिया है—क़मीज़-पाज़ामा पहने एक निहायत ही कमज़ोर, मरा, भिनकता-सा पंजाबी शरणार्थी मंदिर में घुस आया था और प्रसाद माँग रहा था। पुजारीजी ने बाहर बरगद के नीचे जलती धूनी की लकड़ी से उसे कुत्ते की तरह जैसे मार-मारकर भगाया—उस दृश्य से मेरे मन में कुछ फट गया। बोला मैं कुछ नहीं, सिर्फ देखता रहा, जैसे छः मंज़िल ऊपर से नीचे का दृश्य देख रहा हूँ, लेकिन मंदिर में वह मेरा अंतिम दिन था।

हर क्षण ऐसा लगता रहता है जैसे सबने मिलकर मेरे विरुद्ध षड्यंत्र कर लिया है कि इसे अकेला छोड़ दो। सीधे मुझसे कुछ न कहना, मेरे प्रति अपमानजनक उदासीनता दिखाना या ढाल-ढालकर इशारों में सब कुछ कहते रहना मुझे दिन-रात खाए जाता है। जैसे हर आदमी मुझसे ऊबा हुआ है, हरेक को मुझसे घृणा है। सबके चेहरों पर मेरे लिए है एक तीखा तिरस्कार। मुझे इससे डर लगता है। घर की ओर आते हुए एक विचित्र आतंक से मन धड़कता रहता है।... मेरे विवाह ने आपकी आशाओं को पूरा नहीं किया... यह भी क्या मेरा ही अपराध है ? कभी-कभी मन में बड़ी ललक उठती है, अम्मा मुझे बुलाकर कुछ पूछती क्यों नहीं हैं ? भाई साहब को मेरी ओर देखने की भी फुरसत नहीं मिलती। बाबूजी के प्रति मेरा भय दिन-दूना रात-चौगुना बढ़ता ही जाएगा ?

मैं प्रभा के बारे में ज़रा भी नहीं सोचना चाहता, लेकिन घर में उसकी बुराई की कथा का कोई न कोई अंश आए-दिन कान में पड़ता रहता है, तो मन में हलका विरोध उठता है। क्या इन लोगों को कोई और काम नहीं है ? मैंने कहा था कि मेरे पाँव में यह चक्की बाँध दो ? जाने कैसी घमंडी लड़की मेरे माथे मढ़ दी है लाकर, और सारा दोष भी मुझे ही मिल रहा है। अक्सर ही मैंने उसके चित्र को मन में दुहराया है और पाया है कि निश्चय ही उस सारे व्यवहार की जड़ में उसका अहंकार है। लेकिन जब भी तटस्थ होकर सोचता हूँ तो खुद ही पूछता हूँ—यह हो कैसे सकता है कि मेरी पत्नी चार दिन मेरे घर रही हो और मैं उससे एक शब्द भी न बोला हूँ !

और जब यह सब सहा नहीं जाता तो इच्छा होती है, कहीं एकांत में बैठकर इतना रोऊँ, इतना रोऊँ कि बेहोश हो जाऊँ, और वह बेहोशी कभी न टूटे... फिर भी मन में यह क्या कमज़ोरी है कि कामना करता हूँ, रोते समय तकिए का गंदा लिहाफ होंठों से न रगड़ा जाए, माथा मंदिर के ठंडे संगमरमर के खंभे से न टिका हो, और गालों पर लॉन की सूखी घास न चुभती रहे... नहीं जानता, इनकी जगह क्या हो तो मुझे शांति मिले...!

पाँच

एक दिन खाना देते समय मुन्नी ने पूछा, "भैया, तुम भाभी से ज़रा भी नहीं बोले ?"

मैंने आशय जानने के लिए उसका चेहरा देखा और थाली अपनी ओर खींचते हुए संक्षिप्त-सा उत्तर दिया, "नहीं।" स्वर में ज़रा भी उत्सुकता नहीं थी। हाँ, कुतूहल ज़रूर हुआ कि मुन्नी को यह बात सूझी क्यों।

"दूसरी शादी करोगे ?" वह चूल्हे के सामने बैठी एक कोयले से यों ही जमीन पर निरर्थक कुछ काढ़ती रही।

"हाँ-हाँ, एक शादी कराके तो उसे गला रही हो, दूसरी किसके नाम को रोएगी !" अचानक मेरे मुँह से निकला। तभी सहसा पहली बार क्षण के एक अविभाज्य खंड में यह बात मेरे सामने बिजली-सी कौंध उठी कि हम सब घरवालों के व्यवहार से प्रभा जाने कितनी दुखी हुई होगी। उसकी ओर से कभी भी किसी ने सोचा ही नहीं। अब तो इस तरह सब उसे भूल गए हैं, जैसे वह मर गई हो। अचानक दिमाग में आया, कहीं अत्यंत दुखी होकर उसने यहाँ यह तो नहीं लिख दिया कि अगर मैं उससे खुश नहीं हूँ, तो दूसरी शादी कर लूँ। पढ़ी और सुनी, इस तरह की कई लड़कियों की बातें दिमाग में आईं। मन हुआ पूछूँ, प्रभा ने कुछ लिखा है क्या ? निगला हुआ कौर न जाने किस शक्ति से उलटकर ऊपर आने लगा। मुझे खाना बेस्वाद लगने लगा, भूख मर गई ! उठते हुए ज्वार को एक-एक घूँट पानी से दबाकर पूछा, "तुझसे कौन कह रहा था—अम्मा ?"

"नहीं, यों ही पूछा मैंने तो," मुन्नी टाल गई। फिर जाने क्या मेरे चेहरे की ओर देखकर बोली, "रात को खाना-वाना खाकर जब भाभी अम्मा के पैर दबाती रहती हैं न, तभी अक्सर इस तरह की बातें होती रहती हैं।" वह अपनी कलाई ऊँची करके हाथ की चूड़ियाँ उठाती-गिराती रही।

"मुन्नी, मैं सच कहता हूँ, मैं घर छोड़कर भाग जाऊँगा। भले ढंग से पढ़ना चाहता हूँ सो पढ़ाया तक तो जाता नहीं; अब चार-चार शादियाँ करके रख दो।" मैंने रुआँसे स्वर में कहा।

वह थोड़ी देर चुप रही, फिर बोली, "अच्छा भैया, एक बात बताएँ ?" स्वर में लगा जैसे कोई रहस्य खोलना चाहती हो।

मेरे चेहरे पर सवाल उभर आया। तभी सहसा द्वार पर भाभी खड़ी दिखाई दीं। पूरा खाना बनाने की जल्दी में सिर्फ नहाकर चली आई थीं। ढेर के ढेर निचुड़े कपड़े

कंधों पर पड़े थे। देखते ही बोलीं, 'ओह, आज तो मुन्नी बीबी खाना दे रही हैं ! मैं इसलिए भागी आई कि लालाजी तो चुपचाप बैठे होंगे कि कोई खाना दे-दे तो खा लें। फिर उठकर चले जाएँगे बिना खाए-पिये। हमारे लालाजी को तो जाने क्या हो गया है !'' वह धीरे-से मेरे सामनेवाली दीवार से पीठ टिकाकर बैठ गईं। थकान से हाँफ रही थीं। पेट से थीं। कंधे से सारे कपड़े उतारकर मुन्नी की ओर बढ़ाकर खुशामद के स्वर में बोलीं, ''मुन्नी बीबी, कैसी अच्छी हो, ज़रा इन्हें सुखा दो।''

''अच्छा जी, तुम्हें हम ही मिले हैं काम कराने को ? अपने-आप क्यों नहीं सुखा आतीं ?'' मुन्नी ने नखरे से कहा।

''तुम्हारी कसम बीबीजी, सारे हाथ टूट गए धोते-धोते। तुम्हारे पैरों पड़ूँ, ज़रा चली जाओ !'' भाभी ने अत्यंत थके हुए स्वर में कहा और कुछ विचित्र-सी दृष्टि से मुन्नी की आँखों में देखा। फिर खुद ही हँसकर झेंप गईं। मुन्नी भी हँस पड़ी और कपड़े लेकर चली गई।

मैं छोटे-छोटे टुकड़े खाता रहा। खाने की कतई इच्छा नहीं हो रही थी। भाभी थोड़ी देर माथे पर हाथ रखे अपलक कुछ सोचती रहीं, जैसे मुझे खाते देखकर कोई बात उनके दिमाग में आ रही हो। फिर अपने-आपसे बोलीं, ''इस बार तो दीवाली से पहले ही काफी जाड़ा पड़ने लगा। दीवाली के कितने दिन और हैं, लालाजी ?''

''होंगे दस-पंद्रह दिन और।'' मैंने लापरवाही से उत्तर दिया।

उँगलियों की पोरों पर हिसाब लगाकर वे बोलीं, ''इस दीवाली को ठीक छः महीने हो जाएँगे तुम्हारी शादी को।''

अरे छः महीने बीत गए ! एक-एक दिन चाहे जितनी घुटन में काटा हो, लेकिन अब लगा यह समय कितनी जल्दी गुज़र गया ! पता नहीं इस बीच में प्रभा का क्या हुआ ? घर में एकाध पत्र तो आया ही होगा। सोचा, बाद में मुन्नी से पूछूँगा, लेकिन मुन्नी मुझसे कहना क्या चाहती थी ? आज ये सब लोग मेरी शादी की ही बातें क्यों कर रहे हैं ? इधर मेरे स्वभाव में यह विचित्र बात आ गई है कि उत्सुकता और उल्लास एकदम मर ही गए हैं। जानने की उत्कंठा एकाध बार मन में उठी और मर गई। सोच लिया, शायद घर में ही कोई बात हुई होगी।

''तुम्हारा ब्याह भी क्या हुआ, लालाजी !'' बड़े निराश और अपनेपन के स्वर में गहरी साँस लेकर भाभी अन्यमनस्क स्वर में बोलीं, ''क्या-क्या अरमान थे, सब पर पानी फिर गया। लेन-देन की तो ख़ैर कोई बात नहीं, एकाध साल में आई-गई बात हो जाती है। लेकिन वह महारानीजी तो ज़िंदगी-भर को बँध गईं। उन लोगों ने शायद भेजने को लिखा है।''

उनकी पिछली बात न सुनकर मैं बोला, ''तुम्हें ही बड़ा शौक लगा था। तुम्हीं मरी जाती थीं कि बहू ऐसी है, वैसी है।''

''लो, सुनो लालाजी की बातें ! मैं क्या उसके पेट में घुस के देख आई, सुनी-सुनाई बात मैंने कह दी।'' फिर गहरी साँस ली, ''ओफ्फो, हद है घमंड की भी !

आने-जाने के नाम खाक-धूल नहीं और घमंड ऐसा ! कसम से कहती हूँ, मैं तो इतनी बड़ी हो गई, ऐसी घमंडिन औरत अपनी ज़िंदगी में नहीं देखी। बोलो, गुन-करतब हों तो नखरे भी सहे जाएँगे, कोरे नखरे कौन उठाएगा ? असल में उन्होंने लेना चाहा पढ़ाई और खूबसूरती के रोब में, सो ऐसी राजा इंदर की परी भी नहीं लगी।" भाभी मेरे मुँह के भाव देखने को चुप हो गईं। फिर न जाने क्या सोचकर बोलीं, "हँसी तो मुझे तब आई जब घड़ी हाथ में बाँध के रानीजी चौके में पहुँचीं। वो तो मैं ही चुप हो गई, लेकिन जब उसने कहा कि दाल तो मैंने चख ली थी अम्माजी, तो उसी पर ज़मीन-आसमान एक कर देतीं। मैंने कहा, जाने दो। बोलो, जिस आदमी को सबसे पहले खाना है, पहले वह खाएगा। तुम चखनेवाली होती ही कौन हो !"

मैं ऊब उठा। कॉलेज को देर हो रही थी। कहा, "भाभी, कॉलेज को देर हो रही है। यह खाया नहीं जाता। मुन्नी ने ज़्यादा रख दिया है।" और मैं उठ आया।

वह पीछे से कहती रहीं, "हाय, अभी तुमने खाया ही क्या है। लालाजी, तुम्हें मेरी कसम है, इस रोटी को तो मत छोड़ो।"

"नहीं भाभी, पीरियड खत्म करके आऊँगा, तब खा लूँगा।"

चलते-चलते सुनाई दिया, नकली हँसी में लपेटकर कहा गया उनका वाक्य, "आ तो रही है, लेकिन दबाके रखना लालाजी, कहे देती हूँ, कसम से, पछताओगे।"

पुरुषों की चुप्पी और स्त्रियों का यह विचित्र व्यवहार... समझ में नहीं आता, इन दोनों का क्या अर्थ समझूँ ! लेकिन मन जैसे सुबह से ही बिगड़ गया। आज अचानक बार-बार मन की उदासी से यह बात उठ-उठकर झाँकने लगी कि छः महीने हो गए, जाने उसका क्या हुआ ? मुझे क्या वह एक ख़त तक नहीं लिख सकती थी ? शायद मैं पढ़ता और उपेक्षा से फाड़कर फेंक देता। लेकिन उसे क्या पत्र भी नहीं डालना चाहिए था ? इस बीच में कैसी होगी वह ? उस आघात के बाद उस पर क्या असर पड़ा होगा ? न जाने क्यों एक दुर्निवार मचलन हृदय में हुई कि किसी तरह उसके बारे में कुछ जानूँ। क्या-क्या कहा होगा उसने अपने घर जाकर ?

कभी-कभी तो मैं सिहर उठता हूँ। सारी ज़िंदगी इस घमंडी लड़की के साथ कैसे कटेगी ? हमारा और उसका भविष्य क्या होने जा रहा है ? और यह फिर नए सिरे से उठनेवाली दूसरी शादी की बात ?... कहीं मुन्नी इसी के बारे में तो नहीं कह रही थी ?

बोर्ड की फीस माँगने अम्मा के पास गया तो पच्चीस रुपए का नाम सुनकर ही उनका मुँह खुला रह गया, "हाय, इतने रुपए मेरे पास कहाँ हैं, भैया ! अपने बाबूजी से ही माँगना।" बाबूजी से न माँगना पड़े इसलिए तो मैं अम्मा के पास गया ही था। अब दिल धड़क उठा। एक बार भाई साहब, भाभी से माँगने की बात भी मन में आई, लेकिन जानता था कि या तो उनके पास भी नहीं होंगे, या जो वक्त-बेवक्त के लिए पच्चीस-तीस रखे भी होंगे, उन्हें वे देंगे ही नहीं।

"बाबूजी, कल बोर्ड की फीस जानी है," जैसे-तैसे मैं उनके पास जाकर मानो अपने-आपसे बोला। पहले तो चुप बैठा रहा था, फिर सिर झुकाकर निहायत ही मरियल स्वर में कहा था जैसे शराब पीने के लिए रुपए माँग रहा हूँ।

साँझ-घिरे बाबूजी एक खाट की अदवायन को कस रहे थे। मेरी ओर पहले तो देखते रहे, फिर घनघनाती-सी आवाज़ में बोले, "कितनी ?"

"पच्चीस..." शब्द का उच्चारण मैंने इस तरह किया मानो मेरे जीवन की पच्चीस साँसें ही बाकी रह गई हों।

"हूँ," उन्होंने हुंकारी भरी और फिर एक रस्सी को खींचा। उसे कुहनी से दबाकर बोले, "ये मेरी पेंशन के पच्चीस रुपए आए हैं, सो इन्हें तुम ले लो। हमारा क्या है, हमें तो हड्डे पेलने हैं ज़िंदगी-भर, सो तुम्हारे लिए करेंगे। करम में लिखा के लाए थे कि लड़के धींगरे-ऊँट हो जाएँ तब तक खिलाना, सो खिलाएँगे। कल-परसों अमर रो रहा था कि उसकी फीस भी जानी है। अभी दीवाली गई है, खर्चे के मारे ढेर हुआ जा रहा है। कमानेवाला वही एक धीरज है, सो उसे तुम चूस के खा जाओगे, साफ दीख ही रहा है।" उन्होंने क़मीज़ के भीतर हाथ डालकर बनियान की जेब से नोट निकाले, और बिना गिने ही मेरे सामने खाट पर डाल दिए। "अब उठा लो इन्हें, यों खड़े-खड़े मेरा मुँह क्यों ताक रहे हो ?"

मेरी हिम्मत नहीं थी कि सामने पड़े नोटों को उठा लूँ। एकदम मन में आया कि यों ही उल्टे पैरों चला जाऊँ और इस सारी पढ़ाई-लिखाई में लात मारकर कहीं से लाकर रुपयों का इतना बड़ा ढेर लगा दूँ कि इन लोगों का भी मन भर जाए। कहूँ, लो रुपया, कितना चाहिए, रुपया... रुपया... रुपया....

एक बार मुझे यों ही खड़ा देखकर बाबूजी ने फिर सिर झुका लिया फिर एकदम बदले हुए स्वर में बोले, "कितनी परेशानियाँ हैं समर। तुम्हीं सोचो। हमारा ही दिल जानता है। बताओ, मैं करूँ क्या ? कहीं दुबारा नौकरी करने को हाथ-पैरों में दम नहीं है। इधर उस धीरज की बहू के दिन भी पूरे हो रहे हैं... जान को एक नई आफत। बड़ी बहू का पहला बच्चा है, तुम जानो कम खर्च होगा ? सारे बच्चे स्कूल-कॉलेज जानेवाले हैं। ठीक समय पर उन्हें भी खाना-पहनाना होना चाहिए। तुम्हारी अम्मा चूल्हे में सिर झोंकते-झोंकते इस हालत को आ गई हैं। बुढ़ापे का शरीर। बहुत किया उस बेचारी ने भी। अब उससे नहीं होता। तीसियों साल से बिना साँस लिए वही तो करती रही है। न हो तो ज़रा जाकर अपनी बहू को ही लिवा लाओ, कुछ तो मदद मिलेगी। नौकरी, कॉलेजवालों को खाना तो ठीक समय पर मिल जाएगा। कुछ मुन्नी हाथ बँटा लेगी। अब मुन्नी को भी यहीं रहना है। सारी बिरादरी के लोग थूकते हैं, लेकिन करें क्या, एक मुसीबत है ?"

सारी स्थिति को बाबूजी के दृष्टिकोण से देखकर उस क्षण सचमुच उनकी मजबूरी पर मुझे बड़ी दया आई। अगर वे कटखने या चिड़चिड़े हो गए हैं तो इसमें उन बेचारों का क्या कसूर है ? बेचारे कहाँ तक करें ? गले का घूँट लीलकर बड़ा साहस करके

मैंने कहा, "बाबूजी, अमर को भेज दीजिए, मैं नहीं जाऊँगा।"

उनका स्वर एकदम बदल गया। कड़ककर बोले, "अमर चला जाएगा। तुम्हारा तो दम निकलता है बहू का नाम सुनकर। भेड़िया है न, सो खा जाएगी ? अच्छी थुकावा औलाद हुई है ? सब अपने-अपने को न जाने किस लाट साहब का बच्चा समझते हैं ? किसी का कुछ दिमाग़ ही समझ में नहीं आता। मुझे भी देखना है कि कब तक नहीं बोलेगा। लाख समझाया कि दूसरे की लड़की है, क्या समझेगी, क्या कहेगी अपने घर जाकर ? हमें और भी तो शादी-ब्याह करने हैं। लोग दुनिया-भर की बातें करते हैं, किस-किसका मुँह पकड़ोगे ? लेकिन बेटे हैं कि अपनी तीरंदाज़ी में किसी को अपने सामने बदते ही नहीं। असल का हो तो ज़िंदगी-भर मत बोलियो।"

बिजली की तरह भाभी की एक बात कौंध गई। स्वर में मज़ाक भरकर लेकिन सलाह देने के लहजे में उन्होंने एक दिन कहा था, "लालाजी, बाबूजी आज अम्माजी से क्या कह रहे थे, मालूम है ?" मैंने जब जवाब नहीं दिया तो बोलीं, "कहते थे कि न हो तो समर से कहो, किसी डाक्टर-वैद्य से ही मिल ले। अच्छी तरह दिखा ले, जो फ़ीस लगेगी दे देंगे।" मैं समझा नहीं, पूछा "क्यों, मुझे क्या हुआ है ?" तो भाभी मुँह में आँचल भरकर हँसती रहीं, और मैं क्रोध में भन्ना उठा।

आगे अदवायन की रस्सी को ज़रूरत-गैर-ज़रूरत बाबूजी दाँत भींच-भींचकर कसते रहे और मैं रुपए उठाकर बिना एक क्षण रुके चुपचाप चला आया। छिः, इन लोगों का दिमाग भी कहाँ तक जाता है ? बाबूजी अभी भी बड़बड़ा रहे थे और उनकी आवाज़ मेरे भीतर के क्रोध को बढ़ा रही थी।

जो ये कहें सो करो। कहें शादी करो, तो शादी कर लो। कहें, उसे पहुँचा आओ, लिवा लाओ तो पहुँचा-लिवा लाओ। जनम-ज़िंदगी में पच्चीस रुपए माँगे हैं सो यह सब सुनना पड़ा। वह तो कहो कि दौड़-भागकर फीस माफ करा ली थी, वरना हर महीने एक महाभारत खड़ा रहता। जब पढ़ा और लिखा ही नहीं सकते ढंग से, तो पैदा क्यों किया था ? किताब-कापी के लिए पैसा नहीं माँगता। कपड़े फट रहे हैं। पुरानों में ही सिकुड़-सिकुड़ाकर काम चला रहा हूँ। उनके ही आसरे इस सारे जाड़े से लड़ना है। एक पैसा सिनेमा जाने या कोई चीज़ खाने को नहीं माँगता। उस पर यह हाल है। हुँह, हम धींगरे और ऊँट हो गए हैं।

अरे, तुम्हें लगे तो बुलाओ बहू को, न लगे ज़िंदगी-भर मत बुलाओ। मुझसे पूछकर ही सारे काम होते हैं ? ऐसे ही तो मेरा कहना मानते हो न ! शादी करते वक्त सुनी थी मेरी एक बात ? उस वक्त तो "तुम लड़के हो जी, इस वक्त चुप रहो। ज्यादा ज़बान लड़ाई तो हम तुम्हारा सिर फोड़ देंगे।" सिर फोड़ देंगे ये ! अब फोड़ें न ! मैं ही रह गया हूँ सारे घर में उसे लेने जाने के लिए ? अमर क्यों नहीं जा सकता है ? 'छोटा है, छोटा है' कहकर उसकी आदतें बिगाड़ ली हैं। हमें क्या है, भुगतना खुद आगे जाकर। हाँ, मैं भी दिखा दूँगा कि ज़िंदगी भर बोलता हूँ या नहीं। यह तो मेरे हाथ की बात है। बोलने को मजबूर तो नहीं कर सकते। शादी थोड़े ही है कि ज़बरदस्ती से काम हो जाएगा ! अरे, यह तो अपना मन है, नहीं बोलते। बिरादरी में बदनामी होती है...हुँह !

छह

कॉलेज से लौटते समय अमर मिला। दोनों हाथों में फुटबॉल घुमाता हुआ शायद कहीं खेलने जा रहा था। देखते ही बोला, "समर भैया, भाभी को लेकर आ गया हूँ।"

मैं सिर झुकाए चला जा रहा था, एकदम चौंक गया। मुँह से आश्चर्य से निकला, "अच्छा !" और घर लौटने को उठते कदम सहसा रुक गए। कुछ देर निरुद्देश्य-सा उसके मुँह की ओर देखता रहा। फिर पूछा, "कोई खास बात ?"

"खास बात तो कुछ नहीं। बड़ी मुश्किल से भेजा है। भैया, उनके घरवाले बड़े बदतमीज़ हैं। मैं तो साफ कहे देता हूँ आगे से नहीं जाऊँगा।"

"क्यों, पकड़कर पीट-पाट दिया क्या ?" मैंने कंठ को भरसक दबाकर, नीचे स्वर में, ज़हर-बुझी मुस्कराहट के साथ पूछा।

"बस पीटना ही बदतमीज़ी होती है क्या ? उठते-बैठते जब देखो तब, तुम्हारी बड़ी भाभी ऐसी—तुम्हारे अम्मा-बाबूजी ऐसे। हम लाख बुरे हों, लेकिन अपने घरवालों के बारे में ऐसी बातें नहीं सुनेंगे !" उसने मेरी चिंता किए बिना उद्धत ढंग से कहा।

"और समर भैया कैसे हैं यह नहीं बताया ?" मैं एकदम पूछ बैठा। स्वर में अनजाने ही कोमलता आ गई थी। जाने उसने मुझे अपने घर जाकर कैसा बताया होगा।

"भैया, यह तो बात है। तुम्हारी वहाँ सब तारीफ करते हैं।"

"तारीफ़ ?" मैं अथाह आश्चर्य से चौंका, फिर अविश्वास से बोला, "तू समझा नहीं होगा।"

"हाँ, यह भी हो सकता है।" उसने मान लिया—"वैसे तुम्हारे बारे में ज्यादा बातें नहीं हुईं। बस, एकाध बार पूछा था—कितनी पढ़ाई और रह गई है और इस समय प्रभा को ले जाने से पढ़ाई का नुकसान तो नहीं होगा ? यह भी कह रहे थे कि जितना पढ़ेंगे, उन्हें तो खुशी ही होगी। हाँ, इस बात का बुरा मान रहे थे कि पहली बार तुम्हें ही लेने जाना चाहिए था, यह कायदा है। मैंने समझा तो दिया कि गौना तो शादी के साथ ही हो गया था। फिर भैया आजकल बड़ी मेहनत कर रहे हैं।"

"बस, और तो सब ठीक है !" उसके आत्म-प्रशंसा के प्रवाह को रोककर मैंने पूछा। 'तारीफ' शब्द से जो जिज्ञासा गले तक उमड़ आई थी, उसका समाधान इन बातों से नहीं होना था। "तू समझा नहीं होगा," कहकर मैं अमर को उकसाना भी

चाहता था और पक्का भी करना चाहता था कि कहीं उनकी बातों में व्यंग्य तो नहीं था। अब क्या पूछूँ ? उठती लहरों की तरह यह शब्द मेरे मानसिक उद्वेग को बुरी तरह बढ़ाए जा रहा था। मन में एक प्रबल आवेश उठा कि किससे जाकर पूछूँ कि तुमने मेरे बारे में क्या कहा। उस एक क्षण को मुझे लगा कि कितना घोर अनुचित व्यवहार किया है मैंने भी ! आज अदालत में खड़ा करके कोई मुझसे पूछे कि सुहागरात के दिन तुम अपनी पत्नी से क्यों नहीं बोले थे ? क्या केवल इसीलिए कि तुम्हें देखते ही गठरी बनकर नहीं बैठ गई थी और यों ही खड़ी रही थी ? या सिर्फ इसलिए कि तुम्हारी आकांक्षाएँ बहुत ऊँची थीं और तुम नारी को उसमें बाधक मानते थे, विवाह तुम्हारी इच्छा के विरुद्ध कर दिया गया था ?... छिः, यह भी कोई ठोस कारण है न बोलने का ? अपने पक्ष का समर्थन करने के लिए उस समय मैं क्या जवाब दूँगा ? क्या आधार बताऊँगा उस सारे व्यवहार का, सिवा एक भावुक आवेश के ? मुझे लगा, मेरा सारा व्यवहार गलत ही नहीं, मूर्खतापूर्ण भी था। आत्म-ग्लानि से मेरा मन भर आया।

"बस, और तो कोई खास बात नहीं है। पूछते थे कि कब लौटाएँगे। भाभी कुछ कमज़ोर-सी हो गई हैं, सो कहते थे ज़रा दवा वगैरह की ज़रूरत पड़े तो ध्यान रखिए।" अमर ने कहा, और चलने को तैयार हो गया।

"क्या तबीयत खराब रही थी ?" एकदम मैंने पूछा और साथ ही अपनी कमज़ोरी पर झेंप भी आई।

"हाँ, शायद रही हो।" दार्शनिकों की तरह कहता हुआ अमर फुटबॉल को यों ही उछालता और लपकता हुआ गायब हो गया।

ध्यान रखने को कहलवाया है ! हुँह, यहाँ बाबूजी कह रहे थे कि ठीक समय पर खाना-पीना मिल जाएगा। दूसरी बार बहू आई है और सारा काम उसी से कराने की योजनाएँ बन गई हैं। कम से कम दो-एक बार तो आ लेने देते। हमारे घर का रवैया भी अजब है !... तब क्या उसने मेरी तारीफ की होगी सचमुच ? नहीं, नहीं, अमर समझा नहीं होगा।

यों घर चलते समय बड़ी झिझक लग रही थी, लेकिन लगा कि पिछले दिनों छाई उदासी की काई छँट गई है और नीचे का निर्मल लहराता जल निकल आया है। किसी तरह इस बात पर विश्वास नहीं हो पा रहा था कि उसने घर जाकर मेरे बारे में कुछ भी नहीं कहा। नहीं जी, कुछ न कुछ तो कहा ही होगा। कहीं ऐसा भी हो सकता है ! लेकिन अगर कहा होता तो अमर से बात ताने में ढालकर किसी न किसी तरह कह ज़रूर दी जाती। और लोगों के बारे में भी तो कहा ही गया। उस समय मुझे अपनी प्रचंड मूर्खता पर क्रोध आता रहा कि मैंने जी भरकर उसका चेहरा भी नहीं देखा। अब उसके सामने पड़ूँगा कैसे यही सोच-सोचकर प्राण सूखे जा रहे थे। यह न बोलने का बंधन पालने में क्या तुक थी ? उस समय मन में आ रहा था कि अपने प्रति किए गए बड़े से बड़े अपराध को या तो हँसकर टाल दूँ, या ध्यान ही न दूँ।

अपने पर आश्चर्य भी हो रहा था कि इतनी ताज़गी, ऐसा हलकापन मेरे भीतर कहाँ भरा था ?

तब भी निहायत गंभीर चेहरा लिए, अपने को अधिक से अधिक स्वाभाविक बनाए मैं घर आया, मानो अमर मुझे नहीं मिला और न मुझे प्रभा के आने की बात ही पता है। सुस्त, थका-सा मुँह और सूखे होंठ। मुझे देखकर दूर से ही मुन्नी चिल्लाई, "समर भैया, भाभी आ गईं !"

"आ गई तो मैं क्या करूँ ?" जाने कैसे मेरे मुँह से निकला और उसी पल वह डॉक्टर को दिखानेवाला संकेत भी दिमाग में कौंध गया। मन अकारण ही झुँझला आया। अपनी कोठरी की ओर इस तरह चलता रहा जैसे कॉलेज से बहुत परिश्रम करके आया हूँ और अब अपनी पुस्तकें रखने की जल्दी में हूँ। उस समय अपने आपको किस तरह नियंत्रित कर रहा था, मैं ही जानता हूँ।

खुले किवाड़ों से सामने ही कोठरी में मुझे उसका संदूक दिखाई दिया। मन पुलक उठा। उत्सुकता हुई कि देखूँ कमरे में और क्या-क्या नई चीज़ें आ गई हैं। यह जानकर संतोष भी हुआ कि प्रभा को रहने को कोई और जगह नहीं है; रहना तो मेरी ही कोठरी में है। विवाह के दिनों में जो कमरा हमें मिला था, वह फिर से भाईसाहब के कब्ज़े में आ चुका था। अब तो उसे बोलना ही पड़ेगा—देर से या जल्दी। मैं भी अब उतनी अकड़ नहीं दिखाऊँगा। कमरे में एक खूँटी पर चादर टँगी थी जिसे वह ओढ़कर आई होगी। एक ओर दीवार के सहारे प्लास्टिक की चप्पलें। संदूक की बगल में ही बाँस की एक डोलची। उसमें सफर का सामान था। इधर-उधर देखकर मैंने चुपके से तौलिया हटाया। गोल-गोल मोड़कर एक 'माया' रखी हुई थी। रेलवे बुक स्टॉल से खरीदी होगी। एक पन्ना पलटा, बड़े साफ और मोती जैसे-अक्षरों में लिखा था—'प्रभा'। मन में उठा, पास में मैं भी अपना नाम लिख दूँ। फिर झट सारी चीज़ें चुपचाप रख दीं। अगर देख लिया तो क्या समझेगी ?

दिन ढल चुका था। मैं चुपचाप बाहर आ गया—भाभी और मुन्नी की निगाहों से जान-बूझकर बचता हुआ-सा। किसी के सामने पड़ने को मन नहीं था। सभी मज़ाक करेंगे। कहाँ जाऊँ ? लॉन में जाकर पड़े रहने की भी इच्छा नहीं थी। मंदिर जाना उस घटना के बाद बंद कर दिया था। दिवाकर के यहाँ जाने की इच्छा हुई, लेकिन टाल दिया। पता नहीं कितनी देर लगे ! यों सड़कों पर भटकता रहा। छोटे-छोटे ठेले लगाए पंजाबी शरणार्थियों ने साबुन, साग की फेरियाँ लगानी शुरू कर दी थीं। लड़के मूँगफली और चने बेचने लगे थे; कुछ फुटपाथों पर काठ की दुकानों पर कपड़े बेचने लगे थे। एक बात माननी पड़ेगी, कितने साहस और अध्यवसाय के साथ इन लोगों ने अपने को जमाना शुरू कर दिया है ! इतने भयानक कष्टों के बाद, ऐसी प्रलय से गुजर चुकने के बाद हम लोग तो केवल भीख ही माँगते पड़े रहते। क्या-क्या नहीं इन्होंने सहा, क्या-क्या नहीं देखा ? अपने छूटे हुए वैभव को, बिछुड़ी हुई धरती को याद करते हैं, मरे हुओं को रोते हैं और फिर नए सिरे से उद्यम में लग जाते हैं। औरतें

दिन-रात नलों के नीचे बैठी कपड़े कूटती रहती हैं। बहुत दिन बाद याद आया कि मैं संघ के 'बौद्धकों' में भी नहीं गया। उधर ही चलूँ। लेकिन इतने दिन न आने का क्या कारण दूँगा ? झेंप भी लगेगी। आज नहीं, फिर किसी दिन जाऊँगा।

पिछला सारा विषाद और सारी चिंता कहाँ चली गई, मुझे खुद आश्चर्य था। कल जब इस समय इसी पुल से गुज़र रहा था तो तनाव से नसें फटी जा रही थीं। यह प्रभा सच ही बहुत गहरी और समझदार लड़की है। कोई और लड़की होती तो घर जाकर मेरी बुराई करती कि मुँह दिखाने की हिम्मत न पड़ती। बताया होगा कि पढ़ने में व्यस्त हैं, परीक्षा पास आ रही है। यही तो फर्क है एक पढ़ी-लिखी लड़की और बे-पढ़ी में। हुँह, हमारे यहाँ भी क्या उस दिन ज़रा-सा नमक ज़्यादा होने से बावेला मचा ! अरे, आदमी है, ज़रा ज़्यादा नमक-पड़ ही गया तो ऐसी क्या मुसीबत आ गई ? और अब क्या उसे ज़िंदगी भर माफ नहीं किया जा सकता ? भाई, नई-नई बहू आई, घबरा गई होगी, नई जगह नए आदमियों के बीच और अम्मा और भाभी-जैसे भयानक आलोचक ! बेचारी बौखला गई होगी। मुझसे ही कोई कह दे कि क्लास में खड़े होकर एक पेज पढ़ दो तो एक लाइन भी पढ़कर नहीं सुनाई जाएगी, खड़ा-खड़ा हकलाता रहूँगा और सारा शरीर पसीना-पसीना हो जाएगा।

असल में मैं शुरू से ही बहुत जल्दबाज़ रहा हूँ। ज़रा कोई बात देखी कि झट अपने विचार बना डाले। यह मेरी बहुत ही बड़ी कमज़ोरी है। मुझे इससे पीछा छुड़ाना ही होगा। इस सारी घटना में तो सारा दोष मेरा ही है, उसका कोई कसूर नहीं। इस समय मैं पुल की दीवार के सहारे खड़ा-खड़ा नीचे दूर तक चली जाती रेल की पटरियों को देख-देखकर अथाह आश्चर्य करता रहा कि वे कौन-सी और कैसी दुश्चिंताएँ रही हैं कि जिनके कारण मंदिर के उस कोने में बैठकर मैं सिसक-सिसककर रोया हूँ। और क्या वे बातें वास्तव में इस लायक थीं कि उन पर बैठकर यों घंटों सिर खपाया जाए और यों रोया जाए ? उस समय मैं उसके उपेक्षापूर्ण व्यवहार, पत्र न डालने की गुस्ताखी, सबको भूल गया।

काफ़ी देर बाद जब आया तो भाभी ने न जाने कहाँ से निकलकर कहा, "लालाजी, खाना-वाना नहीं खाना ? बहू भूखी बैठी है। यहाँ तो राह देखते-देखते पलकें सूज गईं कि अब आएँ, अब आएँ और लालाजी के सुबह से दर्शन ही नहीं हो रहे। आज तो तुम सुबह के गए अब आए हो, मैं जानूँ कॉलेज के बाद भी नहीं आए ?" परिहास उनकी वाणी से फूटा पड़ रहा था।

इधर मैंने बेकार की बातों की तरफ ध्यान देना छोड़ दिया था और सिर्फ़ ज़रूरी बातों का ही जवाब देता था। अक्सर ही भाभी के मज़ाकों का बुझे-से स्वर में जवाब देकर समाप्त कर डालता। किसी से बातें करने का मन नहीं होता था। चाहता था, उसी व्यवहार को इस समय भी बनाए रखूँ ताकि कोई मेरे इस आकस्मिक परिवर्तन को भाँप न ले। बड़े संजीदा स्वर में कहा, "हाँ, मुझे यों ही भाभी, कुछ काम था..."

"प्रभा के आने का भी पता नहीं ?" भाभी बोलीं।

मैंने यों उनके चेहरे की तरफ देखा, मानो उनकी बात को नहीं समझा फिर सहसा जल्दी मचाता-सा बोला, "भाई, मुझे कुछ नहीं पता। तुम मुझे पहले खाना दे दो, भूख लगी है। फिर बैठकर पढ़ना है।"

"पीछे खाना मिलेगा, पहले मिठाई खिलाओ।" कहीं दूर गहराई से मुन्नी की आवाज़ सुनाई दी।

जवाब में भाभी हँस पड़ीं, "अरे, इन्होंने खिलाई मिठाई। ससुराल की मिठाई खाने को तो बड़ी जल्दी लपकेंगे।" वह हँसते समय सुंदर लगती हैं।

"अरे, तुम छोड़ो मिठाई-विठाई, भाभी, मुझे तो रूखी रोटी दे दो, यही बहुत है। मुबारक हो मिठाई तुम्हें और ससुरालवालों को !" मैंने व्यस्तता के भाव से कहा, "खा-पीकर जल्दी पढ़ने बैठूँगा। बोर्ड के इम्तिहान हैं।"

इस समय भाभी प्रसन्न दिखाई दीं।

खा-पीकर लालटेन सामने रखकर मैं पढ़ने बैठ गया। ठंड पड़नी शुरू हो गई थी, लेकिन अभी बहुत तेज़ नहीं थी। पढ़ने में नींद जल्दी आ जाती है, अधिक परिश्रम नहीं हो पाता, इसीलिए मैं ज़मीन पर ही बिस्तर बिछाता और चारपाई एक ओर खड़ी रहती। उस पर मेरे गंदे से गंदे रज़ाई-गद्दे लदे रहते। मैं रोज़ इस बात की कसम खाता कि बारह-एक बजे तक पढ़कर साढ़े चार-पाँच पर सुबह उठ जाया करूँ, लेकिन यह प्रोग्राम कभी चल नहीं पाया। घर-भर में मैं ही सबसे ऊँची क्लास में पढ़ता था, इसलिए मुझे एक अलग लालटेन लेने का अधिकार था। बाकी दोनों भाई एक ही लालटेन से पढ़ते थे, हालाँकि इस पर भी आए दिन ऊधम उठता रहता था, कि बाकी एक लालटेन से सारे घर का काम कैसे चले। खास तौर पर जिस दिन मैं लालटेन जलती छोड़कर सो जाता और भैया देख लेते, उस दिन तो मिट्टी के तेल को लेकर जो हंगामा मचता, उसका वर्णन न ही करना अच्छा है।

लालटेन के सामने पुस्तक में आँखें गड़ाए, सिर झुकाए मैं बैठा रहा। मैथ्यू ऑर्नल्ड की 'सोहराब और रुस्तम' किताब थी। लेकिन पढ़ने का प्रयत्न करके भी पढ़ा नहीं जा रहा था। हारकर वह प्रयत्न भी छोड़ दिया। चुपचाप प्रतीक्षा करने लगा। कभी-कभी ध्यान आ जाता तो पन्ना पलट लेता। देखना मैं यह चाहता था कि वह आखिर क्या करती है। जानता था, जब घर का सारा काम खत्म हो जाएगा, वहाँ की सारी बातें हो लेंगी, यहाँ की सारी बातें जब मुन्नी और भाभी से सुन ली जाएँगी, तो वह आएगी। मैं उसी क्षण की प्रतीक्षा कर रहा था, आ़खिर कितनी बातें और करनी हैं !

पैरों की आवाज़ से सुना, कोई आ रहा है। अभी तक नीचे बातें करने की जो भनभनाहट सुनाई दे रही थी, वह भी बंद हो गई। मैंने देखा कि इधर अम्मा बिलकुल

चुप थीं। वे स्पष्ट उपेक्षा दिखा रही थीं। उन्हें जाड़ा ज्यादा लगता था, सो चुपचाप रजाई ओढ़े, हाथ में माला की थैलियाँ लटकाए, मन ही मन उसकी गुरियाँ गिन रही होंगी, मैंने वहीं बैठे-बैठे अनुमान लगाया। एक मन हुआ कि चलूँ, ज़रा बाहर से नीचे झाँककर देखूँ कि देर क्या है। लेकिन एक तो अगर भैया अपने कमरे में हुए तो देख लेंगे, दूसरे ऊपर से अम्मा का कमरा या बैठने की जगह नहीं दिखाई देती थी। यों मैं डरता-डरता-सा अनावश्यक रूप से बाहर छत के एक ओर मुँडेर के सहारे बनी मोरी तक हो आया था। फिर कल्पना करने लगा—मुन्नी अपनी चारपाई पर पड़ी होगी, नाक तक रज़ाई खींचे। भाभी अम्मा के पैर दबा रही होंगी और शायद मुन्नी की चारपाई से लगी, झुकी-सिमटी-सी प्रभा बैठी-बैठी सुन रही होगी। मना रही होगी कि जल्दी से इन लोगों की बातें समाप्त हों तो दिन-भर की हारी-थकी जाकर आराम करे।

लगा, दरवाज़े पर आकर कोई चुपचाप खड़ा है। छाया से जाना वही थी। या तो मुझे पढ़ता हुआ देख रही थी, या भीतर आने में झिझक रही थी। कुछ देर बाद भीत-से ढंग से आकर उसने इतने आहिस्ता से संदूक खोला कि ज़रा भी आवाज़ न हो। सरसराहट से अनुमान लगाया कि कपड़े निकाले होंगे। कुछ देर यों ही बैठी सोचती रही, फिर घुटनों पर हाथ रखकर उठी और बाहर चली गई। थकी है। शायद कपड़े बदलने बाहर गई है। मेरी सारी इंद्रियों की चेतना कानों में आ समाई थी। चूड़ियों की हलकी झनक, वस्त्रों की सरसराहट, स्वस्थ युवा नारी-शरीर की अजब-सी सुगंध का झोंका जैसे कमरे में आया और चला गया। मन विभोर हो आया और ुने तारों पर पड़ी टंकार की तरह नसें लरज़ उठीं। अपने भीतर व्याप्त होनेवाले इस विचित्र उल्लास की उष्णता को मैं समझ नहीं पा रहा था, लेकिन यह उष्णता जैसे रग-रग में फैलकर मेरे रोएँ-रोएँ में समा गई थी। पिछली सारी बातें दिमाग में से उड़ गईं और भविष्य के न जाने कितने सुखपूर्ण दाम्पत्य-जीवन के सुनहले चित्र झलमलाकर थिरकने लगे। सैकंडों सिनेमाओं और कहानियों में देखे-पढ़े दृश्य, प्रेम की क्रीड़ाएँ दिमाग में आईं—कैसे हम लोग खेलेंगे, एक-दूसरे को तंग करेंगे, गुदगुदाएँगे, नार ज़ होकर मनाया करेंगे। प्रभा शैतानी से मेरी किताब लेकर भागा जाया करेगी कि मैं अब पढ़ना बंद करके उससे बातें करूँ, लेकिन मैं गुस्सा दिखाकर उसके पीछे भागा करूँगा। वह सारा हास्य-विनोद, बिजली की तरह थिरकती किलकारियाँ और बादल की तरह बरसता उल्लास मैं स्पष्ट अपनी आँखों के सामने देखता रहा।

क्रम-क्रम से उठकर चलते हुए, उसके पगों के पीछे-पीछे मेरी दबी-दृष्टि दरवाज़े तक गई। पाँवों में महावर लगा था। गोरी एड़ियों पर चाँदी के तोड़िए झूल रहे थे जो कदम रखने पर साड़ी की किनारियों से ढँक जाते थे और उठाने पर झलक उठते थे। एक कदम बढ़ाकर उसने देहली पार की तो मुझे लगा जैसे मेरे भीतर से गले तक एक आवाज़ उठी चली आ रही है—"प्रभा, सुनो !" बड़ी कोमल, बड़ी मधुर, उसे पुकारने की दुर्निवार इच्छा को मैं कैसे रोके रख पाया, आज भी नहीं जानता। मुश्किल से मैंने अपने-आपको समझाया कि वह कपड़े बदलने गई है और अभी आती होगी।

किताब, काग़ज, पढ़ाई सब मेरे सामने से चले गए। भावनाओं की आँधी में डूबा, बस 'मैं' ही वहाँ रह गया था जो हर पल अपने घर से अधिकार खोता चला जा रहा था। लगा, जिस धरती पर मैं बैठा हूँ वह एक ओर झुकी चली जा रही है।

तभी छत के दूसरे सिरे से, शायद भैया के कमरे से, भाभी का हलका-सा स्वर सुनाई दिया, "नहीं, प्रभा, वहीं जाकर सोओ। चारपाई न हो तो मैं डाले आती हूँ। यहाँ अभी तुम्हारे जेठजी आते होंगे।"

न जाने उसने क्या 'गुन-गुन' जवाब दिया, जिसके उत्तर में फिर भाभी का ऊँचा स्वर आया, "आखिर तुम वहाँ सोना क्यों नहीं चाहतीं ?" उस स्वर में जाने क्या था, मुझे उनकी डॉक्टरवाली बातें फिर ध्यान हो आईं, क्योंकि इसके बाद ही उन्होंने धीरे-से कोई मज़ाक की बात कही। प्रभा की ओर से भनभनाहट तेज़ हुई, लगा मज़ाक उसे अच्छा नहीं लगा। थोड़ी देर सन्नाटा रहा। फिर भाभी ने समझाने के स्वर में कहा, "देखो प्रभा, मान जाओ, ऐसा नहीं करते। तुम नई बहू हो। शुरू से ही ऐसा करोगी तो फिर आगे कैसे चलेगा ? तुम्हें तो अभी सारी ज़िंदगी बितानी है। यह तो सब होता ही रहता है।" उनके उत्तर में फिर प्रभा का काफी तेज़, तीखा, दृढ़ और उद्धत स्वर सुनाई दिया, "जबरदस्ती वहीं कहाँ जाकर सो जाऊँ ? मुझसे तो नहीं होता जिठानीजी, कि कोई दुत्कारता रहे और पूँछ हिलाते रहो, ठोकर मारता रहे और तलुए चाटते रहो। उनके बोर्ड के इम्तिहान हैं, मैं क्यों तंग करूँ ? कुछ हो गया तो बाद में सब मेरा ही नाम लेंगे। हमारा यहाँ आना तो उन्हें जम दिखाई दिया और तुम कहती हो कि वहीं चली जा !"

प्रत्येक शब्द में ज़हर-बुझे तीर जैसा दंभ और अहंकार घनघनाता था। बंदूक की गोली की तरह कोई चीज़ मस्तिष्क की नसों को चीरती चली गई। ऊँची मीनार से जैसे किसी ने निर्मम ठोकर मारकर धकेल दिया हो। मैं एकदम तनकर बैठ गया। दोनों भँवें आपस में खिंचकर मिल गईं। चोट की गहराई को समझकर जैसे क्रुद्ध हुंकार उठी, 'हूँ !' साँस का झोंका नाक से निकला और दोनों नथुने फैलकर लाल हो उठे। 'तो यह बात है !' मैं दृष्टि अधिक से अधिक तीखी करके, पृष्ठ के निर्जीव अक्षरों को घूरता रहा। बलवान किंतु बंदी शेर की तरह यही एक वाक्य कभी हृदय के इस कोने में, कभी उस कोने में प्रचंड वेग से टकरा-टकराकर बार-बार प्रतिध्वनित होता रहा, 'अच्छा तो यह बात है !'

ओफ़ ! कितना बाल-बाल बचा हूँ ! कैसा ग़ज़ब हो जाता अभी ! पुकारने में कसर ही क्या रह गई थी ? सारे शब्द ज़बान पर आ ही तो गए थे। पूरा का पूरा वाक्य मैंने सोच लिया था। कितने बड़े भ्रम और कैसी ज़बरदस्त भावुकता में बह गया था मैं। अभी पुकार उठा होता तो ज़िंदगी-भर को निगाह नीची हो जाती।

उफ़ कितना दंभ ! एक-एक शब्द में जैसे तेज़ाब भरा हो। यह शायद दूसरी बार इतना साफ उसका स्वर सुना है। कैसा उजड्ड लहजा है ! इस कटार-जैसी तीखी वाणी के सामने ही मैं झुकने जा रहा था ? इसी के... ? कैसे अच्छे मौके पर रक्षा की है

ईश्वर ने ! सारी ज़िंदगी रोता रहता। समझना है मुझे, इस दंभ को ही समझना है ! ज़रा-सा पढ़ क्या ली, अपने को खास खुदा ही समझने लगी। और क्या खाक पढ़ी है ! भाभी ने ठीक कहा था—बड़ा घमंड है अपने पढ़ने का, अपने रूप का ! भाई, कोई लाख कहे, स्त्री जैसा स्त्री को समझ सकती है, पुरुष थोड़े ही समझ सकेगा ! बिलकुल ठीक बताया था उन्होंने—मुझे दबाकर रखना होगा।

तब मुझे अपनी बाँहों में ऐसी फड़कन महसूस हुई कि अभी सीधे वहाँ जाऊँ और लात-घूँसों से ऐसी मरम्मत करूँ कि सारी शेखी झड़ जाए और तीन-पाँच भूल जाए। कभी-कभी भाईसाहब खींचकर भाभी को तमाचा मार देते हैं। उसे देखकर घंटों मेरा मन खराब रहता है। लेकिन इस क्षण लगा कि बिलकुल ठीक करते हैं। हम लाख आदर्शवादी रहें, तुलसीदास ने जो स्त्रियों के बारे में लिखा है, वह हज़ारों सालों के अनुभवों का निचोड़ है। नारी... ? नारी ने बड़े-बड़ों को उँगलियों पर नचाया है। लेकिन यह वह बंदर है जो डंडे के आगे नाचता है।

मैं भी अभी-अभी कैसी बेवकूफ़ी की बातें सोच रहा था ! भविष्य के दाम्पत्य-सुख की बात, क्रीड़ा और किलकारियों की बात... वह भी इस औरत के साथ ? नहीं, नहीं, आज मैं सारे देवताओं और स्वयं भगवान् को साक्षी करके प्रण करता हूँ कि इस स्त्री के साथ मेरा कोई संबंध नहीं रहेगा, कभी समझौता नहीं होगा। हो नहीं सकता। जो अपने को दुनिया में सबसे अक्लमंद समझता हो, उससे निभ ही कैसे सकती है... ? कभी नहीं... कभी नहीं !

वास्तव में मेरे जैसा बेवकूफ़ मिलना भी बहुत मुश्किल है। ज़रा अमर ने कह दिया (कौन जाने झूठ या सच) और लगे ज़मीन-आसमान के कुलाबे मिलाने ! वैसे भी व्यंग्यों को वह समझता कहाँ है ! ओहो, संसार कितना भयानक है ! कितना फिसलन-भरा है कि ज़रा असावधान हुए और गए। इस तेज धार में फिर पाँव जमाना असंभव है... तभी तो हमारे यहाँ इसे माया और भ्रम कहा गया है...

तभी फिर हलकी पदचाप, झनक और सरसराहट से लगा कि कोई आ रहा है... मेरा सोचना रुक गया। होगा कौन ? वही रानीजी होंगी... या हो सकता है बहस करके समझाने की कोशिश करने के लिए जोश में भाभी ही उठी चली आ रही हों। अगर भाभी हुईं तो तीन घंटे का अच्छा-खासा शास्त्रार्थ छिड़ जाएगा। कई बार दृढ़ स्वर में दुहराया... आज ब्रह्मा, विष्णु, महेश, संसार की कोई शक्ति क्यों न आए, हमारा समझौता नहीं होगा, नहीं होगा, नहीं होगा। मैं जानता हूँ, वह झुकेगी नहीं। उसका अहंकार उसे झुकने नहीं देगा और यहाँ भी ऐसी मिट्टी के नहीं बने। लोहे का पाला इस्पात से ही पड़ा है... देखें कौन टूटता है !

तब तक वह द्वार पर आ गई—भाभी नहीं, वही। बिना किसी झिझक के उसने देहली पार की, और बिना इधर-उधर देखे सीधी अपने सामान की ओर बढ़ी। मैं अधिक से अधिक अनजान बना हुआ तना बैठा रहा। संदूक खुला, फिर से डोलची खुली, उनमें से जाने क्या-क्या निकाला-रखा गया, उन्हें बंद किया गया और यह सब

मैं कनखियों से देखता रहा, या आवाज़ों से अनुमान लगाता रहा। कोठरी के दूसरे सिरे पर, खड़ी हुई खाट के पास ज़मीन पर कुछ बिछाया गया, और एक पुरानी-सी धोती को गोल-मोल करके सिर के नीचे रखकर वह मेरी ओर पीठ करके लेट गई।

लेट जाओ... ! मेरा क्या आता-जाता है ! उपेक्षा से सिर झटककर मैं फिर 'सोहराब और रुस्तम' खंड-काव्य में मन लगाने की कोशिश करने लगा। आखिर यह अपने-आपको समझती क्या है—स्वर्ग की अप्सरा या सरस्वती का अवतार... क्या ? कुछ दिमाग ही ठिकाने नहीं लगता ! बच्चीजी को मालूम तो पड़ गया होगा कि किससे मुकाबला पड़ा है ! मोम नहीं है कि यों ही ज़रा-सी गरमी से पिघल जाएगा। वरना कोई हमें बता दे दुनिया में ऐसा उदाहरण, जहाँ सुहागरात के ही दिन इतनी दृढ़ता और संयम किसी ने रखा हो ! सारा दंभ तो उसी दिन झड़ गया होगा। सोचकर आई होगी कि दबाकर रखूँगी, पति पालतू कुत्ते की तरह दुम हिलाएगा। जब देखा, नहीं हुआ, तो सोचा होगा दो-एक दिन में खुद दौड़ा-दौड़ा आएगा और मैं... ? मैं कहता हूँ, कि ज़िंदगियाँ यों ही बिता दूँगा। ज़रा-सा पढ़ क्या ली, अपने को तीसमारखाँ ही समझने लगी। कैसी पड़ी है तनकर... पड़ी रहो, रातभर पड़ी रहो, ज़िंदगी-भर पड़ी रहो। यहाँ यह भी नहीं पूछेंगे कि क्यों पड़ी हो ! मर जाओगी तो उठाकर फिंकवा देंगे। बाप का घमंड तो यहाँ सहते नहीं हैं और तुम... ! तुम हो किस खेत की मूली ?

और सच बात तो यह है कि यहाँ ज़रूरत किसे थी तुम्हारी ? सो तो कहो कि घरवालों ने फँसा दिया, नहीं तो इतने सबकी नौबत ही नहीं आती। अपने घर ही खुश रहतीं। हमने समझा था, चलो समझदार होगी। समझदार होगी ? वहाँ समझ ज़िंदगी में जानी नहीं, होती क्या चिड़िया है। कुत्ता समझता है कि गाड़ी उसी के बल चलती है... कहाँ दलदल में फँसा दिया, हमें तो बाबूजी ने... वरना अपने खेलते थे और मस्त रहते थे। खैर, अब दो-दो हाथ यह भी सही।

और रात गहरी होती चली गई। आस-पास, दूर की साँय-साँय करते गली-बाज़ारों में कभी-कभी चौकीदार की लंबी लयपूर्ण आवाज़ लहराते फीते की तरह एक सिरे से दूसरे सिरे तक दूर चली जाती... जिससे रोओं की तरह लरजती प्रतिध्वनियाँ इधर-उधर फहराकर डूबती-सी लगतीं। कभी कहीं दूर पर विचित्र-विचित्र स्वर में रेल के इंजन भाँ-भाँ करके चीख उठते और निर्द्वंद्व भयानक दैत्य की तरह उठकर ऊपर खड़ी होती हुई उन आवाज़ों के नीचे कुत्तों का भौंकना ऐसा बचकाना लगता, जैसे ऊँचे चिकने लोहे के लट्ठों के आसपास चूहे उछल-कूद रहे हों। कभी इक्के-ताँगे अपनी भारी खड़-खड़, घोड़े के गले में बँधी घंटियों से वातावरण गुँजाते चले जाते और फिर गहरे सन्नाटे में लिपटा सब-कुछ करवट बदल सो जाता। बिना किसी भी ओर ध्यान दिए मैं अपने सामने प्रभा की काल्पनिक मूर्ति बनाकर जोशीले ढंग से उससे जाने क्या-क्या सवाल-जवाब करता रहा। भाषण देने का उस समय दौरा आ गया था। अपनी पिछली सोची हुई एक-एक बात को मैं क्रोध से दुहराता, दुगुने आवेश से उसका उत्तर देता, उसकी व्यर्थता या अपनी बेवकूफी पर गालियाँ देता और उसे छोड़कर अगली बात

उठाता। रह-रहकर उद्वेग और निष्क्रिय क्रोध से दाँत पीस-पीसकर कहता—"प्रभाजी, अभी समझी नहीं हो कि आपके भाग्य ने आपको किसके सामने लाकर खड़ा कर दिया है ! जब समझ लोगी तो जानोगी कि मैं आदमी कैसा हूँ !" फिर 'सोहराब और रुस्तम' की पंक्तियों को ऐसे आत्मविश्वास से दुहराता मानो वे इसी अवसर के लिए लिखी गई थीं। ये वे पंक्तियाँ थीं जहाँ रुस्तम को ललकारकर सोहराब कहता है 'कि हज़ारों युद्ध-क्षेत्रों में मेरा वास्ता पड़ चुका है, लेकिन आज तक कभी वह मौक़ा नहीं आया कि मुझे युद्ध-क्षेत्र छोड़ना पड़ा हो या मेरा दुश्मन ज़िंदा बच निकला हो।' प्रभाजी, याद रखें, 'नेवर द फ़ील्ड वाज़ लॉस्ट नॉर द फ़ो सेव्ड...'

हाँ, मेरा पहले दिन का व्यवहार बिलकुल ठीक था। उसमें कोई भी बात अनुचित नहीं थी। ऐसे व्यक्ति के साथ यही होना चाहिए था। आज से तो इसका मान-मर्दन मेरा पहला लक्ष्य हो गया।

और रात की पहाड़ी-घाटियों से अंधकार का काला झरना चुपचाप फिसलता रहा; लहर-लहर की तरह क्षण पर क्षण बीतते रहे... रात गुज़रती रही। काफी देर से एक-सी जलती रहने के कारण लालटेन की बत्ती एक सिरे की ओर से कुछ अधिक जल चुकी थी, इसलिए दूसरे सिरे से लौ काफ़ी ऊँची उठने लगी थी। मैं चुपचाप बैठा सोचता रहा, सोने की याद ही किसे थी उस समय ! कभी सामने सिकुड़ी पड़ी प्रभा को घृणा से देख लेता और फिर अपने आपमें खो जाता। मुँह बनाकर विद्रूप से दुहराता—'हम वहाँ नहीं जाएँगे।' फिर अब क्यों आई ? ऐसी ही थी तो वहीं कहीं डूब मरती।

बत्ती का संतुलन बिगड़ गया था, सो धुआँ तेज़ होता रहा। लालटेन के सिरे में धुएँ की गाँठें जमती रहीं और शीशे की साफ़ चिमनी पर कालिमा की परत पर परत चढ़ती रही...।

सात

मुझे अगले रोज़ अपने-आप ही ऐसी प्रसन्नता अनुभव हो रही थी मानो न जाने कब-कब के पुण्य-प्रताप से किसी भारी दुर्घटना से बाल-बाल बच निकला हूँ, या मुझसे कोई भयानक अपराध होते-होते रह गया है। रह-रहकर अपने को धन्य मानता कि ज़रा-से भावावेश में कितनी भारी गलती से संयोगवश बच गया। कुछ दैवी कृपा ही हो गई, वरना रह ही क्या गया था ! अब यही सही। इन श्रीमतीजी को ही देखना है... जब-जब प्रभा की बात को याद करता, अपने आप दाँत भिंच जाते और हर बार इस तरह विस्मय से दुहराता मानो पहली बार यह सत्य मेरे सामने प्रकट हो रहा है : "इतना दर्प ? खाना देते समय भाभी से बोर्ड के इम्तिहान का नाम क्या ले दिया, उसी पर ताना ?" अच्छी बात है ! कल की सारी बातें आज इस तरह लग रही थीं जैसे सपने में मैं मरता-मरता बचा हूँ और अभी तक आशंका से दिल धक्-धक् कर रहा है।

खाना खाते समय भाभी से बोला, "भाभी, तुम मुझे पास होने देना चाहती हो या नहीं ?"

भाभी ने फूली हुई रोटी चिमटे से बाहर निकाली और उसे ज़ोर से चकले पर पटककर भाप निकलते देखती रहीं। मेरी बात से चौंककर मुझे देखा, "क्या, मैंने क्या किया, लाला ?"

"बस, जब तुम करो तभी कुछ होता है ? आखिर तुम लोगों ने सोचा क्या है ?"

"कुछ ठीक से बताओ तो जवाब भी दूँ। पहेलियाँ मत बुझाओ।" भाभी ने परात के गुँधे हुए आटे से एक लोई तोड़ते हुए सिर झुकाकर कहा। वह शायद समझ गईं कि मैं किसके बारे में कह रहा हूँ।

"अरे, कहूँ क्या, जैसे तुम जानती ही नहीं ! मैंने पहले ही कहा था कि मुझे इस तरह चक्कर में मत फँसाओ, मत फँसाओ। लेकिन वहाँ तो धुन लगी थी। अब फ़ेल हो जाऊँ तो यों रोना कि आजकल के लड़के ऐसे हैं, वैसे हैं। ज़रा पढ़-लिख सकें, इसके लिए तो अलग कोठरी साफ की, अब उसमें भी इस-उसको, सारी दुनिया को ठूँस दोगी, तो वहाँ कोई पढ़ेगा कैसे ? तीन महीने की ही तो बात है सो तुमसे रुका नहीं गया।" मैंने तेज़ी से कहा। ध्यान था कि कहीं न कहीं इधर-उधर वह होगी। उस समय तो खयाल नहीं किया, लेकिन बाद में यही सोच-सोचकर संतोष पाता रहा

कि मैंने रात की बात का अच्छा जवाब दिया।

"रुकने की बात तो यह है लालाजी।" भाभी ने बड़े-बूढ़ों के ढंग से कहा, "हमारे बस की बात हो तो हमारे लिए क्या तुमसे ज्यादा कोई दूसरा हो जाएगा ? जिसमें तुम्हें सुख न मिले, हम वह काम करते ही क्यों ? पर अब मेरी हालत तो तुम देख ही रहे हो। जितने दिन निकल रहे हैं वही हैं, फिर स्कूल-कॉलेज के लिए जाने को तुम्हें ही देर होगी। अब कम से कम मुन्नी बीबी के साथ यह काम तो सँभल जाएगा। और तो कुछ उम्मीद महारानीजी से है नहीं, यह ठीक से कर दें तो प्रसाद बाँटूँगी। मुझे तो दीखे, उसमें भी बीस बातें उठेंगी।" फिर थोड़ी देर चुपचाप रोटी बेलती रहीं, "देखें, कैसा करके खिलाती हैं !"

"जो तुमने बताया, यह तो सभी का काम है न, फिर मैं ही इसमें क्यों पिसूँ ? इसमें मेरी पढ़ाई का ही तो ज्यादा नुकसान होगा।" भौंहें चढ़ाकर मैं बोला।

"अम्माजी भी कोई ज़्यादा खुश थोड़े ही हैं। वहाँ जैसी-जैसी बातें जाकर इसने लगाई हैं, सब अमर लालाजी ने आकर बताईं। रुपए के भूखे हैं, ऐसे हैं, वैसे हैं। बोलो, अब तो यह तुम्हारा घर है, इसके बारे में ये सारी बातें उड़ाओगी तो बदनामी किसकी होगी ? और रुपए के भूखे तो सभी हैं, कौन नहीं ? तुम्हारे बाप नहीं हैं ? तुम तो उनकी अकेली लाड़ली हो, सो भी तो ठीक से लिया-दिया नहीं गया। आग लगे ऐसे रुपए में। अरे, हाँ, कोई छाती पै रखके तो ले नहीं जावे है। भैया, जाना तो सभी को खाली हाथ है। शादी-ब्याह में आदमी दिल खोल के खर्च नहीं करे, तो किस काम का वो रुपया मरा ? यही तो दो-चार मौके होवैं।" इन दो-चार मौकों की बात कहकर ही भाभी सहसा चुप हो गईं। मैं समझ गया, चर्चा थी अगर उनके लड़का हुआ तो घर में छुछक में क्या आएगा। इसलिए भाभी इस बात से कतराती थीं। वे व्यस्त होकर रोटी बेलती रहीं, लोई बनाती रहीं और मैं खाने में लगा रहा। स्त्रियों की इन बातों में मुझे शुरू से ही दिलचस्पी नहीं रही। रुककर कहा, "भाभी, यह सब तो ठीक है, लेकिन यह बताओ मैं क्या करूँ ?"

"तो लालाजी, तुम्हीं बताओ, दूसरी कौन-सी जगह तुम्हें दिखाई दे रही है ? वही गिनी-चुनी दो कुठड़ियाँ हैं।"

"तो मेरी तरफ से भाड़ में जाओ, चूल्हे में निकलो बाबा, मेरा पीछा छोड़ो। मुझे पढ़ लेने दो।" मैं झुँझला उठा।

"ना लालाजी, कैसी बातें करते हो !" भाभी ने सहानुभूति से कहा, "दूसरी बार बहू आई है, तुम ऐसी बातें कर रहे हो ?"

"कोई पहली बार आए या दूसरी बार। जब मुझे उससे कुछ लेना-देना ही नहीं है तो मैं क्यों सिर-दर्द लूँ ?"

"हाय लालाजी, इतनी ज़ोर से मत बोलो, हाल ही मुन्नी बीबी कहने लगेंगी कि मैं तुम्हारे कान भर रही हूँ।" भाभी चुप रहीं। फिर नरमी से अपनापे-भरे स्वर में बोलीं, "तुम उससे इतने नाराज़ क्यों हो ?"

"बताऊँ ?" मैं बिना हिचक के बोला, "पहली बात तो यह कि मुझे शादी अभी करनी नहीं थी। जबरदस्ती मेरे गले में यह पत्थर लटका दिया गया। और फिर मुझे उसकी सूरत से नफरत है। अब यह भी कोई जबरदस्ती है कि दूसरों के कहने से मैं उसे पसंद भी करूँ ? तुमसे जो बन पड़ा वह तुमने कर लिया। आगे मेरी सारी बातों का तुमने ठेका तो लिया नहीं है।"

"पता नहीं, तुम्हें क्यों पसंद नहीं है। मुन्नी बीबी और अम्माजी यों भले ही नाराज़ हों; लेकिन कहती यही हैं कि घर में ऐसी सुंदर बहू ही नहीं आई।"

"नहीं आई होगी। मुझे तो ऐसी कोई खास बात नहीं लगी।" मैंने सोचते हुए अनमने भाव से कहा।

"बाप तो कहता था कि मैंने पढ़ाई में बीस हज़ार रुपए खर्च कर दिए, बाजा सिखाया, गाना सिखाया, अच्छी से अच्छी सिलाई-कढ़ाई सिखाई। रुपया नकद नहीं दे सका तो क्या हुआ ? अब देखें, यहाँ कौन-से दफ्तर उलटती हैं।" फिर परिहास से कहा, "न हो तो एक ड्यूटी लगा दो। सुबह जैसे ही उठो तो हरमुनियम पर गाया करें—जागो मोहन प्यारे..." और अपनी ही बात पर वे देर तक हँसती रहीं।

गिलास का बाकी सारा पानी एक ही घूँट में पीते हुए मैंने कहा, "मज़ाक मत करो, तुम्हारे हाथ जोड़ें, हमें थोड़ा-सा पढ़ लेने दो।"

"अब लालाजी, अम्माजी से कहूँगी। मुझे तो कोई और जगह दिखाई नहीं दे रही।"

"अम्माजी से कहो या भैयाजी से, मुझे तो शांति चाहिए..."

किताबें लेकर कॉलेज चलते हुए एक बात मन में उठी। सब लोग प्रभा को सुंदर बताते हैं, एक बार सूरत तो अच्छी तरह देख ही लेनी चाहिए। पर तभी जैसे किसी ने कहा, "नहीं, कभी नहीं।" मुझे ऐसी किसी कमज़ोरी को दिल में जगह नहीं देनी चाहिए। एक बार ज़रा-सा मन ढीला पड़ा नहीं कि जाने कहाँ ले जाकर पटके। सारा दिन यही भाव मन में छाया रहा कि चलो, अच्छा ही हुआ। व्यर्थ की मुसीबत से पीछा छूटा नहीं तो सारे समय जान को बेकार एक आफ़त और लगी रहती। अब निश्चिंत होकर अपनी पढ़ाई कर सकूँगा। यही तो मेरे आत्म-निर्माण के दिन हैं। दुनिया में कौन किसके लिए मरा है ? सब अपना-अपना रास्ता देखते हैं। फिर मुझे तो हर पल यही याद रखना होगा कि मेरा रास्ता साधारण लोगों का रास्ता नहीं है। मेरा रास्ता कुछ बनने और कुछ करने का रास्ता है। सब-कुछ भूलकर खूब पढ़ूँगा, खूब मेहनत करूँगा। मेरी तरफ से चाहे सारी दुनिया भाड़ में जाए।

आज दिन-भर तबीयत बहुत ही खुश रही, लेकिन भीतर ही भीतर कुछ कुलबुलाता रहा—यह उपेक्षा ! उपेक्षा तो मैंने आज तक किसी की भी नहीं सही है।

रात वह मेरी कोठरी में नहीं सोई। पता नहीं, मुन्नी के पास या भाभी के, या

कहाँ रही। मैंने देखा भी नहीं। मुन्नी की तटस्थता और अम्मा की चुप्पी वास्तव में मुझे आश्चर्य में डाल रही है। तब भी मुझे ऐसा महसूस होता है, जैसे मुन्नी की सहानुभूति प्रभा की ओर है। मुन्नी के साथ ही सोई होगी। मेरी तरफ से कहीं सोए। देर तक मैं उसे कोई न कोई 'सबक' सिखाने के रास्ते सोचता रहा। मैं उसकी स्पष्ट उपेक्षा और अपमान तक कर डालने के सुयोग को छोड़ने को ज़रा भी तैयार नहीं था। सोचकर लगा कि उसके प्रति लापरवाही और उदासीनता का रवैया रखना गलत होगा। उसे क्या पता चलेगा कि किस गलती की सज़ा मिल रही है ? मुझे तो अब इसके दंभ को ही देखना है, और लगा, जैसे मैं ताल ठोककर मैदान में आ गया।

मैंने नहा-धोकर भाभी से कहा, "भाभी, अब तुम क्यों व्यर्थ में पिसती हो ? यह समय आराम करने का है। आखिर मुन्नी है, घर में और लोग हैं, या सिर्फ तुम ही अकेली रह गई हो ? अगर सबको खाने का हक है तो काम करने के लिए बाहर से आदमी तो नहीं बुलाए जाएँगे।"

मैंने देखा था, रात के जूठे बरतनों के ढेर के पास बैठी प्रभा एक-एक बरतन माँज रही थी। छूती थी इस तरह जैसे बरतन गरम हो। मन ही मन क्रूर संतोष से हँसा—इकलौती बेटी ! उसने इन बरतनों को छुआ ही क्यों होगा ? अब आया मज़ा !

और इसके बाद सारे घर का द्योनों वक्त का खाना उसे ही बनाने को दे दिया गया। भाभी तो जैसे इसी की राह देख रही थीं। मुन्नी ने इधर-उधर का काम दो-एक दिन करवाया, फिर कटने लगी। असल में अकेले बैठकर रोना और सोचना ही उसे अच्छा लगता था। यों जबानी हमदर्दी तो हमेशा ही प्रभा के साथ रखती थी। रोटी या खाने की कोई शिकायत करता तो वह प्रभा का पक्ष लेकर कहती, "दिन-भर तो रोटी बनाने में चला जाता है। आखिर आदमी के जान भी है या नहीं ? ऊपर से मीन-मेख निकालनेवाले !" मेरी तो एकाध बार उससे तेज़ झड़प भी हो गई। मैंने तो कह दिया, "ऐसा ही है तो तू भी साथ-साथ सारे काम क्यों नहीं करवाती ?"

"भाभी, लल्ला होगा तो सारे कपड़े ले लूँगी। फिर तुम इधर-उधर टालो, हाँ। पहले से बात तय है।" मैं उधर से गुज़रा तो मुन्नी कह रही थी। फिर मुझे देखकर बोली, "हमने भाभी से शर्त बदी है।" मुझे देखकर भाभी लाल हो गईं। उनका सारा चेहरा पीला पड़ गया था, लेकिन अजब गंभीर सौंदर्य आ गया था। भाभी मुझे इतनी अच्छी कभी नहीं लगीं।

वे हाथ से परे धकेलकर शरमाने का नाट्य करतीं, "हटो बीबीजी, तुम्हें हर वक्त ऐसी ही बातें रहती हैं। मरदों के सामने ये सब बातें नहीं करते। अब तो समझो।"

अजब वातावरण था घर का ! भंगिन ने धोती-ब्लाउज पहले ही अपनी तरफ़ से

लेने की घोषणा कर दी थी। जो भी आता, इसी बारे में बातें करता। यों सभी चाहते थे कि लड़का ही हो, और शायद इसीलिए सारे समय लड़के की बातें करते। लेकिन भाभी या अम्मा से इस बारे में बात करो तो मानो इस मधुर कल्पना को कहीं नज़र न लग जाए, इसलिए जान-बूझकर झुठलातीं। कहा करतीं, "वह तो भगवान् के हाथ की बात है। अगर लड़की हुई तो क्या कोई रोक लेगा ?" मानो लड़की होने की बात कहकर अपनी ही इस आशंका से अपने को अभ्यस्त करना चाहती हों कि उस समय बहुत कष्ट न हो; सोलह आने वैसे विश्वास उन्हें लड़का ही होने का था। घर में पहला पोता होगा, इससे खुश तो अम्मा और बाबूजी सभी थे, लेकिन उसके खर्चे की जब कल्पना करते तो यही कहते, "भगवान् जाने क्या होगा।" क्योंकि उस हालत में दुनिया-भर के खर्चे होंगे, एक बड़ी-सी दावत देनी पड़ेगी। सो लड़का-लड़की के विश्वास-अविश्वास में दिन गुज़र रहे थे। ढीले-ढाले कपड़े पहने भाभी कम से कम चलती-फिरतीं और जाने क्या-क्या सोच-सोचकर अपने ही आप मुस्कराया करतीं।

और आखिर एक रात को बारह बजे खूब भाग-दौड़ के बाद भाईसाहब एक पुत्री के पिता बन गए। अम्मा ने माथे पर हाथ मारा, "लो, घर में पहली भवानी ही आई।" लगा जैसे उस प्रत्याशित प्रसन्नता को पाला मार गया हो, लेकिन सभी खुश होने की कोशिश कर रहे हों। दाई को जाने क्या मिलने की उम्मीद थी कि उसका मुँह उतर गया। नर्स गंभीरता से बच्चे को नहलाती-धुलाती रही। नर्स को बुलाना पड़ा था, क्योंकि दाई को केस गंभीर होता नज़र आया। सारे कमरे से कार्बोलिक की गन्ध निकल रही थी। उस रात सारे घर में खूब भाग-दौड़ रही—कभी पानी गरम कर, कभी यह ला, कभी वह ले जा। हम सब लोग जागे। पता नहीं भाभी को कैसा लगा, लेकिन बाबूजी ने तो निश्चय ही प्रसन्नता की दबी साँस छोड़ी, तात्कालिक खर्चा बचा। अब कोई कहेगा तो कह देंगे, लड़की होने पर कोई मिठाई-दावत माँगता होगा ! ऊपर से कहा, "लो, पहली डिग्री आ गई घर में।"

मुन्नी ने चिढ़ाया, "अब तो मुँह मीठा कर दो, सबसे बड़े चाचा बने हो। पता नहीं, चाचा बनने की खुशी मुझे हुई या नहीं, लेकिन यही सोच-सोचकर बड़ा आनंद आता रहा कि चलो, अब घर में खूब काम बढ़ा। करनेवाला प्रभा के सिवा है ही कौन ! अब एक आदमी भाभी की सेवा-सुश्रूषा करने को अलग चाहिए, अम्मा तो अपनी आयु और बीमारी के कारण किसी लायक हैं ही नहीं। झोली में हाथ डालकर माला जपते हुए मुन्नी से सारे घर की खोज-खबर रखना उनका काम है। या फिर नाइन को आदेश देती रहती हैं। भाभी का ऊपर का काम करने के लिए पाँच-सात दिन नाइन रहेगी। पहले तो रात का खाना बनाकर भाभी ही उनके पाँव दबाया करती थीं और तब सारे घर की रिपोर्ट ली जाती, रामायण खुलती। लेकिन अम्मा और बाबूजी तो लड़की के हाथ का बना खा नहीं सकते सो वह काम तो प्रभा को करना ही है।

प्रभा सुबह न जाने कब उठकर भाभी के लिए हरीरा इत्यादि बनाना शुरू कर

देती। सुबह छः बजे तक प्रायः उनके सारे काम पूरे हो जाते। फिर रात के बरतन इत्यादि साफ होते, चौका धुलता और नहा-धोकर जल्दी ही रसोई में घुस जाती कि कहीं कॉलेज जानेवालों को देर न हो जाए, या भैया बिना खाए न चले जाएँ। बारह बजे तक खाना बन पाता, फिर जल्दी से चौका-बरतन का काम निपटा डालती। एकाध-घंटे दाल या गेहूँ बीनना या अमर और कुँवर के कपड़ों को भाभी के पास बैठकर सीना, रफू करना होता। नामकरण के दिन कम से कम तीस-चालीस आदमियों का खाना होगा ही, सत्यनारायण की कथा होगी। उसके लिए मसाले, दालें तैयार होतीं। साँझ को तीन से ही फिर चूल्हे में धुआँ उठने लगता और पल्ले से आँखें पोंछती वह झुक-झुककर लकड़ियों में फूँक मारती रहती। सारा चेहरा लाल रहता। रात के आठ-नौ तक यही क्रम चलता। फिर भाभी के आवश्यक कार्य होते। अक्सर जब मैं दिवाकर के यहाँ से लौटकर देर से आता, उस समय वह अम्मा के पायताने बैठकर उनके पाँव दबाती भी दीखती। शायद इसी सब में रात के साढ़े ग्यारह या बारह बज जाते।

सबसे ज्यादा आश्चर्य मुझे होता था यह देखकर कि वह सब कुछ ऐसी आसानी और चुपचाप करती चली जाती है मानो मशीन हो और उसे यह सब करने में कोई कष्ट न होता हो। हर नए काम को ऐसी स्वाभाविकता से ग्रहण करती चली जाती कि लगता ही नहीं था कि उसे करने में कहीं भी अनिच्छा का लेश या थकान है। और मैं इसी पर खीझ उठता। उसके व्यवहार में कहीं अनिच्छा थकान दीखे तो मैं अपने को उसके कष्ट से आनंदित कर सकूँ, मन में कहूँ कि 'कहो बच्चीजी, अब कैसा लग रहा है !'

हाँ, शुरू में जब तक सिर झुकाए रही तब तक किसी ने इस बात पर ध्यान नहीं दिया। अब धीरे-धीरे एक चीज़ लोगों के सामने स्पष्ट होने लगी कि प्रभा परदा नहीं करती। बाबूजी यों तो हमेशा ही खाँसकर भीतर आते थे। एकाध बार प्रभा को मुँह उघारे देखा तो समझे, शायद उसे उनके आने का पता नहीं लगा। मगर जैसे ही उनकी समझ में आया कि प्रभा केवल घूम जाती है, परदा नहीं करती, तो उन्होंने जाने किस बात पर अम्मा से कहा था, "फिर बेटी और बहू में फर्क ही क्या रह गया ? बेटी भी मुँह खोले बाल बखेरे घूमती है और बहू को भी चिंता नहीं है कि पल्ला किधर जा रहा है ?" और इस पर शुरू में खूब हंगामा मचा। भाभी ने ताने कसे सो तो कसे ही, अम्मा ने भी माला के दाने गिनना छोड़कर झुँझला-झुँझलाकर कहा, "बहू, तुम्हारे यहाँ परदे का कायदा नहीं है तो न सही, लेकिन इस घर की रीत तो रखो। अरे तुम हमसे न करो तो मत करो, लेकिन बड़ों से कुछ तो हया-शरम होनी चाहिए। ऐसा भी क्या अंधेर, न हमने देखा न सुना। सारी बिरादरी में चर्चा है। जो देखै है सो हमारे करम में थूके। अब दष्ठोन पर दुनियाजहान के लोग आएँगे, क्या कहेंगे जाकर ! भई, तुम्हारे यहाँ नंगे नाचें, तो हमें क्या है ?" भैया ने एकाध बार मुझे भी डाँटा, "क्यों रे समर, तू बहू को रोकता नहीं है ? देख, अम्मा-बाबूजी सभी इसका बुरा मानते हैं।

कम से कम जब तक ये लोग हैं, इनकी मान-मर्यादा तो रखनी ही चाहिए। यों हम भी नहीं कहते कि परदा करना कोई बहुत अच्छी चीज़ है, मगर घर में चलता आया है। और तेरी बहू तो समझ में नहीं आता किस चीज़ की बनी है कि सुनती ही नहीं। अम्मा इतनी डाँटती-फटकारती हैं, लेकिन ध्यान ही नहीं देती कि कौन भौंक रहा है।'' यह बात सच भी थी। उसने कहा कुछ भी नहीं, लेकिन कभी इतने डाँटने-कहने के बावजूद परदा नहीं किया। वह जैसे इस बात को सुनती ही नहीं थी। अम्मा इसी बात से और भी झुँझलातीं कि उनके कहने पर कुछ तो प्रतिक्रिया दिखाए, लेकिन वह इस विषय पर जैसे एकदम पत्थर की हो जाती। और अम्मा थीं कि हर बार कहतीं, ''बहू, ऐसी भी बेहयाई किस काम की ? माथे पर पल्ला ले लेने में तुम्हारा क्या जाता है ? आज तक इस घर में घूँघट ठोड़ी के ऊपर आया ही नहीं।''

सैद्धान्तिक रूप से मैं परदे के खिलाफ हूँ। इतिहास का विद्यार्थी होने के नाते इस सबका कारण जानता हूँ कि मुसलमानों के आने के समय से ही इस परदे का ज़ोर बढ़ा है। लेकिन जब उसे व्यवहार में देखा तो धक्का लगा। प्रभा अम्मा, बाबूजी सबके सामने मुँह खोले चली आ रही है, यह दृश्य अपने-आपमें बड़ा अजब और नया-नया था। आखिर सास-ससुर और बड़ों के प्रति आदर प्रकट करने का और क्या तरीका हो ? माना कि तुम सिर झुकाकर चलती हो, लेकिन केवल आँखें झुकाने और सिर नीचा कर लेने से ही तो आदर नहीं होता। मगर मैं उससे कहूँ तो कैसे कहूँ ? दो-एक बार मुन्नी से ज़ोर से कहा भी, ''मुन्नी, तेरी यह भाभी बड़ी बदतमीज़ है। किसी ने आदर-शिष्टाचार नहीं सिखाया ?'' लेकिन उसने इस कान सुनकर उस कान से निकाल दिया। घर में काफ़ी हो-हल्ला हो चुकने के बाद इस ओर से लोगों को समझौते का भाव धारण करना पड़ा। बस, अब तो तभी ध्यान आता है जब कोई नया आदमी आया हो। उस समय अम्मा कोशिश करतीं कि प्रभा इधर-उधर ही रहे, क्योंकि उसके सामने कुछ कह भी नहीं सकतीं।

पहले कुछ दिनों तो सभी प्रभा के इतना काम एक-साथ सँभाल लेने पर चकित थे; लेकिन अब उसके काम में भी मीन-मेख निकलनी शुरू हो गई थी। मुन्नी भी अपनेपन से कह देती, ''भाभी, इतना घी मत लगाओ। बाद में फिर कमी पड़ेगी।'' इस नए प्राणी के आने से घर का आर्थिक ढाँचा और भी अधिक चरमराने लगा था। सिर पर हाथ फेरते हुए बाबूजी अक्सर अम्मा की चारपाई के पास टहला करते, ''धीरज की माँ, बड़ा खर्च होने लगा है। बेचारा धीरज भी क्या करे ? करते-करते तो मरा जाता है। उसका कसूर भी क्या ? कुनबा छोटा है ? अब तो जैसे-तैसे समर इंटर पास करके कहीं लग-लगा जाए तो बेचारे को साँस आए। उसे देखकर मेरा तो कलेजा मुँह को आता है। चिंता और काम के मारे सूख-सूखकर पिंजर रह गया है। न बोलता है, न कहीं यार-दोस्तों में आता-जाता है। और आखिर शरीर भी कहाँ तक साथ दे ? खेलने-खाने के दिन तो सब सूखे चले जा रहे हैं। क्या ज़माना आ गया है ! सोचा था कभी ? इस कमबख्त मुन्नी की अलग आफत है छाती पर। अब इसको

जाना तो है ही। बिरादरी के बड़े लोगों से कुछ कह-कहाकर कराया तो है, थोड़ी उम्मीद भी लगती है, लेकिन लोगों के मुँह तो ऐसे फैले हैं कि सीधे-सीधे कोई बात ही नहीं करता। हर आदमी बदले में कुछ पहले चाहता है।" प्रभा को देखकर खुद ही दूसरी ओर मुड़ जाते और भरे गले से कहते, "बहू, ज़रा हाथ साधकर काम किया कर, बेटा ! इसी घर में बोरियों में रुपया भरा पड़ा रहता था। चार-चार कनस्तर घी उठता था, लेकिन अब क्या रह गया है...।"

और इस चिल्ल-पों के बावजूद मेरे सारे काम निर्बाध रूप से चलते रहे। मैं कॉलेज या थोड़ी देर के लिए कहीं भी बाहर जाता तो आकर देखता कि मेरी कोठरी एकदम साफ़ कर दी गई है, सारी बिखरी चीज़ें करीने से लगी हैं और लालटेन चमचमा रही है। यह सब देखकर कहीं भीतर हलका-सा दर्द होता। मगर मैं उसे पढ़ाई की थकान समझ लेता।

कभी-कभी मैं खुद अपने ऊपर झुँझला उठता। क्या यह दिन-रात प्रभा-प्रभा ! कैसे खाती है, कहाँ रहती है, कैसे काम करती है; कहीं ज़रा-सा भी आराम तो नहीं करती ! अच्छे खासे दाल-साग में मौके-बे-मौके नमक-मिर्च ज़्यादा-कम बताता रहता हूँ, ज़रूरत-गैर-ज़रूरत अम्मा, मुन्नी या भाभी से उसे सुना-सुनाकर तानेबाज़ी की बातें कहता हूँ, कटु कटाक्ष करता हूँ। मतलब, किसी न किसी रूप में अपना ध्यान उसी ओर लगाए रहता हूँ। मानो कोई और काम ही मेरे लिए दुनिया में नहीं बचा। अरे भाई, मुझे पढ़ना है। इतना मन उसमें क्यों नहीं लगाता ? अगर इस बार फेल हो गए तो दुनिया-भर की बदनामी मिलेगी सो तो मिलेगी ही, आगे के सारे रास्ते बन्द हो जाएँगे। जब मुझे उसकी तरफ ध्यान ही नहीं देना तो लगातार उसे ही लेकर उधेड़-बुन करते रहने का आखिर मतलब क्या है ? जैसे हर समय उसके कार्यक्रम का लेखा-जोखा रखना मेरा स्वभाव बन गया है। मुझे उसे इतना महत्व देने की ज़रूरत ही क्या है ? घर में बहुत से कुत्ते-बिल्ली हैं, समझ लूँ कि एक वह भी है। मैं अनेक बार निश्चय करता कि उसके बारे में कम से कम सोचूँगा, लेकिन किसी न किसी चीज़ के पीछे-पीछे खयाल उसी के पास जा पहुँचता, जैसे ही पाता कि गन्दी बनियान अपने-आप धुल गई थी और उसे बाहर की रस्सी पर सूखते सन्ध्या को देख गया था, लौटकर देखता हूँ कि तह की हुई करीने से रखी है—बस पढ़ना-लिखना अलग और अब प्रभा की बात सोच रहे हैं।

अब एक और परिवर्तन दिखाई दे रहा था। पहले जब भी कोई नया और मुश्किल काम प्रभा के ऊपर आकर पड़ता तो यह सोचकर मुझे बड़ा हार्दिक सन्तोष होता कि चलो, उसे कष्ट मिलेगा। मैं उत्सुकता से राह जोहता कि देखें इसकी क्या प्रतिक्रिया होती है। अन्तर्मन में कहीं यह भी रहता कि देखा जाए, इन अत्याचारों से परेशान होकर वह किस समय और कहाँ रोता है। उसे उस समय पकड़कर शर्मिंदा करने की ताक में भी रहता। जब रात को या सुबह ठंड के मारे सारे शरीर में रोंगटे खड़े हो जाते तो खयाल आता, इस समय प्रभाजी को कैसा लग रहा होगा; बैठी-बैठी बरतन

साफ कर रही होंगी या चौका धो रही होंगी। लेकिन इधर जब बिना प्रतिवाद या प्रतिक्रिया दिखाए वह सभी कामों को स्वाभाविकता से स्वीकार करती चली गई, तो परिणाम के प्रति मेरी सारी उत्सुकता धीरे-धीरे मरने लगी। और उस पहली तृप्ति के स्थान पर एक विचित्र बेचैनी और विक्षोभ मन के भीतर मँडराने लगे। जैसे एक हथियार व्यर्थ जाने पर प्रश्न उठे कि अब क्या हो; अब आगे क्या किया जाए। आखिर यों हार तो नहीं ही माननी !

माना खाते समय कभी-कभी भाईसाहब भी कहते, "अरे बहू, कभी मिनट-दो मिनट उसके पास भी जाकर बैठ जाया करो। अकेली का मन भी कैसे लगता होगा। कभी किसी चीज़ की ज़रूरत ही पड़ जाए।" यह ठीक था कि प्रभा परदा नहीं करती थी, लेकिन वह भाईसाहब या बाबूजी से बोलती बिलकुल नहीं थी; चुपचाप सिर झुकाए काम करती रहती। दोपहर को वह नित्य भाभी के पास बैठती थी, इसलिए भाईसाहब को बताने को उसके होंठ फड़ककर रह जाते। सहसा सिर उठाकर देखती, मानो कुछ कहना चाहती हो, पर फिर सिर झुका लेती।

नामकरण संस्कार का दिन था। सन्ध्या को आया तो देखा कि घर में खूब हल्ला-गुल्ला मचा हुआ है। अम्मा बुरी तरह चिल्ला-चिल्लाकर कह रही हैं, "जब तक कुछ कहें नहीं तो सिर पर ही चढ़ी चली आती है। दुनिया का सारा काम तुम्हारे ही मन से तो होगा ? हम तो कुछ हुए ही नहीं ! हम तो सब इतने बड़े मूरख हैं। बस ज्ञान तो एक तू ही घुट्टी में पीकर आई है। सगुन-साइत के दिन क्या करके धरा है ? बोलो, हमें पता भी नहीं, और वहाँ इतना सब हो भी लिया ?"

सब सहमे से एक ओर खड़े थे। कोठरी में अपनी चारपाई पर पड़ी भाभी खूब फूट-फूटकर रो रही थीं, "आग लगे ऐसी पढ़ाई में ! पढ़ाई अपने लिए होगी कि दूसरे की जान लेने को होगी ? हाय राम, पता नहीं अब क्या होनेवाला है ?" मुन्नी एक ओर खड़ी चुपचाप देख रही थी। इतना तो समझ गया कि कोई गंभीर बात हो गई है। डरी-सहमी-सी एक ओर खड़ी प्रभा को देखते ही कहा जा सकता था कि अपराध इसी ने किया है। कुछ दृढ़ बनने का प्रयत्न करके उसने भर्राए गले से कहा, "अम्माजी, मुझे पता होता तो मैं कभी भी नहीं करती। मैंने समझा कि कोई सादा मिट्टी का ढेला है।"

"सादा मिट्टी का ढेला तो है ही," अम्मा बिफरकर बोलीं, "और हमारी पुरखा हमें जवाब दिए चली जा रही है। तूने समझा काहे को ? तेरे तो हिये-माथे की फूट गई थी ना ? अन्धी थी ! दिखाई थोड़े ही दिया होगा कि उसमें कलावा बँधा था या नहीं ? बात पर बात कहे चली जा रही है, जो एक भी बात बिना जवाब दिए छोड़ी हो ! अच्छी सीख सिखाई है तेरे माँ-बाप ने, बड़ों से ज़बान लड़ाने की। एक तो तवा-सा मुँह खोले डोलती फिरै, कोई आए कोई जाए, किसी की चिंता ही नहीं, और

ऊपर से कैंची-जैसी ज़बान चलावै। मेरी बेटी होती तो इतने जवाब पर तो ज़बान खींचकर ज़िंदा गाड़ देती।'' अम्मा की तेज़ी बेहद बढ़ गई। यहाँ तक कि जवाब देने की बात कहने के साथ ही उन्होंने अपने को अपमानित भी महसूस कर लिया और फौरन ही रोने लगीं।

मेरी समझ में मामला कुछ आया, कुछ नहीं। फिर भी मुन्नी से तेज़ स्वर में पूछा, ''मुन्नी, क्या बात है ?'' मेरे चढ़े तेवर देखकर मुन्नी ने कोई जवाब नहीं दिया। कुँवर ने बताया, ''सुबह पंडितजी ने जिन गणेशजी की पूजा की थी न, भाभी ने उनसे जूठे बरतन माँज लिए।'' साथ ही भाभी का रोना और भी बढ़ गया। बात उन्हें नए सिरे से याद आ गई।

मेरा कलेजा धक् रह गया। अम्मा की सिसकियाँ अभी सुनाई दे रही थीं। भाभी कह रही थीं, ''कुछ हो गया तो इसका क्या जाएगा ? यह तो अपने हाथ झाड़कर अलग हो जाएगी। हे भगवान्, तू देखनेवाला है। सबको समझना। दुनिया कुढ़-कुढ़कर मरी जाती है। हाय राम !''

साँस खींची, ज़ोर से दाँत भींचे और मैं दनदनाता हुआ सीधा एकदम उसके सामने जा पहुँचा—अपलक निगाहों से घूरता हुआ, जैसे बिल्ली चूहे को झपट रही हो। दाहिना हाथ ढीला किया, एक बार तोला और फिर 'तड़ाक्' ! सारी शक्ति से पड़े तमाचे की पाँचों उँगलियाँ प्रभा के बाएँ गाल पर उभर आईं। वह एक ओर झोंका खाकर गिरते-गिरते सँभली और यों ही 'धम्' से बैठ गई। मैंने कहा, ''हरामज़ादी, यहाँ रहना हो तो ठीक से रहो। नहीं तो जहाँ जगह दीखे अभी चली जाओ। बड़ी नास्तिक की बच्ची बनी है।''

और मैं फुटबॉल का गोल कर आनेवाले खिलाड़ी के अंदाज़ से गरदन टेढ़ी करके उसे घूरता-घूरता ही फिर अपनी जगह आकर खड़ा हो गया। सब एकदम स्तब्ध रह गए। अम्मा का सारा क्रोध और आँसू एक साथ ही उड़ गए। भाभी चुप हो गईं।

लेकिन चाँटा मारते ही एक ऐसी आत्म-घाती ग्लानि का प्रचंड झटका मुझे अपने भीतर लगा कि मैं वहाँ खड़ा नहीं रह सका। उलटे पाँव वहाँ से लौट आया। चाँटा मारने के बाद मुझे नहीं पता किसने क्या कहा; वह रोई या नहीं, वहीं पड़ी रही या किसी ने उठाकर भीतर डाल दिया। हाँ, इतनी याद है कि चाँटा सारी शक्ति से और भरपूर पड़ा था और मेरी पाँचों उँगलियाँ झनझना उठी थीं।

कोठरी की देहली पार करते ही जैसे मेरे भीतर कोई लगातार रटने लगा, 'यह मैंने क्या किया ? यह मैंने क्या किया ? मुझे क्या हो गया था ?' ज़िंदगी में पहली बार एक स्त्री पर हाथ उठाया था और लग रहा था जैसे मेरा हाथ निस्पन्द होकर गला जा रहा हो। भाभी पर हाथ उठाने को लेकर भाईसाहब की कितनी कटु आलोचना मैंने समय-समय पर की थी। सब जैसे एक-एक करके मेरे दिमाग़ में आने लगी। मैं किस आवेश में अन्धा हो गया था ? सात-आठ महीने में पहली बार बोला और वह भी गाली से। पहली बार बात की और वह भी तमाचे से ! मैं बड़ी देर तक

तो समझ ही नहीं पाया कि यह हो क्या गया आखिर ?

तब सहसा किसी ने ज़हर-बुझी घृणा से भीतर कहा, 'नीच, कायर, कमीने ! यही तेरा आदर्शवाद है ? यही तेरे महान् बनने के सपने हैं ? इंटर में पढ़ता है और दुनिया-भर के विचार बघारता है ?' और बिना अधिक सोचे न जाने कब की संचित रुलाई ऐसे ज़ोर से फूट पड़ने को मचलने लगी कि मैं बेबस हो गया। वह क्या आँधी थी जिसमें मैं बह गया था ? और फिर बेबस फफक-फफककर रो पड़ा। चाहता था रोते-रोते गलकर मेरा सारा अस्तित्व आँसुओं में ही बह जाए। ऐसी ग्लानि अपने भीतर महसूस हो रही थी कि अपने दोनों गालों पर ज़ोर से अन्धाधुन्ध तमाचे ही तमाचे मारूँ कि उँगलियाँ-ही-उँगलियाँ उछल आएँ...।

आठ

मुन्नी ने पूछा, "क्यों भैया, तुम्हारे इम्तिहान कब से हैं ?"

"इम्तिहान ?" मैंने गरदन खुजलाई। मुझे याद ही नहीं आया कि इम्तिहान कब से हैं ? हालाँकि इधर मैं इम्तिहान की तारीख और महत्त्व को रोज़ याद कर लेता था। मुन्नी ने जो कहा है, उसका अर्थ क्या है, मेरी समझ में यह भी नहीं आया। यही नहीं, पहली बार तो मैं यह भी नहीं पहचान सका कि सामने जो मुझसे बोल रहा है वह है कौन ? फिर इम्तिहान की बात का खयाल आया तो मैं उन्हीं के बारे में सोचता रहा। मुन्नी की उपस्थिति और उसके द्वारा पूछी बात को एकदम भूल ही गया।

मैं धीरे-धीरे पागल तो नहीं होता जा रहा ? जैसे ही यह बात मन में उठी, मैंने ज़ोर देकर कई बार दुहराया, 'नहीं, नहीं। मैं कोई असंगत व्यवहार नहीं करता, मेरे सोचने में एक क्रमबद्धता है। रहन-सहन का पूरा खयाल रखता हूँ।' जितना ही मैं अपने को समझाता कि मैं पागल नहीं हो रहा, उतना ही भीतर यह विश्वास जड़ जमाता जाता कि मैं निश्चय ही पागल होता जा रहा हूँ। अगर मान लो, यह बात सच भी है तो इसका प्रारम्भ कब से हुआ ?

समस्त शक्ति से पड़ता चाँटा, झटककर दूसरी ओर दीवार से टकराया हुआ सिर, फिर लड़खड़ाकर गिरती हुई देह—अकारण ही रह-रहकर बिजली की कौंध की तरह जब दृश्य आँखों में चमक उठता तो हृदय बादलों की तरह फट जाता। हर समय पश्चात्ताप और ग्लानि के गड़े हुए पंजे दिल में कसकते रहते कि मुझे यह नहीं करना चाहिए था। मुझसे उस पर हाथ उठा ही कैसे ? मैं कैसे वह जंगलीपन की हरकत कर सका ? यह सारी घटना सचमुच हुई थी ? सिर्फ मेरी कल्पना या सपना तो नहीं है ?

मगर उसे भी तो यह सब नहीं करना चाहिए था। मिट्टी के ढेले और गणेशजी में उसे अन्तर नहीं दिखाई दिया ? अगर किसी के घर इस तरह के विश्वास हैं भी, तो उनका अपमान करने का अधिकार उसे किसने दिया ? पढ़ने-लिखने का यही सब अर्थ है ? पढ़े तो हम भी हैं। और हज़ार बातों की एक बात यह, कि अपनी संस्कृति और पूज्य देवों की अवज्ञा हम किसी भी कीमत पर नहीं सह सकते। अच्छा हुआ, एक सबक मिल गया। इस तरह मैं इसके अपराध को बढ़ा-चढ़ाकर अपने को यह समझाने की कोशिश करता कि मेरा व्यवहार उचित था। मान लो, कल को कुछ

हो-हुआ जाए तो उसका जिम्मेदार कौन होगा ? यों 'सत्यार्थप्रकाश' जैसी पुस्तकें पढ़ने से इन सब दुनिया-भर के देवी-देवताओं से विश्वास उठ गया था, लेकिन दूसरों के विश्वास का मुझे खयाल बराबर था। किसी को पूजा न जाए तो अपमान भी क्यों किया जाए ? सब-कुछ कहता, अपने को समझाता, लेकिन भीतर से कोई बोलता रहता कि हाथ उठाना ठीक नहीं हुआ।

उस घटना के दूसरे दिन तो मेरी बाहर निकलने की हिम्मत नहीं हुई। सोकर उठा तो ऐसा लगा, जैसे मैं न जाने कब का बीमार पड़ा हूँ। मेरे पोर-पोर में दर्द हो रहा था। लोगों से आँख कैसे मिलाऊँगा ? इतना बड़ा अपराध कर चुकने के बाद बाहर रोशनी में कैसे निकलूँगा ? अगर कहीं वह सामने ही पड़ गई और उसके गाल का निशान मुझे दीख गया तो ? कैसे सहूँगा मैं उस दृश्य को ? और मैं इसी पसोपेश में चोर की तरह बाहर निकल गया, दिन-भर योंही निर्लक्ष्य और निरुद्देश्य भटकता रहा। पार्क में पेड़ के नीचे बैठे-बैठे अपने-आपसे पूछा—यह दिन-भर अपने आपमें ही डूबे रहना, बात-बेबात चिड़चिड़ाना, दूसरे को कष्ट पहुँचाकर आनन्द लेना, व्यर्थ ही अपने पर नियंत्रण खोकर मार-पीट कर बैठना, लड़ना और रोना—यह सब मुझे आखिर हो क्या रहा है ? अपने को चाहे जैसे समझाता रहूँ, लेकिन कोई मेरी इन बाहरी हरकतों को देखे तो क्या यही अन्दाज़ा नहीं लगाएगा कि मैं पागल हो रहा हूँ ? अच्छी शादी हुई ! यह मुझे हो क्या गया है ?

बहुत दिनों बाद आज फिर मंदिर की तरफ़ (भीतर नहीं) जाकर अपनी जगह दिन भर बैठा रहा... उफ़्, मुझसे कितना जघन्य काम हो गया है ! हे भगवान्, मैं क्या करूँ !

रह-रहकर अपने ऊपर झुँझलाहट आती कि यह क्या सिर-दर्द मोल ले लिया मैंने ? हर समय 'प्रभा' या प्रभा के प्रति किए गए अपने व्यवहार की जुगाली करना। इन सारी बातों में कितना नुकसान कर रहा हूँ मैं अपना ! दुनिया में बस यही एक काम रह गया है ? क्लास में गए तो गुमसुम बैठे रहे, फिर चुपचाप मुँह लटकाए चले आए—चौबीस घंटे केवल यही बातें ! सोते-जागते बस, एक ही चरचा... आठ-दस महीने से खुलकर बातें करना, हँसना-मुसकराना, सब भूल गया मैं तो।

उस दिन फिर मैंने संकल्प किया—जो हुआ सो हो गया। अब मैं घर-बाहर सबको भूलकर सिर्फ अपने इम्तिहान की ही बात सोचूँगा और किसी भी तरफ ध्यान नहीं दूँगा। जो हो गया, उसे लेकर अब रात-दिन अपना दिमाग खराब करना गलत है। मुझे दुनिया में किसी से कोई मतलब नहीं, कोई मेरा सगा नहीं। किसी के प्रति मेरी कोई गलती नहीं, जिम्मेदारी नहीं। सब अपने-अपने भाग्य लेकर आते हैं, अपना-अपना रास्ता चुनते हैं। हे प्रभो, तुम साक्षी रहना, मेरी आज तक की गलतियों को माफ़ करना। अब मैं केवल अपने तक ही रहूँगा, केवल पढ़ूँगा।

और उस दिन के बाद से सचमुच मुझे अपने भीतर एक अजीब परिवर्तन लगने लगा। पहले घर और बाहर की जो बातें मुझे दिन-भर परेशान रखतीं, या जिनमें मेरी मानसिक शांति घंटों के लिए भंग हो जाया करती उन बातों को मैं देखता और फिर अपने पढ़ने, अपने इम्तिहान की बात सोचने लगता। बस पढ़ाई का यह भूत था जिसे मैं बलपूर्वक अपने सामने रखता और दिन-रात इससे ही लड़ता रहता। घर में रहने से बेकार दिमाग़ बँटेगा, इसलिए अक्सर बाहर ही रहता। यहाँ तो कुछ न कुछ होता ही रहता है। चलते-फिरते किसी दुकानदार के पास से लेकर अखबार देख लेता, और दिन का अधिकांश भाग दिवाकर के साथ कटता। गप्पें लड़ाने का मौका कम ही आता। वह कभी कोई बात शुरू कर देता तो बातों का सिलसिला चल निकलता। वह अपने किन्हीं शिरीष भाईसाहब की बातें निहायत ही श्रद्धा एवं गद्‌गद भाव से बताया करता। हर बार कहता कि वे आएँगे तो ज़रूर मिलाएगा। मुझे कोई खास उत्सुकता नहीं थी। आएँगे तो मिल लूँगा। सभी को आश्चर्य था कि मुझे पढ़ते रहने का कौन-सा नशा छा गया है।

उस दिन की घटना पर किसी ने कोई बात नहीं की। बाबूजी, भाईसाहब, सभी ने सुना और भाभी तो लगभग प्रसन्न हुईं। छोटे भाई इस तरह से मुझसे कतराते थे मानो मैं बिना किसी कारण उन पर झपट पड़ूँगा। उस समय भीतर दबी आशंका उभरकर ऊपर आ जाती, सचमुच क्या मुझे देखने से कुछ 'भयानक' लगता है ? हुँह, होगा भी। सिर झटककर मैं फिर अपने काम में लग जाता। यों भी घर में सब अपने-अपने में व्यस्त रहते थे। भाभी से अब सामना ही कम होता। जब भी मैं घर आता, वे कहीं एकांत में बैठी अपनी बच्ची में उलझी होतीं। कभी दूध पिला रही होतीं या कभी तेल लगाकर गरम पानी से नहला रही होतीं। प्रसव के बाद से घर का काम तो उन्होंने बिलकुल ही छोड़ दिया था। मुन्नी अपनी इच्छा की मालकिन थी। या तो भाभी की बच्ची को खिलाती रहती या गुमसुम पड़ी रहती। घर का अब सारा काम प्रभा के ऊपर ही आ गया था। लेकिन मुझे इसमें न तो ध्यान देने लायक कोई बात लगती, न कुछ अनोखा ही मालूम होता। यह कब खाती है, कब आराम करती है, इस बात को सोचना मैं जाने कब भूल चुका था ! कभी-कभी उसका कोई पत्र आता तो हम लोगों में से कोई न कोई उसे ज़रूर खोल लेता। पढ़ने के बाद ही खत उसे दिया जाता। वह पत्र लिखकर चाहे किसी को डालने को दे, उसे पढ़ा ज़रूर जाता। लिफ़ाफ़े को पानी से गीला करके खोला जाता। कहीं घर के बारे में कोई उलटी-सीधी बात तो नहीं आ-जा रही ? वैसे शायद उसने पत्र लिखने बंद ही कर दिए थे।

सुना, एक दिन अम्मा कह रही थीं, "क्यों री बहू, तू चिट्ठी-विट्ठी नहीं डालती ? इनके पास तेरे बाप की चिट्ठी आई है। पूछा है, कहीं तू बीमार तो नहीं है ?"

"क्या लिखूँ, अम्माजी ? आप देख ही रही हैं, सब ठीक है।" चटनी पीसना छोड़कर प्रभा बोली।

"अरी, सो तो हम देख ही रहे हैं। पर फिर भी बिटिया, कभी-कभी डाल दिया कर दो हरफ ! माँ-बाप का मन है। लिखा है पाँच-छः खत डाले हैं, तूने एक का भी जवाब नहीं दिया।" जाने कितने दिनों बाद प्रभा ने माँ का नरम स्वर सुना।

मैं राशन लाने के लिए थैला खाली कर रहा था, देखा कि उसकी आँखें छलछला आईं। थोड़ी देर चुप रही; फिर कुछ घूँटती-सी धीरे से बोली, "लिखूँगी अम्माजी !"

मैं बिना किसी की ओर देखे वहाँ से चला आया। पता नहीं, इस बारे में और क्या बात हुई। बार-बार बात उभरकर मन में आई, लेकिन मैंने अपने को जोर-शोर से पढ़ाई में लगा दिया।

असल में मुझे ऐसा लगने लगा था कि मेरी संवेदनशीलता और महसूस करने की शक्ति धीरे-धीरे या तो समाप्त होती या सुन्न होती चली आ रही है। मुझे कोई भी चीज़ इस लायक नहीं लगती थी कि उस पर सोचा जाए। उदाहरण के लिए, मेरा सारा काम अब वही करती थी। लेकिन मैं अधिक से अधिक तटस्थ था। रात को लोटा भरकर पानी रख जाती, कभी भाईसाहब, बाबूजी या अम्मा की इच्छा से गुड़ की चाय बनती तो गिलास-कटोरी में चाय चुपचाप मेरे पास आ जाती। बिना देखे कि कौन लाया है, मैं उसे पी जाता। अधिकांशतः चौके में वही रहती थी, इसलिए पहले-पहल खाने में बड़ी दिक्कत आई। रोटी इत्यादि लेने के लिए मैं मुन्नी को पुकारता। अब धीरे-धीरे वह खुद परोसने लगी। थाली अपनी ओर खींचकर मैं जल्दी से भगवान् का भोग लगाता और खाना शुरू कर देता। ऊपर से और रोटियों की ज़रूरत होती तो मैं थाली उसकी तरफ़ खिसका देता। जो चीज़ कम दिखाई देती, वही मिल जाती। पहले यह ढंग बड़ा विचित्र लगा, मन ही मन हँसी भी आई लेकिन अब इसमें कोई नयापन नहीं लगता। अब तो कतई झिझक नहीं होती थी। ऐसा लगता था कि यह क्रम ज़िंदगी-भर चलाया जा सकता है। जैसे मशीन से काम लिया, नल से पानी लिया और चल दिए, ठीक उसी तरह अपना काम पूरा करते ही मैं अपने में डूब जाता। सच पूछा जाए तो बोलने के सिवा सारे काम हो ही रहे थे। मैंने यह अनुभव करना एकदम भुला दिया था कि प्रभा भी कोई चलता-फिरता संवेदनशील प्राणी है, और उसका मुझसे भी कोई संबंध है। अब तो मैं हर बात को इस तरह देखने लगा था जैसे वह बात मुझसे दूर और अलग की हो। इस प्रकार मैं सब-कुछ भूलता चला जा रहा था।

और यह भूलने का क्रम कुछ ऐसी तेज़ी से चला कि मुझे खुद डर लगने लगा। कहीं यह पागल होने की भूमिका ही तो नहीं है। हर गुजरा हुआ दिन मुझे सपने जैसा धुँधला और असत्य लगता, और हर आनेवाली बात के प्रति एक अनुत्सुक जड़ता छाई रहती। साथ ही यह भी महसूस होता कि मैं सिर्फ संसार और अपने आस-पास को ही नहीं, अपने-आपको भी भूले चला जा रहा हूँ; नहाने-खाने का ध्यान नहीं रहता। मौके-बेमौके सनक उठती तो सब-कुछ छोड़-छोड़कर गीता पढ़ने बैठ जाता। अपने कपड़ों और चीज़ों की याद नहीं रहती। पढ़ते-पढ़ते किताब कहीं रखकर भूल जाता

और फिर घंटों उसे खोजता रहता। और जब वह अक्सर किताबों के ढेर में ही मिल जाती तो माथा ठोक लेता। कलम, पेंसिल, चाबी और पैसे अक्सर ही खोते रहते, या कहूँ उन्हें रखकर भूलता रहता। हालत यहाँ तक बढ़ती चली जा रही थी कि सुबह की पढ़ी चीज़ सन्ध्या को भूल जाता। जिस किताब को भी उठाता, बिलकुल नई लगती। हमेशा खोया-खोया-सा रहता। लगता ऐसा था जैसे मेरे भीतर की कोई चेतना-शक्ति धीरे-धीरे मरती चली जा रही है, या जो अन्तस्तल पानी की तरल सतह की तरह आंदोलित हो उठता था अब बर्फ की तरह जमकर ठोस, निस्पंद और निर्जीव होता चला जा रहा है। कोई भी बात उस पर पड़ती और छिटककर दूर जा गिरती, मानो कुछ हुआ ही न हो।

बस एक चीज़ थी और वह मैं नहीं भूला था कि मुझे इम्तिहान देना है।

ठोस पत्थर पर जैसे जल की धारा बहती चली जाए, उसी तरह समय, दिन और रात की लहरों में बहता चला जा रहा था, और मैं चेतना-शून्य होकर देखता था कि पत्थर ज्यों का त्यों है।

दस बजने को आए थे और अभी दाल में उफान भी नहीं आया था। प्रभा जल्दी-जल्दी आटा गूँध रही थी। मैं एक बार रसोई का चक्कर लगा आया था और अब निकलने की बात सोच ही रहा था कि मुन्नी भागी हुई आई, ‘‘छोटी भाभी, छोटी भाभी, तुमने बड़ी भाभी को दूध नहीं पहुँचाया, वे नाराज़ होकर रो रही हैं।’’

प्रभा ने आटे में ही अपने को व्यस्त रखे हुए मुलायम स्वर में कहा, ‘‘बीबीजी, दूध तो किया हुआ रखा है, लेकिन तुम देख लो, अभी दाल में उफान आता होगा। सब खानेवाले आते होंगे, एक-एक रोटी को बिठाना अच्छा नहीं लगता। दो-चार पहले से निकाल लूँ तो सँभाल लूँगी।’’ फिर खुशामद के स्वर में बोली, ‘‘बीबीजी, तुम दे आओ न ज़रा। उधर चूल्हे की बगल में रखा है कटोरी से ढका हुआ।’’

मुन्नी ने उधर जाकर देखा तो उसका मुँह एकदम खुला रह गया, ‘‘हाय भाभी, यह तो फैल गया ! अब ?’’

‘‘फैल गया ?’’ उसका चेहरा एकदम फक् हो गया। हाथ का काम छोड़कर उधर लपकी, ‘‘मैंने तो ठीक रखा था, पता नहीं...’’

‘‘अब बड़ी भाभी सारा घर सिर पर उठा लेंगी।’’

तभी उधर सुना, अमर अम्मा से शिकायत कर रहा था, ‘‘अब अम्मा, तुम्हीं देख लो, दस बज रहे हैं। अभी तक खाना ही नहीं बना। कब खाना खाएँ, कब पढ़ने जाएँ ?’’

‘‘तुम्हें चाहे देर हो या सवेर, वह तो धीरे-धीरे ही करेगी !’’ अम्मा ने ताने से कहा, वे इन बातों के लिए पूजा बीच से तोड़ देतीं और अपनी बात कहकर फिर पूजा वहीं से शुरू कर देतीं। बोली, ‘‘एक दिन का काम हो तो देर भी समझ में आवै, बोलो जो काम तुम्हें रोज़ करना है उसे भी तुम सँभाल नहीं सको...’’

अमर वहीं से कहता हुआ चौके में आया, "भाभी का तो आटा गुँध रहा है, अभी तो दाल ही हो रही होगी।" फिर उसने रसोई के बीचवाली कमर-बराबर ऊँची दीवार से झाँककर देखा कि दाल चढ़ी भी है या नहीं। धुएँ से उसकी आँखों में पानी भर आया था। मुन्नी फैले हुए दूध के पास खड़ी थी और डरी-सहमी-सी प्रभा आटे के हाथों से ही उसे धरती से समेट रही थी। वहीं से अमर चिल्लाया, "यहाँ तो खूब दूध फैलाया जा रहा है !"

अम्मा सारा पूजा-पाठ भूल गईं। बारूद में आग लग गई। "फैला दिया दूध ! चलो, अच्छा हुआ ! उसकी गाँठ से क्या जाता है ? उसका तो बाप भूरी भैंस बँधवा गया है न, सो रोज़ कभी दूध फैल रहा है, कभी उफान आ रहा है। उबल-उबलकर सारी दाल फैली जा रही है, कोई देखनेवाला ही नहीं है। अंधी हो गई है। फूहड़ चालै, सब घर हालै। चलेगी तो कभी यह तोड़, कभी यह फोड़। समझ में नहीं आता कि हाथ-पैरों में दम है भी या नहीं। थूथन ऊपर उठा के काम करेगी। मस्ता रही है। खुद ठूँस के ढाई सेर भर लिया। अब बोलो, बहू बेचारी भूखी मरेगी या नहीं ? लच्छन एक नहीं है, जो एक नाम लेने को भी हो। आग लगे ऐसी पढ़ाई में ! दसवाँ पढ़ी हैं ये, दसवाँ...! क्या घूरे-जैसी हालत कर रखी है रसोई की ? चकला इधर पड़ा है, बेलन वहाँ लुढ़क रहा है। खाने बैठो तो उबकाई आवै। हे भगवान्, अच्छी हमारे मत्थे मढ़ी है। हम तो यहाँ जाने कैसे रो-धोके अपने दिन निकाल रहे हैं और वहाँ आसमान से बरसता दिखाई देवै है..."

आगे और क्या हुआ इसकी ज़रा भी चिंता किए बिना मैं किताबें उठाकर पढ़ने चला आया। पहला समय होता तो न जाने क्या करता या कहता। पर अब लगा, ये सारी बातें ध्यान देने लायक नहीं हैं। प्रभा ने जो कुछ किया, या प्रभा जो कुछ करती है, वह अच्छा है या बुरा यह सब समझने की ज़रूरत ही महसूस नहीं होती थी। मानो जो कुछ भी हो रहा है उसमें कुछ भी असाधारण नहीं है। अब तो बिलकुल ऐसा लगने लगा था जैसे न तो प्रभा से मेरा कोई संबंध है और न घरवाले ही मेरे अपने हैं।

बीच में दो-एक पीरियड खाली देखकर, समय निकालकर आया तो देखा कि मेरे ही कमरे में थाली ढकी रखी है। जल्दी-जल्दी पेट में डाला और फिर भागा। कुछ भी खास नहीं लगा। हाँ, घर की हवा से इतना ज़रूर लग गया कि बाद में उस बात पर खूब महाभारत हुआ होगा। हुँह, हमें क्या है ! हुआ होगा...

फरवरी शुरू हो गई थी और कड़ाके का जाड़ा पड़ रहा था। मार्च के शुरू में ही इम्तिहान थे, इसलिए आजकल तैयारियों के लिए छुट्टियाँ हो गई थीं। मैं अक्सर दिवाकर के यहाँ पढ़ने चला जाता, घर में कोई ऐसी जगह ही नहीं थी जहाँ बिना किसी विघ्न-बाधा के दोपहर या शाम को भी पढ़ते रहा जा सके। कोई न कोई हंगामा होता

रहता या कोई न कोई काम निकल आता। "ज़रा-सा दौड़कर चक्की से आटा ले आओ, भैया !" मुन्नी कहती। भाभी ही पूछतीं, "वैद्यजी से कहकर कोई अच्छी-सी घुट्टी नहीं ला दोगे, लालाजी !" इसके अलावा साथ पढ़ने से बहुत-सी बातें अच्छी तरह समझ में आती थीं। हम दोनों कभी-कभी किसी प्रोफेसर के पास पूछने भी चले जाते थे। अकेले तो मेरी हिम्मत नहीं थी। उसके पास घर से बिलकुल अलग अपना एक कमरा था, इसलिए कभी-कभी रात को भी उसके ही यहाँ रह जाता। सच पूछा जाए तो मुझे उसके यहाँ पढ़ने, सोने में घर से ज़्यादा शांति मिलती थी। अपने घर तो जब भी जाओ या तो कोई काण्ड होकर चुका होता और उसके कारण सबके चेहरे मनहूस होते, या फिर काण्ड हो रहा होता। कभी-कभी बैठी अम्मा रो रही हैं, कभी भाभी बड़बड़ा रही हैं। हाँ, एक चीज़ थी जो कभी-कभी दिल पर घूँसा जैसा मार जाती थी। प्रभा का चेहरा मैंने सदैव ही अपरिवर्तनीय और ऐसा भावहीन देखा मानो किसी ने पत्थर का बना दिया हो। हमेशा गंभीर और कुछ हद तक मनहूस ! उसकी आँखों के आसपास काले गड्ढे बने रहते और जाड़े के मारे होंठ पपड़ाए रहते। एड़ियों से मैल भरी बिवाइयाँ झाँका करतीं।

सुबह दिवाकर के यहाँ से लौटा तो अम्मा उसे प्यार से समझाकर डाँट रही थीं, "जाने सिर कब का धुला हुआ है। इसे कभी-कभी तो धो लिया कर कलमुँही ! बना रखा है कंजरों-सा। ला इधर ला, मैं दियासलाई लगा दूँ इनमें। रोज़-रोज़ की इल्लत ही जाए। पता नहीं, कितनी जूएँ पड़ गई होंगी। खाने में जाती होंगी।"

अम्मा के स्वर में न क्रोध था, न ताना। शायद इसी से उसने हिम्मत करके कहा, "अम्माजी, अब तुम्हीं बताओ, किस बखत धोऊँ !"

यह बताना बड़ा मुश्किल था कि अम्मा किस बात से भड़क उठेंगी। उनके स्वर में तेज़ी आ गई, "ओहो, अब तो ये जताने लगी कि मैं इतना काम करूँ, क्यों ? वाह री ! अच्छी बहू है, तू तो काम के ताने देने लगी। अरे, तुझे अपना काम करने की फुरसत नहीं मिलती ? खाने की तो मिल जाती है ना ? ज़रा गिना तो दे मुझे, ऐसा कौन-सा काम करै तू ? दोनों बखत रोटी ही का काम, एक काम कह लो। सो इसमें चाहो तो सारा दिन लगा दो। मुझे तो बता, कौन-सा घर है, जहाँ बहुएँ काम नहीं करतीं ? भैना, तेरे बाप के यहाँ दस नौकर लगे होंगे, हमारे यहाँ तो सब बहुएँ ही करेंगी काम।"

मैं नल के पास कोयले से दाँत साफ कर रहा था। रोती हुई बच्ची को दोनों हाथों में झुलाते हुए भाभी ने मेरी ओर इशारा करके कहा, "देख लो, ज़रा-सा काम क्या करना पड़ा, रोज़ हल्ले करवा रही है। बोलो, हम नहीं करते थे ? कहा किसी भी दिन अम्माजी ने कुछ ? ज़रा-सी करने क्या लगी, एहसान जता रही है, एहसान। मेरे काम का तो एहसान जताइयो मती बहू, जितना तूने किया है मैं तो सब ब्याज समेत चुका

दूँगी। हाँ, कहीं कल को कहे...''

भैया वहीं से गरजे, ''क्या दिन-रात चख-चख होती रहती है ? दिन निकला और शुरू हो गया। कोई और काम नहीं है क्या ? नौ बज रहे हैं।''

लेकिन उनकी बात को किसी ने नहीं सुना। अम्मा ने अपने-आप ही कहा, ''चख-चख होती रहती है तब तो यह हाल है, न हो तो एक दिन सारे घर का पटरा बैठ जाए। यहाँ तो सभी लातों के देवता हैं। जब तक कुछ कहो नहीं, क्या मजाल पत्ता तक हिल जाए। अब कहूँगी नहीं तो धोती सिलेगी थोड़े ही, चाहे सारी फट जाए। और मैली कैसी चीकट कर रखी है, देखो। क्यों री, यह गंदी और फटी धोती तुझे नहीं दिखाई देती ? यों कहो कि धोने के नाम दम निकलता है। कौन मेहनत करे ! वहाँ तो पलंग पर बिठा दो और हाथ में पकड़ा दो किताब...''

आँखों पर पानी के छींटे मारते हुए ही मैंने देखा, धोती इतनी जगह से छलनी हो रही थी कि न तो उसके सिलने की ही गुंजाइश थी और न धुलने की। फटी हुई जगहों से जाड़े के स्वागत में खड़े हुए बड़े-बड़े रोंगटे दिखाई देते थे। 'हुँह, होगा हमें क्या है' का भाव उठा और मैं मुँह-हाथ धोकर अँगोछे से मुँह और गरदन रगड़ता हुआ चला आया। मन में ज़रा-सी भी उत्सुकता नहीं हुई कि देखें, इस झगड़े का अंत कैसे हुआ या बात ने आगे जाकर क्या रुख लिया ? लगा, सोचने और महसूस करने की शक्ति कभी मेरे भीतर थी ही नहीं।

दोपहर के बाद आया तो बाबूजी नाराज़ हो रहे थे, ''अरे, इससे परदा नहीं करती तो मत करो। छाती पर पत्थर रखके उसे भी सह लेंगे; लेकिन बेशरमी की ऐसी हद तो मत करो। ऊपर जाकर सिर धोते समय तुम्हें दीखा नहीं कि चारों तरफ़ लोग क्या कहेंगे ? जाड़ों में धूप सेंकने के बहाने सभी तो ऊपर छतों पर चले जाते हैं। इधर-उधर ताक-झाँक करने में उनके बाप का क्या जाता है। यह मुन्नी भी इतनी बड़ी हो गई, इसे नहीं सूझा ? बैठी-बैठी सिर पर पानी डाल रही थी...।''

मुन्नी ने मुँह बनाकर कहा, ''बाबूजी, तुम भी अनोखी बातें करते हो। अब ऐसी तो ठंड है। तुमने तो राम-राम करके उलटा-सीधा पानी दो लोटे डाला, और नहाने का नाम करके चल दिए, पर हम लोगों का सिर कोई ऐसे धुलता है ? दो घंटे लगते हैं। तब तक नीचे ऐसे जाड़े में कोई कैसे भीगे ? हाथ से पानी लो, तो काटने को दौड़ता है। ऊपर छत पर धूप थी, अगर चली ही गई तो क्या ऐसी आफत आ गई ?''

''तो जाड़े तो पड़ते ही रहेंगे।'' मुन्नी का रवैया देखकर बाबूजी कुछ ठंडे हो गए। अम्मा बोलीं, ''मेरे पास तो हैं नहीं तीन रुपए मन की लकड़ी दिन-भर पानी गरम करने को। एक हो तो किया भी जाए, पूरी फौज़ को तो दो मन लकड़ी पानी के लिए ही चाहिए।''

अम्मा की बोलने की शक्ति इन दिनों आश्चर्यजनक रूप से बढ़ गई थी। भाभी हमेशा बच्ची को ही टाँगे फिरती थीं।

और मेरा सारा शरीर इस तरह सुन्न रहता जैसे किसी ने अफ़ीम का इंजेक्शन लगा दिया हो। कभी-कभी तो मुझे ऐसे लगता जैसे मुझे किसी सख़्त खोल के भीतर इतना गहरा बंद कर दिया गया है कि वहाँ न तो कोई स्वर पहुँच पाता है, न कोई चीज़ मुझे छू पाती है। मेरे भीतर कोई बोलता, महसूस करता है या नहीं, यह भी मैं नहीं जान पाया। या तो वहाँ संवेदनाएँ घुटकर रह जाती हैं, या संवेदना जैसी कोई चीज़ ही नहीं रह गई है। बाहर और भीतर सब अयथार्थ लगता। लगता, ऊपर की तहें तो मजबूत हो ही गई हैं, भीतर भी प्रतिक्षण कुछ जमकर सख़्त होता चला जा रहा है। क्या धीरे-धीरे मेरा अन्तर्बाह्य सब-कुछ जमकर पत्थर रह जाएगा...?

नहीं, यह सब नहीं सोचना। परीक्षाओं के पाँच-सात दिन रह गए हैं।

नौ

आखिरी पेपर करके हॉल से निकला तो तबीयत बड़ी हलकी और खुश थी। परचे अच्छे हो गए थे। एक बहुत बड़ा बोझ सिर से उतरा। पहले तो एक काम था जिसमें जी-जान से लगे थे, लेकिन अब क्या करेंगे, इस समस्या पर सोचने से पहले ही दिवाकर बोला, "चलो, आज खूब डटकर सिनेमा देखा जाए। वर्षों हो गए सिनेमा ही नहीं देखा।" अगर वह आगे खुद ही न कह देता तो मेरे लिए बड़े धर्म-संकट का विषय हो जाता। "आज हम दिखाएँगे और अगर माताजी राजी हो गईं तो किरण को भी ले चलेंगे। बेचारी को न जाने कब से सिनेमा देखने को नहीं मिला। सोचती होगी अच्छी कुएँ में आ फँसी।"

जब हम लोग अलग हुए तो उसने फिर एक बार याद दिलाया कि मैं ठीक समय पर शाम को आ जाऊँ। ऐसा न हो कि अपनी दार्शनिकता में ही उलझा रहूँ। लेकिन उस बेचारे को क्या पता था कि घर पर कौन-सी घटना मेरी राह देख रही है।

एक युग के बाद अचानक मुन्नी के पतिदेव तशरीफ लाए हुए थे। मुझे न जाने क्यों, इस आदमी की सूरत से नफरत थी। सारे घर में एक तरह की हलचल मची थी। सबको आश्चर्य था। उन्हें टिकाया गया था, बाहरवाली बैठक में। इसी में अक्सर बाबूजी और भाईसाहब बैठे रहते थे। और तो कुछ पता नहीं चला, हाँ, आते ही उन्होंने यह बता दिया था कि मुन्नी को लेने आए हुए हैं। जिसने दो-ढाई साल से कोई सूचना या पत्र नहीं दिया, कभी यह जानने की कोशिश नहीं की कि मुन्नी मर गई या जिंदा है, बाबूजी के बीसियों पत्रों को जो चबा गया और जिसे बिरादरी का प्रभाव भी नहीं हिला सका, उसे अचानक यों आए देखकर सबके-सब हक्के-बक्के रह गए थे। वह मुन्नी को लेने आया है, यह सुनकर मैं तो स्तंभित ही रह गया। घर में सब लोग बड़े सहमे-सहमे और आपस में बातचीत करने को उत्सुक घूम रहे थे। प्रभा और मुन्नी चुपचाप चौके में लगी थीं। भाभीजी और अम्मा धीरे-धीरे घुसुर-फुसुर कुछ बातें कर रही थीं, तरह-तरह के अनुमान लगा रही थीं और रह-रहकर कुँवर को बाहर भेज देती थीं, "जा चुपके से सुन के तो आ, तेरे बाबूजी और उनमें क्या-क्या बातें हो रही हैं।" भाभी खुद भी सधे पंजों से अपने को भरसक आड़ में रखती हुई दरवाज़े की ओट में आतीं और कान लगाकर सुनतीं, फिर तुरंत आकर अम्मा को सारे समाचार देतीं। कुछ सुन लेतीं बाकी घटाना-बढ़ाना अनुमान से कर लेतीं। सभी इस अप्रत्याशित हृदय-परिवर्तन

का कारण जानना चाहते थे। बैठक में काफी गंभीरतापूर्वक बातें चल रही थीं।

रात को खाना इत्यादि खिला चुकने के बाद बाबूजी ने आकर अम्मा को सूचना दी, "कल मुन्नी जाएगी, सुबह दस बजे की गाड़ी से।" सारे घर में सन्नाटा छा गया।

आखिर मामला क्या है, जानने को हम सब पास घिर आए। अम्मा ने इतनी देर मामला जानने की प्रतीक्षा में जो कष्ट सहा था, इससे वे झल्ला रही थीं। झुँझलाकर बोलीं, "बैठो तो सही, कुछ बताओगे भी कि चले आए, कल मुन्नी जाएगी ! ऐसी क्या आफत आ गई अब निपूते पर ? दो साल कौन-सी मक्खी छींक गई थी ?" अम्मा का गला भिंचा हुआ था कि कहीं स्वर बैठक तक न पहुँच जाए।

बाबूजी अम्मा की खाट की पाटी पर पैरों की ही तरफ बैठ गए। ज़मीन पर छोटी-सी लालटेन रखी थी। हम सब उसके आस-पास गोला बनाए जाड़े के कारण उकड़ूँ बैठे थे, घुटनों पर ठोड़ियाँ टिकाए सभी को बाबूजी की बात जानने की उत्सुकता थी। मुन्नी एक ओर दीवार से लगी पहले ही बैठी थी। ज़बरदस्ती बच्ची को सुलाकर लंबा-सा घूँघट निकाले भाभी भी आ गईं। प्रभा नहीं दिखाई दी। हम लोगों के बीच में वही एक हलकी रोशनी थी जो मेरे, भाईसाहब, अमर और कुँवर के घेरा बनाकर बैठ जाने के कारण धुँधली और ढँक-सी गई थी। कुँवर डरते हुए लालटेन के सिर पर हाथ रखकर गरमाहट लेने का प्रयत्न कर रहा था ताकि ऐसे गंभीर अवसर पर कोई हाथ न झटक दे। लेकिन उसकी ओर किसी का ध्यान ही नहीं था।

संजीदगी से बाबूजी ने बताया, "भई, वह मुन्नी को लेने आया है। बहुत माफ़ी-वाफ़ी माँग रहा है, अफ़सोस ज़ाहिर कर रहा है कि गलती हो गई, अब कभी ऐसा नहीं होगा। अगर ऐसी बात सुनी तो कान पकड़ लेना। जो बिरादरी का दंड होगा, भरूँगा। जब रुआँसा-सा हो आया तो मैं क्या करता !"

"तो आखिर कुछ बात भी कि यों ही रुआँसा-सा हो आया ? अब अचानक कौन-सी अकल-दाढ़ फूट आई उस कम्बख्त के ? उस चुड़ैल को क्या हुआ ?" अपने जमाई के लिए अम्मा जिस भाषा का प्रयोग कर रही थीं, वह नई थी।

"उस चुड़ैल के कारण ही तो अकल आई है। पाँच-छः महीने हो गए, सब कपड़े-जेवर समेटकर चंपत हो गई। पुलिस-वुलिस में रिपोर्ट भी की। मगर हाथ आती वह कहीं फिर ? अब जाकर सारा दिमाग ठिकाने लग गया।"

हम सब चौंके, "हुँह, तो यह बात है ! अब गरज पड़ी है तो लाट साहब आए हैं !" कुँवर ने झल्लाकर कहा, "बाबूजी, तुम भी मत भेजना मुन्नी जीजी को !"

पर इस गंभीर वातावरण में उसकी बात किसी भी महत्त्व की नहीं मानी गई। भाईसाहब ने बताया, "अब तो कहता है कि उसने मुझे बरबाद कर दिया। पहले अंधा कर दिया था, अपना भला-बुरा कुछ भी सूझना बंद हो गया था। पता नहीं, उसके बहकावे में आकर कहाँ चरने चली गई अकल !"

"गई थी तेरी अम्मा के पीहर !" अम्मा ने क्रोध में मुँह झटका। फिर गहरी साँस लेकर बोलीं, "अब ऐसे आदमी का ठीक क्या है ? कल किसी दूसरी के बहकावे में

आ जाएगा। मैं तो अपनी लौंडिया को नहीं भेजती। पहले अधमरी कर दिया था, अबके तो मार के ही छोड़ेगा।''

''भाई, वह कसम खा रहा है, विश्वास दिलाता है।'' बाबूजी ने समझाने के ढंग पर कहा, ''बातों से भी लगता है कि अब समझ आ गई है। धीरज की माँ, हो गई गलती एक बार। अब क्या कोई ज़िंदगी-भर यही करता रहेगा ! इस उम्र में आदमी को होश नहीं रहता। हमने उससे सारी बातें साफ़-साफ़ कर ली हैं।''

अम्मा नहीं मानीं। उसी तरह लापरवाही से बोलीं, ''तुम्हारी बातों की क्या है ? जिसने जैसा समझा दिया, वैसा ही मान गए।''

''बस, यही बात मुझे तुम्हारी बुरी लगती है। मुझे गुस्सा आ जाता है। तुम समझती तो खाक नहीं हो, और बस अपनी-अपनी गाए जाती है। कभी दूसरे की भी सुना करो।'' परेशानी और हारे स्वर में बाबूजी ने कहा, ''इस वक्त उसकी गरज ही सही, आया तो खुद है। एक दफा ठोकर खाकर उसकी आँखें खुल गई हैं। बातों से भी पता चलता है कि उसे काफ़ी पछतावा है और तंग-वंग नहीं करेगा। ऐसी हालत में तुम्हीं बताओ, भेज देने में हर्ज क्या है ? अच्छा, और नहीं तो क्या, उसे यों ही जिन्दगी-भर बिठाकर रखोगी ! उसे पढ़ा-लिखा दें या कोई हुनर सिखा दें, इतना अपने पास है नहीं। लड़कों की ही देखभाल नहीं हो पाती। फिर सबकी अपनी-अपनी ज़िम्मेदारी है। हम लोग भी आखिर कब तक रखेंगे ? और अगर न हो तो लाओ, मुन्नी की दूसरी जगह शादी किए देते हैं।''

अम्मा छूटते ही बोलीं, ''आग लगे तुम्हारे मुँह में ! शरम भी नहीं आ रही बाल-बच्चों के बीच में बैठे के ये सब कहते ? चले हैं, दूसरी शादी कर देते हैं। सो सारी बिरादरी और शहर हमारे जनम में थूकते फिरें, क्यों ? पहले ही कौन-सी नेकनामी फैली है ! अच्छी तुम्हारी आर्यसमाजियों के साथ रह-रहकर अकल सठिया गई है।''

''तो फिर तुम्हीं बताओ, क्या करूँ ? अकल की बात कहता हूँ सो तुम्हारी समझ में आती नहीं। कुछ कहो तो तुम हो जाती हो नाराज़। तुम्हीं बताओ, क्या किया जाए ? मेरी समझ में तो इससे अच्छा मौका मिलेगा नहीं। खुद घर आया है। तुम यह भी तो सोचो, मुन्नी का यहाँ होगा क्या ? अपने वहीं रहेगी, घर-गिरस्ती सँभालेगी। बाद में जब साँप निकल जाए तो लकीरें पीटते रहना। वही वाला हिसाब है आँगन आए नाग न पूजे, बाँबी पूजन जाए।''

अम्मा ने कुछ कहने के लिए मुँह खोला ही था कि अचानक मुन्नी के फूट-फूटकर रोने से सब चौंक गए। अभी तक वह भी दीवार से पीठ टिकाए घुटने ऊपर किए उकड़ूँ बैठी थी। जाड़े के कारण, या मुँह छिपाए रखने के कारण उसने अपनी दोनों बाँहों से घुटने घेर रखे थे। अब उसका सिर रुलाई के झटकों से हिलने लगा। मैं उसके सबसे पास था। मैंने माथे से हाथ लगाकर उसका सिर ऊपर उठाते हुए दुःखी स्वर में पूछा, ''क्या बात है मुन्नी ? क्या बात है ? बता न, क्यों रो रही है, क्यों ?''

उसने ताकत लगाकर सिर छुड़ा लिया और यों ही और भी ज़ोर-ज़ोर से रोने लगी।

"कुछ बात भी तो बता मुँह से, मुन्नी ! हमें पता कैसे चलेगा कि क्यों रो रही है ?" भाईसाहब ने हमदर्दी से पूछा।

बिना जवाब दिए वह रोती रही। कुछ देर बाद बड़ी मुश्किल से उसने रोते-रोते ही सिसकियों में कहा, "बाबूजी, तुम मुझे अपने हाथ से ज़हर देकर मार डालो, मेरा गला घोंट दो... मुझे वहाँ मत भेजो... मुझे वहाँ मत भेजो, बाबूजी ! मैं वहाँ मर जाऊँगी... मैं तुम्हारे हाथ जोड़ती हूँ... पाँव पड़ती हूँ—मुझे कहीं मत जाने दो।" और एकदम झपटकर वह खाट के नीचे लटके बाबूजी के पैरों से लिपट गई, बिलख-बिलखकर रोने लगी।

हम सब लोगों की आँखों में आँसू भर आए। अम्मा अपने गिरते हुए आँसुओं को पल्ले से पोंछती और मुँह खोलकर सिसकती-सी साँसें लेती रहीं।

"अरे-अरे, यह क्या करती है ?" बाबूजी ने झुककर काफी बल लगाकर उसे ऊपर गोद में खींच लिया। वह उनकी गोद में औंधी लिपट गई और कटती हुई गाय की तरह रोती रही। अपनी रुलाई के चीत्कारों को वह बाबूजी की कमीज़ अधिक-से-अधिक मुँह में ठूँसकर दबाने की कोशिश करती रही, लेकिन लगता था जैसे रुलाई उसकी पसलियाँ तोड़कर बाहर फूट पड़ना चाहती हो। उसके दोनों कंधे और सारा शरीर रुदन के झटकों से बुरी तरह थर्राकर काँप रहे थे। उसके हिलते हुए काले-काले बालों वाले सिर पर झुककर ठोड़ी रखे बाबूजी भी निःशब्द रोते रहे। मोटे-मोटे आँसू उनके गालों से ढुलककर मुन्नी के बालों में खो जाते। अपने हृदय की बेचैनी को वे जल्दी-जल्दी उसकी पीठ पर सान्त्वना का हाथ फेरकर दबाने की कोशिश करते। हम लोगों की आँखों से भी आँसू चुपचाप गालों पर फिसलते रहे। कभी-कभी वह खारा-खारा तीखा तेज़ाब होंठों के कोनों से मुँह में आ जाता। उठते हुए आवेगों को दबाने और नाक से बहते हुए पानी को रोकने के लिए बार-बार नाक से साँस खींचते। कुँवर से जब नहीं रहा गया तो वह उठकर अम्मा से चिपटकर रोने लगा, "अम्मा, मुन्नी जीजी को नहीं जाने देंगे... उन्हें मत भेजो।"

इस इतनी दुखी लड़की के प्रति हम लोगों ने कितनी उपेक्षाएँ और कभी-कभी दुर्व्यवहार दिखाया है, इसे सोच-सोचकर और भी कष्ट हो रहा था। मैंने निश्चय किया कि मुन्नी को मैं रखूँगा, चाहे मुझे कुछ भी क्यों न करना पड़े। एक लड़की के लिए खाने-कपड़े का इंतज़ाम हम लोग नहीं कर सकते ? और आठ-दस मिनट बाद जब उद्वेग कुछ कम हुआ तो सहसा ही मुन्नी ने फिर कहा, "बाबूजी, मैं किसी का चौका-बरतन कर लूँगी, पीस-कूट लूँगी, मुझे वहाँ मत भेजो उनके साथ।"

बाबूजी अब अपने पर नियंत्रण पा चुके थे। समझाते हुए बोले, "पगली हुई है, बेटी ! हम लोग क्या कोई गैर हैं ? तू आधी रात को यहाँ आ जाइयो, कोई ऐसी-वैसी बात देखे तो। यह तेरा घर पहले है, हमारा बाद को। पर तू इस बार तो मान जा, अब कोई बात नहीं होगी।"

"नहीं बाबूजी, नहीं !" जैसे किसी भयंकर दैत्य को कल्पना में देखकर वह फफक उठी, "मुझे उस कुएँ में मत धकेलो बाबूजी..."

इस बार बाबूजी ने कराहते-से स्वर में घायल होकर कहा, "तेरी भलाई के लिए ही तो कर रहे हैं बिटिया ! वहाँ अपना घर है, तू नहीं सँभालेगी तो फिर बिगड़ेगा। तेरी भलाई इसी में है, बेटी ! वहाँ बिरादरी में बदनामी फैलती है, सब लोग उँगली उठाते हैं, किस-किसका मुँह रोकेंगे ?"

"जिस दिन मेरे बारे में ऐसी-वैसी बात सुनो, मुझे अपने हाथ से ज़हर देकर मार देना, बाबूजी !" वह रोती रही। लगता था, प्रयत्न करने पर भी उसकी रुलाई थम नहीं रही है।

बाबूजी फिर रोने लगे। इस बार लगा कि वे काफ़ी देर तक अपने को सँभाल नहीं पाएँगे और कुछ देर बाद ही वह फूट-फूटकर रोने लगेंगे। भावातिरेक से उनका नीचे का होंठ बुरी तरह काँप रहा था। फिर मुन्नी को एक ओर खाट पर हटाकर वे जल्दी से उठकर बाहर चले गए।

उसके बाद काफ़ी देर हम लोग, लगभग एक घंटा यों ही बैठे रहे चुपचाप और गुमसुम। फिर जब ठंड लगने और नींद आने लगी तो एक-एक उठकर जाने लगा। बस, मुन्नी ही अम्मा की चारपाई पर पड़ी सिसकती-सुबकती रही।

और सुबह मुन्नी को विदा कर दिया गया। वह चीख-चीखकर रोती रही, बिलख-बिलखकर रोती रही, लिपट-लिपटकर रोती रही। उस समय उसने कहा कुछ नहीं, बस रोती ही रही, मानो हिस्टीरिया का दौरा आ गया हो। प्रभा से लिपटकर तो इस तरह रोई जैसे दोनों जन्म-जन्मांतरों को विदा ले रही हैं। एक-दूसरे को छोड़ना ही नहीं चाहती थीं। गाड़ी को देर हो रही थी, इसलिए बड़ी मुश्किल से उन्हें छुड़ाया गया। बाबूजी उस समय किसी काम से चले गए थे।

मुन्नी मेरे ही बाद की थी, इसलिए घर-भर में मैं ही उसे सबसे अधिक प्यार करता था। मेरे गले में बाँहें डालकर तो वह बुरी तरह डकरा-डकराकर रोई। कंठ फँस गया था और मुझे ऐसा लग रहा था जैसे मेरे शरीर का एक-एक रेशा अलग-अलग बिखर जाएगा, मेरी पसलियाँ एक विस्फोट से फट जाएँगी और कलेजा मुँह की राह बाहर निकल पड़ेगा। उसने जैसे-तैसे सिर्फ इतना ही कहा, "भैया, भाभी से बोलना, उन्होंने कुछ भी नहीं किया..."

और इसके बाद वह चली गई। उसे होश नहीं था, बस रोए चली जा रही थी। जब तक गाड़ी दीखी, मैं उसे देखता रहा। फिर अपनी कोठरी में आकर किवाड़ बंद करके बैठ गया। आँसू लगातार गालों से बहकर आते हुए गोद में गिरते रहे और मैं समाधिस्थ की तरह बैठा रहा। मन में कुछ गूँज रहा था, जिसे मैं समझ नहीं पाता था।

घर में मुर्दनी छाई थी। कोई मुँह लटकाए इधर बैठा था, कोई उधर सिसक रहा था, मानो किसी को फूँककर आए हों। घर की हर दीवार हाय-हाय करके खाने को दौड़ती थी।

दस

खाना-वाना खाकर दिवाकर के यहाँ से निकले तो ग्यारह बज गए थे। घर पर कहकर भी नहीं आया था। जाकर वह डाँट पड़ेगी कि तबीयत ठिकाने आ जाएगी—'कम से कम कहीं जाओ, तो पूछताछकर तो जाओ।' अब आधी रात में किवाड़ खुलवाना भी एक समस्या होगी। जो भी खोलने आएगा, वह अपने कष्ट और मेरी ज़िम्मेदारियों पर भाषण देना अपना परम कर्त्तव्य समझेगा। एक-एक कदम चलते दिल धसक रहा था, सड़क और गलियाँ सुनसान पड़े थे। मकानों के ऊँचे-नीचे होने की वजह से सड़क पर चाँदनी कटी-फटी फैली थी। कोहरा मिलकर अजब धुंध-सा छाया था।

जाने क्यों, मन में बड़ी बेचैनी छाई थी, और भीतर कुछ कसक उठता था। हुआ यों कि मुन्नी के कारण उस दिन तो सिनेमा जा नहीं पाए थे। दो-तीन दिन बाद वह प्रोग्राम बना। रात को दस बजे सिनेमा खत्म हुआ। बहुत अच्छा तो नहीं लगा, लेकिन नायक-नायिका के प्यार के कुछ दृश्य सचमुच मन पर छाए रहे, और कसक होती रही कि काश, ये मेरे भी जीवन में उतर पाते। बहुत दिन बाद सिनेमा देखा था। लौटे तो पैदल ही घर की ओर चले। मैं और दिवाकर पास-पास थे, किरण कुछ दूर हटकर चल रही थी। और भी अनजाने स्त्री-पुरुष सिनेमा के किसी न किसी पक्ष के बारे में बातें करते चले जा रहे थे। किरण मुझसे या मेरे सामने प्रायः नहीं ही बोलती थी। सिनेमा आने के समय जो संकोच मन में आया था, वह अब फिर नए सिरे से जाग उठा। मेरे कपड़े उन लोगों से काफी नीचे स्तर के थे। मुड़ी-तुड़ी ऊँची-सी कमीज़-पैंट, भद्दे फटे पुराने-से सैंडल। विचित्र बात यह भी कि अपनी गाँठदार चोटी पर मुझे इतनी झेंप कभी नहीं आई, जितनी उस समय। उसे तो मैंने बड़े ही बेमालूम ढंग से खोलकर शेष बालों में मिला लिया। हाथ फेर-फेरकर देख लेता, कहीं वह अलग उठ तो नहीं आई है। मन में एक बार आया कि मान लो इसे कटा ही डाला जाए तो ? फिर साथ ही धिक्कार उठा—छिः, मेरे मन में भी क्या-क्या बातें उठती हैं आजकल !

तभी पास आकर दिवाकर बोला, "कहो जी महाराज, कैसे कट रहे हैं आजकल दिन ? क्या कर रहे हो आजकल ?"

मुझे भाईसाहब की बात याद आ गई। सुबह ही तो बैठक में उन्होंने कहा था, "क्यों, अब क्या इरादा है ? इम्तिहानों से तो छुट्टी मिल गई न ?"

"मेरा इरादा क्या, जो भी आप कहें।" मैं समझ गया कि उनका मतलब कोई

नौकरी कर लेने से है।

"अब कहीं कुछ कोशिश-वोशिश करो। अपने उस दोस्त से कहो।"

"रिज़ल्ट तो निकल जाने दीजिए। अब कहीं एप्लाई भी करूँ तो क्या लिखूँ ?"

"रिज़ल्ट के तो दो-ढाई महीने हैं। तब तक भी तो कुछ करोगे ही। या यों ही वक्त बरबाद होगा ?" चिंता-भरे स्वर में भाईसाहब बोले, "घर की हालत तो तुम देख ही रहे हो। मेरे नब्बे-सौ रुपयों में हींग भी नहीं लगती। कुछ न कुछ तो करना ही होगा। अमर-कुँवर को अगर हम दोनों अच्छी तरह पढ़ा लें, तो उन्हें भी अच्छी सर्विस मिल जाएगी।"

"हाँ, हाँ, कुछ तो देखूँगा ही।" मैंने टालने को कहा।

"अपने उस दोस्त से कहो न, कहीं न कहीं तलाश कर ही देगा। उसके तो बीस जान-पहचानवाले होंगे।" उन्होंने फिर दिवाकर की ओर इशारा किया।

"पूछूँगा।" असल में भीतर से आती हुई बाबूजी के चीखने की ऊँच-ऊँची आवाज़ों से मेरा ध्यान उधर खिंच गया। विषय बदलने को बोला, "बाबूजी क्यों नाराज़ हो रहे हैं भीतर ?" हालाँकि बात मेरे लिए कतई महत्त्व की नहीं थी। किसी न किसी पर नाराज़ हो ही रहे होंगे। जो जिसका काम है, वह कर रहा है, इसमें इतनी फिक्र की क्या बात है ? पर अब इस बात को टालना जो था।

"आओ, देखें, किसी पर नाराज़ होकर चिल्ला रहे हैं शायद।" भाईसाहब और हम भीतर आ गए। उन्होंने फिर याद दिलाया, "पर उससे पूछना ज़रूर। ज़िक्र तो कर ही देना।"

अब दिवाकर के पूछने से मुझे भाईसाहब की बात याद हो आई। मैंने कहा, "कुछ नहीं। तुम बतलाओ, क्या करें।"

"अरे म्याँ, करना-वरना क्या, चोटी फटकारो और मस्त रहो। आराम बड़ी चीज़ है, मुँह ढक के सोइए !" लापरवाही से कहकर उसे सहसा कुछ याद आ गया। बोला, "लेकिन तुम्हारे दिमाग़ में आराम कहाँ ! तुम तो आराम के जानी दुश्मन हो न ! तुमने तो अभी या तो थर्ड-ईयर की किताबें घोटनी शुरू कर दी होंगी या भारतीय दर्शन पढ़ रहे होगे।"

मैंने उदास होकर जवाब दिया, "नहीं दिवाकर, मैं शायद आगे नहीं पढ़ पाऊँ।"

"नहीं पढ़ पाऊँ ? क्या मतलब ?" फिर हँस पड़ा, "सुना किरणजी, हमारे समर साहब सिनेमा का डायलाग बोल रहे हैं।"

किरण मुस्कराई। अभी तक केवल तटस्थ की तरह चल रही थी।

"हाँ," मैं अनमना हो आया, "खैर, अभी तो बहुत दिन हैं। अच्छा, अपनी बताओ, तुम क्या कर रहे हो आजकल ?"

"हम ? अरे, हमें क्या करने को रखा है ? बस, किरणजी हैं और हम हैं। बीच में नाराज हो गई थीं कि पढ़ाई ही हमारे लिए सब-कुछ है, और ये तो जैसे कुछ हैं ही नहीं। सो अब हमने अपने को इन पर ही छोड़ दिया है।" और वह ज़ोर-ज़ोर से

हँस पड़ा। किंतु यह देखकर कि मज़ाक कुछ अधिक चुटीला हो गया है, और अपने बीच की बातें यों बता देने में किरण की भवें सिकुड़ उठी हैं, वह एकदम बोला, "सो अब इन्हें माताजी से निपटना है। क्यों किरणजी, माताजी तो खूब ही नाराज़ मिलेंगी। तब तो गुस्से में कह दिया कि जाओ तुम सिनेमा, अब जो आँखों में धुआँ लगा होगा तो वो-वो गालियाँ दी होंगी कि सुनकर तबीयत ठिकाने लग जाए।"

"हुँह !" इस बार किरण ने उपेक्षा से कहा, "कहाँ तक दिन-रात मरें। छः महीने में एक बार सिनेमा आए हैं, अगर अब भी वह गालियाँ दें तो कोई क्या करे ?"

"उनके सामने कहना यह बात !" दिवाकर ने चिढ़ाया।

मुझे बात बहुत बुरी लगी। कैसा है यह दिवाकर, जो अपनी माँ के बारे में बहू से यों सुन रहा है ! और यह किरण... माँ-जैसी सास की ऐसी अवज्ञा कर रही है, मेरे सामने भी ? प्रभा कहती तो सारी प्रण-प्रतिज्ञाएँ भूलकर उसकी इतनी-सी बात पर खींचकर तमाचा देता। और सोचने के साथ ही वह तमाचेवाला दृश्य फिर कौंध गया। किरण की असभ्यता कतई अच्छी नहीं लगी।

"सुना भई, समर !" अचानक मुझसे दिवाकर बोला, "ये कई बार मुझसे कह चुकी हैं कि तुम अपनी वाइफ़ को हमारे यहाँ क्यों नहीं लाते। अच्छा किरणजी, एक दिन इनकी दावत रखो, तब लाएँगे ये भाभीजी को।"

मैं बड़े धर्म-संकट में पड़ गया। किरण मेरी ओर उत्सुकता से देख रही थी कि मैं दिवाकर की बात का क्या जवाब देता हूँ। जल्दी से कुछ हकलाकर बोला, "वह... वह तो अपने घर है। इस बार आएगी तो ज़रूर मिलवाऊँगा।"

बात खत्म हो गई। लेकिन हृदय का जो भाग, मेरे अनजाने ही, बर्फ की ठंडी सतहों के नीचे भी गरम बच रह गया था, वहाँ से एक ठंडी साँस उठी—काश, मैं भी अपनी पत्नी को इसी तरह लेकर सिनेमा जाता ! और मुझे याद आया, सिनेमा में दोनों कैसे पास-पास सिर सटाए आपस में पिक्चर के बारे में बातें कर रहे थे। साथ ही सिनेमा के कई दृश्य भी भीतर फुरहरी पैदा करके चले गए। फिर भी इस 'पत्नी' शब्द के अर्थ में किसी भी तरह से प्रभा आती है, या इस प्रकार उठनेवाली आकांक्षाओं में कहीं उसका भी निवास है, यह मैं मानने को तैयार नहीं था। प्रभा को तो निश्चय ही मैं इस क्षेत्र से बाहर का प्राणी समझ चुका था। मानो, जो भी मेरी पत्नी होगी, वह कहीं और किसी दूसरे के वश में है। वह प्रभा है ही नहीं।

दिवाकर की जिद्द के कारण खाना वहीं खाया। लौटा तो मेरे साथ फिर वही पुराना पाँच घंटे पहलेवाला समर भी आया था। जिस घुटन और ऊब को छोड़कर भाग गया था, वह ताज़ा हो आई। मानो अभी तक किसी स्वप्नलोक में भटकता रहा था और अब वास्तविक धरातल पर लौट आया हूँ। पता नहीं, फिर इस कांड ने क्या रूप लिया!

हम और भाईसाहब भीतर गए तो देखा कि सिर झुकाए ही सामने प्रभा अपराधिनी की मुद्रा में खड़ी है और बाबूजी दुर्वासा का रूप धारण किए हाथ ऊँचे उठा-उठाकर गरज रहे हैं। अम्मा भी उसमें कभी-कभी अपना सहयोग दे देती हैं। हाथी की सूँड-सा घूँघट निकाले भाभी किवाड़ के पीछे छिपी खड़ी हैं।

"और कोई जगह दाल बीनने की रह ही नहीं गई ?" बाबूजी ने हमें देखा तो सारे किस्से को नए सिरे से दुहरा दिया, "दाल छत पर ही बिनेगी! ऐसे ही उस दिन छत पर बाल्टी ले जाकर सिर धोया गया ! उस दिन तो चुप हो गया, मुन्नी ने सिफारिश कर दी। बस, अब तो खाना-सोना सभी छत पर होने लगा, क्यों ? हमेशा गूँगी की तरह मनहूस-सी घूमती रहेगी, आँखें चुराती रहेगी। कुछ दिमाग ही समझ में नहीं आते साहबज़ादी के ! वहाँ छत पर तेरा क्या रखा है, हमें भी तो बता ! मैं आज साफ़-साफ़ कह देता हूँ, मुझे ये बातें ज़रा भी पसंद नहीं हैं। कान खोलकर सुन लो। जाड़े के दिन हैं, बीस आदमी छत पर धूप खाने का बहाना करके ताक-झाँक करते हैं। बहू के कायदे से रहो।"

"सबसे बचकर अकेली अगर छत पर नहीं बैठी रहे, तो पड़ोसियों से नैना कैसे लड़ें ?" अम्मा ने हमें देखकर और भी जोश में काँटा मारा, "और भाग-भागकर छत पर जाती क्यों है ?"

प्रभा जब से सिर झुकाए बिना कुछ बोले सुन रही थी, इस बात से एकदम झटककर उसका सिर उठ गया। उसने एक बार तीखी निगाहों से अम्मा की ओर देखा और धीरे से फिर सिर झुका लिया। शायद आँखों से दो आँसू भी गिरे।

"हाँ...हाँ, ठीक तो है। पांडेजी की लड़की की तरह भाग न जाए किसी के साथ।" खूब नाराज़ हो चुकने के बाद सिर झुकाकर बाबूजी सोचते-से बैठक में जाते-जाते बोले।

"कौन पांडेजी ?" अम्मा ने चौंककर पूछा, "यही अपने मुहल्ले के ? कौन-सी लड़की भाग गई उनकी ? बड़ी वाली ! कर भी तो कैसी हथिनी-सी रखी थी !" उन्होंने फिर अपने दोनों हाथ माथे पर मारे, "हाय राम, क्या ज़माना आ गया है ? धरम-करम तो उठ ही गया।" बाबूजी के जाते ही उन्होंने भैया से पूछा, "क्यों रे धीरज, किसके साथ भाग गई ?"

"अरे और किसके साथ भागी होगी ? वही होगा मास्टर जो पढ़ाने आता था !" भाईसाहब बोले, "अब बाहर जाकर पता लगाऊँगा।"

"हाय, कैसा पाप आ गया है ! देखते-देखते सब कर लेवें हैं, किसी को कानों-कान पता नहीं चलने दें। कहाँ जाएगी ये धरती, प्रभो !" अम्मा ने मुख पर अत्यन्त कातर भाव लाकर कहा।

भाईसाहब भी मुड़कर बाहर की ओर चलने लगे। घूँघट उठाते हुए भाभी बाहर निकल आईं और अम्मा के पास आकर बोलीं, "ये पढ़ी-लिखी लड़कियाँ जो न कर लें सो थोड़ा है, अम्माजी !"

अचानक अम्मा को मूल विषय याद आ गया। बोलीं, "अरे, हमारी तरफ़ से दुनिया भाड़ में जाए, लेकिन ये भाग-भागकर ऊपर क्यों जाती है ? इसका वहाँ कौन बैठा है ?" फिर मेरी ओर देखा। "खबरदार जो आज से उधर पैर रखा, मुझसे बुरा कोई न होगा।"

भाभी ने अपनी बच्ची अम्मा की गोद में प्यार से देते हुए कहा, "लो अम्माजी, तुम क्यों अपना खून जलाओ।"

मैं भी मुड़कर चल दिया कि पीछे से अम्मा की वाणी सुनी, "खून नहीं जलाऊँ तो क्या करूँ ? इन्हीं लक्खनों के मारे खसम देखता तक नहीं और बहूरानी को चढ़ी है जवानी। लड़का बिचारा सूख-सूखकर लकड़ी हुआ जा रहा है। कुछ उसका रोग ही समझ में नहीं आता। अच्छी आफत गले पड़ी है। मरती भी तो नहीं है कि पाप कटे। गरम दूध मरा न निगलने का न उगलने का। ज़िंदगी खराब हुई जा रही है लड़के की। मरे तो मैं तो कल लड़के की दूसरी शादी कर दूँ..." और अम्मा का स्वर गीला हो आया।

मैं बाहर चौक में आकर सीढ़ियाँ चढ़ता हुआ कोठरी की तरफ जाने लगा। यहाँ तो एक न एक झगड़े रोज़ लगे ही रहते हैं। कहाँ-कहाँ तक ध्यान दिया जाए। लेकिन तब भी चलते समय जो कुछ मुन्नी ने कहा था वह अब भी गूँजे जा रहा था। शब्दों का अर्थ समझ में नहीं आता था, लेकिन बेचैनी भीतर महसूस होती थी।

और फिर मैं सिनेमा चला गया। डरते-डरते-से एक बार किवाड़ खटखटा चुकने के बाद भी यही बेचैनी फिर भीतर से उमड़ने लगी। इसी से छूटने के लिए तो मैं निकलकर दिवाकर के यहाँ चला गया। अब तक भूले रहा। अब सारा दृश्य आँखों के आगे साकार हो गया। खैरियत यही हुई कि किवाड़ खोलनेवाला अमर था, वरना मैं तो हर डाँट के लिए तैयार था। उसने कहा, "भैया, तुम चले कहाँ गए थे ? सारे घरवाले नाराज़ थे। सभी को फिकर हो गई थी कि जाने कहाँ चले गए ?" मैंने धीरे-से पूछा, "अब तो सब सो गए...?" उसने 'हाँ' कहा और मैं चुपचाप सीढ़ियाँ चढ़कर अपनी कोठरी में जा पहुँचा। डर था कि मेरा खाना ढका रखा होगा। देखा, खाना नहीं था। संतोष की साँस ली। कपड़े उतारने लगा।

मार्च का महीना समाप्ति पर था और ठंड बहुत कम हो गई थी। हम लोग किवाड़ खोलकर भीतर ही सोया करते थे। समय साढ़े ग्यारह या पौने बारह का रहा होगा। बाहर एकादशी की चाँदनी भरपूर खिली थी... कोहरे के मेल से धुँधली और अधिक गाढ़ी हो गई लगती थी। मुझे प्यास लगी थी। चारों तरफ़ देखा, पानी कहीं भी नहीं था। आज यह बात क्या है—न खाना, न पानी। प्रभा तो अपना काम कभी भूलती नहीं है। हो सकता है, याद न रहा हो। एक बार इच्छा हुई टालो, लेकिन फिर आवश्यकता ने माँग की। ऊपर पानी छत के दूसरे सिरे पर दीवार में निकले हुए पत्थर

पर ज़रा-सी आड़ में रखा रहता था। वहाँ तक जाने का आलस्य था।

उठकर बाहर आया। ओस काफ़ी पड़ रही थी। पानी की ओर जाते हुए अचानक मैं बुरी तरह चौंक गया; सामने दीवार से लगा कोई बैठा था—सफ़ेद-सफ़ेद। दिल धक् से रह गया। हे भगवान्, कौन है यह ? भूत-प्रेत से लेकर चोर-डाकुओं तक सबकी कल्पना दिमाग में घूम गई। हिम्मत बटोरकर ज़रा गौर से देखा। दो कदम और आगे बढ़ा। प्रभा थी। जहाँ उसे पहचान लेने का संतोष हुआ, वहीं अथाह आश्चर्य भी हुआ। यहाँ रात के बारह बजे इस भयंकर ओस और अकेले में बैठी यह क्या कर रही है। जब यह विश्वास हो गया कि प्रभा ही है, तो मैं स्थिर पगों से बढ़ता हुआ पानी की ओर चला गया। रास्ते-भर यह सवाल दिमाग में टकराता रहा कि आखिर यह यहाँ इस समय क्यों बैठी है ? क्षण-भर को सोचा, शायद वहाँ बैठे-बैठे सो तो नहीं गई। लेकिन जब पास से गुजरते हुए लौटा तो सिसकियों से लगा कि रो रही है।

पानी पीकर उसे ध्यान से देखता हुआ चुपचाप लौट तो आया, लेकिन बिस्तर पर लेटे-लेटे करवटें बदलता रहा। रह-रहकर कोई पूछता, आखिर, रात के बारह बजे, यों अकेले में बैठी यह रो क्यों रही है ? रोने की कोई और जगह नहीं मिली ? अरे, लेटे-लेटे ही रो लेती। बाहर, और वो भी आधी रात में ? मगर आश्चर्य यह है कि बड़ी-बड़ी बातें हुई हैं, न तो किसी ने बताया कि वह रोई थी और न मैंने ही रोते देखा। हमेशा चुप और मनहूस उसे ज़रूर पाया है। मगर आज क्या हो गया ?

लेकिन मुझे इस सबमें सिर खपाने की क्या ज़रूरत ? जैसे ही यह विचार दिमाग में आया कि भीतर की गहराई से कोई धिक्कार उठा—छिः, नीचता की भी कोई सीमा होती है ! और फिर न जाने क्या-क्या उल्टी-सीधी बातें दिमाग में आती रहीं। सिनेमा में बारूद से पहाड़ उड़ाने का दृश्य देखा। वह मन में अब अनजाने ही एकदम साफ़ होकर उभर आया। ऐसा लगा जैसे भीतर कहीं बम गिर गया है, और आस-पास के सारे मकान ढह गए हैं। घायल, भीत, घबराए स्त्री-पुरुष चीख-चीखकर भीषण कोलाहल मचाते इधर-उधर भागे चले जा रहे हैं—और यह शोर इतना घना और ऊँचा है कि किसी की एक भी बात साफ़ सुनाई नहीं देती। सुनाई दे रहा है केवल एक कोलाहल, एक समवेत कोलाहल, एक अंध कोलाहल, जो फटनेवाले बम की तरह दिमाग में चक्कर खाए चला जा रहा है। बड़ी देर में इस कोलाहल में दो-एक आवाज़ें, मुझे लगा जैसे मैं साफ़ सुन रहा हूँ। जैसे किसी शहतीर के नीचे दबी मुन्नी चिल्ला-चिल्लाकर कह रही है—'भैया, भाभी से बोलो।' दूसरी आवाज़ अपनी थी जो किसी घुटी जगह से आ रही थी, 'नहीं, अभी तो वह अपने घर है। जब आएगी तो ज़रूर मिलाऊँगा।' और इस कोलाहल के पार कहीं ऊँचाई पर लटके भारी गुरु-गंभीर घंटे की तरह; यह आवाज़ मन में लगातार, बिना रुके गूँज रही है कि बाहर ओस में, रात के बारह बजे एकांत में बैठा कोई रो रहा है। हर बार लगता जैसे यह आवाज़ बम फटने पर धूल के फव्वारे की तरह उछलती है और प्रश्नवाचक चिह्न के रूप में बदल जाती है। लेकिन इस धमाके से सारे मस्तिष्क के ज्ञान-तंतुओं पर एक भारी

घन-सा पड़ता है और रग-रग झन्ना उठती है। और इस सबको भूलकर एकाध बार मैंने सो जाने का प्रयत्न भी किया; लेकिन लगा जैसे मेरी छाती पर भारी मकड़े की तरह कोई अपने पंजे गड़ाए जमा बैठा है और जब तक मैं उसे हटाकर दूर नहीं फेंक दूँ, सो नहीं सकता, हरगिज़ नहीं सो सकता। मैं न जाने कब तक इस द्वंद्व और उद्वेलन की तूफ़ानी लहरों पर झूलता रहा—कभी तंद्रिल अवस्था में और कभी खूब सचेत, जागते हुए।

और जब नहीं रहा गया तो फिर धीरे-से उठा। उठने के साथ ही मेरा आत्म-सम्मान भूत की तरह मेरे सामने रास्ता रोककर खड़ा हो गया। एक बार ठिठका, लेकिन मंत्र-बद्ध की तरह मैंने उसे अपने रास्ते से क्रूरतापूर्वक एक तरफ़ हटाया और बाहर निकल आया। बड़ी झिझक लग रही थी, सीधे उसके पास जाने की हिम्मत नहीं पड़ी। फिर सीधा पानी की तरफ़ चला गया। चाँदनी अभी भी वैसी ही चटकीली थी। ओस अब भी वैसी ही पड़ रही थी। और प्रभा अभी भी वैसी ही बैठी रो रही थी। धड़कते हृदय को जैसे ज़ोर से किसी ने भींच दिया। घंटा-भर तो हो ही गया होगा, अब भी बैठी रो रही है। बिना प्यास के भी थोड़ा-सा पानी पिया, फिर धीरे-धीरे लौटा। प्रभा के सामने आकर थोड़ी देर ठिठका आशा कर ही रहा था कि वह चौंकेगी या मुझे देखकर सँभलेगी लेकिन जैसे वहाँ कोई खड़ा ही न हो, इस तरह बेखबर बनी वह यों ही बैठी रही, रोती रही—चुप, न हिली, न डुली। अब मेरी समझ में ही न आया कि क्या करूँ। खाँसकर अपने आने की सूचना दूँ ? और जब कुछ भी नहीं सूझा तो मैं धीरे-धीरे लौट आया। लेकिन कदमों ने उठने से मानो इनकार कर दिया हो। मानो घुटनों-घुटनों दलदल में पाँव फँस गए हों और बड़ी कठिनाई से एक-एक पाँव निकालकर मैं चल रहा हूँ। या जैसे कोई पीछे खींचे चला जा रहा है। आखिर मैं फिर मुड़ा और अब बिलकुल उसके सामने आ खड़ा हुआ। वह यों ही बैठी रही, मानो किसी ने पत्थर की बना दी हो। थोड़ी देर यों ही देखता रहा फिर बड़ी मुश्किल से फँसे गले से फटती आवाज़ निकली, "आधी रात को यहाँ बैठकर क्या कर रही हो ?"

उसने सिर उठाकर ऊपर इस बार मेरी ओर देखा, मानो ज़िंदगी में मुझे पहली बार देखा हो, और फिर एकदम धोती के आँचल में मुँह छिपा लिया। चाँदनी में उसकी आँखों में आँसू बिजली की तरह चमककर छिप गए। रुलाई का वेग दुगुना हो गया। मैं कुछ देर और खड़ा रहा। अब मुझे अपनी उपस्थिति वहाँ बिलकुल व्यर्थ, अनावश्यक और अपमानजनक लगने लगी। फिर कड़वे, मगर इस बार सधे स्वर में कहा, "सुबह रो लीजिए न, ओस में तबीयत खराब हो जाएगी। अब रात काफ़ी हो गई है।" बात तो मैं किसी न किसी प्रकार कह गया, लेकिन उस क्षण मुझे लगा कि सोचने और कहने में कितना अंतर है ! इतनी-सी बात कहने में ही न जाने क्यों मेरा गला भर्रा आया। भीतर कुछ पिघलने लगा और छाती में गोला-सा आकर अटक गया। मैंने घूँट भरा।

"आपको क्या है ? आप जाकर सोइए न !" इस बार पल्ला हटाकर उसने सिर

उठाया और जैसे तड़पकर कहा, "एक साल से कभी आपको चिंता हुई कि मरती है या जीती है ? ऐसी क्या खास ज़रूरत आ पड़ी अब ! आप जाकर सोइए न।" उसने सीधी मेरी आँखों में देखकर कहा—आँखों में आँसू खौल रहे थे।

और वह निगाह जैसे मेरे अणु-अणु को भेदती चली गई। जैसे मेरी शक्ति के सारे सागर को उस तीखी-अगस्ती निगाह ने एकबारगी ही पी लिया। ऊपर से नीचे तक मेरे शरीर की शक्ति मानो किसी ने मंत्र के ज़ोर से खींचकर बाहर निकाल ली। निःशक्त और टूटा हुआ मैं वर्षों के बीमार की तरह धम् से उसके सामने वहीं धरती पर बैठ गया। अपने काँपते और बेजान हाथों को निहायत डरते-डरते उसके कंधे पर रखकर भर्राए और खंडित स्वर में कहा, "प्रभा, तुम मुझसे नाराज़ हो...?" साथ ही मुझे आश्चर्य हो रहा था कि यह कौन मेरे भीतर से बोल रहा है।

इससे पहले कि मैं आगे कुछ कहूँ, उसने एकदम दोनों हाथ बढ़ाकर मेरे कंधे पकड़ लिए और सारी ताकत से, न जाने किस उन्मत्त आवेश में उन्हें झँझोड़ती हुई बोली, "मुझे बताओ, मैंने तुम्हारा क्या बिगाड़ा है ? क्या कसूर किया है मैंने तुम्हारा ? मैं तुम्हारे लायक नहीं हूँ, मैं तुम्हें पसंद नहीं हूँ तो अपने हाथों से मेरा गला घोंट दो, मैं चूँ नहीं करूँगी, तुम शौक से दूसरी शादी कर लो, लेकिन मुझे... लेकिन मुझे बताओ तो सही..." और दुर्निवार रुलाई के भीषण उफान में उसके शरीर का रोआँ-रोआँ मानो पिघलकर फूट पड़ना चाहने लगा। अपने को भूलकर वह मेरे कंधे पर झूल गई, मुझसे लिपट गई। रुलाई जैसे उसके मुँह से निकल नहीं रही थी, और कोड़ा पड़ने पर भी पीड़ा की तड़पती मरोड़ की तरह उसका सारा शरीर सिसकियों के झटकों में पत्ती की तरह थर्रा उठता था। हिचकी उठती और वह ऊपर से नीचे तक ऐंठन से थरथरा जाती। मुझे खुद भी होश नहीं था कि मैं कब उससे भी प्रबल वेग से रोने लगा। इतने दिनों का दबा लावा अब फटे ज्वालामुखी की तरह फूट-फूटकर बाहर आ रहा था। उस निस्पंद और संवेदनाहीन पत्थर के नीचे से मानो कोई ग्लैशियर उछल पड़ा था और बर्फ-जैसे जमे पड़े हृदय की एक-एक चट्टान गल-गलकर आँसुओं के फव्वारों के रूप में निकली पड़ रही थी। एक-दूसरे से बुरी तरह लिपटे हम दोनों रो रहे थे—बेहोश, बेसुध।

जब भी इस बात का ध्यान आता कि एक निरीह बेकसूर किसी की लाड़-प्यार से पाली गई इकलौती लड़की को लाकर मैंने क्या-क्या अत्याचार नहीं किए, कौन-कौन से कहर उस पर नहीं तोड़े, उसे कितनी-कितनी यातनाएँ नहीं दीं, और उसका यहाँ था ही कौन जिससे अपना दुखड़ा रोती, तो हज़ारों बरछे जैसे एक साथ ही छाती में आ लगते और रुलाई दुगुनी-चौगुनी होकर उमड़ने लगती। उस बेचारी के पास धीरे-धीरे घुलने के सिवा चारा ही क्या था ? उस क्षण तो ऐसा लगा जैसे आँसू सिसकी, तड़प किसी में भी ऐसी शक्ति नहीं है, कि हृदय के इस पश्चात्ताप और मन की इस बेचैनी को, इस छटपटाहट और मर्मांतक पीड़ा को बाहर निकालकर ला सके। बस, एक जोश उठ रहा था कि खूब गला फाड़-फाड़कर पागलों की तरह दोनों हाथ

ऊपर उठाए सारे शहर की सड़कों पर भागता फिरूँ... और तब तक भागता रहूँ जब तक कि बेहोश होकर न गिर जाऊँ। शायद तभी जी कुछ हलका होगा।

कभी एक पल को भी मैंने यह महसूस करने की कोशिश की कि उसके भी जान है ? इसे भी कोई चीज़ दुख या सुख पहुँचाती है ? इसकी भी कुछ अभिलाषाएँ और आकांक्षाएँ हैं ?—कभी नहीं ! कभी नहीं ! कभी एक बार मेरे मन में नहीं आया कि वह आखिर यहाँ किसके आधार और किसके बूते पर नौकरों की तरह रात-दिन खटती है ? वह हमारी खरीदी हुई गुलाम तो नहीं है। उस दिन जिस हाथ से मैंने उसके गाल पर चाँटा मारा था, उसी को आवेश में अपनी कँपकँपाती उँगलियों से सहलाते हुए मुझे लगा जैसे आज भी वहाँ पाँचों उँगलियाँ उभरी हैं। और आज भी वह जगह दहक रही है। सचमुच उस बेहोश पागलपन में भी मैंने चाँदनी की ओर उसकी कनपटी घुमाकर देखने की कोशिश की कि क्या सचमुच वहाँ उँगलियों के निशान अब भी बने हैं ? मन होता था कि अभी छज्जे से कूदकर आत्महत्या कर डालूँ। अपने किए का प्रायश्चित क्या किसी भी रूप में नहीं हो सकता ? ऐसा क्या कुछ भी नहीं है जो पिछले किए हुए को पोंछ दे ? लेकिन अपनी दोनों बाँहों से उसने मेरी गरदन जकड़ रखी थी और मेरी दोनों भुजाएँ उसे बाँधे थीं।

न जाने कब तक हम दोनों इसी तरह रोते रहे। मुँह से बात निकलने की फुरसत ही नहीं मिलती थी। ज़रा-सी देर रुक जाते और फिर नए आवेश से रोने लगते। मुझे ऐसा लगा, जैसे काफ़ी समय तक उसे अपना होश ही नहीं रहा। जब मैं उसके अचेतप्राय शरीर को अपनी बाँहों में भरकर कोठरी में लाया तो ऐसा लगा मानो किसी जलते मकान के बीच से, कड़ियों और दीवारों के ढेर के नीचे से निकालकर उसे ला रहा हूँ और जगह-जगह से मेरा शरीर झुलस गया है, कपड़े जल गए हैं।

चाँदनी छिप गई थी और आसमान साँवला हो गया था।

सारी रात हम एक पल को भी नहीं सो सके, एक शब्द भी आपस में नहीं बोल पाए, एक क्षण भी एक-दूसरे को नहीं देख पाए, मानो पूरे साल का गुबार आज ही निकल जाना चाहता था। ज़रा-सा अलग होकर देखते और फिर दुगुने वेग से चिपक जाते।

काँव-काँव ! कहीं कौवे बोलने लगे...

सुबह किसी के जागने से पहले ही वह उठकर बाहर चली गई। जाते हुए दूसरी ओर मुँह करके सिर्फ़ इतना कहा, "हमें एक पोस्टकार्ड दे दीजिए, मैं बहुत दिनों से माँ को लिखना चाह रही थी—पैसे नहीं थे।" और धोती के पल्ले से आँखें पोंछती वह चली गई। उस समय फिर मेरी इच्छा हुई कि दीवार से अपना सिर दे मारूँ।

हाय, रोशनी में हम एक-दूसरे का मुँह कैसे देखेंगे ?

बाहर किरणों की धारियाँ आड़ी-तिरछी बुनाई की तरह छा गई थीं...

उत्तरार्द्ध : सुबह

प्रश्न-पीड़ित दस दिशाएँ

एक

जब सारा आसमान सलेटी रहता हो, बस पूरब में इस छोर से उस छोर तक छाया बैंगनी प्रकाश धीरे-धीरे सुनहला पड़ता जाता हो, और फिर बीच दिशा के कुहरे के भारी-भारी परदे इधर-उधर सरकाकर एक ज्योतिर्मय मुख बाहर झाँकने लगता हो, हवा में हलकी-हलकी शीतलता बढ़ जाती हो—पास वाले पेड़ के पत्ते हिलने लगते हों और धीरे-धीरे नगर जागने लगता हो तो अपनी छत की मुँडेर के सहारे, एक पाँव मुँडेर पर टिकाए, उस क्षण को देखना और मन की अनेक सतहों पर महसूस करना कैसा आह्लादकारी अनुभव है, यह मैंने पहली बार जाना। पहली बार देखा कि सूरज किस तरह धीरे-धीरे उठता है। कभी लगता, गोला तेज़ी से लट्टू की तरह चक्कर खाता हुआ उठ रहा है और कभी लगता बहुत ही धीरे-धीरे लहरों पर झूमती गेंद की तरह। एक-एक चीज़ को देखता और मन में कोई कहता, 'अरे, मैं तो जानता ही नहीं था कि सूरज निकलने से पहले किरणें इस तरह उठती हैं जैसे फव्वारे की धारियाँ उठती हों और सामनेवाले ऊँचे तिमंजिले मकान के एरियल का बाँस सबसे पहले किरणों का स्पर्श पाता है।' हर क्षण लगता, जैसे मुझे नया ज्ञान हो रहा है और इच्छा होती कि कोई पास में खड़ा होता और ये इतनी सारी नई बातें उसे बताता चलता, उसे धीरे-धीरे सूर्योदय दिखाता।

लेकिन लगा जैसे ज़िंदगी में खुद मैं ही पहली बार सूर्योदय देख रहा हूँ। उन दिनों तो जाने किन अँधेरी कोठरियों में कैद था। देखता ही नहीं था कि मेरे आस-पास हो क्या रहा है। अब रोशनी में आया हूँ तो लगता है कि इतने दिनों अँधेरे में बंद रहने की झेंप आँखें नहीं मिलाने दे रही। सचमुच... रोशनी में प्रभा से कैसे बातें कर पाऊँगा, सीधा उसके चेहरे की ओर कैसे देख पाऊँगा ! उन आरोप करती उलाहने-भरी आँखों का सामना कैसे कर पाऊँगा ? सबसे बातें करते हुए मुझे कितना संकोच होगा ? शायद अब तो घरवाले, बाबूजी इत्यादि खुश हो जाएँगे। अब भाभी इशारे से डॉक्टर को दिखाने को नहीं कहेंगी... हाँ, जिस बात के इशारे से मेरे तन-बदन में आग लग जाती थी, उसे याद करके अब खुद-ब-खुद मुस्करा उठा।

थोड़ी देर पहले प्रभा उठकर गई थी, न मैंने उसकी ओर देखा था और न वह सीधे मेरी ओर देख पाई थी। और फिर मैं चुपचाप उठकर यहाँ चला आया। देर तक खड़ा-खड़ा देखता रहा। समझ में नहीं आया कि अब क्या काम करूँ ? लोग मुझे देखें,

इससे पहले ही मैं चुपके से उठकर निकल जाना चाहता था। तभी ध्यान आया कि प्रभा ने पोस्टकार्ड माँगा था।

सड़कों पर जमादार कूड़ा खुरचते झाड़ू दे रहे थे। दूध की टंकियाँ साइकिल से बाँधे दूधवाले किसी खुले दरवाज़े के सामने खड़े थे, और बच्चे को गोद में लिए, चादर लपेटे कोई बूढ़े साहब दूध का बरतन आगे बढ़ाए दूध ले रहे थे। एक जगह तो मैं सचमुच मुड़कर देखने लगा कि दूधवाला जब लुटिया भरकर टंकी से दूध निकालता है तो किस तरह उसकी लुटिया या उँगलियों से दूध बूँद-बूँद टपकता है। वह दृश्य मुझे बड़ा रोचक लगा और जब इसका खयाल आया तो खुद ही मैंने पूछा—ऐसा तो कभी नहीं हुआ था। लगता था जैसे रास्ते में मिलनेवाला हर आदमी जानता है कि मैं सुख के कितने शक्तिशाली फव्वारे को बलपूर्वक अपने भीतर ही दबाए चल रहा हूँ। हर क्षण डर लगता कि कहीं यह बाँध टूट न जाए और मैं पागलों की तरह सड़कों पर चिल्लाता हुआ भागना शुरू कर दूँ—'देखो, मैं सुखी हूँ। मैं बहुत सुखी हूँ।' समझ में नहीं आया था कि अपने इस आनंद को व्यक्त कैसे करूँ ! प्रभा की इस समय क्या हालत होगी, इस बात की कल्पना से ही मेरा सारा अंग रोमांचित हो जाता था। एक शराब थी जो सूखी बालू पर पड़ी बूँदों की तरह सीझ-सीझकर अणु-अणु में समाई जा रही थी, और सारी धरती नम हो आई थी।... कितनी भीषण गर्मी, झुलसानेवाली लू-धूप के बाद मैं स्वच्छंद निर्झर की शीतल-शांति को युगों-प्यासे की तरह पी रहा था।

खूब ज़ोर-ज़ोर से आवाज़ें देने के बाद दिवाकर साहब ने जम्हाइयाँ लेते हुए दरवाजे से मुँह निकाला, "क्या है ? रात को ग्यारह बजे गया, और फिर सुबह सात बजे ही आ धमका ?" फिर भीतर यह देखकर कि कोई आ तो नहीं रहा, दुष्टता से बोला, "तेरी बीवी तो मैके में है, अब बीवीवालों के आराम से क्यों जलता है ?"

बीवी को लेकर किया गया यह मज़ाक सचमुच भीतर से मन को गुदगुदा गया। कहना चाहा, 'किस कम्बख्त की बीवी मैके में है ?'... लेकिन ऊपर से चेहरा गंभीर बनाए रखकर पूछा, "तुम्हारा मतलब क्या है ? चला जाऊँ ? निकलकर तो देख, कितना दिन चढ़ आया है !"

"जो जिसका काम है सो करेगा ही। हम तो अभी आपकी बाँगों से सोकर उठे हैं, मुँह-हाथ धोएँगे। अरे इम्तिहान में इतना पिले हैं, अब ज़रा-सा आराम भी न करें ? लॉर्ड आदमी हैं। तेरी तरह भगवान् से यह थोड़े ही कह आए थे कि दिन निकलने से चार घंटे पहले उठूँगा, उठते ही ठंडे पानी में डूबूँगा, फिर सारे संसार को जगाने निकल पड़ूँगा।" उसने बैठक के किवाड़ों को पूरा खोलकर कहा, "ले आइए तशरीफ़।"

"अच्छा तो चलें। अभी तो आप सजने-सँवरने में ही दो-ढाई घंटे लेंगे।" मैं बैठक के भीतर आकर आराम से बैठ गया।

"आज तो चेहरा बड़ा चमक रहा है। क्या बात है ? फर्स्ट डिवीजन में पास होने का सपना दीख गया क्या ? सुबह-सुबह देखे सपने अक्सर सच होते हैं।" उसने

आलस्य से फिर जम्हाई ली।

"यार, इस इम्तिहान की ही याद मत दिलाया कर। मेरी जान निकल जाती है। पता नहीं, पास भी होंगे या नहीं। फेल ही हो गए तो सचमुच, हमें मरने की भी जगह नहीं है।" सच बात थी, जब-जब इम्तिहान या परीक्षा-फल का ध्यान आता तो दिमाग से हर बात उड़ जाती, दिल धसक उठता। न जाने क्या होगा ? लेकिन एक झटके से इन सारे विचारों को दूर करके मैंने कहा, "छोड़ो भाई, इस बारे में बात मत कर, जो होगा सो देखा जाएगा। अभी से प्राण सुखाने की क्या ज़रूरत !" फिर आश्चर्य हुआ, यह भविष्य के प्रति लापरवाही मेरे मन में पहले तो नहीं थी।

थोड़ी देर चुप रहकर वह बोला, "अभी तक कल की बात पर माताजी का मुँह फूला हुआ है। बताओ, एक दिन अगर अपनी पत्नी के साथ सिनेमा चले गए तो क्या मुसीबत हो गई ? इन लोगों की बात हमारी समझ में नहीं आती। विश्वास करो, मैंने तो एक भी घर नहीं देखा, जहाँ सास अपनी बहू से खुश हो। चार लड़के हों तब भी वही बात और दो हों तब भी वही। मैं चाहता हूँ कि आज यह झगड़ा ठंडा हो जाए..."

"अच्छा, अभी तक चल रहा है ?" लेकिन लगा जैसे यह वाक्य मैंने उससे नहीं, अपने आपसे कहा। दीवार से सटकर दबी-सिमटी प्रभा और दूसरी ओर अम्मा और भाभी की तसवीर आँखों के सामने आ गई। अचानक आँखें भीग आईं। मुझे अपने रग-रग से रोती हुई मुन्नी की आवाज़ सुनाई देती रही, 'भैया, भाभी से बोलो।' पहले इस आवाज़ को मैंने सुना और दूसरे कान से निकाल दिया, लेकिन इस क्षण अपने भीतर से उठती हुई इस आवाज़ की प्रतिध्वनि से मेरे अस्तित्व का अणु-अणु गूँज उठा। मन हुआ मुन्नी से लिपट जाऊँ और उसके कान में अपनी आनंद-विह्वल वाणी में कूक उठूँ 'देख मुन्नी, मैं बोला, मैं तेरी भाभी से बोला।' लेकिन मुन्नी अब है कहाँ ? उसे तो गड्ढे में धकेलकर उसके मुँह पर पत्थर लगा दिया है। मुझे लगा जैसे मुन्नी मेरे भीतर अपनी मुक्ति के लिए तड़फड़ा रही है। उसने मुझे एक गड्ढे से निकाल लिया था और खुद उसमें जा गिरी थी। काश, ज़रा पहले वह मुझे निकाल लेती तो मैं उसे उस नरक में कभी न जाने देता।

दिवाकर की किसी बात से मैं चौंककर सिटपिटा उठा। कहीं इसने समझ तो नहीं लिया कि मैं क्या सोच रहा हूँ ? यह मेरी बहुत बुरी आदत है, यों बातें करते-करते सोचने लगता हूँ। दिवाकर कह रहा था, "समर, कल हमारे एक चचेरे भाई आनेवाले हैं। मैं चाहता हूँ कि माताजी की नाराज़ी आज ही ठीक हो जाए तो अच्छा है। पिछली बार आए थे तब तो मैं तुम्हें मिला नहीं पाया। बाबा रे, कितना घूमा है उन्होंने भी ! कोई शहर नहीं छोड़ा। लेकिन भाई, अपनी यह चोटी-वोटी कटा आना। अगर कहीं वे इसका मज़ाक बनाने लगें और तू बुरा मान बैठे ! ऐसे ही हैं वे ज़रा। उन्हें यह ढोंग-वोंग कम ही पसंद हैं।"

"यह ढोंग क्या ? अपना-अपना विश्वास है।" मैं बहस बढ़ाना नहीं चाहता था।

"अच्छा विश्वास है कि आप अलग जा रहे हैं और हिंदुत्व का झंडा अलग फहराता जा रहा है। इसकी एक उपयोगिता ज़रूर है। किसी से लड़ाई हो जाए तो लपककर सबसे पहले चोटी पकड़ो, दूसरा आदमी हिलेगा-डुलेगा, लेकिन कर कुछ नहीं सकता। हाँ इम्तिहान के दिनों में इसे खूँटी से बाँधकर पढ़ा भी जा सकता है।" और वह खुद ही हँस पड़ा।

"तुम खाने-पीने और भोग-विलास में मस्त रहनेवाले जीव, तुम्हें क्या मालूम विश्वास और आत्मा का आनंद क्या होता है ?"

"कहने को जो मन हो सो कह लो, लेकिन समर बाबू, दुनिया में इसके सिवा है ही क्या ? कभी-कभी हम भी तुम्हारे मंदिरों में पहुँच जाते हैं। वहाँ चीज़ें बड़ी छँटी-छँटी आती हैं। चला हमेशा से वही आया है, उसके आस-पास शब्द-जाल चाहे जैसे फैला लो।"

मुझे याद आया, मंदिर गए तो जैसे मुझे युगों हो गए। फिर भी गंभीरता से कहा, "देखो दिवाकर, यह अपने विश्वासों की बात है। हर देश के वस्त्रों, रहन-सहन या विचारों की एक संस्कृति होती है। हम लोग अपनी संस्कृति का अध्ययन नहीं करते। और इस तरह के लोगों के कारण ही देश की यह हालत होती जा रही है। हम लोग पतित होते चले जा रहे हैं। अपनी चीज़ों, अपने देवी-देवताओं का तो हम यों मज़ाक उड़ाएँगे और हर विदेशी चीज़ के पीछे भागेंगे।" जब मैंने अपनी बात शुरू की थी तो ध्यान था कि काफी लंबा और प्रभावशाली भाषण देकर इसे समझाऊँगा, लेकिन बीच में ही अचानक मुझे गणेशजी को मिट्टी का ढेला मानकर बरतन माँज लेनेवाली घटना का स्मरण हो आया। प्रभा ने अच्छा किया, इस बात को मैं अब भी नहीं मानता, लेकिन यह बात मुझे तभी से अनजाने रूप में रह-रहकर काट रही थी कि मेरा व्यवहार घोर अनुचित, एक हद तक अमानुषिक था। तभी एक क्षण को लगा कि आज प्रभा मेरे सारे व्यवहार की सफाई माँग ले तो अपने किए काम की क्या कहकर सफाई दे पाऊँगा ? शायद मेरे पास ईमानदारी से अपने अनेक कामों की कोई सफाई नहीं है।

तैश में दिवाकर बोला, "देशी और विदेशी की बात नहीं जानता, लेकिन देशीपने का नाम लेकर कार्टून जैसी सूरत बनाए रखना भी मुझे पसंद नहीं है। मेरी बात का बुरा न मानना, लेकिन अगर मैं पूछूँ कि ऊँची-ऊँची बिना क्रीज-इश्तरी की पतलून, और गंदी सिकुड़ी कमीज़ या अंग्रेज़ी ढंग से कटे बालों से लटकती लट्टू जैसी गाँठवाली चोटी ही अगर देशीपना है तो हम इसे दूर से प्रणाम करते हैं। मुझे समझाओ, अगर इसी देश में आदमी ज़रा ढंग से रहने लगे तो विदेशी कैसे है ? यह सब नहीं रखना तो सिर पर फिरवाइए मशीन, और खादी का मोटा धोती-कुर्ता पहनिए, ताकि हवा चलने पर टाँगों से अलग धोती स्वतंत्रता-दिवस के झंडे की तरह फहराए और आप उसे सँभालते उसके पीछे-पीछे भागें।"

मेरा चेहरा लाल हो आया। मुझे लेकर वह कई बार ऐसा कह चुका है, और हर बार मैंने इसे व्यक्तिगत पसंद और विश्वास कहकर टाल दिया है। कभी-कभी कई

दिन अनबोला भी रहा है। अब इस मूर्ख को कैसे समझाऊँ कि मेरे पास इन कपड़ों के सिवा दूसरे नहीं हैं। मुझे प्रभा की फटी और थिगलियाँ लगी धोती का खयाल हो आया। लेकिन जैसे ही प्रभा का चेहरा सामने आया, मैं दिवाकर की सारी बकवास भूल गया और बोला, "अच्छा-अच्छा बाबा, अब बस भी कर। कॉलेज की डिबेट थोड़ी ही है। सुबह-सुबह मेरा मूड मत खराब कर।"

"लेकिन आज अचानक अपनी प्रसन्नता के मूड का कुछ अता-पता तो दो।"

बात मेरे होंठों तक आ गई। दबाकर बोला, "यों ही, कोई खास बात नहीं है। अच्छा, तू भी अब नहा-धो और मुझे भी चलने दे। मुझे कई बहुत ज़रूरी पत्र डालने हैं। ला, दो-चार पोस्टकार्ड दे दे।" सहसा मेरा सारा शरीर सिहर उठा। मुझे प्रभा का पोस्टकार्ड माँगने का ढंग याद आ गया।

"कहाँ-कहाँ डालने हैं, कुछ बता तो सही ? हमारा भी रोल नम्बर याद रखना। किसके पास पहुँच गई हैं कापियाँ ?" वह हँसा। फिर गंभीर हो गया, "यार, इधर-उधर कुछ पहुँच निकालो न, सुना है दुनिया-भर के लड़के दिग्विजय करने निकल पड़े हैं। जिनसे कभी जन्म-ज़िंदगी में नहीं मिले, उनके पास जा धमकते हैं और रौब से काम निकलवा लेते हैं। लगता है अगर इस बार कोई उठा-धराई नहीं करेंगे तो जिंदा नहीं बचेंगे।" उसके माथे पर चिंता की सलवटें उभर आईं।

उसका चेहरा देखकर परीक्षा में पास होने न होने की विभीषिका फिर छाती पर झूलने लगी, मैं फिर अपने में खोकर फेल हो जाने के बाद की प्रतिक्रियाओं को सोचता रहा। पूछा, "क्या सोचा है आगे के लिए तुमने ? थर्ड-इयर ज्वॉइन करोगे या किसी और लाइन में जाओगे ?"

"अरे यार, पास तो हो जाएँ पहले, फिर कुछ सोचें भी। अगर कहीं फेल हो गए तो एक साल की पिसाई और हो जाएगी। रोज़ मंदिर में दर्शन करके जाना, और दुनिया-भर के सगुन बनाना बेकार चला जाएगा। तुम तो फर्स्ट-डिवीज़न ला रहे हो, तुम्हें चिंता क्या है ? मुसीबत तो हमारी है।"

दिवाकर का मेरे बारे में यह खयाल है, जानकर अच्छा लगा। लेकिन भीतर के उल्लास को दबाकर कहा, "भाड़ में जाए फर्स्ट-डिवीज़न, बस पास ही हो जाएँ तो जाकर हनुमानजी को सवा रुपए का प्रसाद चढ़ाएँगे।" मुझे अपने फर्स्ट-डिवीज़न में आने का पूरा विश्वास था। बात मन में आकर रह गई कि अगर घर की तरफ से ज़रा-सा भी साथ होता तो मैं दिखा देता फर्स्ट-डिवीज़न क्या होता है।

"अच्छा, यह ज्यादा बनना-बनाना छोड़ो। आगे तुम्हारा क्या करने का इरादा है ? हमारे अब्बाजान तो पीछे पड़े हैं कि आगे पढ़ने-लिखने में कुछ नहीं रखा। अभी उम्र है, थानेदारी में चले जाओ। रौब का रौब रहेगा और ऊपर की आमदनी अलग। मगर मेरा मन नहीं करता समर, थानेदारी में कहाँ मारे-मारे फिरेंगे ? कहीं किसी गाँव-नगर में फेंक दिया तो आदमी की सूरत देखने को भी तरसेंगे। किरण तो रो-रोकर मर जाएगी।" गहरी साँस लेकर दिवाकर बोला, "फिर यह ऊपर की आमदनी... बाबूजी

अभी अपने ज़माने की ही बातें सोचते हैं।"

दिवाकर की बात मुझे छू गई। फिर भी बोला, "तुम्हारी क्या आफत ? मुसीबत तो हमारी है। समझ में ही नहीं आता कि किया क्या जाए ? पढ़ाई तो हमारी बिलकुल रुक गई समझो। अब कहीं सौ-पचास रुपए की नौकरी मिल जाए तो काम चले।"

"बेवकूफ हुए हो ? सुनो, इस सबको तो जाने दो कुएँ में। कहना मानो, हम दोनों थर्ड-इयर ज्वॉइन करेंगे।" दिवाकर ने सांत्वना के स्वर में कहा।

"नहीं दिवाकर, अपनी सीमाएँ देखकर ही सोचना चाहिए। हमारे घर की हालत ऐसी नहीं है। इस बार कुछ न कुछ तो करना ही है। आगे की बात तो अब किसी भी तरह चलती दिखाई नहीं देती। मैं तो अभी से तलाश में हूँ कि कुछ मिले तो करने लगूँ। तुम कुछ कर सकते हो तो बताओ न !" मुझे भाईसाहब की बात याद आ गई।

"मैं भी तो यही कह रहा हूँ जनाब, इन बातों में कुछ नहीं रखा। अगर अच्छी डिग्री होगी तो नौकरी भी अच्छी मिलेगी। नहीं तो बस किसी लाला के चालीस रुपए के मुनीम हो जाना। इंटर पासवालों को कोई नहीं पूछता।"

इस तर्क के सामने में बिलकुल निरुत्तर हो गया। सच ही तो, कौन देगा मुझे नौकरी ? यथार्थ के इस रूप को देखकर मैं घबरा गया। टालता हुआ बोला, "अरे, छोड़ो भी यार, पहले रिज़ल्ट तो आ जाने दो।" और मैं उठ खड़ा हुआ। रोज़-रोज़ अपनी नौकरी के लिए इस बेचारे से भी कहाँ तक कहूँ ? अगर होती तो यह क्या कसर छोड़ देता ? बैठक के बाहर आता हुआ बोला, "अच्छा, अब तुम नहाओ-धोओ।" तभी फिर याद आ गया, "और हाँ, वे पोस्टकार्ड..."

"हम तो होली-दिवाली नहाते हैं भाई !" कहता हुआ वह भीतर पोस्टकार्ड लेने चला गया। चिंताएँ इस पर भी कम नहीं हैं, लेकिन रहता कैसा मस्त है ! सिर्फ एक पोस्टकार्ड माँगने में शरम लगती थी, इसलिए मैंने चार-पाँच माँगे थे ! पोस्टकार्ड लेकर कहा, "इन्हें लौटा दूँगा।"

"अरे हाँ, वह रसीदी काग़ज़ तो मैं लाया ही नहीं जिसमें इन्हें लौटाने की लिखा-पढ़ी होगी !" और वह हँस पड़ा, "अच्छा, अब तो बता दे, आज इतना खुश क्यों है ?"

इस बार सचमुच मैं खुलकर मुस्करा पड़ा। बाहर निकलते हुए ही कहा, "प्रभा आ गई है..." और चला आया।

"अच्छा बेट्टा !" पीछे से दिवाकर की आवाज़ सुनाई दी...

लेकिन जिस झेंप के कारण मैं सुबह से आँखें चुराता और मुँह छिपाता घूम रहा था, संध्या तक दूर हो गई, और मुँह पर एक अनजान दृढ़ता आ गई—हाँ, मैं अपनी पत्नी से बोला हूँ, इसमें किसी का क्या ? अपने पर भी झुँझलाहट आने लगी—इसमें झेंपने और लजाने की ऐसी बात क्या थी ?

दिवाकर के यहाँ से आया तो मन में चाशनी घुल रही थी। बरसों बाद जी हलका हुआ था। जैसे सालों बाद जेल से छूटकर आया हूँ। रह-रहकर एक अजीब दया के साथ मन पिघल उठता था। बेचारी ने क्या-क्या नहीं भुगता है इस बीच ! मुन्नी को छोड़कर कोई भी तो नहीं था जो उससे सहानुभूति रखता हो। घर-भर में किसी से एक पोस्टकार्ड माँगने की हिम्मत नहीं कर सकी, हद है ! सबसे अधिक आश्चर्य मुझे भाभी पर होता था। उनका जब अभी से यह रवैया है तो सचमुच सास होने के बाद तो पता नहीं, क्या ज़ुल्म ढाएँगी ? वह कतई नहीं सोचतीं कि वह भी तो प्रभा की तरह ही बहू हैं। उनके बहकावे में आकर मैंने जो कुछ किया उससे गरदन शरम से झुक जाती है।

इधर-उधर भटककर जब घर पहुँचा तो दो बज गए थे। नल पर खड़े-खड़े बाबूजी धार के नीचे एक-दूसरे से रगड़कर पाँव धो रहे थे। देखते ही बोले, "नवाब साहब, कहाँ मटरगस्ती कर आए ? न खाने की चिंता न पीने की !"

मुझे बुरा लगा। प्रभा ने सुना होगा तो क्या समझेगी ? फिर भी जानता था कि बात किसी न किसी तरह घूम-फिरकर मेरे कुछ न करने पर ही आएगी, इसलिए बाबूजी के मिलने से डर भी गया। दबे स्वर में कहा, "दिवाकर के पास गया था। नौकरी वगैरह की बात करते हुए देर हो गई।"

सहसा बाबूजी के स्वर में नमी आ गई, "हाँ, कुछ करो बेटा, अब ऐसे कैसे काम चलेगा ?"

भीतर आया तो अम्मा के सामने पड़ा, "अब पढ़ाई नहीं, तब भी सारा दिन घूमना ? दो बज गए, यह कोई खाने का वक्त है ? रात को भी पता नहीं कै बजे आया था ?"

भीगी बिल्ली बना चौके में जा पहुँचा। चुपचाप पटरा खींचकर बैठ गया। प्रभा ने जब खाना ला रखा तो एकदम चिहुँक गया। अनजान की तरह सिर उठाकर देखा, उसके खुले चेहरे पर एक अजब संयत गांभीर्य था, पलकें झुकी थीं, होंठों में हलकी मुस्कराहट का आभास हिलोरें ले रहा था। चेहरा सूखा ज़रूर था, लेकिन आज एक अजब संतोष की आभा से दिप रहा था, जैसे बरसों बाद दर्पण से धूल पोंछ दी गई हो। मन हुआ उस दर्पण को बस देखता रहूँ, देखता रहूँ। मन में उससे कुछ बोलने की उत्कट इच्छा हुई, लेकिन समझ में नहीं आया कि क्या बोलूँ। उस क्षण लगा, जाने कब से मैं प्रभा की आवाज़ सुनने को तरस उठा हूँ, शायद कभी अच्छी तरह सुनी भी नहीं है। बिना देखे आवाज़ से ही पहचानना तो शायद मेरे लिए असंभव हो जाएगा। लेकिन उसकी आवाज़ पहचानता भी कैसे ? मुझे तो ध्यान भी नहीं है कि कभी वह बोलती भी है। चुपचाप सख्त चेहरा लिए बस काम किए जाती।

खाना रखकर वह जाने लगी तो देखा, कितनी गंदी धोती पहने है। एक-एक फुट पर फटी और सिली है। यह पहनने लायक धोती है ? इसे क्यों लादे हुए है यह ? दूसरी धोती नहीं है ? शादी पर मिली होंगी धोतियाँ-साड़ियाँ। सब कहाँ हैं ? अब जब

लौटकर आएगी तो इस बारे में बातें करूँगा। मैंने इन दिनों बेचारी को छोड़ा सो तो छोड़ा ही, सारे घरवालों ने खासतौर से अम्मा ने भी यह सोचना छोड़ दिया कि इसे किसी चीज़ की ज़रूरत पड़ती है। वे तो माँ की जगह हैं। उन्हें तो इतना पक्षपात नहीं बरतना चाहिए था। भाभी के तो लड़की क्या हुई, बस राज करने का आदेश मिल गया है। अक्सर अपनी कोठरी में ही रहती हैं, वहीं खाना पहुँच जाता है। मुझे पता है, अम्मा की आँखों से छिपाकर चार-छः धोतियाँ ज़रूर उन्होंने अपने पास रखी होंगी, लेकिन वे देंगी क्यों। और यह बात याद करके मेरा रोम-रोम काँप उठा कि जनवरी-फरवरी की भीषण ठंड भी इसी प्रकार की धोतियों में निकल गई है। क्या बीती होगी इस बेचारी पर भी उन दिनों ! कोई साथ देनेवाला नहीं, कोई ज़रूरतें कहनेवाला नहीं, किसी से बातें भी नहीं कर सकती... और वह भीषण जाड़ा जब हाथ बाहर करने की हिम्मत न पड़े !

फिर आँखों में आँसू आ गए। प्रभा रसोई की उस छोटी-सी दीवार की ओट में बैठी थी। आज इतने दिनों बाद विवाह की वह घटना याद हो आई। वह इसी तरह चौके में बैठी थी, इतना ही हाथ बाहर निकला दिखाई देता था और मैं थाली में ठोकर मारकर दनदनाता चला गया था। उस दिन इसी हाथ में काले पतले फ़ीते से बँधी छोटी-सी रिस्टवाच गोरी मांसल कलाई पर कैसी खिल रही थी। आज देखा तो स्तब्ध रह गया। उस दिन ध्यान नहीं दिया था, लेकिन उस दिन का हाथ ज्यों का त्यों याद हो आया। चौका-बरतन और घर के काम-धंधे में लगे रहने के कारण खाल काली पड़ गई थी और सूखकर भुरभुरी हो आई थी। ऐसा लगता था जैसे हड्डी पर पतली-सी खाल कसकर मढ़ दी गई हो। निगाह खुद पाँवों पर चली गई। मैल और देखभाल के अभाव में दोनों पंजे काले पड़ गए थे और एड़ियों से लंबी-लंबी विवाइयाँ झाँक रही थीं। न जाने कितने आमोद-प्रमोद, आशा-आकांक्षाओं में पली यह लड़की कैसे गाजे-बाजे के साथ हमारे यहाँ लाई गई थी, और आज...?

थाली को बहुत ही धीरे से, ताकि प्रभा को बुरा न लगे, सरकाकर मैं उठ खड़ा हुआ, प्रभा चौंकी। ऊपर मुँह उठाकर उत्सुकता से मेरी ओर देखा। देखने का वही रात वाला ढंग कौंध गया। आह, उसकी आँखें निश्छल, भोली और बड़ी-बड़ी थीं ! लेकिन चारों ओर काले घेरे बने हुए थे। मुझे उन घेरों के साथ प्रभा का चेहरा ऐसा भयानक लगा कि मैंने झट निगाहें दूसरी ओर घुमा लीं। बड़ा झिझकता-सा स्वर सुनाई दिया, "क्यों ?"

अकारण ही छाती में गोला-सा उमड़ आया और लगा, ज़रा-सा बोलते ही मैं रो पड़ूँगा। जैसे-तैसे निचला होंठ चबाकर बड़ी मुश्किल से बताया, "दिवाकर के यहाँ से खा आया हूँ, भूख नहीं है।" और झट बाहर निकल आया।

बाहर अम्मा चुपचाप बैठी, टिकटी पर कोई धार्मिक पुस्तक रखे अपने मोटे-मोटे शीशेवाले चश्मों से पढ़ रही थीं। अपनी कोठरी के लिए मैं ज़ीने पर चढ़ने लगा। ज़ीने से ऊपर छोटा-सा जंगला सामने ही खुलता था। वह भाभी के कमरे का था। सहसा

भाभी का स्वर सुनकर ठिठक गया। वे कह रही थीं, "दोनों अब तो आपस में बोलने लगे।"

"कौन ?" भाईसाहब की आवाज़ थी। ध्यान आया, आज तो रविवार है।

"समर लालाजी छोटी बहू से।" मुझे लगा आवाज़ में कहीं हलका व्यंग्य है।

"अच्छा !" भाईसाहब भी चौंके। लगा, करवट बदलकर सीधे हो गए, "तुम्हें कैसे मालूम ?"

"खाना खाने के बाद इलायची लेने कुँवर लालाजी आए थे। वही बता रहे थे।"

और बिना पूरी बात सुने मैं ऊपर भाग आया। कोठरी बंद करके अपने बिस्तर पर औंधा लेटकर बुरी तरह रोने लगा।

साँझ को फिर अपराधी की तरह निकल गया और सारे समय निर्लक्ष्य भटकता रहा। सुबह से छाया हुआ आनंद का नशा उतर चुका था। अब तो एक भर्त्सना और एक धिक्कार मन को लगातार कचोट रहा था। बार-बार अंतर्यामी के सामने गिड़गिड़ाता, 'मुझे दंड दो भगवान्, मुझे दंड दो। मैंने एक निरीह अबला पर घोर अत्याचार किए हैं। उसे नारकीय यातनाएँ दी जाती रहीं और मैं चुपचाप देखता रहा। कहाँ चली गई थीं मेरी आँखें ? ठीक है, मैं तो लड़का था, लेकिन इन अम्मा-बाबूजी को आखिर हो क्या गया था ?'

और प्रायश्चित की यह भावना मुझे खींचकर मंदिर में ले गई। मैं वहाँ सूनी-सूनी आँखों से देर तक एकटक देखता रहा। हर चीज़ का विश्लेषण मैं इस तरह करता जैसे एक युग के बाद विदेश से लौटा हूँ और देखता हूँ कि मेरे पीछे कितना-कुछ घट गया है। इस प्रायश्चित और दया की भावना, तथा हर चीज़ को नए सिरे से देखने की प्रक्रिया के साथ ही साथ मन की अनेक सतहों पर रात की व्याकुल प्रतीक्षा भी चल रही थी। और आखिर जब मन कहीं नहीं लगा, लौट आया।

देखा, इस बीच में सबकी निगाहें मेरे प्रति बदल चुकी थीं। प्रभा रसोई में थी, अम्मा के पास बैठी भाभी कुछ घुसुर-पुसर कर रही थीं। घर में प्रवेश करते ही जाने कैसे पता लग गया था कि मेरे और प्रभा के आपस में बोलने की बात अब सारे घर में जानी जा चुकी है। सब मुझे इस तरह देख रहे थे, मानो अजायबघर से छूटा हुआ जानवर हूँ। मैं तब से सोच रहा था कि जब सब लोग इस बात को जान जाएँगे तो मुझे कैसी लज्जा लगेगी, सबकी निगाहों का सामना मैं कैसे कर पाऊँगा ? लेकिन इन चुभती निगाहों को देखकर भीतर अजब-सी झुँझलाहट भर गई। अगर मैं प्रभा से बोलने भी लगा तो इसमें ऐसी कौन-सी अनोखी बात हो गई कि यों उसे चर्चा का विषय बना लिया जाए ? यह ढोल पीटकर हल्ला मचाने की बात है ? अरे, पति-पत्नी कल नहीं बोलते थे, आज बोलने लगे, इसमें कोई इतनी दिलचस्पी क्यों ले ?

चारों तरफ के वातावरण के प्रति उपेक्षा का भाव धारण किए हुए मैं इस तरह व्यवहार करने की कोशिश कर रहा था जैसे मेरे जीवन में कुछ भी नया या महत्त्वपूर्ण नहीं हुआ। जैसे ही खाना खाकर उठा कि अम्मा बोलीं, "अरे समर, ज़रा अपने बाबूजी

को तो बुला दे। वह भी गरम-गरम खा लेंगे। फिर खाना ठंडा हो जाएगा।''

''कहाँ गए हैं ?'' मैंने पूछा।

''बच्ची को घुमाने ले गए हैं। बाहर नवलकिशोर पंडितजी की बैठक में बैठे होंगे। बच्ची भी तो भूखी होगी।''

मुझे इस बात पर भी गुस्सा आया। अम्मा इस तरह बोल रही थीं जैसे मैं मना कर दूँगा। फिर अपने गुस्सा होने के स्वभाव पर हँसी आई। मुझे यह हो क्या गया है ? बाबूजी कुर्सी पर दोनों पाँव ऊपर समेटे बड़े आराम से बैठे थे और हमेशा बीमार पड़े रहनेवाले नवलकिशोर उनकी ओर करवट लिए सुन रहे थे। उसी मोहल्ले के दो-तीन और भी लोग बैठे-बैठे ध्यान से सुन रहे थे। बाबूजी का अनेक बार का दुहराया हुआ भाषण ठीक उन्हीं शब्दों में चल रहा था, ''और सच पूछा जाए तो अपनी भारतीय सभ्यता को यह सभ्यता पा थोड़े ही सकती है ! यों हाथ-पाँव चाहे जितने मार ले। आजकल तो पता नहीं चलता कि यह दुनिया किस रसातल में जाकर टिकेगी ! और भाईसाहब, दोष किसे दें ? सब अपने किए का फल है। जो मार्ग हज़ारों साल सोच-समझकर अपने ऋषि-मुनियों ने बनाया, उसे तो आज के लड़के कहते हैं, ये जंगलियों के बनाए गए नियम हैं। बोलो, अपने पुरखों को जंगली कहते हुए तुम्हें शरम भी नहीं आती ! और साहब, मानना पड़ेगा उनके दिमाग को ! एक-एक नियम क्या सोचकर बनाया है कि दाँतों तले उँगली दबानी पड़ती है। जातियाँ बनाईं, सबके कर्म निर्धारित किए... सब अपने कायदों में चलें तो यह सब चीख-पुकार...'' नवलकिशोरजी को लगा कि इस विषय पर बोलना तो उनका अधिकार है। अधीर होकर बोल पड़े, ''भगवान् मनु ने मनुस्मृति में कहा कि...'' मैं सोच रहा था कि बाबूजी अपनी बात तोड़ें तो मैं अपनी बात कहूँ। अब झिझकते-से, कहीं डाँट न दें, एकदम बोला, ''बाबूजी, आपको बुलाया है।''

''अच्छा, चल रहे हैं। भीतर जाकर बच्ची को ले आ।'' वे बिना ध्यान दिए बोले।

मैं पंडितजी के यहाँ शुरू से ही आता-जाता रहा हूँ। पंडितजी की पुत्र-वधू बैठी-बैठी बच्ची को खिला रही थी। मैंने कहा, ''भाभी, इसे बाहर बाबूजी माँग रहे हैं।'' इन्हीं के पतिदेव उस दिन मार-मारकर शरणार्थी को निकाल रहे थे। मेरी आवाज़ सुनकर पंडिताइन बाहर निकल आईं। देखते ही पूछने लगीं, ''कौन ? समर ? अरे बेटा, तूने तो आना-जाना ही छोड़ दिया। इम्तिहान हो गए ? बड़ा अच्छा हुआ बेटा ! अरे हाँ, हमने सुना, तू अपनी बहू से बोलता नहीं था, अब बोलने लगा है। अच्छा है बेटा, अपनी बहू से तू नहीं बोलेगा तो और कौन बोलेगा ? ऐसी बातें तो होती ही रहती हैं। इनके मारे क्या बोलचाल छोड़ी जाए है ? बोले तो है बेटा, पर ऐसी अनीति तो उठाइयो मत, जैसी हमारे बिसनू ने उठा रखी है। मंदिर का सारा चढ़ावा-पुजापा अपनी बहू की छाती पर ला धरै है। तेरी कसम बेटा, जो एक पैसा भी देता हो। अच्छी-अच्छी मिठाई अपने मिल कै खा डाली, जूठन-जूठन उठाके हमारे आगे डाल दीनी। भैया, बुढ़ापे में हमारी मिट्टी तो इन नासपीटों ने ऐसी खराब कर

दीनी है कि न दिन देखें न रात। रात-दिन हा-हा, हू-हू करते रहें। कोई देखता रहो, कोई सुनता रहो, इन्हें रत्ती-भर चिंता नहीं है। मंदिर में क्या आवै, क्या जावै, हमें तो भैया भनक तक नहीं लगै। हम तो दोनों बखत यही प्रार्थना करें कि हे भगवान्, अब तो तू हमें उठा ले। पर समर भैया, ये भी तू सुन लीजो, जो दोनों बखत के कलाकंद चली आ रही है सो सब पंडितजी की माया है। बाद में एक पैसा नहीं चढ़ेगा तब दाल-आटे का भाव पता चलेगा, अभी तो सब हरी-हरी सूझ रही है।" और पंडितजी के मर जाने की कल्पना से या किन्हीं व्यक्तिगत कारणों से उनका गला भर्रा आया। वे आँखों पर पल्ला रखकर सिसकने लगीं।

बिसन की बहू ने सास की तरफ ठेंगा दिखाया और मुस्कराते हुए बच्ची मुझे दे दी। जाने क्यों बच्ची को लाते समय अपनी भाभी की डाक्टर को दिखानेवाली बात याद हो आई। मैं खुद ही फिर मुसकरा उठा।

दो

मैंने आश्चर्य से आँखें फैलाकर पूछा, "तुमने खुद देखा ?"

प्रभा दूसरी ओर देखती रही। बोली, "खुद तो नहीं देखा, लेकिन मुन्नी बीबी बता रही थीं, उन्होंने देखा भी था। वह कहती थीं कि आपको बताएँगी। जैसे ही मैं साग चढ़ाकर ज़रा हटी कि भाभी ने मुट्ठी भरकर नमक डाल दिया।"

"हूँ" दोनों कुहनियों के सहारे उठा हुआ मैं हथेलियों पर अपना गंभीर मुख रखे गहराई से सोचता रहा। उसी तरह पूछा, "तुम पहले दिन हमसे क्यों नहीं बोली थीं ? आने के दिन ही इतना बड़ा अपमान क्यों किया ?"

प्रभा एक घुटना उठाकर बैठी थी। दोनों बाँहें उस घुटने के चारों तरफ मंडलाकार डाल ली थीं और दोनों हथेलियाँ घुटने पर फैलाकर उस पर ठोड़ी रख ली थी। इसी तरह बिलकुल शांत, अविचलित भाव से मेरी प्रत्येक बात का जवाब दे रही थी। कोठरी के बाहर कल वाली चाँदनी की रिम-झिम वर्षा हो रही थी और दूधिया फुहार का एक आयताकार टुकड़ा तिरछा होकर हमारी चारपाई के पास तक आ गया था। बड़ी मुश्किल से मैंने उसे पिछली बात बताने को तैयार किया था। उतार-चढ़ावहीन स्वर में कहा, "अपमान तो नहीं किया। आपको ऐसा लगा कि मैंने अपमान किया ?" फिर गहरी साँस लेकर बोली, "छोड़ो भी, उन बातों को दुहराने से अब फायदा भी क्या ? किस्मत में लिखा था, हो गया।"

"किस्मत-विस्मत कुछ नहीं, प्रभा ! मुझे जानने की बड़ी उत्सुकता है। अब बताओ न, हम तो इतनी खुशामद कर रहे हैं।" मैंने अनुरोध के स्वर में कहा, और धीरे से उसका एक हाथ अपने हाथ में ले लिया। उसका कोमल हाथ ऐसा बेजान और ठंडा था कि मुझे खुद रोमांच हो आया।

हाथ उसने यों ही रहने दिया। मेरी इस बात पर विद्वानों और अनुभवियों की तरह धीरे से हँसी, "इतना जलाकर अगर ज़रा-सी खुशामद कर भी ली तो क्या हो गया ?" फिर बिना मुझे जवाब देने की फुरसत दिए बोली, "हफ्तों से जागने की थकान थी; बहुत बदन टूट रहा था। तबीयत बड़ी उदास थी। ज़रा-ज़रा-सी देर बाद घर की याद आती। फिर मुन्नी बीबी ने अपना किस्सा सुनाया तो मन और भी बेचैन हो गया। वही तो यहाँ बातें करनेवाली थीं। फिर संयोग से उसी दिन खिड़की के सामनेवाले घर में वह कमबख्त साँवल की बहू जल मरी। और भी दो-एक बातें ऐसी

हो गईं कि रोने के सिवा कुछ सूझ ही नहीं रहा था। बोलने का तो कतई मन ही नहीं था। फिर सुना कि आपकी इच्छा नहीं थी शादी करने की। सारे हौसले तो यों ही मर गए थे। क्या बात करती आपसे ?''

''देखो प्रभा, जब बताने बैठी हो तो छिपाओ मत। मैं सचमुच जानना चाहता हूँ। तुमने विश्वास दिलाया है कि साफ़-साफ़ बताओगी, फिर अभी से यह चालाकी क्या करने लगीं ?'' मेरा मुलायम और अनुरोध-भरा स्वर अनजाने ही काँपकर थरथराने लगा था। आगे बढ़कर मैंने उसकी जाँघ पर सिर रख लिया और चित लेट गया। जाने क्यों मुझे लगता था कि वह झटककर मेरा सिर हटा देगी कि अब प्रेम जताने आए हैं ! एक मांसल उष्णता से मेरे मस्तिष्क की एक-एक शिरा लरज उठी।

''उन्हें अब रहने दो न ?'' कोठरी के अंधकार में उसके चेहरे की सिर्फ छाया-सी ही दीख रही थी, लेकिन जैसे ही मेरे माथे पर दो जलती बूँदें टपकीं तो मैं चिहुँक पड़ा। उँगलियों से उसकी ठोड़ी अपनी ओर घुमाता हुआ स्नेह से डाँटकर बोला, ''यह क्या बेवकूफी है ? अब चौबीसों घंटे रोओगी ?'' और मैंने हलके-से उसके गाल पर एक चपत लगा दी। उसके होंठों पर झलकती लाज-खिली मुस्कान मेरी कल्पना की आँखों के आगे साकार हो आई, पर साथ ही मैंने झट अपना हाथ हटा लिया। ध्यान आ गया, इसी गाल पर इन्हीं हाथों का तमाचा पड़ा था और वह तिलमिला उठी थी। वह भी उस मिट्टी के ढेले के लिए, जिसे पंडित ने गणेश बना दिया था। रोशनी होती तो देखता, उँगलियों के निशान अब भी हैं या नहीं। लगा, प्रभा को भी उस दिन की बात याद आ गई। सकपकाकर मैंने एकदम विषय बदल दिया, ''अच्छा प्रभा, एक बात बताओ। ये भाभी और अम्मा तुमसे इतनी नाराज़ क्यों हैं ?''

प्रभा ने कुछ जवाब नहीं दिया। फिर घूँट भरकर बोली, ''मुझे क्या पता ? हमारी किस्मत में यही लिखा होगा, और क्या कहूँ ?''

''देखो प्रभा, तुम्हें मेरी कसम है ? इस वक़्त मैं जो कुछ जानना चाहता हूँ मुझे सच-सच बता दो। तब से किस्मत-किस्मत लगा रखी है; किस्मत-विस्मत को तो इस समय झोंको भाड़ में !'' ज़िंदगी में पहली बार मैंने भाग्य के विरोध में कहा।

''यह क्या बुरी आदत है ? बोलने की देर नहीं हुई और मेरी और तुम्हारी कसमें चलने लगीं।'' उसने प्यार-भरी झुँझलाहट से कहा। उसके दोनों हाथ पहले तो मेरे गरम माथे पर निश्चेष्ट रखे रहे, फिर धीरे-धीरे मेरे उलझे बालों में घूमने लगे। जाने कितनी बोतलों का नशा मेरी नस-नस में उतरता चला गया। यों ही उँगलियाँ चलाती वह बोली, ''अम्मा-बाबूजी को नाराज़ करने का तो कारण साफ़ ही था। लेना-देना उनके मन के लायक नहीं हुआ। रुपया-पैसा, अच्छा जेवर-कपड़ा, कुछ भी तो नहीं ला सकी। इसमें पढ़ी-लिखी होना भी एक दुर्गुण बन गया। यों मुन्नी बीबी ने तो इसका खूब प्रचार किया ही दबी जबान से, अम्मा ने भी संतोष प्रकट किया कि लाई चाहे कम होऊँ, लेकिन बड़ी बहू से लाख दरज़े अच्छी हूँ देखने-सुनने में। बस तुम्हारी भाभी को नाराज़ करने के लिए ये दो-तीन बातें काफ़ी थीं। दिन-रात वे अम्मा के कान भरती

रहती थीं। मैं सुनती और चुप रहती। कहती किससे जाकर ? तुम भी नाराज़ थे। बहुत बार मन में आता कि मैं साँवल की बहू की तरह...'' आगे गला भर्रा आया और फिर दो-तीन बूँदें टपकीं।

मैंने हाथ बढ़ाकर उसके मुँह पर रख दिया। प्यार से डाँटकर बोला, ''खबरदार प्रभा, जो इस तरह की एक भी बात कही !'' फिर उसकी गरदन में बाँहें डालकर सिर नीचे झुकाया और धीरे से उसके शीतल पपड़ाए होंठों को चूम लिया। मुझे लगा मानो जलती ब्रांडी का घूँट मेरी नस-नस में झनझनाता चला गया हो। काँपती भर्राई आवाज़ में कहा, ''प्रभा, बस इस बार इस गलती को माफ़ कर दो। मालूम नहीं, मेरे ऊपर कौन-सा भूत सवार हो गया था ! यह मेरी ज़िंदगी की सबसे आख़िरी गलती है। आओ, आज हम निश्चय कर लें कि कभी नहीं लड़ेंगे—कभी भी। चाहे कोई कुछ कहता रहे...''

प्रभा ने अपने गाल से मेरे होंठों को दबा दिया और बात टूट गई। आँसू फिर बहने लगे। मैंने झिड़ककर कहा, ''फिर वही ! तुम बड़ी कमज़ोर हो, प्रभा !'' लेकिन तभी किसी ने ज़बान पकड़ ली। जो ऐसे-ऐसे आँधी-तूफान के बवंडरों में नहीं डगमगाई, वह कमज़ोर है ? तभी याद आया कल प्रभा छत पर बैठी-बैठी रो रही थी। मैंने रोते हुए पहली ही बार देखा था। सवाल तभी से उठ रहा था। पूछा, ''अच्छा प्रभा, एक बात और बताओ।''

''हुँ,'' उसने यों ही कहा।

''तुम कल रो क्यों रही थीं ? इतने दिन हो गए, मैंने तुम्हें रोते शायद कभी नहीं देखा। जब मैंने चाँटा मारा था, तब भी शायद तुम नहीं रोई थीं।''

इस बार प्रभा का स्वर कड़ा हो गया, ''मैं क्या, उस दिन कोई भी खूब रोता। इतनी बड़ी हो गई, अभी तक चरित्र पर किसी ने एक शब्द नहीं कहा। उस दिन जो सुना...'' फिर सहसा वह चुप हो गई। कुछ देर बाद भावाविष्ट स्वर में बोली, ''जिस दिन तुम भी मेरे चरित्र पर संदेह करोगे उस दिन ज़हर खा लूँगी...''

मैं चुप हो गया। लगा, उसकी दृढ़ता के आगे मैं बौना हूँ। चिंतित स्वर में कहने लगा, ''हमारे घर का वातावरण रोज़-रोज़ गंदा होता चला जा रहा है। इसके लिए क्या किया जाए ?'' फिर उसे सान्त्वना देता-सा बोला, ''तुम भी क्या सोचती होगी पढ़-लिखकर किस कुएँ में आ गिरी ?''

सहसा प्रभा ने कोई जवाब नहीं दिया। काफ़ी देर तक चुप रही। फिर जाने कहाँ से बोली, ''मुसीबतें हमेशा ही तो नहीं रहतीं। तुम पढ़-लिख लो, कुछ तो आसानी हो ही जाएगी। तुम्हारे साथ-साथ रहूँगी तो कुएँ-खाई कहीं भी डर नहीं लगेगा। अकेले पड़ जाने पर ही जी घबरा उठता है।'' उसके भीगे स्वर के रोमांचों को मैंने दिल की गहराई में महसूस किया।

''अच्छा, तुमने तो इतने सवाल पूछ लिए। अब मैं भी पूछूँ ?''

''नहीं प्रभा, नहीं, मैं तुम्हारे एक भी सवाल का जवाब नहीं दे पाऊँगा। समझ

लो कि पागल था, उन दिनों दिमाग ठीक नहीं था।'' प्रभा का 'आप' से 'तुम' पर आना मुझे अच्छा लगा।

सुबह-सुबह मैंने प्रभा से कहा, ''प्रभा, जो हुआ सो छोड़ो। वह सिर्फ मेरी गलती थी। अगर मेरी मजबूरी समझ सकती हो तो मुझे माफ़ कर दो। हमारे घर की हालत तुम देख ही रही हो। तुम खुद समझदार हो। इन सारी परिस्थितियों में हम लोग कैसे रहें, यह निश्चय भी हमें ही करना होगा।'' मुझे खुद अच्छा लग रहा था कि मैं इतनी गंभीरता के साथ महत्त्वपूर्ण बात कर सकता हूँ, सोच सकता हूँ।

''इसमें मैं क्या बताऊँ ? जैसे तुम कहोगे, मुझे मंजूर है। बताओ, आज तक मैंने कभी तुम्हारा विरोध किया ?'' मेरी बाँह पर सिर रखे छत की ओर देखती वह बोली।

''लेकिन मैं चाहता हूँ कि तुम विरोध करो। हम लोग बहस करें और फिर खूब सोच-समझकर एक नतीजे पर पहुँचें।'' कहने को मैं कह तो गया, लेकिन मन के भीतर किसी ने पूछा—तुमसे विरोध में कही गई बात सुनी जाएगी ? जल्दी से बोला, ''तुम्हारी सलाह के बिना मैं कोई काम नहीं करूँगा। घर की सारी परिस्थितियाँ तुम्हें इस लायक नहीं लगतीं कि उन पर बैठकर बातें की जाएँ ? आख़िर तुम सलाह देने से डरती क्यों हो ? तुम भी तो पढ़ी-लिखी समझदार हो।''

''फिर वही पढ़ने-लिखने पर तानेबाजी ?'' प्रभा का स्वर तेज़ हो गया, ''तुम भी अपने घरवालों की ही भाषा में बोलोगे ? बताओ, इस पढ़ने-लिखने को कहाँ ले जाऊँ ? माँ-बाप ने पढ़ा दिया तो क्या करूँ ? जो कुछ पहला पढ़ा-लिखा था सब तो भुला दिया। किसी को घर में आज तक पढ़ने-लिखने का घमंड दिखाया ?'' स्वर में नाराज़ी थी और गले में गीलापन।

मुझे अपनी गलती महसूस हुई। इस बेचारी को बिना जवाब देने का अवसर दिए इस बारे में इतने ताने सुनने पड़े हैं कि अब अपने को रोक नहीं पाती। दुलार से उसका मुँह अपनी ओर मोड़कर कहा, ''तो बाबा, यह सब मैं कहाँ कह रहा हूँ ? लगता है इतने दिनों की चुप्पी का बदला निकालने को उधार खाए बैठी हो। मुँह से बात निकली नहीं कि काटने दौड़ी। पुरानी शराब की तरह तेज़ हो गई हो।'' उसे खुश करने के लिए आगे जोड़ा, ''आदमी ज़रा पी ले तो चस्का ही न छूटे और जिंदगी भर नशे में पड़ा रहे।''

बेरुखी से वह बोली, ''इन शब्दों का अर्थ मैं भी जानती हूँ।'' फिर शायद लगा कि स्वर में ज्यादा कड़ाई आ गई है। लजाने का भाव दिखाकर कहा, ''दो दिन में तुम तो अच्छे से अच्छे सिनेमा ऐक्टर से भी ज़्यादा एक्सपर्ट हो गए। जो बात कर रहे थे वह तो चूल्हे-भाड़ में गई और लगे ये बेकार की बातें करने !''

'ऐक्सपर्ट' शब्द कानों को खट से लगा। प्रभा शिक्षित है यह बात इतनी तरह दुहराई गई थी कि इसका अर्थ ही खो गया था। इस शब्द से पहली बार मुझे ध्यान आया कि वह किसी गाँव-कस्बे के घिरे वातावरण में रहनेवाली नहीं, अच्छे शहरी परिवार की इकलौती लड़की है। किरण के पहनने-ओढ़ने के ढंग, बोल-चाल के

तौर-तरीकों को देखकर मेरे मन में आया है कि काश, ऐसी समझदार और सुरुचिपूर्ण पत्नी मेरी भी होती ! उस सिलसिले में मैंने प्रभा को कभी याद ही नहीं किया। वह तो कभी घर का काम-धाम करते रहनेवाले एक नगण्य प्राणी से अधिक मेरे सामने आई ही नहीं। अब याद आया कि सिनेमा देखना तो दूर, बेचारी हमारे यहाँ तो सिनेमा के पोस्टर तक देखने को तरस उठी होगी। कहानी-उपन्यास की एक-एक लाइन पढ़ने को तड़फड़ाती होगी। शहर की लड़कियों के तो जाने कितने-कितने सपने होते हैं, जाने कितने-कितने शौक होते हैं ! बेचारी ने सब हमारे घर की दीवारों में दफ़ना दिए। तभी दिवाकर के घर और अपने घर का अंतर सामने आ गया, कम से कम वहाँ पढ़ा-लिखा होना एक दुर्गुण में तो शुमार नहीं किया जाता। क्या कभी हमारा घर भी वैसा हो सकेगा ? मैं भी प्रभा से किसी दिन कह सकूँगा कि शाम को घूमने चलना है। दिवाकर और किरण आएँगे, उनके साथ चाय पीनी है। लेकिन... लेकिन... और आगे सोचा नहीं गया। अपने आप एक गहरी साँस मुँह से निकल गई।

प्रभा ने मेरी साँस सुनी तो झकझोरकर बोली, "अब क्या सोचने लगे ?" फिर मेरे माथे पर झुककर हाथ फेरते हुए बोली, "अच्छा बताओ, क्या कह रहे थे। ऐक्टरवाली बात बुरी लग गई क्या ?"

मैं चुप रहा और अपने ऊपर झुके उसके चेहरे को गौर से देखता रहा। जाने क्यों लगा यह जो कुछ कह और कर रही है वह सच्चे मन से नहीं कर रही। सोचती होगी कि बाँध दी गई है तो निभाना ही पड़ेगा। निश्चय ही मन के भीतर कहीं वह मुझे अपने लायक नहीं मानती।

"बताओ न !" इस बीच उसने फिर अनुरोध से कहा, "देखो, मैं तुम्हारी सौ बात मानूँगी। तुम मेरी एक बात मान लेना। मुझे बहुत बक-बक करने की आदत है। जो मुँह में आता है, बक देती हूँ। मेरी किसी भी बात का बुरा मत माना करो, तुम्हारे हाथ जोड़ती हूँ। मुझे खुद भी ध्यान नहीं रहता कि क्या कहना चाहिए, क्या नहीं। बाद में अफसोस होता है। इतने दिनों चुप रही हूँ सो कुछ न कुछ बोलने की याद आती है। रमा भी कहती है कि मैं बहुत बकवास करती हूँ।"

मैंने उसकी बात का बुरा नहीं माना, लेकिन अपनी ही बात से मन में बहुत उदासी घिरने लगी। सचमुच मैं इस लड़की के लायक हूँ ही कहाँ ! ऊपर से पूछा, "कौन रमा ?"

"मेरी एक क्लास-फैलो है।" उत्साह से, सब-कुछ भूलकर वह रमा के बारे में बताने लगी। अंत में बोली, "इस बार जब मैं गई थी तो तुम्हारे बारे में बहुत ही पूछ रही थी। अपने क्लास की सबसे शैतान लड़कियाँ थीं हम लोग। मेरी बहुत ही पक्की दोस्त है। लड़कियों में इतनी पक्की दोस्ती होती नहीं है। हम लोग आपस में सोचा करती थीं, कभी शादी नहीं करेंगी, खूब पढ़-लिखकर गाँव में चली जाएँगी और वहाँ स्त्रियों को पढ़ाया करेंगी। कभी सोचती—थोड़ा-सा सामान साथ लेकर सारे हिंदुस्तान का पैदल 'टूर' करेंगी, खूब विस्तार से अपनी डायरी लिखा करेंगी। नए-नए गाँव और

शहरों में तरह-तरह के लोग मिलेंगे। गुंडे-बदमाशों या जंगली जानवरों से अपनी रक्षा के लिए हम लोग लाठी और छुरी चलाना सीखने की योजनाएँ बनातीं। और भी बैठी-बैठी जाने क्या-क्या बातें किया करतीं ! घर और बाहरवाले सब बहुत नाराज़ होते कि जाने ये लोग ऐसी क्या बातें करती रहती हैं कि ख़त्म ही नहीं होतीं। हम लोग उन्हें और भी चिढ़ाते।''

अचानक मैंने बात काटकर पूछा, ''अच्छा प्रभा, तुम्हें शादी करने का बहुत अफसोस है ?''

प्रभा झटके-से चौंक पड़ी, ''नहीं तो, क्या मैंने तुमसे ऐसा कहा ?'' फिर वह खिलखिलाकर हँसने लगी, ''देखो, मैं कहती थी न, मुझे बोलने की बहुत आदत है। मुझे रोक दिया करो। क्या करूँ, याद ही नहीं रहती। वही बात हुई न ?'' और वह देर तक खिलखिलाती रही। मुझे उसका यों उन्मुक्त भाव से खिलखिलाना अच्छा भी लगता था और आश्चर्य होता था कि इतना सब सह चुकने के बाद कैसे यह यों बिना झिझक हँस सकती है, बातें करती चली जा सकती है। मैं तो अपनी याद में कभी यों हँसा नहीं। अचानक हँसना रोककर उसने मेरी कनपटियों को दोनों हथेलियों के बीच में दबाकर सीधे मेरी आँखों में देखते हुए कहा, ''देखो, मैंने जो कुछ भी कहा हो, उसे बिलकुल भूल जाओ। अब तो मैं चाहती हूँ कि तुम खूब पढ़-लिख लो। मुझसे जो कुछ कहोगे, मैं करती जाऊँगी।''

मुझे दिवाकर और बाबूजी की सारी बातें याद हो आईं। पूछा, ''प्रभा, एक बात में सलाह दो।''

''मैंने कहा न, मुझसे सलाह मत माँगो। तुम जो कहोगे, करूँगी।''

''अरे, सुनो तो सही पहले। बड़ी आज्ञाकारिणी बनी हो !'' मैंने नकली डाँट से कहा, ''मेरा एक दोस्त है दिवाकर। वह भी पीछे पड़ रहा है कि मुझे थर्ड-इयर ज्वॉइन कर ही लेना चाहिए। दूसरी तरफ़ भाईसाहब और बाबूजी का कहना यह है कि मुझे कहीं न कहीं नौकरी कर लेनी है ताकि घर को कुछ मदद मिल सके। मेरा तो दिमाग काम नहीं करता, तुम बताओ।''

वह थोड़ी देर चुप रही, जैसे मुझे कुछ और कहने का अवसर दे रही हो। फिर बोली, ''अब इसमें मैं क्या सलाह दूँ ? तुमको जो भी ठीक लगे।''

मुझे साफ़ लगा कि जो कुछ वह कहना चाहती थी वह नहीं कहा। ''अपने मन के ऊपर ही ठीक लगने की बात होती तो मैं तुमसे पूछता ही क्यों ? मैं जो भी तय करूँगा, उसका असर केवल मुझ तक ही तो नहीं है। अब तक तो अपने लिए, घरवालों के लिए, पढ़ाई का बहाना था। अब वह भी ख़त्म हो गया। जितना कुछ दीखता है, उससे यह तो साफ़ है कि पढ़ाई अब आगे चलेगी नहीं। इतने दिन जैसे रो-पीटकर काटे हैं, वही बहुत हैं। घरवालों को अब तत्काल मदद की ज़रूरत है। अब तो कोई रास्ता ही दिखाई नहीं देता।''

प्रभा ने जमुहाई ली और बोली, ''तो ठीक है, कुछ कर-करा लो।''

"इतने बे-मन से क्यों कह रही हो ?" मैंने कहा, "मुझे मालूम है, तुम्हें मेरी बात पसंद नहीं है। लेकिन बताओ, करूँ क्या ? और रहा काम, सो कहना सबके लिए बड़ा आसान है, ज़रा बाहर निकलकर देखोगी तो पता चलेगा कि काम कैसे मिलता है ! बड़े-बड़े इंटर और बी.ए. घूमते हैं, कोई कौड़ी को नहीं पूछता। बहुत कोशिश करूँगा तो चालीस-पचास की नौकरी मिल जाएगी। सो दिन-भर कलम घिसनी पड़ेगी और रात को फाइलों का गट्ठर बाँधकर घर लाना पड़ा करेगा। बात करने की फ़ुरसत नहीं मिलेगी। रात-भर बैठ-बैठे आँखें फोड़ो। भाईसाहब लड़ाई के ज़माने में नौकर हो गए थे, सो समझते हैं कि अब भी वैसा ही आसान है। वह ज़माना तो रहा नहीं। लेकिन ये बातें समझाए किसे ? हमारी तो अकल काम नहीं करती। पास में कोई डिग्री हो तो कोशिश भी की जाए। अब किसी से क्या जाकर कहें कि 'जी, हम इंटर पास हैं,' और वह बेचारा भी क्या नौकरी दिलाए ! तुम कुछ क्यों नहीं बोलतीं ?"

"क्या बोलूँ, बताओ ? कहो तो किसी स्कूल में मास्टरनी-वास्टरनी की नौकरी कर लूँ ?" उसके स्वर में परिहास खनक उठा। जैसे घर की सारी स्थिति की ओर संकेत कर रही हो।

एकदम बड़ा-सा मुँह फाड़कर मैं बोला, "घर से और निकलवाना, यह बात अगर ज़रा भी अम्मा या भाभी के कान में पड़ गई तो समझ लो कि वह तूफ़ान उठेगा कि घड़ी पहनकर खाना बनानेवाला दिन भूल जाओगी।" फिर इन परिस्थितियों और अपनी मजबूरी पर खुद ही गुस्सा आने लगा, "सच प्रभा, कभी-कभी तो ऐसी झुँझलाहट होती है कि यहाँ से कहीं भाग चलें। तुम भी सोचती होगी कि किस निकम्मे के पल्ले बँधी। मैं दिल की बात कहता हूँ, अब तुम्हारी यह हालत देखी नहीं जाती। आराम-चैन का तो सवाल नहीं, ठीक से पहनना-ओढ़ना भी नहीं होता। मेरे पास खुद कपड़े नहीं हैं।"

"तुम मेरी चिंता मत करो। मेरे पास बहुत हैं।"

लेकिन मैंने उसकी बात नहीं सुनी, "दिवाकर की वाइफ़ रोज़ पीछे पड़ती है कि तुम्हें किसी दिन ले चलूँ। लेकिन बताओ, कैसे ले चलूँ ? अब तो मुझे यह डर है कि किसी दिन वही यहाँ न चली आए।" मुझे अफ़सोस हुआ कि मैंने दिवाकर को यह क्यों बता दिया कि प्रभा आ गई है। अगर आ गए तो हम लोग उन्हें कहाँ उठाएँ-बैठाएँगे ?"

झट प्रभा बोल पड़ी, "हाय, सच्ची ! यहाँ ले भी मत आना। क्या कहेगी यहाँ का सब देखकर ? उनकी खातिर करने के लिए भी तो कुछ नहीं है।"

"मुझे खुद यही चिंता है। कभी-कभी तो सच, बड़ा गुस्सा आता है। मन में आता है कि छोड़ूँ सब चक्कर, बक लेने दूँ जो जिसके जी में आए सो। और खूब मन लगाकर पढ़ूँ, फिर इसके बाद अच्छी-सी नौकरी करके खूब ठाठ से रहें। जितने की अब नौकरी मिलेगी इतना तो तब आसानी से घर दिया जा सकेगा।" मैं स्वप्नविष्ट की तरह कहता रहा। "किस-किसकी चिंता करें ! सब अपना-अपना स्वार्थ देखते हैं,

सब अपना भाग्य लेकर आते हैं। पर फिर आत्मा नहीं मानती, माँ-बाप के लिए भी तो अपना कुछ फ़र्ज़ है।'' मैं सोचता रहा।

सुबह का उजाला आकाश में उभरता चला आ रहा था। प्रभा अपने हाथ-पाँव हिलाकर, जमुहाइयाँ लेकर व्यक्त कर रही थी कि अब जाना है। उठते हुए बोली, ''लेकिन अच्छी नौकरी के बाद फ़र्ज़ ज्यादा अच्छी तरह अदा नहीं किया जा सकता ?''

मैं उसकी ओर प्रश्न-भरी दृष्टि से देखता रहा कि इस कहने का क्या मतलब लूँ।

तीन

कोई रास्ता नहीं, समस्या का कोई हल नहीं, बस घुलो और घुटो, खंभों से सिर टिकाए रोते रहो, और अपने को दिन-रात घुन की तरह खाते रहो। क्या कोई ऐसा तरीका नहीं है कि इस सबको एक ही झटके में समाप्त कर डाला जाए ? मान लो, मैं यों ही नाक की सीध में चलता चला जाऊँ, चलता चला जाऊँ ? उफ़ मेरे दिमाग में क्या-क्या बातें आ रही हैं आज ? कम से कम मुझे यह तो सोचना ही चाहिए कि अब मेरे साथ किसी और का भविष्य बाँध दिया गया है ? अब मैं अकेले कोई निर्णय नहीं ले सकता। कुछ न कुछ तो होगा ही, आख़िर ऐसी जल्दी निराश होने की क्या बात है ?

मन ही मन डर भी लग रहा था कि इतनी देर से लौटने पर घर पर डाँट पड़ेगी। देखें, इस बीच में वहाँ और क्या-क्या हो गया। बेमन से लौटने लगा। एम्प्लॉयमेंट एक्सचेंज की बिल्डिंग पीछे छूटने लगी, कोलाहल धीमा पड़ने लगा।

हुआ यों कि दो दिन बाद मैंने डरते-डरते भाभी से कहा, "भाभी, तुम्हारे पास सादी-सी कोई धोती होगी ?"

"धोती क्या करोगे ?" मैं जान गया कि भाभी समझ गईं हैं, लेकिन अनजान बनकर पूछ रही हैं।

"हो तो प्रभा को दे दो, कोई देखे तो क्या कहे ? देखने में भी तो शरम लगती है।" मैंने जबर्दस्ती आवाज़ को साधकर कहा।

भाभी की आँखों में कुटिलता और बात को ताड़ लेने के संतोष की मुस्कराहट चमक आई। मैंने उनकी मुस्कराहट के ज़हर को देखकर अनदेखा कर दिया। वह बोलीं, "मेरे पास तो कसम से लालाजी, एक भी नहीं है। विश्वास न हो तो चलके मेरा संदूक देख लो।" वे दोनों हाथों में बच्ची झुलाती रहीं, अम्मा के पास तो होगी एकाध। उनसे क्यों नहीं पूछ लेते ?"

अम्मा के पास जाने की हिम्मत नहीं पड़ रही थी, इसलिए तो भाभी के पास आया था। अब ज़रा-सा साहस बँधा। अपने को समझाया कि इसमें डरने की ऐसी बात भी क्या है। मैं बोलने लगा हूँ, इस बात को जान तो वह गई हैं। इधर-उधर चक्कर काटकर अम्मा के पास पहुँचा। पूछा, "अम्मा, तुम्हारे पास एकाध धोती तो नहीं है ?" उनकी ओर सीधे देखने का साहस नहीं पड़ रहा था।

"कैसी ?" प्रश्न के बाद ही पूछा, "तूने अभी तो एक पतलून बनवाई थी।"

"मुझे नहीं अम्मा, मैं प्रभा के लिए पूछ रहा था। उसकी धोती एकदम फट गई है। उधर देखा तक नहीं जाता।"

"ओह, तो यों क्यों नहीं कहता कि बहू के लिए चाहिए ? घुमा-फिराके क्यों पूछ रहा है ?" प्रभा का नाम सुनते ही अम्मा का चेहरा जैसे बुझ गया। बुरा-सा मुँह बनाकर तालियों का गुच्छा तकिए के नीचे से निकाला और उसे मेरे सामने फेंकती हुई बोलीं, "ले, तेरे सामने घर पड़ा है। दीखे तो निकाल ला। मुझे नहीं दिखाई देता ? धोती होती तो मैं अपने आप ही नहीं दे देती ? अबके महीने पर रुपए बचे, तो मँगा दूँगी। वैसे एकाध तो पास भी होगी ही।"

मैं चुप हो गया। क्या जवाब देता ? चलते-चलते मरियल से स्वर में कहा, "उसकी शादी की ही एकाध बची हो तो दे दो। कोई देखे तो क्या कहे ?"

इस बार अम्मा एकदम भड़क उठीं, "शादी का रखा है पत्थर ! तू क्या कहीं चला गया था ? कौन-सा ख़ज़ाना आया था शादी में ? और कितने जनम हो गए शादी को कि उसकी बात याद दिला रहा है ? क्यों रे, तब की सब चीज़ें अभी तक रखी ही होंगी ? मुन्नी को नहीं दिया कुछ जाते वक्त ? यह गई थी तब इसे कुछ नहीं दिया ?" लगता था अम्मा का क्रोध अपने आप ही बढ़ता चला जा रहा है। वह ज़ोर-ज़ोर से कहने लगीं, "तू अच्छा अपनी बहू से बोलने लगा, अब तो ज़रा-ज़रा-सी बातों पर छाती पर चढ़कर आएगा। तू ही तो एक अनोखा बहूवाला है, दूसरी बहू नहीं है ! यों क्यों नहीं कहता कि सिखा-पढ़ाके भेजा है। अरे, मैं उसकी नस-नस जानूँ। वह सीधी नहीं है, बड़ी घुटी रकम है। इतने दिनों स्कूल में और किया ही क्या है ? यही अपना-पराया तो सीखा है...!"

अम्मा का भाषण निर्बाध चलता रहता, तभी बाबूजी ने आकर डाँटते हुए कहा, "क्या बात है ! क्यों हल्ला मचा रही हो ! कभी यह भी सोच लिया करो कि बाहर कोई आया-गया, या मिलनेवाला ही बैठा हो। सुने तो क्या कहेगा ! एक पल को इस घर में शांति नहीं है, हमेशा वही..."

अम्मा ने उनकी बात सुने बिना, उतने ही ज़ोर से कहा, "तुम्हारा लाड़ला बहू की तरफदारी लेकर आया है। शादी का हिसाब माँग रहा है। कहता है, शादी में जो कपड़े आए हैं वे दे दो, बहू को इन कपड़ों में शरम लगती है। पूछो इससे, शादी में कौन-से कमखाब के थान आए थे ?"

बाबूजी ने जलती आँखों से मुझे देखा, और हिकारत से झिड़ककर बोले, "कमाने-धमाने को कौड़ी नहीं और बहू की तरफ़दारी को शेर ! शरम नहीं आती ! थू है इस बेहयाई पर ! दूसरा भी तो भाई है, सो बेचारा मरा जा रहा है। यहाँ पढ़ा दिया, लिखा दिया और अब दुनिया भर का फैशन करने को भी दो। यह तो नहीं कि कम से कम अपना खर्चा अलग कर ले, कुछ तो बोझा कम हो। आदमी कभी अपने आप कुछ सोच ले..." और बिना बात पूरी किए वे वापस बैठक में चले गए।

बाबूजी को नाराज़ देखकर, या यह संतोष मानकर कि जो कुछ वह कहना चाहती थीं वह काफ़ी ज़ोरदार तरीके से कहा जा चुका, अम्मा एकदम चुप हो गईं। पिटा हुआ-सा मुँह लिए मैं चुपचाप अपनी कोठरी में चला आया। मैं अम्मा के पास गया ही क्यों ! भाभी ज़रूर पहले से जानती होंगी। इन्हें भी किसी दिन समझूँगा। खुद तो कुछ कहने की हिम्मत होती नहीं है, इधर-उधर भिड़ाती रहती हैं।

तभी न जाने कैसे समय निकालकर प्रभा आ गई। आते ही बोली, "वहाँ जाकर यह सब कांड करने को तुमसे किसने कहा था ? मुझे धोती-साड़ी किसी की ज़रूरत नहीं है। मेरे पास संदूक भरा रखा है। इसलिए नहीं पहनती कि अच्छी कीमती साड़ियों को यहाँ घर के कामों में क्यों खराब करूँ ! क्या ज़रूरत थी सुबह ही सुबह वहाँ जाकर झगड़ा खड़ा करने की ? तुम कहीं कुछ करने लगो तो सब-कुछ पहन लूँगी। कड़े से कड़ा जाड़ा जब इन कपड़ों में निकाल दिया तो अब क्या मरी जा रही हूँ ? तुमसे नहीं देखा जाता तो लो अभी निकालकर पहने लेती हूँ। मैंने तो कहीं जाने के लिए रख छोड़ी हैं। लेकिन देवता, मैं हाथ जोड़ती हूँ, तुम्हारे पाँव पड़ती हूँ, वहाँ जाकर यह सब झमेला मत करो। तुम तो कह-सुनकर अलग हो जाओगे, मेरी जान वे लोग बाद में नोच खाएँगी..."

मैंने परेशानी के स्वर में अधीरता से कहा, "अच्छा प्रभा, इस वक्त चली जाओ। मैं कुछ कह-कहा दूँगा तो तुम नाराज़ हो जाओगी।"

प्रभा का गला भर आया, "मैं कभी नाराज़ हुई हूँ आज तक ?"

तभी किसी ने नीचे से जैसे सारा दम लगाकर आवाज़ लगाई, "अब कहाँ गायब हो गई ? बहू, दाल उफन-उफनकर चूल्हे में जा रही है... इसे उतारकर ही खसम से बतियाने चली जाती..."

प्रभा केले के पत्ते की तरह थर्रा उठी; और नीचे भाग गई।

मैं बैठा-बैठा भुनता रहा—कमाओ, कमाओ !... कुआँ खोदो, भाड़ झोंको, लेकिन कमा-कमाकर लाओ...। काश, मुझे कहीं कोई गड़ा हुआ खज़ाना मिल जाता तो इन सबकी नाक तक रुपया लाकर ठूँस देता; कहता—लो, चबाओ ! और बचपन की भूली हुई कल्पना फिर सिर उठाने लगी... जैसे चलते-चलते कहीं अचानक मेरा पाँव टकराया है, ईंट-पत्थर समझकर मैं पहले तो ध्यान नहीं देता, लेकिन बाद में अचानक याद आ जाने पर लौटकर देखता हूँ कि ज़मीन से बाहर निकला किसी ढक्कन का सिरा है। ज़रा-सा पाँव से मिट्टी इधर-उधर हटाता हूँ और पाता हूँ कि अरे, यह तो पीतल के भारी देग़ का ढकना है, जिसमें गिन्नियाँ या सोने-चाँदी के गहने भरे पड़े हैं। अपनी वह तसवीर भी मेरे सामने आ जाती है, जब इधर-उधर देखता हुआ मैं उसे निकालने के लिए जूझ रहा हूँ या छिपकर बैठा हुआ बेचैनी से रात का इंतज़ार कर रहा हूँ। साथ ही अपनी इस कल्पना की असंभावना पर हँसी भी आती है। पहली बात तो सड़क बनानेवालों ने ज़मीन को जाने कितना गहरा पहले ही खोद रखा होगा, और अगर यह भी मानें कि ज़मीन में गड़ा हुआ धन स्थिर नहीं रहता, चलता रहता है,

तो पुलिसवाले और बाहरवाले छोड़ेंगे ? सारा तो वे ही ले जाएँगे।

फिर अपनी इस बेवकूफी पर झुँझलाहट आती—बैठा-बैठा क्या बेकार की बातें सोच रहा हूँ ? सवाल तो यह है कि इस समय आख़िर क्या करूँ ? मान लो, झक मारकर बिना रिज़ल्ट की राह देखे कहीं नौकरी करने जाऊँ भी तो कहाँ जाऊँ ? खैर जो भी हो, जैसा भी हो, आज किस्मत आजमानी ही है। यह चलेगा नहीं।

काग़ज़ों में दबे मैट्रिक के सर्टिफ़िकेट को गोल-मोल करके मैंने जेब में रखा और दबे पाँव बाहर निकल आया। हस्ब-मामूल अम्मा किसी काम को लेकर प्रभा के ऊपर बड़बड़ा रही थीं। और कुछ काम तो है नहीं, पूजा करना और बड़बड़ाना। और मुझे निकलते देखकर पीछे से बोलीं, "अब फिर निकल दिए। खाना तो खा जाते। कब तक रखा रहेगा ? कल ही भगोना-भर दाल फिंकी है। रोज़ रोटियाँ भंगिन को देनी पड़ती हैं..."

यह घर है या भटियारखाना ! हर वक्त बस एक ही बात ! कोई एक पल को शांति से नहीं बैठ सकता। खुद तो कोई यहाँ सोचता नहीं, और अगर कुछ कहो तो लड़ाई हो। प्रभा के लिए धोती माँग ली तो ऐसा क्या बुरा कह दिया ? अभी आकर प्रभा मुझे डाँट बता गई, मुझे बुरा नहीं लगा ? लेकिन बाबूजी के शब्द भाले की तरह दिल को चीरते चले गए। एक ये अम्मा हैं। रोटियाँ भंगिन को देनी पड़ती हैं...! किसी को चैन से खाने दो तभी खाएगा या... उस दिन किरण ने अपनी सास के प्रति अवज्ञा दिखाई थी तो मुझे बुरा लगा था। आज लगा, उसने बिलकुल ठीक किया। जब ये ही ऐसी दुभाँति करती हैं तो अपने-आप मन में मैल आएगा। अम्मा के पास साड़ी-धोतियाँ सब होंगी। लेकिन नहीं, वे तो उनकी प्यारी बहू के लिए हैं। उनका पति कमाता जो है, तभी सारे दिन बच्ची को लिए घूमना और राज करना। घरभर को एक नौकरानी मिल गई है सो जानवरों की तरह काम लिए जाओ। न उसके खाने की बात सोचो, न पीने की। जब मन हो सो डाँट-फटकार लो। बेचारी निकम्मे पति की पत्नी जो है।

सड़क पर तो आ गया लेकिन खड़ा सोचता रहा। याद ही नहीं आया कि निकला कहाँ जाने के लिए था। हाँ, इतना ध्यान था, जहाँ जा रहा हूँ वहाँ कोई देख न ले। बड़ी देर माथे को उँगली से ठोक-ठोककर याद करता रहा। यह क्या हो गया है मेरे दिमाग को...?

एम्प्लॉयमेंट-एक्सचेंज की ऊँची बिल्डिंग में दूर से दो हज़ार आदमियों की भीड़ और मेले जैसा कोलाहल सुनाई दे रहा था। बिल्डिंग की सारी गैलरियाँ और दरवाज़े भरे हुए थे। आस-पास का सारा कंपाउंड आदमियों से ठुँसा था। लोग मेहँदी, लॉन क्यारियों, सब पर चढ़े पड़ रहे थे। बाहर की बाउंड्री वाली दीवार पर पंजों के बल दोहरी लाइन लगाए खड़े थे। एक-दूसरे के कंधों का सहारा लिए भीतर झाँकने की

कोशिश कर रहे थे। सबकी निगाहें इमारत की तरफ़ थीं। देखते ही अंदाज़ होता था कि या तो यहाँ कोई बड़ा नेता आया होगा और इस विषय पर भाषण दे रहा होगा कि देश की हालत किस तरह दिन-दिन सुधरती चली जा रही है। कहाँ कितने बाँध बने हैं, कहाँ कितनी नई फैक्टरियाँ चालू हुई हैं, और भारत का स्थान विश्व में किस तरह महत्त्वपूर्ण होता चला जा रहा है। फिर सोचा, कहीं यहाँ कोई दुर्घटना तो नहीं हो गई—आग लग गई हो या किसी ने किसी का खून कर दिया हो। लेकिन चौराहेवाला सिपाही शांत और निरुद्विग्न भाव से ट्रैफिक को हाथ दे रहा था। भीड़ में गहरे न जा सकने के कारण साइकिलवाले लोग साइकिलों से टिके सड़क पर खड़े-खड़े ही भीतर के समाचार जानने की कोशिश कर रहे थे। भीड़ के किनारे जाकर खड़ा ही हुआ था कि किसी ने कंधे पर हाथ रखा, "कहिए, स्वयंसेवकजी !"

चौंककर पीछे मुड़ा। तभी सुना, "माफ़ कीजिए, मुझसे गलती हो गई।"

बनियान झलकाता महीन मलमल का कुरता, पज़ामा और रूखे बालों को पीछे की ओर काढ़े गोरे से एक सज्जन थे। अपने पतले चेहरे पर क्षमा की एक मुस्कराहट लाकर बोले, "मैंने आपको देखकर कोई और समझा था।"

मैं भी मुस्करा पड़ा, "कोई बात नहीं।" फिर पूछा, "आपको पता है, यह आज यहाँ क्या हो रहा है ?" न मालूम क्यों उस व्यक्ति का चेहरा मुझे कुछ आकर्षक लगा।

"आज यहाँ शायद मज़दूरों या क्लर्कों की भरती है।" इस बार पास खड़ा टीन का काला-सा नोटिस-बोर्ड ध्यान से देखते हुए उन्होंने बताया। मैं भी झुककर देखने लगा। ऊपर से नीचे तक सैकड़ों नौकरियों के नाम लिखे थे। प्रायः सभी के आगे चॉक से क्रॉस के चिह्न लगे थे। बढ़ई के आगे लिखा था—दस बढ़ई, मज़दूरों के आगे था—पचास मज़दूर और क्लर्कों के आगे था—तीन क्लर्क। अथाह आश्चर्य से मेरा मुँह खुला रह गया—तिरसठ आदमियों की ज़रूरत है और तीन हज़ार आदमियों की भीड़ यहाँ जमा है ! दिल जैसे चमक गया।

और थोड़ी देर तमाशा देख-दाखकर मैं सिर लटकाए घर लौट आया। नहीं, इस अथाह भीड़ में मेरे लिए कोई जगह नहीं है। दिवाकर ठीक कहता था, अच्छी डिग्री जब तक न हो तब तक अच्छी नौकरी भी नहीं मिल सकती। यहाँ मैं क्या करूँगा ? इन हज़ारों लोगों में से कोई एम्प्लॉयमेंट-ऑफिसर का भानजा होगा, कोई भतीजा, पहले उनके नाम जाएँगे या मेरा ? थोड़ी दूर साथ-साथ लौटते हुए कड़वाहट से उन साहब ने कहा था—"दिन-रात गला फाड़कर चीखनेवाले इन नेताओं को शरम भी तो नहीं आती। अपने वनमानुषों-जैसे मुँह को गंभीर बना-बनाकर कहेंगे कि अब हम स्वतंत्र हैं। देश के नव-निर्माण के लिए हमें अच्छे से अच्छे इंजीनियर चाहिए, डॉक्टर चाहिए, मशीन चलानेवाले लोग चाहिए, वैज्ञानिक चाहिए। तुम्हें किसी की ज़रूरत नहीं है, तुम्हें अपने बँगलों-कोठियों की क्यारियाँ हरी-भरी रखने को माली चाहिए और गाड़ियाँ चलाने के लिए ड्राइवर चाहिए। यह चाहिए... वह चाहिए, चाहिए तुम्हें पत्थर !"

उनका गुस्सा मुझे अपना घाव सहलाता लगा। ठीक ही तो है, जिनकी इच्छा आगे पढ़ने की है, कुछ बनने की है, उनके पास न साधन हैं, न सुविधाएँ। और तुम्हें जादू के ज़ोर से बने हुए डॉक्टरों और इंजीनियरों, वैज्ञानिकों और टैक्नीशियनों–सभी की ज़रूरत है।

संसार में महान् और अकेला बनने के कैसे-कैसे मधुर सपने मैंने देखे थे, मैं लौटते हुए सोचने लगा। रात-रात भर अपनी नींद और खून से मैंने उन सपनों को सींचा था कि मैं यह बनूँगा, मैं वह बनूँगा। दयानंद से लेकर शिवाजी, रवीन्द्रनाथ, गाँधी और जवाहरलाल नेहरू तक कौन मेरा आदर्श नहीं रहा ? किन-किनके अनुसार अपने जीवन को ढालने की मैंने कोशिश नहीं की ? किन-किनकी जीवन-कथाओं ने मेरे तन-मन में रोमांच और ज्वार नहीं उठा दिए ? बाधाओं को रबर के गुब्बारों की तरह इधर-उधर फेंक देने के कैसे-कैसे जोश मेरे भीतर बुदबुदाया करते थे और शादी होने तक किस तरह मैं अपने उन्हीं सपनों के पालनों पर झूला करता था! प्रभा से न बोलकर मैं अपने को कितना प्रसन्न अनुभव करता था, जैसे मेरे मार्ग का काँटा खुद ही हट गया हो और प्रारब्ध ने महान् बनाने का रास्ता खुद ही मेरे सामने खोल दिया हो। अब बस, महान् बन जाने में देर ही कितनी रह गई है ! कितनी बेवकूफी और मूर्खता की बातें थीं वे सभी ! कितनी काल्पनिक और निराधार ! और मैं था कि अपनी वास्तविकता को भूलकर उन्हें ही सच समझा करता था।

"और उसमें भी बड़े मज़ाक की बात यह है," उन्होंने सिगरेटवाले हाथ को झटककर कहा था, "सफलता प्राप्त करने और महान् बनने के नुस्खे स्कूलों और कॉलेजों में हम लोगों के कच्चे दिमागों में इस तरह भर दिए जाते हैं, मानो उस तरह का पाठ पढ़ने के बाद लड़का पहला यह काम करे कि जाकर जवाहरलाल नेहरू बन जाए, फिर बाद में नहाए-खाए। पचास और सौ रुपए लेकर मास्टरी करनेवाले गोबर-गणेश को यह नहीं सूझता कि यही पाठ वह भी पढ़ा करता था और महान् बनते-बनते इस स्कूल में हैडमास्टर की लताड़ खाने आ मरा। ये लोग भूल जाते हैं कि वे बड़े आदमियों के बेटे थे। उन्हें खाने-रहने की चिंता नहीं थी। अपने-आप बड़े आदमी बनते।" और फिर उनके मुड़ने की जगह आ गई। "माफ़ कीजिए, अगर कोई बात गलत कह दी हो।" कहकर चले गए।

उनकी बातों पर आश्चर्य करने के साथ-साथ मुझे यह भी लग रहा था कि कहीं देखा है इन्हें। याद नहीं आ रहा था। "नहीं, कोई बात नहीं," मैंने ऊपर से जवाब दिया। उनकी बात की सच्चाई दिल को चीरती चली गई। नहीं-नहीं, मेरे लिए कोई भविष्य नहीं है, कोई जगह नहीं है। और गुस्से में आकर जेब में तह किए रखे मैट्रिक के सर्टिफ़िकेट को मैं खूब मरोड़ता-मसलता रहा।

जाने कब तक व्यर्थ ही भटकता रहा और यह बात निरंतर दिमाग में टकराती रही कि मुझे कुछ करना है... कुछ करना है... अपने लिए नहीं तो प्रभा के लिए। लेकिन घंटे पर पड़ती चोट की तरह यह बात भी घनघनाती रही कि कहीं कुछ नहीं

है; कोई अपना नहीं है...।

दोपहर बाद जब घर पहुँचा तो डाकिए से कुछ लेकर अमर घर के भीतर जा रहा था। पूछा, "किसी की चिट्ठी है, अमर ?"

अमर इस तरह चौंका जैसे सिटपिटा गया हो। हकलाकर बोला, "छोटी भाभी की है।"

"लाओ, मुझे दो।" हाथ बढ़ाकर पत्र मैंने उसके हाथ से ले लिया। मुहर देखी, प्रभा के घर की नहीं थी, साफ़ नहीं आई थी; गौर से देखने पर जोधपुर की लगती थी। आश्चर्य हुआ, जोधपुर से पत्र किसने डाला है ? लेकिन खोलने की इच्छा ज़रा भी नहीं हुई। जानता हूँ, मेरी ही जानकारी में प्रभा के न जाने कितने पत्र खोले गए थे। अमर के रुख से भी जान गया था कि पत्र आज रात को भली प्रकार सेंसर करके, यदि आवश्यकता समझी जाती तो कल दिया जाता।

पत्र लेकर मैं भीतर आया। प्रभा एक कोने में बैठी-बैठी आटा छान रही थी। मैं इस बात को देखते-देखते ऊब चुका था कि जब देखो तब या तो वह रसोई के काम में लगी है या रसोई-संबंधी ही किसी काम में उलझी। आख़िर कितना काम है चौके का कि चुकने में ही नहीं आता। इस समय तो ऐसा मन हुआ, कि दोनों बाँह पकड़कर उसे उठा दूँ और कहूँ, 'चलो, बहुत हुआ, बाकी काम कोई और कर लेगा।' लेकिन वह कोई और कौन होगा ? पपड़ाते होंठों और सूखे गले से धीरे से जाकर कहा, "यह तुम्हारा पत्र पाया है, प्रभा !"

"कहाँ से ?" वह एकदम हुलस पड़ी। मेरे हाथ से ख़त लेकर कोना पकड़े हुए ही पता पढ़ा और उमगकर बोली, "जोधपुर से आया है, रमा का होगा। बहुत दिन में आया। मैंने भी उसे लिख रखा है, लिफ़ाफ़ा नहीं था कि उसे डालती।" फिर सहसा मेरे चेहरे को देखा तो बात अधूरी छोड़ दी, "तबीयत तो ठीक है न ?"

"क्यों, मेरी तबीयत को क्या हुआ ?" मैं चलते-चलते बोला, "पहले इसे पढ़ लो, आटा पीछे छान लेना।"

पत्र मेरी ओर बढ़ाते हुए बोली, "ए सुनो, इसे ज़रा हमारे संदूक में रख दो। रात को पढ़ूँगी। लो, यह ताली है।" पल्ले से बँधी कमर में घुसी ताली को खींचती वह बोली, "अभी तो सारा काम करना है। खाना तो अभी बना भी नहीं है।" तभी उसे याद आ गया हो, इस तरह बोली, "और क्यों, आज जनाब ने खाना क्यों नहीं खाया ! हम अभी तक भूखे बैठे हैं।"

मैंने बहुत ही अधिक नरम स्वर में कहा, "भूख नहीं थी प्रभा, खा लिया था।"

"बड़ा खा लिया था।" उसने विद्रूप से दुहराया, "जैसा तुमने खा लिया था मैं खूब जानती हूँ। कम से कम यह तो सोच लेना चाहिए कि ज़रा-से गुस्से के मारे हम तो खा नहीं रहे, लेकिन दूसरा आदमी भी तो भूखा बैठा होगा।"

"तो तुमने सचमुच अभी तक नहीं खाया ?" मैंने एकदम पूछा। लगा, असफलता की सारी थकान और मन की सारी बुझन अपने-आप पिघल गई। आँखों

में नमी घुल आई।

"आपको क्या है ? आपको तो जब घूमने से फुरसते मिले तो पूछ लीजिए।" वह नाराज़ होकर आटा छानने लगी। मन पुलकने लगा। हज़ारों प्रश्न मन में घुमड़ने लगे—जब मैं तुमसे नहीं बोलता था तब भी इसी तरह भूखी रहती थी क्या ? गला साफ़ करके इतना ही कहा, "लाओ, अब दे दो।" सुबह अपने कहे हुए शब्दों पर खुद ही गुस्सा आने लगा।

"अब बासी खाओगे ?" वह जल्दी मचाती हुई-सी बोली, "अभी आधे घंटे में ताज़ा बनाए देती हूँ। और देखो, मेरे संदूक में ज्यादा उलट-पुलट मत करना।"

मैं ऊपर आ गया। कोठरी में उसका संदूक एक ओर रखा था। खोला और लापरवाही से पत्र डाल दिया। फिर उसकी बात का ध्यान हुआ और मन को रोकते-रोकते इच्छा ज़ोर मारने लगी कि देखूँ तो सही, संदूक में रखा क्या-क्या है ? देखा, रेशमी और सूती चार-पाँच साड़ियाँ, ब्लाउज़ और काग़ज़ के तथा दूसरे डिब्बे-डिब्बियों में जाने क्या-क्या रखा था। कपड़े सचमुच अच्छे किस्म के थे और घर का ऐसा काम करते हुए रोज़मर्रा के पहनने के लायक नहीं थे। सबसे अधिक जिस चीज़ ने मेरा ध्यान खींचा वे थीं दो-तीन पुस्तकें। 'माया' की वही प्रति अभी भी रखी थी। पुस्तकें उसके किसी संबंधी ने दी थीं। महान् महिलाओं के जीवन-चरित्र पर एक ही पुस्तक और एक गाँधीजी की आत्मकथा, एक नवयुवतियों के जानने के लायक बातों पर कोई किताब और प्रेमचंद की 'रंगभूमि'। सब पर भेंट के साथ-साथ उसके अपने हाथों से भी एक कोने में लिखा था—'प्रभा'। 'रंगभूमि' के पन्नों में झाँकते काग़ज़ का एक सिरा दिखाई दे रहा था। खींचकर बाहर निकाला तो देखा किसी का पत्र था। सबसे पहले नीचे भेजनेवाले का नाम पढ़ा तो चौंक गया। वहाँ प्रभा का ही नाम था। प्रभा का पत्र वहाँ क्यों रखा है ? काग़ज़ खोलकर अच्छी तरह देखा। अक्षरों की बनावट सुस्पष्ट थी, लेकिन पत्र बड़ी जल्दी में लिखा गया था, वर्ष-भर में पहली बार मैं अपनी पत्नी के हाथ की लिखाई पढ़ रहा था और वह भी उस पत्र की जो किसी दूसरे के नाम था। गर्व भी महसूस हुआ कि मेरी पत्नी की लिखाई सैकड़ों से अच्छी है। कहीं चोरी पकड़ी न जाए, इसलिए जल्दी-जल्दी पत्र पढ़ने लगा।

और वह पत्र जाने कब तक अक्षर-अक्षर मेरे मन में गूँजता रहा। लगता, जैसे मैं पढ़कर उसे दुहरा नहीं रहा, बल्कि खुद वही रात के अँधेरे में लेटी-लेटी मुझे अपने मन को खोलकर बता रही हो। थोड़े दिनों बाद तो मुझे यह विश्वास ही नहीं रह गया कि सचमुच मैंने इतना पत्र पढ़ा था; फिर तो ऐसा लगने लगा कि पत्र तो छोटा था, उसे मेरे मन की कल्पनाओं ने खींच-तानकर बढ़ा लिया है। हाँ, इतना ज़रूर याद है कि पत्र कई किस्तों में लिखा गया था, क्योंकि लिखाई कई बार टूट-टाटकर नई हुई। बहुत दिन बाद तक पत्र का जो विस्तारपूर्ण रूप मुझे याद रहा, वह शायद यों है—

"प्रिय रमा,

"जब तुम्हारा पत्र मिला तब मैं अम्मा के पास ही थी और शायद अम्मा के पास

जब वापस पहुँचूँगी तभी इसका जवाब तुम्हें मिलेगा। तुम मेरी व्यस्तता को बहाना समझोगी, लेकिन तुम्हें कैसे समझाऊँ कि आजकल दम मारने की फुरसत नहीं पा रही हूँ। रोज़ सुबह शाम पर टालती हूँ लेकिन समय नहीं मिल पाता, कसम से कहती हूँ। सुबह से शाम तक का कार्यक्रम गिना दूँ ?

"मैं जानती हूँ तुम खूब रूठ रही होगी, खूब बुरा मान रही होगी, और सोच ही रही होगी कि जैसे नाराज़ होकर स्कूल के पीछेवाले अनार के पेड़ के पास मुँह फुलाकर बैठ जाती थी और मैं मनाने चली आती थी, उसी तरह अब भी मनाने आ जाऊँगी। लेकिन मैं कैसे बताऊँ तुम्हें रमा मेरी, कि मैं नहीं आ सकती, नहीं आ सकती। चाहूँ तब भी नहीं आ सकती। काश ! तुम्हीं यहाँ आकर स्कूल की सबसे 'कटखनी' और 'शेरनी' लड़की को देख लेतीं। तुम्हीं तो मुझे सरकस में नौकरी करने को कहा करती थीं। अब मैं अनुभव करती हूँ कि हमारा चाहना कितना झूठा होता है। हम लोग न जाने क्या-क्या चाहा करते हैं ! कोई सीमा होती है हमारे चाहने की ? संसार की हर अच्छी चीज़ को चाहने की स्कूल के दिनों की कल्पना, वे भावुकता-भरे सपने...। रमा, उस समय हमें कोई क्यों नहीं रोकता कि यह सब झूठ है ? किसी भी लड़की की शादी होती, और मैं जाकर उसके पति को देखती तो सोचा करती थी कि हिश्, मेरा पति ऐसा थोड़े ही होगा। मेरा पति तो प्रोफेसर होगा, कहीं अफसर होगा, किसी बड़ी कंपनी का मैनेजर होगा। हम और 'वह' बस दो ही प्राणी होंगे, ये किल-बिल, किल-बिल, सास, देवर, भाभी-भतीजे, कुछ नहीं होंगे। खूब लंबी-चौड़ी एकदम नए ढंग की कोठी होगी। जहाँ भी कोई फर्नीचर अच्छा लगता उसे अपनी कल्पना की कोठी में सजा लेती, रंग-रोगन, पॉलिश, परदे, चारों तरफ सदाबहार मेहँदी की लाइनों में कहीं लॉन लगे होते, कहीं टैनिस या बैडमिंटन-कोर्ट होता। तीन-चार नौकर। सुबह ये मुझे बड़े प्रेम से उठाएँगे, मेरी देर से सोने की आदत को बुरा-भला कहेंगे, चाय पीते-पीते, हँसते-हँसते अखबार पढ़ते-पढ़ते सारा समय निकल जाएगा। इनके दफ्तर जाने के बाद बड़ी मुश्किल से मेरा समय कट पाया करेगा। किसी पड़ोसिन के यहाँ चली जाया करूँगी या उसे बुला लिया करूँगी। फिर शाम को हम रोज किसी सिनेमा या किसी दोस्त के यहाँ जाया करेंगे... ऐसी ही और भी जाने क्या-क्या बातें थीं जिनमें डूबी रहती थी। अब तो सब याद भी नहीं आतीं...

"लेकिन रमा, कल्पनाएँ ही सच हो जाया करतीं तो फिर कहना ही क्या है ! हमारी हर हँसी पर भाग्य दाँत पीसता है। हम रोते हैं तो वह खिलखिलाता है। वह जानता है कि कठपुतलियों की तरह उछल-कूद हम चाहे जितना लें, डोरियाँ तो उन्हीं हाथों में हैं जो दया-माया नहीं जानते। कविता में बोलूँ तो कहूँगी कि उन सभी बचपने के सपनों के दीये आज यथार्थ के विषैले धुएँ में घुट-घुटकर बुझ गए हैं और तड़फड़ाते धुओं के भयंकर साँप इधर-उधर से मँडरा रहे हैं। साँपों से पहले भले ही डरा करती होऊँ, अब तो रमा, डर भी नहीं लगता। चाहती हूँ कोई मुझे डस ले। नई-नई मुसीबतों की सूरतें देखकर अब तो सिहरन तक नहीं होती। लगता है हृदय जमकर पत्थर हो

गया है। और रमा, अगर यह नहीं होता तो बताओ, कैसे बची रहती ? अब तक या तो विष खा लेती या कुएँ मैं कूद मरती।

"देखो न, अपनी ही अपनी बातें लिखती जा रही हूँ। यह भी नहीं सोच रही कि तुम ऊब रही होगी। लेकिन अपना भी मैंने लिखा क्या है ? मैं जानती हूँ कि अगर अपना ज़रा लिखूँगी भी तो यह पत्र तुम तक नहीं पहुँच पाएगा। इससे ज़्यादा नहीं लिख सकती। मैं प्रार्थना करती हूँ कि इससे ज़्यादा पूछना भी मत। तुमसे मिलने को, तुमसे मिलकर रोने को, तुम्हारी गोद में लेटकर अपने दिल की सारी बातें कह डालने को कितनी-कितनी तबीयत करती है, कैसे बताऊँ ? देखें, अब ईश्वर कब मिलाता है।

सदैव तुम्हारी ही—प्रभा"

पत्र समाप्त हो गया और उसे कितनी देर हाथ में लिए खड़ा रहा, मुझे नहीं मालूम। पता तब लगा, जब अचानक हाथ की पकड़ ढीली हो जाने से वह नीचे गिर पड़ा। चौंककर उसे यथास्थान रखा। संदूक बंद किया तो लगा जैसे किसी ज़िंदा जीव को मारकर गाड़ रहा हूँ। भर आई आँखें पोंछी। प्रभा, मेरी प्रभा, तुम नहीं जानतीं, यही स्वप्न तो मेरे भी हैं... यही सब तो मैं भी सोचा करता था। अगर अपने होनेवाले पति के बारे में तुम तरह-तरह की कल्पनाएँ किया करती थीं तो क्या मैंने रात-रात जागकर अपनी नींदें नहीं खराब कीं कि अपने भविष्य को मैं कैसा बनाऊँगा ? तुम्हारे सपने घुट-घुटकर मर गए तो मेरा भविष्य भी क्या गिरकर चकनाचूर नहीं हो गया ? लेकिन मैं किसे कोसूँ ? तुम तो रमा को लिख दोगी, भाग्य को कोसोगी और भीतर ही भीतर घुलोगी, चुप रहोगी, लेकिन मैं भी यही करूँगा तो कैसे होगा ? कैसे होगा ?

मगर फिर भी मुझे जाने क्यों लगता रहा कि मेरी आत्मा पर एक हत्या का पाप लदा है, काँतर की तरह पंजे गड़ाए कुछ चिपका है। चौखट के सहारे खड़ा-खड़ा बड़ी देर मैं अपना माथा किवाड़ों पर ठोकता रहा। धीरे-धीरे सामने ऊँचे-ऊँचे मकानों के पीछे सूरज का बड़ा-सा गोला उतरता जा रहा था। शहर का कोलाहल खूब बढ़ गया था और दो-चार पतंगें आसमान में मँडरा रही थीं, कौवे लाइन बनाकर सूरज की ओर चले जा रहे थे।

उस रात मैंने प्रभा से पूछा, "अच्छा प्रभा, तुम बताओ, तुम क्या चाहती हो ? ईमानदारी से बताना, मुझे बहकाने की कोशिश न करना, मैं आगे भी पढ़ूँ या नौकरी कर लूँ ?" और मुझे उस अनजाने व्यक्ति का स्मरण हो आया।

प्रभा ने गहरी साँस ली, "मैं जो कुछ चाहती हूँ, वही सब कैसे हो सकता है ? अपनी स्थिति भी तो देखनी होती है। लेकिन मेरे मन से पूछो, तो मैं चाहती हूँ कि तुम खूब पढ़ो। कम-से-कम एम.ए. तो कर लो।"

"फिर ?" मैंने उत्सुकता से अगले विचार जानने चाहे। शायद वह पत्र की भाषा दोहराए।

"फिर क्या ? तब कहीं प्रोफेसर हो जाना, कोई अच्छी-सी नौकरी कर लेना।"

"लेकिन तब तक घर का क्या होगा ? तुम्हें विश्वास है कि एम.ए. पास करने

तक इस चख-चख में मैं जिंदा बचा रहूँगा।''

''लेकिन अभी ही तुम्हें कौन-सी ऐसी नौकरी मिल जानी है कि घरवालों के दलिद्दर दूर कर दो।'' प्रभा बोली। उसका मुँह झलझला आया, ''और मुझे तो दोष देना मत, जो तुम्हारे जी में आए सो करो।''

''दोष देने की बात नहीं प्रभा, मैं क्या खुद नहीं जानता कि बिना डिग्री, अच्छी नौकरी पाना कितना मुश्किल है। एम.ए. तो मुझे किसी न किसी हालत में करनी ही है। चाहे नौकरी के साथ-साथ कुछ और भी क्यों न करना पड़े। हाँ, थोड़ा कष्ट ज़रूर हम लोगों को सहना पड़ेगा।''

''कष्ट को अब कौन से गलीचों पर पड़े-पड़े सुख भोग रहे हैं !'' तमककर उसने कहा, ''थोड़ा और सही...''

''सच प्रभा, मैं सब कर लूँगा, तुम मुझे हिम्मत बँधाती चलो। मैं दुनिया के सब काम कर लूँगा। ज़िंदगी में बड़ा अकेला रहा हूँ, बड़ा निराशावादी रहा हूँ। कभी किसी ने प्रोत्साहन और प्यार का एक शब्द नहीं बोला। अगर तुम मेरी शक्ति और प्रेरणा बन सको तो मैं अपने और तुम्हारे सारे सपने साकार कर लूँगा।'' भावुकता के आवेश से मेरी आँखों में आँसू भर आए।

''मैंने तो कभी भी नहीं सोचा था कि तुम्हारे पैरों की बेड़ी बनकर आऊँगी। जब भी तुम पाओ कि मैं तुम्हे पीछे घसीट रही हूँ तो निर्मम होकर रास्ते की बाधा की तरह मुझे छोड़कर अपने को अलग कर लेना। मेरी चीख-पुकारों पर ध्यान मत देना।'' बाहर से झाँकती चाँदनी में उसके गालों पर आँसुओं की धारियाँ चमकने लगीं।

मैंने अब ज़रा व्यावहारिक होकर कहा, ''तो प्रभा, हमारा सबसे पहला निश्चय यही है कि इस घर से हम कोई चीज़ नहीं लेंगे, कोई भी चीज़। कल मैं और भी ज़ोर से नौकरी तलाश करूँगा। धोती माँगी थी तो आज अम्मा और बाबूजी की बातें सुनीं।''

''हुँह, छोड़ो। वे बेचारे भी क्या करें !'' प्रभा ने बात टाल दी।

''वाह, करें कैसे नहीं ! भाभी के लिए कैसे निकल आती हैं !'' मुझे गुस्सा आ गया, ''इसीलिए तो न कि भाभी के पति के बल पर सारा घर चलता है। लेकिन इस बात को भी तो साफ नहीं कहते। सारे बेटों के प्रति समान भाव की बात फिर क्यों की जाती है ! खैर जी, हमें तो अब कुछ लेना ही नहीं है।''

''लेने को अब कौन-सा मिल जाता है ? माँगने पर तो मिलता नहीं है, वैसे तो...''

''सच कहूँ प्रभा, आज मैं बहुत ही निराश हो गया था। अगर तू नहीं होती तो पता नहीं घर आता भी या नहीं।'' आवेश में मैंने कहा। उसके सारे शरीर को बाँहों में भींच लिया। मुग्ध-मयूरी से उसके खुले नयनों के आकाश में विभोर-खुमारी के बादल घिर आए, और मेरी थकान और निराशाएँ प्यार की शीतल फुहारों में हुलसने लगीं।

चार

एम्प्लॉयमेंट-एक्सचेंज के बाहर जिन सज्जन से भेंट हुई थी, उनकी बात मैंने प्रभा को भी बताई। उनकी कहीं हुई बातें लगातार मेरे दिमाग में कौंधती रहीं। मुझे उनके बात करने का ढंग, आत्मविश्वास-भरा लहज़ा और क्षोभ, सभी कुछ तब इतने अच्छे लगे थे कि मन ही मन मैं अफ़सोस करने लगा—उनसे जान-पहचान क्यों नहीं कर ली ? शायद इसलिए कि मेरे दर्द को उनके शब्दों का सहारा मिला था। लेकिन उनसे फिर दुबारा, इतनी जल्दी भेंट हो जाएगी, यह उस समय नहीं सोचा था। यों आँखें उन्हें आते-जाते खोज निकालने को बेचैन रहती ही थीं।

मुझे देखते ही दिवाकर बोला, "इसे कहते हैं बड़ी उम्रवाला शैतान ! यानी जो याद करते ही आ टपके, उसे अंग्रेज़ी में शैतान कहते हैं और भारत में उसे बड़ी उम्रवाला समझा जाता है। तुम अपने-आपको किस कठघरे में रखना पसंद करोगे ?"

फीकी मुस्कान के साथ बैठक में प्रवेश करते हुए मैंने कहा, "जिसमें तुम्हारी इच्छा हो।" लेकिन आरामकुर्सी पर बैठे एक दूसरे सज्जन को देखकर मैं सकुचा गया। अपने आधे शरीर को उन्होंने सामने लंबा-चौड़ा अखबार तानकर छिपा रखा था। मैंने हाथ के इशारे से पूछा—कौन हैं ?

"सुनिए, अखबार तो यहीं रहेगा न। आइए, अपने दोस्त से आपका परिचय कराएँ।" दिवाकर ने उनका अखबार पकड़कर खींचते हुए कहा। नए व्यक्ति के आने पर भी यों लीन होकर अखबार पढ़ते रहना मुझे उनकी असभ्यता लगी।

अखबार हटते ही जब एक क्लीन-शेव्ड सूरत बाहर आई तो मैं चौंककर उछल-सा पड़ा, "अरे, आप ?"

उन्होंने निहायत इत्मीनान से अखबार एक तरफ समेटकर रखते हुए कहा, "जी, मैं वही हूँ। दिवाकर आपकी इतनी बातें करता रहता है कि उस दिन देखते ही लगा, कहीं आप ही न हों। इरादा था कि यह परिचय करवाए, उससे पहले खुद ही परिचय कर लूँ। उस दिन कैंट से आ रहा था तो लगा शायद आप ही हैं।"

"सचमुच, मैं तो बाद में अफसोस करता रहा कि आपसे परिचय क्यों नहीं किया। उस दिन आपकी बातों ने मुझे इतना ज़्यादा..." मेरे भीतर कृतज्ञता-जैसा कुछ उमड़ने लगा था, उसे रोककर मैं बोला। अगली बात वहीं तोड़ दी।

दिवाकर ने निराशा से दोनों हाथों को झटका, "अब क्या परिचय कराएँ ? आप

लोग पहले कहाँ मिल लिए, भाई ? अच्छा ख़ैर, समर, मैं इन्हीं के बारे में बता रहा था। ये ही हमारे शिरीष भाईसाहब हैं। ये कह तो रहे थे कि शायद तुम्हें कहीं देखा है या मिल आए हैं, लेकिन मैंने बताया कि उसका तो दो-तीन दिन से कोई पता ही नहीं है। पुलिस खोजती फिर रही है।''

उसके मज़ाक की तरफ़ ध्यान न देकर मैंने कृतज्ञता से कहा, ''अगर मुझे तब पता होता कि आप ही शिरीष भाईसाहब हैं तो...''

बात को बीच में काटकर वे बोले, ''तो क्या मारने-पीटने का इरादा था ?'' और वे खिलखिलाकर हँस पड़े। ''अच्छा ख़ैर, ये सारी बातें छोड़िए, और आराम से बैठिए। मुझे यहाँ आए दो-तीन दिन हो गए। आया हूँ तभी से तुम्हारी राह देख रहा हूँ।''

''मुझे तो ऐसे ही एक ज़रूरी काम में फँस जाना पड़ा,'' मैंने माफी माँगने के लहज़े में कहा। फिर पूछा, ''आप यहाँ किसी काम से या...?''

''हाँ, काम से ही समझिए। यों बहन को लाया था।'' उन्होंने दिवाकर की ओर देखा। वे तहमद और बनियान पहने थे, कंधे पर तौलिया था। शायद नहाने जाने को थे।

''माताजी से मिलाने लाए होंगे ?'' मैंने बिना किसी विशेष उद्देश्य के पूछा।

''नहीं, मिलाने तो नहीं लाया।'' इस बार वे सुस्त होकर अपने में खो गए, ''पर हाँ, मिलाने ही समझिए... क्यों दिवाकर, तुमने नहीं बताया इन्हें ? भई समर साहब, बात कुछ यों है कि हमारी बहन को पहले हिस्टीरिया के दौरे आते थे, फिर अचानक वह एकदम पागलों जैसी हरकत करने लगी—कहें, उन दौरों का समय बढ़ता चला गया। डॉक्टर ने बताया कि जल्दी से जल्दी किसी मेंटल-हॉस्पिटल में दाखिल न किया गया तो केस काफी खराब हो जाएगा। परसों उसे भर्ती करके आए हैं।''

''तुम होते तो तुम्हें भी छोड़ आते।'' बीच में दिवाकर ने कहा।

मुझे उस पर झुँझलाहट आने लगी। इतनी गंभीर बात में भी उसे मज़ाक ही सूझ रहा है। फिर और भी ध्यान से उसकी तरफ मुखातिब होकर कहा, ''हिस्टीरिया के दौरे क्यों आने लगे, इसके बारे में डॉक्टरों ने कुछ नहीं बताया ?''

''इसके बारे में डॉक्टर क्या बताएँगे ?'' शिरीष बोले, ''यह तो हमेशा ही मानसिक परेशानियों, बहुत अधिक चिंताओं और नर्वस दबाव से आने लगते हैं। यों डॉक्टर के पास जाओ तो कुछ न कुछ बताएगा ही, लेकिन असली कारण हम जानते हैं।'' वे कुछ देर चुप रहकर चिंतित भाव से अपने पंजों की उँगलियाँ आपस में फँसाकर उन्हें चटखाते रहे। फिर अपने-आपसे बोले, ''और सोचा जाए तो बात दरअसल कोई खास नई भी नहीं है, लेकिन उसकी समझ में आती ही नहीं। क्या किया जाए ? गलती हमारे घरवालों की ही थी। उसकी शादी कर दी छोटी-सी उम्र में। मुश्किल से तब वह होगी ग्यारह-बारह साल की। पतिदेव उस समय पढ़ रहे थे। अब उन्होंने पढ़ाई पूरी की तो अचानक इलहाम हुआ कि पत्नी अशिक्षित है और उसके साथ उनका निभाव नहीं हो सकता। सो तब से एक तरह से छोड़ ही रखा है। मैं

अपने साथ ही रखता था, सो दिन-रात पीछे लग-लगाकर मैट्रिक तो करा दिया। लेकिन कम्बख्त सोचती इतना है कि कुछ न पूछिए। अगर यह रोग नहीं लगा लेती तो इस साल इंटर कर लेती। मैं उसे लाख समझाता हूँ कि तुझे फिक्र क्या है ? किसी की सुनती ही नहीं। रात को सोते-सोते बर्राने लगती है।'' बात कहते-कहते बहन के दुख से उनका गला भर्रा आया। वे मुँह मोड़कर अखबार के पन्ने ठीक से लगाने लगे।

''हुँह...'' मैंने गंभीरता से कहा। मुझे लगा जैसे वह मुन्नी की बात बता रहे हों। कुछ देर बाद पूछा, ''तब तो आपको हर बार यहाँ आना पड़ेगा ?''

''जी हाँ, महीने में दो-तीन बार तो आना ही पड़ेगा। बड़ी परेशानी है।'' वे निहायत ही थके स्वर में बोले, ''मैं तो राह देख रहा हूँ कि हिंदू कोड-बिल पास करके या वैसे ही ये नेता लोग एकाध कानून बना दें तो तलाक दिलाकर कहीं और शादी कर-करा दूँ। न सही शादी, एक बेकार का पुछल्ला तो हटेगा। लेकिन इन्हें अपने वोटों की पड़ी है। घरवाले सब तो विरोध में हैं, मगर मुझसे यो मरते नहीं देखा जाता... ।''

यों मरते हुए तो बहन को सचमुच ही नहीं देखा जा सकता, लेकिन उसका इलाज तलाक हो, यह मेरी समझ में नहीं आया। पूछा, ''आप तलाक या पिता की संपत्ति में पुत्री के भी बराबरी हिस्से के पक्ष में हैं।''

बहुत आश्वस्त और अंतिम निर्णय के स्वर में बोले, ''एकदम... ।''

''लेकिन इससे हमारे सारे समाज का ढाँचा चरमरा जाएगा,'' मैंने चिंता से कहा।

''किस समाज का, मैं समझा नहीं ?'' उन्होंने आश्चर्य से पूछा।

''हमारे हिंदू समाज का,'' मैंने साहस करके कहा, ''चारों तरफ भयानक गड़बड़ी फैल जाएगी। शादी-विवाह जैसी पवित्र चीज़ को लोग मन-बहलाव का एक साधन बना लेंगे। दो दिन पहले शादी की और फिर तलाक हो गया। गुड्डे-गुड़ियों का खेल हो जाएगा। संपत्ति के बँटवारे को लेकर या तो बहनोई और भाइयों से झगड़े होंगे या बहन और भाई लड़ेंगे। तब भाई-बहन के संबंध प्रेम के कहाँ रह जाएँगे ?'' मैंने दिवाकर की ओर देखा कि शायद वह भी मेरी तरफ से कुछ सहारा दे। इन विषयों पर हम लोग घंटों पार्कों में लड़े हैं।

''किस तरह का प्रेम ?'' इस बार उनके पूछने के ढंग से ही मैं जान गया कि वे जान-बूझकर अनजान बन रहे हैं। शायद मेरी सारी बातें समझकर उनका जवाब देने के लिए।

''इस तरह का प्रेम कि आप अपनी बहन का इलाज कराने को इतने हैरान-परेशान हैं, यहाँ लाए हैं और हर आठवें-दसवें दिन आएँगे,'' मैंने अपनी बात को ज़रा ज़ोर देकर कहा, ''क्योंकि आपके मन में उसके लिए अब दया है, प्यार है। यह कानूनी या शास्त्रीय बंधन नहीं; आपके मन की माँग है, आपकी इच्छा है। कल जब यही बहन आपसे बराबर का हिस्सा माँगेगी तो आप उसके लिए यह दया और प्यार रख पाएँगे ? तब आपके मन में न चाहते हुए भी उसके लिए एक द्वेष होगा।''

"महाशय," इतनी देर सुनने के बाद कुछ कड़े स्वर में उन्होंने कहा, "पता नहीं आप इन सबको किन निगाहों से देखते हैं। मगर मैं तो समझता हूँ कि वह युग तब भी इससे अच्छा होगा। अब आपके मन में अपनी बहन के लिए दया या प्रेम है। यह न तो कानूनी बंधन है, न बाहरी सामाजिक दबाव। आप दया भी न करें, ज़रा-से बेशर्म हो जाएँ तो वह बेचारी कुछ नहीं कर सकती। रोएगी, दो-एक आदमियों से शिकायतें करेगी और अपनी किस्मत को कोसेगी। इससे उसे आपकी इच्छा पर जीने को तो नहीं मजबूर होना पड़ेगा। द्वेष और प्यार आपकी इच्छा पर नहीं होंगे। वह आपकी कृपा के टुकड़ों पर तो नहीं जिए-मरेगी। जब दो भाइयों का संपत्ति में बराबर का हिस्सा होता है, तब उनमें लड़ाइयाँ नहीं होतीं ? क्यों दोनों अपना-अपना हिस्सा लेकर अपनी अलग-अलग ज़िंदगियाँ शुरू कर देते हैं। दूसरे भाई को हिस्सा देना कानून पर न होकर आपकी इच्छा पर ही होता, तो आपकी इच्छा होती आप उसे हिस्सा देते, न होती तो उसे राह का भिखारी बना देते।"

इस तर्क से मैं बौखला गया। इन सब पक्षों से तो मैंने इसे कभी सोचा ही नहीं था। फिर भी हिम्मत करके बोला, "खैर, जो भी हो, इतना तो मानना ही पड़ेगा कि इस तरह के नियमों से बड़ी गड़बड़ी फैल जाएगी। समाज को चलाए रखने के लिए पुराने लोगों ने बहुत सोच-समझकर जो नियम बनाए हैं वे सब उलट-पलट हो जाएँगे।"

"तो फिर ?" वे शांत भाव से बोले, "हो जाएँ, इससे क्या होता है ?"

मैं उनके इन छोटे-छोटे निरुद्विग्न भाव से किए गए प्रश्नों से डरने लगा था। खूब सचेत होकर कि कहीं कोई उलटा-सीधा जवाब न दे जाऊँ, बोला, "इससे अपने यहाँ की सती और आदर्श नारियों की उज्ज्वल परंपरा एकदम लुप्त हो जाएगी। विवाह का आधार या तो स्वार्थ रह जाएगा या वासना का आवेश...।"

"माफ कीजिए, समर भाई !" वे उसी स्वर में बोले, "मुझे दिवाकर ने बतलाया था कि आप काफी सोचने-मनन करनेवाले व्यक्ति हैं लेकिन देख रहा हूँ कि सोचना दो तरह का होता है। एक होता है हर चीज़ को तर्क और बुद्धि की कसौटी पर जाँचना और दूसरा होता है भावनाओं के आवेश में घुटना। बुरा मत मानिए, मुझे तो आप दूसरी तरह के प्राणी लगते हैं।" उन्होंने दो उँगलियों से अखबार उठाकर कहा, "आप समाज में गड़बड़ी की बात कहते हैं। ज़रा-सी आँख खोलकर देखिए न, कौन-सी व्यवस्था और सुंदरता आपको दिखाई देती है ? यह आज का अखबार है, लखनऊ जिले में पाँच हज़ार भले घरों की स्त्रियों ने तलाक के लिए प्रार्थना-पत्र दिए हैं। इन सबको एक साथ शौक चर्राया है या, आपके खयाल से ये सब वासना से उन्मत्त हो रही हैं ? दो स्त्रियाँ जलकर मर गईं, चार कुएँ में गिर गईं, आठ भाग गईं या टी.बी. से मर गईं, ये सारी बातें हम लोगों के लिए इतनी स्वाभाविक हो गई हैं कि उन्हें हम यों ही टाल देते हैं। ये कहीं भी हमें नहीं छूतीं। मुझे भी तो बताइए न, किस सुव्यवस्था की बात आप कर रहे हैं ? मैं आपके घर की बातें तो नहीं जानता, लेकिन मुझे एक घर बताइए जहाँ नारी

मजबूरियों में घुट नहीं रही। मैं शिक्षित और साहसी औरतों की बात नहीं कह रहा। वहाँ भी समस्याएँ हैं, किंतु वे दूसरी तरह की हैं।''

वे बोलते रहे और कभी मेरे सामने मुन्नी की और कभी प्रभा की तसवीरें आती रहीं। लगता था जैसे ये सारी बातें केवल उन दोनों को ही ध्यान में रखकर कही जा रही हैं, सिर्फ मेरे लिए ही कही जा रही हैं।

''मजबूरी में घुल-घुल और घुट-घुटकर मरने को भारतीय नारी की सहनशीलता का नाम दे-देकर मत पूजिए। करोड़ों व्यक्तियों के हज़ारों सालों के इतिहास से निकाले गए दो नाम, सीता और सावित्री ! मैं पूछता हूँ सीता का नाम लेते समय हमारा माथा शरम से झुक नहीं जाता ? निर्दोष नारी के कितने बड़े कलंक और कितनी अमानुषिक यातना को हम लोग झंडों पर गाड़कर पूजते हैं ?''

उनकी इस बात से मेरा मुँह तमतमा आया। मुझे लगा जैसे उन्होंने भरे-बाजार मुझे गाली दे दी हो। ''हमारे ऋषि-मुनियों के बनाए सारे धर्म-नियम आपकी निगाह में बेकार हैं ?''

''जहाँ तक उन्हें संग्रहालय या म्यूज़ियम में रखने का सवाल है, मैं मानता हूँ कि उनके लिए खूबसूरत काँच की अलमारियाँ होनी चाहिए, लेकिन अगर उन्हें आप आज के समाज के कानूनों के रूप में लादना चाहेंगे तो मैं कहूँगा कि उन्हें चूल्हे में रखकर चाय बनाइए और ज़ोर से कहकहा लगाकर खुश होइए कि आपने कंधों पर लदे और गर्दन में दाँत गड़ाते भालू को उतार फेंका।'' मेरी उत्तेजना का आनंद लेते हुए वे जेब से सिगरेट का पैकेट निकालकर माचिस खोजने लगे।

उनके द्वारा अपने लिए पेश की गई सिगरेट को मना करके मैं गौर से उनके चेहरे की तरफ देखने लगा—इनकी बहन की तरह इनका दिमाग भी तो नहीं चल गया ? वे धुएँ-भरी फूँक से जलती तीली को बुझाते रहे और मैं सोचता रहा कि उनके सिर को अगर दीवार से दे मारा जाए तो निकलता हुआ धुआँ कैसा लगे ? जबरदस्ती अपने को वश में रखकर मैंने पूछा, ''आप अपने हिंदू-धर्म को संसार का सर्वश्रेष्ठ धर्म नहीं मानते ?''

वे फिर होंठ टेढ़े करके मुस्कराए, ''देखता हूँ आप बढ़ती हुई दुनिया से काफी दूर हैं। श्रीमान् समरजी, आपकी इस संघवाली भाषा को अरब सागर के पार कोई नहीं जानता। दुनिया एटम और हाइड्रोजन बम बनाती है और आप अपनी 'गोबर-संस्कृति' को लिए रोते हैं। इस तरह की दंभ-भरी बातों से पहले आपने कभी दूसरी सभ्यताओं और संस्कृतियों को जाँचने की कोशिश की ? पुराने खँडहर और ज्ञान की पुरानी किताबें रोम और मिस्र के पास भी कम नहीं हैं। चीन की सभ्यता ने संसार को जो कुछ दिया है उसका आधा भी तो किसी और ने नहीं दिया, ईसाइयों को आप चाहे जितनी गालियाँ दें, कि वे लोगों का धर्म बदलते हैं, मगर वे ही हैं जो अनजाने लोगों के बीच लाखों मुसीबतें सहकर जाते हैं, स्कूल खोलते हैं, अस्पताल खोलते हैं, और अपनी ज़िंदगियाँ धर्म के नाम पर अर्पित कर देते हैं। आपके यहाँ विश्व के कल्याण

की बात करते-करते अगर किसी को जोश भी आ गया तो हिमालय में तपस्या करने भाग खड़ा होता है। पैसा हुआ तो साधुओं को पालने के लिए मंदिर में जागीरें लगा देता है, गरीब हुआ तो सिर घुटाकर दूध-मलाई खाने लगता है।''

''आप सिर्फ उनका एक पक्ष देख रहे हैं, शिरीष भाई !'' मैं बोला।

''एक या दो मैं नहीं जानता। मैं तो वही पक्ष देख रहा हूँ जो हमारे सामने है या जिसके आज हम सब शिकार हैं। आपके यहाँ दूध की नदियाँ बहती थीं और सोने की वर्षा होती थी, लेकिन आज आप संसार की सबसे जाहिल कौम हैं। आपका धर्म सबसे ज्यादा अवैज्ञानिक धर्म है। आदमी की बुद्धि के सारे विकास को भूलकर जो धर्म अव्यावहारिक बातों को जीवन का लक्ष्य बताता रहे, संसार के सारे ज्ञान-विज्ञान को वेदों में खोजता रहे, वह सचमुच दयनीय है। लखनऊ के इक्का चलानेवाले नवाबों का ध्यान आता है, मुझे तो ये सारी बातें सुन-सुनकर।'' और वे अपनी ही बात पर जोर से हँस पड़े।

मैंने कोशिश करके कहा, ''इन बाहरी चीज़ों पर अपने को केंद्रित करना कभी हमारा लक्ष्य ही नहीं रहा। इसलिए हमने न कभी दूसरे देशों पर हमले किए, न धर्म को संसार में फैलाने के जिहाद बोले। हमारा लक्ष्य तो हमेशा ही आध्यात्मिक शांति और उन्नति रहा।''

और इस बार सिगरेट पीना बीच में छोड़कर वे 'हो-हो' करके हँस पड़े। ''बड़ा सुंदर शब्दजाल है अपनी लाचारी छिपाने का ! इसे ही तो लोग गरीबी को पूजना कहते हैं। बाहर हमले न करने का कारण कोई दार्शनिक आधार हो ऐसा नहीं, बल्कि सचाई यह है कि आपके पास ताकत नहीं थी। वरना आपस में लड़ने और एक-दूसरे का राज्य हड़पने में आप कभी पीछे नहीं रहे। और जिन अशोक और कनिष्क के पास ताकत थी, उन्होंने बाहरवालों पर कृपा कर दी हो, ऐसा भी नहीं है।'' फिर बीच में ही अपनी बात तोड़कर बोले, ''मैं न तो पुराने इतिहास की बात करता हूँ न हवाई बातें, मैं तो सीधी बात पूछता हूँ। आज आप अपने देश के किसी भी आदमी को पकड़कर पूछिए, उसके मन में कितनी आध्यात्मिक शांति है। आध्यात्मिक शांति सिर्फ दान, ट्रस्टों और चंदे के रुपए में दूध-मलाई उड़ानेवालों में होती है।''

मेरा मन कुलबुलाने लगा—ऐसा कौन-सा सवाल पूछूँ कि इस आदमी की यह कतरनी-सी जबान बंद हो जाए। अचानक ही मैंने पूछा, ''संसार की उत्पत्ति कैसे हुई ?''

वे फिर ज़ोर-ज़ोर से हँसने लगे, ''आप तो पुराने ऋषि-मुनियों की तरह शास्त्रार्थ करने लगे। संसार की उत्पत्ति तो बड़े सीधे ढंग से हुई थी—ब्रह्मा ने सोचा मैं अकेला हूँ, मुझसे नहीं रहा जाता, अब अनेक हो जाऊँ। और उसने अपने गुणों का प्रसार कर लिया। तब प्रकृति आ गई या खुदा ने 'कुन' कहा और दुनिया हो गई। इसमें ऐसी क्या दिक्कत है ?'' फिर नाक से धुआँ निकालते हुए सिगरेट को खुले दरवाजे से बाहर फेंका और मुस्कराए, ''समरजी, मैं नहीं कहता कि आज के वैज्ञानिक संसार

की उत्पत्ति का जो भी रूप या प्रारम्भ बताते हैं वही अंतिम सत्य है, लेकिन इन सारे गपोड़ों से यह ज़्यादा सही नहीं लगता ? फिर भाई, ज्ञान का तो कभी अंत होता है ? जैसे-जैसे हम और जानेंगे, हमारी जानकारी बढ़ती जाएगी।" फिर उठकर शरीर तोड़ते हुए कहा, "हम लोग भी क्या हैं, मिलते ही दुनिया के भूत और भविष्य की चिंता ले बैठे। पहले और अब के इस उदाहरण से आपने कहीं यह तो नहीं समझ लिया कि मैं बहुत ही बातूनी आदमी हूँ ?"

"नहीं-नहीं, आपसे तो मुझे बहुत सोचने और जाँचने का मसाला मिला।" मैंने झेंपकर कहा।

"तब तो आप कच्चे हिंदू हैं। सच्चा हिंदू सोचता और जाँचता कुछ नहीं, वह तो चाहे आध्यात्मिक ज्ञान हो या रिश्वत और ब्लैक का रुपया, सबको ग्रहण करना जानता है। खैर, मेरी कोई बात आपको अगर बुरी लग गई हो तो माफ कीजिए। बहस करते समय मुझे ध्यान नहीं रहता। जो भी ठीक समझता हूँ, कह देता हूँ।"

"यही तो होना चाहिए।" मैंने कहा, "मुझे आपसे बहुत-सी चीज़ों पर बातें करनी हैं..."

"ज़रूर-ज़रूर ! अब तो आपसे अक्सर ही भेंट हुआ करेगी," शिरीष बोले, "कुछ बातें आपसे सीखूँगा ? कुछ बातों पर आप भी दुबारा सोचना पसंद करेंगे।"

"मुझसे क्या सीखना ?" मैं लजाकर संकुचित हो उठा। नीचे देखते हुए बोला, "मुझे तो सभी बातें नई लगीं, बहुत-सी बातें मालूम हुईं।"

"नहीं-नहीं। मैं तो भाई किसी भी चीज़ को पूर्ण नहीं मानता। हर चीज़ विकास करती है, इसलिए पूर्ण-ज्ञानी कोई नहीं होता। मैं तो ज्ञानी उसे कहता हूँ जिसमें जानने की इच्छा हो। जब तक यह इच्छा है तभी तक वह ज्ञानी है, इसके बाद लाइब्रेरी की किताब और उसमें कोई अंतर नहीं। आपकी और दिवाकर की परीक्षा तो हो गई न, अब आगे क्या करने की सोच रहे हैं ?" वे बड़े भाई की आत्मीयता से बोले।

"अब यही समस्या है कि आगे क्या किया जाए... ? समझ में नहीं आ रहा।" नए आदमी के सामने अपनी परेशानियाँ रोना मुझे कभी भी अच्छा नहीं लगा।

"अगर हो सके तो आगे खूब पढ़िए। आप उन्नति कर सकते हैं।" वे बोले।

इस बार मैंने पूछा, "आजकल आप क्या कर रहे हैं ?"

एक बार दिवाकर को देखकर वे कहने लगे, "मैं तो भाई, सरकारे-हिन्द में डेढ़ सौ रुपए का क्लर्क हूँ। बड़ी मुश्किल से छुट्टी मिलती है। सो शनिवार को आया करूँगा और रविवार को चला जाया करूँगा। यही सोचता हूँ।" मुझे उठते हुए देखकर वे बोले, "इस बार जब आऊँगा तो आपसे ज़रूर मुलाकात करूँगा। आज तो जा रहा हूँ शाम को।"

"आपसे मिलकर सचमुच बड़ा अच्छा लगा।" अपने से ज़्यादा जाननेवाले वही पहले व्यक्ति थे, जिसने इतनी आत्मीयता से मुझसे बातें की थीं। मैं गद्‌गद हो आया।

मेरी बात से उनके चेहरे पर स्नेह उमड़ आया। हाथ मिलाकर मैं बाहर आ गया।

दिवाकर अभी तक चुपचाप इस तरह कभी मुझे और कभी उन्हें देख रहा था, जैसे दो पहलवानों को देख रहा हो। उसकी हर दृष्टि से लगता था जैसे बताना चाहता हो, देखा, हमारे भाईसाहब को ! मैंने कहा, "ज़रा बाहर आओ, एक ज़रूरी काम है।"

वह नीचे आ गया। सड़क पर आकर मैंने भारी स्वर में कहा, "यार, हमें कहीं नौकरी दिलाओ न, सच बड़ी परेशानी है। वरना सारा पढ़ना-पढ़ाना रखा रह जाएगा और ज़िंदगी क्लर्की करते-करते बीत जाएगी। कुछ दिन तुम्हारे साथ और रह लें।"

मेरे स्वर के अनुनय से या पता नहीं क्यों, वह तपाक से बोला, "अच्छा, तुमने पहले क्यों नहीं बताया ? मैं आज ही बाबूजी से कहूँगा। और भी एकाध जगह ज़िक्र करूँगा।"

"हाँ यार, ज़रा काम ऐसा हो कि पढ़ने-लिखने को भी थोड़ा समय मिल सके और अपना काम भी चलता रहे। बहुत सीरियसली तलाश करनी है।" मैं कातर हो आया।

"अच्छी बात है। तुम चिंता मत करो।"

उससे विदा लेकर जब आया तो दिमाग में जैसे कोई बड़ी भारी मथानी चल रही थी। शिरीष के उत्तरों ने मुझे इतना बेचैन नहीं किया था, जितना इस बात ने कि कैसी आसानी से हर बात का जवाब उनके पास तैयार रहता है। सचमुच, आज तो बहुत-सी नई बातें जानी हैं।

पाँच

दोनों कानों में उँगलियों ठूँसकर मैं बाहर चला आया, ताकि पीछे से आता एक शब्द भी कानों में न पड़े।

साँझ हो रही थी और गाय-भैंसों का झुंड सारी सड़क के रिक्शा-ताँगों को एक ओर समेट; धूल उड़ाता, गोबर फैलाता लौट रहा था। मंदिर या संघ में जाने का तो अब कभी ख्याल ही नहीं आता, जैसे उन सारी चीज़ों से बहुत-बहुत दूर चला आया हूँ। या जिस व्यक्ति का उन सबसे संबंध था वह कोई दूसरा आदमी था। मैं नहीं था। सब मुझे बेकार और समय की बरबादी लगते थे। साथ ही लगता था कि आज के समय में लोग कैसे इतना वक्त बरबाद कर लेते हैं।

अपने उसी पार्क में आकर चुपचाप पड़ गया। यहीं तो विवाह के पहले दिनों में आकर लेटा करता था। दिन छिपने में अभी काफी देर थी और लोग पतली-पतली सड़कों और पगडंडियों पर इधर से उधर टहलने आ-जा रहे थे। उनका चलना और हँसना देखकर लगता था मानो इन्हें कोई चिंता ही नहीं है। आया खिलखिलाते बच्चों को गाड़ियों में घुमाने ले जा रही थी। कभी-कभी कोई युवक और युवती आपस में घुलमिल और हँस-हँसकर बातें करते चले जाते तो पास के लॉन में निर्निमेष खुली आँखों से उन्हें देखता मैं मन ही मन दाँत किटकिटाया करता, 'साले कैसे निकल आए हैं, जैसे इन्हें खाने-पीने की कोई चिंता न हो। बाप कमाकर रख गया होगा। घर में दोनों वक्त चख-चख होती होगी, लेकिन घूमने इस तरह चले आए हैं जैसे सिनेमा देखने निकले हों। उल्लू के पट्ठे, इन लोगों को कोई काम नहीं रह गया और...' और अपनी इस विचित्र कुढ़ैली आदत पर क्रोध भी आया और हँसी भी। मुझे हो क्या गया है यह ? दूसरे की हँसी-खुशी भी नहीं देख सकता ? लेकिन मैं जैसे अफ़ीम के नशे में निस्पंद और निश्चेष्ट पड़ा-पड़ा इधर-उधर देखता रहा, मानो, असहाय और बीमार पड़ा हूँ और उठा नहीं जा रहा। अधखुली आँखों से चारों ओर देखता रहा...वे लड़के क्रिकेट खेल रहे हैं। वे दो लड़के साइकिल पर लदे चले आ रहे हैं।... वह आदमी झूम-झूमकर किताब पढ़ रहा है... वे चार लड़कियाँ चोटियाँ झुलाती चहलक़दमी कर रही हैं। वह लड़का पिल्ले के पीछे भाग रहा है। लो, फिर यह एक जोड़ा आया... लगता था जैसे किसी दूसरे लोक से सब-कुछ देख-सुन रहा हूँ। बस, घर से आती आवाज़ें मानो यहाँ तक पीछा करती चली आ रही थीं... उफ, वह घर है ? कीड़े

कुलबुलाता नरक है, नरक !

"रोटियों में आज घी क्यों नहीं लगा रहीं, भाभी ?" थाली परोसकर जैसे ही प्रभा ने अमर के सामने सरकाई, अमर रोटियों की सूरत देखते ही तुनक उठा।

"घी खत्म हो गया, लालाजी !" प्रभा ने मुलायम स्वर में बताया।

"अभी कल-परसों ही तो सेर-भर लाया था, खत्म भी हो गया ?" उसने तेज़ होकर पूछा।

"था ही कितना ?" प्रभा काम में लगी रही, इसलिए बिना ध्यान दिए ही बोली, "अब तुम देख ही रहे हो। घर में ही काम आ रहा है।"

अमर को यह शायद अपनी उपेक्षा लगी। उसने उद्धत भाव से कही, "यों क्यों नहीं कहतीं कि सारा अपने खसम को चटा दिया ? घर का नाम क्यों लेती हो ? हमें दीखता नहीं है, घर में किसी को मिले या न मिले, लेकिन समर भैया की दाल में खूब घी डाला जाएगा, रोटियाँ खूब चुपड़ी जाएँगी। बस हमारे लिए..."

"क्या है, अमर ?" मैं चीख पड़ा। उसे यह नहीं मालूम था कि मैं पौली में बैठा-बैठा जूतों पर पॉलिश कर रहा हूँ। मैं चिनगारी निकालती आँखों से उसे यों ही घूरता हुआ, एक हाथ में ब्रश और एक हाथ में जूता लिए रसोई में आ खड़ा हुआ।

मुझे देखते ही वह सकपकाकर चुप हो गया, रोटी के बहुत छोटे-छोटे कौर चुगने लगा।

वह बैठा था। मैंने एक ज़ोर की लात उसकी पीठ पर मारी और कहा, "बेशर्म, बात करने की तमीज़ नहीं है ? लगाम मुँह में है ही नहीं ? जो जी में आया सो बक दिया ? मैट्रिक में पढ़ते हैं ये !"

पिटकर एक बार उसने मेरी ओर देखा और थाली फेंककर एकदम भन्नाया हुआ हनहनाता बाहर भाग गया। वहाँ गला फाड़-फाड़कर रोने लगा।

प्रभा ने रोटियाँ बनाना छोड़ झटके से गरदन मोड़कर मुझे घूरा, "तुम कहाँ बैठे-बैठे सारी बातें सुनते रहते हो ? बड़े आए हिमायत लेनेवाले ? जाओ यहाँ से बाहर। जूता लिए चौके में चले आए..."

मैंने गला फाड़कर कहा, "चुप रहो ! ये इतना बड़ा हो गया, इसे बात करने का कायदा नहीं आता।"

तभी सारा दम लगाकर अम्मा वहीं अपनी चारपाई से चीखीं, "क्यों रे समर के बच्चे, इधर तो आ ज़रा ! बस तेरी ही वह बहू लगती है, किसी और की कुछ नहीं लगती ?"

जूता पौली में फेंका और मैं धड़धड़ाता हुआ अम्मा के सामने जा पहुँचा। दूसरी ओर खड़ा-खड़ा अमर रो रहा था।

"क्यों रे, खाना खाते हुए इसे क्यों मारा तूने ?" माला का अंतिम बाना आँखों से लगाकर अम्मा बोलीं, "तेरा हाथ बहुत उठ गया है ! तेरे मन में क्या है बाबा,

तू हमें साफ-साफ क्यों नहीं बता देता ?''

''हाथ उठाने की क्या बात है ?'' मैंने भी खूब गला फाड़कर कहा, ''यह अपने से बड़ों से कायदे से नहीं बोल सकता ?''

''मैंने क्या बदतमीजी से बात कही, बताना तो ?'' अमर उद्दंडता और हेकड़ी से बोला, ''इतना ही तो पूछा था कि परसों ही तो सेर-भर घी लाया था, इतनी जल्दी कैसे खत्म हो गया ?''

''सामने ही सामने झूठ बोलता है ! अम्मा की शेखी में बहुत ज़्यादा मत रहना, अमर ! अभी तो मैं गया भी नहीं हूँ।'' मैं एक हाथ में ब्रश लेकर उस पर झपटा।

''खबरदार जो लड़के पर हाथ उठाया !'' अम्मा ने गरजकर डाँटा, ''अभी तो मैं जिंदा हूँ। देखती हूँ, मेरे रहते कैसे उसकी तरफ टेढ़ी नज़र से देखता है ! अब तो तुझे हम सब दुश्मन लगते ही होंगे। हम तो तेरे इन लक्खनों को पहले ही जानते थे। देखो कोई, उस काले सिरवाली के लिए भाई पर हाथ उठा रहा है। अरे मैं पूछती हूँ, तुझे शरम नहीं आ रही जो तू उसे शरम की सीख दे रहा है ? किस मुँह से यह सब कह रहा है ? अच्छा तू बोलने लगा अपनी फूलंदे रानी से, तूने तो सारा आसमान सिर पर उठा लिया। रोज़ एक न एक उपद्रव, रोज़ एक न एक ऊधम ! इससे अच्छा तो जब बोलता नहीं था तभी था।''

''बोलता नहीं था, तभी तो ये सारे के सारे सिर पर चढ़ गए हैं। कोई किसी को कुछ बदता ही नहीं। तमीज़-सलीका किसे कहते हैं, कोई जानता ही नहीं !'' मैंने जवाब दिया।

''हाँ-हाँ भैया, हम तमीज़-सलीका काहे को जानेंगे ? वो तो तूने एक दिन में उस कलमुँही से सीख लिया न ! गुरु तो तुझे अब मिली है। लो, अब लाड़ला हमें तमीज़-सलीका सिखाने चला है। कल तक पैदल चलना नहीं जानता था, तब तमीज़ सिखानेवाली नहीं आई। अब आसमान पर उड़ने लगा। धरती पर चल बेटा, धरती पर। बेशरम वह है या तू कि जब देखो, तब बहू की आड़ लिए चले आ रहे हैं—न माँ का खयाल, न बाप का ध्यान। तेरे लिए छोटा-बड़ा कोई रह ही नहीं गया। हम तो...'' और अब अम्मा रोने लगीं।

''तुम तो कुछ सोचो मत, और अगर दूसरा कुछ कहे तो बहू की आड़ हो गई ? अब महीनों हो गए, ख्याल है किसी को कि कब खाती है, कब सोती है ? एक कपड़ा माँगा सो दुनिया भर का महाभारत ? भाभी क्या कुछ भी करने लायक नहीं हैं ! लेकिन नहीं, वह क्यों करेंगी ! वह तो बड़ी बहू हैं न, सास की जगह ! सो वह तो रानी हैं, बाकी सब दासियाँ।''

''दासी वह काहे को, दासी तो हम हैं, जिंदगी-भर ठेक-ठेककर खिलाया, अब और खिलाएँगे। पहले एक को खिलाया, अब दो-दो को खिलाएँगे।'' रोती बच्ची को ज़बरदस्ती खाट पर पटककर भाभी भी मोरचे पर आ डटीं। भनभनाती हुई वे सीधी चौके में पहुँचीं और प्रभा को जबरदस्ती उसके पटरे से खींचती हुई बोलीं, ''हटो बहू

रानी, तुम्हें तकलीफ़ हो रही होगी। मैं बनाती हूँ।"

"बना तो रही हूँ मैं... मैंने तुमसे कुछ कहा हो तो मुझसे कहो, मुझसे क्यों नाराज़ हो रही हो...।" प्रभा रुआँसी-सी खुशामद के स्वर में कहती रही, लेकिन भाभी के हाथों में प्रचंड शक्ति आ गई थी। उन्होंने प्रभा की सूखी-सी देह को उठाकर एक ओर रख दिया और धम् से पटरे पर बैठकर खसर-खसर रोटियाँ बेलने लगीं। प्रभा की आँखों में पानी भर आया। वह स्तब्ध बैठी कुछ देर यों ही देखती रही, फिर चिमटा उठाकर अध-सिकी रोटियों को सामने फैले अंगारों पर रखकर घुमाती हुई फुलाने लगी।

"कमाने के नाम तो अभी और पढ़ेंगे, अभी और पढ़ेंगे..." अम्मा बड़बड़ाती चली जा रही थीं। भाभी ने झटके से चिमटा प्रभा के हाथ से खींच लिया और मुँह-फुलाए, फूली हुई रोटियों को सारी ताकत से दाँत पीस-पीसकर चकले पर मारने लगीं। दो-चार मिनट चुपचाप बैठने के बाद जब प्रभा की समझ में नहीं आया कि क्या करे, तो वह अपराधिनी की तरह धीरे से उठी और उनकी रोती हुई बच्ची के पास गई। भाभी उसे क्रोध में यों ही पटक आई थीं; वह गला फाड़-फाड़कर रो रही थी। प्रभा उसे उठाकर बाँहों में हिला-हिलाकर चुप कराने लगी।

रोटी बेलते-बेलते न जाने कैसे भाभी को इसका पता चल गया। सब छोड़-छाड़कर वह धम्-धम् करती प्रभा के पास आईं और बच्ची को एक तरह जबरदस्ती छीनती हुई बोलीं, "रहने दो बहूरानी, तुम उसे छोड़ दो। ज़रा-सा रो लेने दो। इतने रोने से मरी नहीं जाती है। अगर इसकी किस्मत में रोना ही बदा है तो रो लेगी। मर जाएगी कमबख़्त ज़्यादा-से-ज़्यादा, पर तुम्हारी आत्मा को तो संतोष हो जाएगा। तब से बैठी-बैठी आँखों में गड़ रही थी न..."

प्रभा को लगा कि इस सारे कांड की ज़िम्मेदारी उस पर डाल दी गई है। इस अप्रत्याशित स्थिति से वह रोने को होती हुई-सी बोली, "जिठानीजी, मैंने तो कुछ भी नहीं कहा। मुझे तुम यह सब क्यों सुना रही हो... ?" वह बच्ची को न देने का हठ करती रही। इस खींचतान में बच्ची और भी ज़ोर से रोने लगी।

मैं हक्का-बक्का खड़ा इस सारी स्थिति को देख रहा था। लगा, मेरी स्थिति अब केवल एक दर्शक की रह गई है। मैंने डाँटकर कहा, "उसे दे क्यों नहीं देती, प्रभा ?" फिर जैसे जान छुड़ाकर बाहर भागते हुए बोला, "या तो कुछ कहो मत, और कुछ कहो तो सब अलग-अलग भन्नाएँगे..."

प्रभा से बच्ची छीनकर भाभी ने उसे फिर खाट पर पटका और फिर चौक में चली गईं। जाते-जाते इतना मेरे सामने हो चुका था। पता नहीं, बाद में क्या हुआ। जानता था कि प्रभा को किसी तरह के तूफान का सामना करना पड़ा होगा। मेरा दिमाग तो एकदम सुन्न हो गया था।

घर की सारी स्थिति की याद से पार्क में लेटे-लेटे भी मेरे सिर की नस-नस चटकने लगी।

अचानक कहीं बहुत पास ही बंदूक चलने जैसी गगनभेदी आवाज़ से चौंककर मैं इस बुरी तरह उछल पड़ा, मानो मुझे निशाना बनाकर किसी ने बंदूक चलाई हो। लगा, जैसे सो रहा था। इधर-उधर देखा। पार्क के एक सिरे पर कुछ आदमी किसी को घेरे खड़े थे। सब-कुछ भूल-भालकर जल्दी-जल्दी उधर पहुँचा। दस-पंद्रह आदमियों की भीड़ के बीचोबीच, लंबी-सी जीभ और झाग निकाले, मुड़ी गरदनवाला एक विशालकाय घोड़ा चारों टाँगें फैलाए दम तोड़ रहा था और खून की गाढ़ी-गाढ़ी धारी झुलसी-घासवाली ज़मीन पर कुछ दूर बहकर सूख गई थी। घोड़े की सामनेवाली टाँगों के ऊपर के पुट्ठे में बड़ा-सा छेद बना था और वहाँ से खून के साथ कुछ सफेद-सफेद तरल पदार्थ भी निकलकर बह आया था। पास ही खाकी पैंट और सफेद कमीज़ पहने एक सज्जन खड़े-खड़े रूमाल से आँखों से बहते आँसू पोंछ रहे थे। एक हाथ में ज़मीन पर टिकी बंदूक पकड़ रखी थी। लगा, खड़े-खड़े रो रहे हैं। मैंने एक साहब से पूछा, "क्यों भाई, यह क्या हो गया ?" उसने अफसोस से बताया, "दरोगाजी का घोड़ा है, इसे ये बहुत प्यार करते थे। अब बहुत दिनों से बीमार था। ठीक ही नहीं हो रहा था सो मार दिया।"

"हुँह, अच्छा प्यार करते थे ! बीमार था सो मार दिया। ज़िंदगी-भर सवारी की और अब जब बीमार हो गया तो मार दिया। एक दिन यों ही बुड्ढे बाप को भी मार देंगे..." मैंने घृणा और गुस्से से मुँह बिचकाकर कहा। और भी जाने क्या-क्या कहता, तभी उस आदमी ने तिरस्कार से मेरी तरफ देखकर कहा, "और जब बाक़ी सारी ज़िंदगी तड़पता और कष्ट पाता रहता तब ठीक था ? अब एक मिनट की तकलीफ़ हुई और बेचारा सारे दुःखों से छुटकारा पा गया ?... किसी से कष्ट देखा जाता है, किसी से नहीं..."

मैं चुप होकर खिसियाना-सा वहाँ से लौट आया। अलग जाकर मैंने अपने ठस माथे पर दो-तीन बार हाथ मारा—यह मेरे दिमाग को आखिर हो क्या रहा है ? ज़रा-सी बात समझ में नहीं आती। बिलकुल ठीक ही तो है। दरोगाजी ने क्या गलती की ? उसी तरह उस दिन शिरीष की बातें भी मेरी समझ में नहीं आ रही थीं। बेचारा बिलकुल ठीक ही तो बता रहा था। मेरा ही दिमाग कुंद हो गया है।

रात को दस बजे जब मैं घर लौटा तो मेरी समझ में कुछ भी नहीं आ रहा था। लगा, सिर में या तो गोबर भरा है, या कुछ है ही नहीं। बस, माथे में ज़ोर का दर्द हो रहा था। घर में बिलकुल सन्नाटा था। सब लोग सो चुके थे। किवाड़ भिड़े हुए थे : भाईसाहब या बाबूजी अभी तक बाहर से नहीं आए थे। मैं चुपचाप ऊपर छत पर चला आया। अप्रैल बीत चुका था। सब लोग ऊपर छतों पर ही सोए थे। अपनी कोठरी में आकर बिना कपड़े उतारे ही एक ओर बिस्तरे पर जा पड़ा। भीतर गरमी और उमस थी। आँखों में नींद का नामोनिशान नहीं था। बस, यों ही सूनी आँखों से छत को देखता रहा।

तभी न जाने किधर से प्रभा मेरे पास आकर बैठ गई। डरते-डरते बाँह छूकर

बोली, "खाना नहीं खाओगे ?"

मुझे उसका चेहरा दिखाई नहीं दे रहा था। भीतर से कहीं इसी क्षण के लिए आशंकित था। बिना कोई भाव दिखाए या हिले-डुले बोला, "नहीं, तुमने खा लिया ?"

"नहीं..." उसने मेरे माथे पर हथेली रखकर कहा।

और मैं सहसा प्रभा की जाँघ में मुँह गड़ाकर फफक उठा, "प्रभा... प्रभा बताओ, हम क्या करें, कहाँ चले जाएँ ?"

छह

आपके मन में कोई खुशखबरी मचल रही हो, और आप उसे जल्दी से जल्दी जाकर घर सुना देना चाहते हों, तब कोई आपको बातों में उलझाए हो या बहस के एक से एक उलझे सूत्र निकाल-निकालकर ला रहा हो तो मन में कैसी झुँझलाहट आती है। इच्छा होती है कि सारी शिष्टता और सभ्यता को ताक पर रखकर झटके से उठ खड़े हों और कहें... 'आप यह सारी बकवास बंद कीजिए, मुझे सबसे पहले यह खुशखबरी जाकर अपनी पत्नी को सुनानी है।' दिवाकर की बैठक में मेरी हालत कुछ न कुछ ऐसी ही थी।

दिवाकर ने पूछा था, "काम करोगे ?"

"हाँ-हाँ, मिला कुछ !" मैं बेचैनी से उठ खड़ा हुआ।

"मिला तो सही, लेकिन बहुत दूर है," दिवाकर ने बताया, "यों समझो कि शहर के दूसरे सिरे पर है !"

"यार, तुम बताओ तो सही। तुम शहर की बात कहते हो, मैं दुनिया के दूसरे सिरे पर चला जाऊँगा।" मैंने उसके कंधे पर हाथ रखकर कहा।

"शर्त यह है कि थर्ड-इयर ज्वॉइन करोगे।"

"हाँ-हाँ यार, करूँगा। तू बोल तो सही।" मैं झुँझलाकर भी मुस्करा उठा।

"तो सुनो, काम है एक प्रेस में प्रूफ-रीडिंग का। सुबह पाँच से ग्यारह तक का वक्त तय कर आया, ताकि वहाँ से सीधे कॉलेज जाने में सुविधा हो।"

"कौन लोग हैं ? कहाँ हैं ? मुझे बताओ तो सही, दिवाकर ! देंगे क्या ?"

"इतनी उतावली नहीं। पिताजी के एक दोस्त का प्रेस है, फिलहाल तो कुछ बहुत नहीं है; लेकिन दो-एक महीने के बाद कह-सुनकर बढ़ाया जा सकता है।"

"पहले बता तो सही कि है कितना..."

"पचहत्तर, एक-दो महीने बाद सौ कराया जा सकता है। लेकिन तू ऐसा बेचैन क्यों हो उठा ?" वह मेरी बच्चों जैसी अधीरता पर हँस पड़ा।

"बहुत है, बहुत है, दिवाकर !" कृतज्ञता-गद्गद स्वर में मैंने कहा, "यह हो जाए, दिवाकर, तो मेरा उद्धार हो जाएगा। तू नहीं जानता मैं कितना परेशान हूँ। घर में एक पल को चैन नहीं मिलता..." और मन में जैसे एक ज्वार उमड़ने लगा, "कब चलोगे ? चलो, अभी चले चलें न !"

दिवाकर ने एक पल मेरे चेहरे को देखा और बोला, ''अच्छा तो चलो...''

और जब सारी बातें तय हो गईं, तब भी मुझे विश्वास नहीं हो रहा था कि यह पचहत्तर रुपयों की नौकरी सचमुच मुझे मिल गई है। मुझे तो ऐसा लगने लगा था कि यह दो-दो पैसों को तरसना मेरे भाग्य में हमेशा के लिए लिख दिया गया है। हर महीने एक साथ पचहत्तर रुपए आना तो ऐसा सपना है जिस पर किसी भी तरह विश्वास नहीं किया जा सकता। बेचारे भाईसाहब को इससे कुछ ही ज़्यादा मिलता है। सारा दिन खटते हैं। लौटते हुए मन होता था उड़ता हुआ चला जाऊँ और जाकर प्रभा से कहूँ, 'देख प्रभा, मुझे नौकरी मिल गई... ।' दिवाकर की ही वजह से यह सब हुआ, नहीं तो यों ही घुट-घुटकर मर जाता। मैं उसके साथ लौटकर घर तक आया। तय यों हुआ था कि सुबह पाँच बजे से ग्यारह तक यहाँ रहा करूँगा। इसके बाद सीधा कॉलेज जाऊँगा। हो सकता है मेरे सौभाग्य से पहला पीरियड थर्ड-ईयर का न पड़े। निश्चय ही जब भाग्य ने यहाँ मेरा साथ दिया है तो वहाँ भी देगा ही। वरना हाजिरी पूरी कराने के लिए किसी प्रोफेसर की खुशामद करनी पड़ेगी। उस पीरियड को छोड़ दूँगा। मन होता था दिवाकर के पैरों में लिपट जाऊँ।

''दिवाकर, तूने मुझे बचा लिया, वरना सच कहता हूँ कि मैं पागल हो जाता। तू नहीं जानता, हमारे घर की हालत क्या है।'' मेरी समझ में नहीं आ रहा था कि कैसे अपनी कृतज्ञता को व्यक्त करूँ। मेरी आँखें भर आईं।

''अरे छोड़ो भाई, मैंने इसमें कुछ नहीं किया। मुसीबतों से संघर्ष करने का नाम ही तो वीरता है। वैसे तो मुझे बड़ा उपदेश देता है, खुद इतना कमज़ोर है।'' और फिर मुझे संकोच से बचाने के लिए एकदम बात बदलकर बोला, ''लेकिन यार, एक बात सोचता हूँ कि दूर बहुत पड़ जाएगा। आने-जाने और खाने-पीने की मुसीबत होगी।''

''दूर की तो कोई बात नहीं है। मुश्किल से दो मील होगा। ज़्यादा भी हो तो क्या है। सुबह-सुबह ज़रा टहलना भी हो जाएगा। हाँ, खाने की समस्या ज़रा टेढ़ी है।'' फिर मैंने सोचकर कहा, ''पर खैर, वह भी कोई ऐसी दिक्कत नहीं है। प्रभा बना दिया करेगी। सुबह कुछ जल्दी ही तो उठना पड़ेगा। रात को बन जाया करेगा। दिवाकर, उसकी बड़ी इच्छा थी, मैं जैसे हो एम.ए. कर डालूँ। सुनते ही खुशी से उछल पड़ेगी।''

''अच्छा, हाँ, अब बता,'' उसने एकदम याद करके कहा, ''उस दिन तुम किरण से...''

क्षमा के स्वर में मैंने उसके दोनों हाथ पकड़ लिए, ''यार, सब चलता है, भाई ! ज़रा यह समय गुज़र जाने दे, फिर किसी दिन बैठकर सब बता दूँगा।''

''जैसी तेरी मरज़ी। लेकिन इतनी सुबह उन्हें मुसीबत नहीं होगी खाना बनाने में ?'' उसने चिंता से पूछा, ''क्योंकि पाँच बजे यहाँ पहुँच जाने का मतलब हुआ, तुम चार-साढ़े चार पर घर से चलो। यानी साढ़े तीन, पौने चार पर उठो। परेशानी तो

खासी है।"

"सब हो जाएगा, दिवाकर, सब हो जाएगा। उसे तुम नहीं जानते, उसने कितनी मुसीबतें सही हैं इसे कोई नहीं जानता। मेरे लिए वह सब कर सकती है, सब सह सकती है।" और अपने जैसे अभागे के लिए प्रभा के त्याग और मुसीबतों का ध्यान करके मेरी आँखों में आँसू आ गए। विह्वलता के आवेश से मेरा निचला होंठ फड़कने लगा। एकदम दूसरी ओर देखते हुए मैं रुलाई पर नियंत्रण पाने की कोशिश करता रहा। कहीं प्रभा के सामने भी रोने लगा तो अच्छा नहीं लगेगा। थोड़ी देर हम लोग यों ही बिना बोले चुपचाप चलते रहे। फिर मुश्किल से मैंने कहा, "दिवाकर, कुछ रुपए उधार दो।"

"कितने ?"

"बीस काफी हैं। मिलते ही चुका दूँगा।" सोचा, आज घर खाली हाथ नहीं जाऊँगा। कुछ न कुछ प्रभा के लिए लेकर जाऊँगा तो वह खुश हो जाएगी। उसे धोती की सख्त ज़रूरत भी है।

"यहाँ तो नहीं हैं। किरण के पास होंगे तो दे दूँगा। और हाँ, शिरीष भाईसाहब आए हैं, वे भी पूछते थे तुम्हें। आज शनीचर है न, सो दोपहर की गाड़ी से आ गए। बहन से मिलने गए थे, अब तक लौट आए होंगे।"

मन तो हो रहा था कि कहूँ, मैं अब कहीं नहीं जाऊँगा, किसी से नहीं मिलूँगा; मुझे प्रभा के पास जाकर सबसे पहले यह सूचना देनी है। लेकिन दिवाकर से रुपए लेने थे और इस समय मैं उसका इतना अहसानमंद था कि वह अगर जहन्नुम में चलने को कहता तो वहाँ भी जा सकता था। चलते हुए पूछा, "क्यों, रविवार को तो हमारी छुट्टी रहा करेगी न ?"

"बिलकुल रहेगी। अगर काम कराएगा तो ओवर-टाइम देगा।" फिर मुझे समझाकर बोला, "देखो, प्रूफ-रीडिंग तो तुम जानते नहीं हो, पाँच-सात दिन तो तुम्हें सीखने में लगेंगे।"

"अरे, सब हो जाएगा यार, तूने क्या मुझे अपनी तरह कूढ़मगज समझा है ?" और मैं अकारण ही खिलखिलाकर हँस पड़ा।

काँपते हाथों से रुपए जेब में रखे ही थे कि बैठक में शिरीष भाई ने प्रवेश किया, "क्यों साहब, हमारे आते ही चल दिए ?"

"अरे भाईसाहब, आपके लिए तो यहाँ आया ही हूँ।" मन में सोचा, कम से कम दो धोतियाँ तो आ ही जाएँगी। पूछा, "बहन की तबीयत कैसी है ?"

वे थके-से कुरसी बैठ गए। गहरी साँस लेकर बोले, "ठीक है। वक्त तो लगता ही है। दिवाकर भाई, माफ करना। तुमसे कहा था कि साथ चलोगे देखने, लेकिन मेरी तबीयत ऐसी घबरा रही थी कि मैं उठकर चला ही गया। अच्छा, आप लोग कैसे हैं ?"

"ठीक..."

"अरे, यह नई चीज़ तो मैंने देखी ही नहीं," उन्होंने मेरी बात अधूरी ही काटकर

कहा, "यह आपकी चोटी क्या हुई ?"

देखकर दिवाकर भी उछल पड़ा, "अरे, मैंने ध्यान ही नहीं दिया—यह क्या हुआ ?"

और मेरा मुँह एकदम लाल हो गया। कल जब बाल कटवाए थे तो चुटिया एकदम उड़वा दी थी। पता नहीं उसके पीछे शिरीष भाई का डर था या उसकी कोई उपयोगिता समझ में न आने का ज्ञान। लेकिन फिर इतना संकोच और झेंप लगी थी कि बाहर निकलने की हिम्मत ही नहीं पड़ती थी। हमेशा हाथ सिर पर इस तरह फेरता रहता था जैसे उड़ते हुए बालों को सँवार रहा हूँ, लेकिन मैं उसे छिपाए रखना चाहता था। घरवाले शोर मचाएँगे ही; बाहरवालों को पता चलेगा तो वे भी जान मुसीबत में कर देंगे। यों इधर मैंने चोटी को बालों में छिपाकर रखना शुरू कर दिया था, इसलिए देखने में एकदम तो कोई पता नहीं लगा पाएगा। लेकिन घरवालों से कब तक छिपा रहेगा ! सुनने को मिलेगा—"जंटलमैन बनने चले हैं ! फैशन के पीछे पागल है ! अपना धर्म-करम कुछ रहा ही नहीं !" पहले ख्याल आया टोपी लगाने लगूँ। लेकिन तब तो एकदम ध्यान खिंचेगा। कभी लगाई नहीं... जाने कैसा लगूँ ! बाहर निकलते, सड़क पर चलते, घर पर रहते हमेशा सचेत रहता कि शायद सब लोग जान गए हैं कि मैंने चोटी कटवा ली है। नौकरी पाने की खुशी में अब सब-कुछ भूल चुका था। अब शिरीष भाई की बात सुनकर नए सिरे से मन झेंप से भर उठा।

"बस एक ही बार की बहस में सारी माला-कंठी भूल बैठे ?" दिवाकर ने ताना मारा तो मुझे होश आया, "इतनी देर से साथ हूँ, इधर मेरा ध्यान ही नहीं गया।"

इस बार शिरीष भाई ने मेरा पक्ष लिया, "जो समझ में आता है वह करते हैं। कोई तेरी तरह अड़ियल हैं ?"

"अच्छा हुआ, अब कुछ आदमी-से लगे, वरना कार्टून बने घूमते थे !" दिवाकर ने अकारण ही हँसकर कहा। इस समय मैं इस मनःस्थिति में नहीं था कि किसी भी बात का बुरा मानता। मन हो रहा था जल्दी से जल्दी यह शिष्टाचार समाप्त हो और मैं प्रभा के पास पहुँचूँ। खिल पड़ेगी।

इस बार सिगरेट जलाकर शिरीष भाई ने विषय बदल दिया, "हाँ, तो आपने बताया नहीं, भारतीय संस्कृति की सर्वश्रेष्ठ चीज क्या है ?"

विषय बदलने से मुझे कुछ चैन की साँस मिली। उनकी इस बात पर मैं तब से ही सोचता रहा था, लेकिन कोई एक चीज़ मेरी समझ में नहीं आती थी। जो कुछ जानता था उसे उन्हीं शब्दों में कह पाऊँगा या नहीं, यह भी विश्वास नहीं था। उत्तर दिया, आत्म-ज्ञान और आध्यात्मिक चिंतन ही मेरी समझ में..."

बात काटकर वे बोले, "भाई, ये भारी-भारी शब्द हैं और इनका कोई अर्थ मेरी समझ में नहीं आता। मान लीजिए, आपने कोशिश करके अर्थ समझा भी दिया तो फिर इनकी उपयोगिता या ज़रूरत मेरी समझ में नहीं आएगी। इसलिए ज़रा..."

मैं अचकचा गया। फिर भी जैसे-तैसे कहा, "सरल शब्दों में तो शायद यही कहेंगे

कि अपना और संसार का ज्ञान।"

बात काटकर वे जल्दी से बोले, "संसार झूठ है, माया है और ब्रह्म के अंश हैं; और आपके माँ-बाप, भाई-बहन, पत्नी-पुत्र, सब माया हैं; बदले में आप उनके लिए माया हैं। इसलिए इन सारे माया के बंधनों को तोड़ दो तो आत्म-ज्ञान होगा। भागकर हिमालय की गुफाओं में चले जाओ तो ये सब अपने आप ही छूट जाएँगे।" शिरीष भाई हो-हो करके हँस दिए, "भाई वाह !"

मैं सहसा ही हतप्रभ हो उठा और देर तक कोई जवाब ही नहीं सूझा। तब वही मेरे कंधे पर हाथ रखकर बोले, "भाई मेरे, यह पलायन और पराजय का दर्शन ही तो आपको यहाँ ले आया है। बेटा बाप को माया समझे और बाप बेटे को माया कहे—इससे ज़्यादा अहसानफरामोशी यानी एक-दूसरे का अपमान और क्या होगा ? जिस औरत ने आपको जन्म दिया है, उसे आप नरक का द्वार कहें और जिसे आप अपने बेटे की माँ बनाने जा रहे हैं उसे कुंभीपाक बताएँ, यह हद दरजे की कृतघ्नता नहीं है...?"

"लेकिन अंत में इसमें हाथ तो कुछ भी नहीं पड़ता," मैंने कहा।

"इसलिए आदमी को आत्महत्या कर लेनी चाहिए ? वाह साहब वाह, खूब दर्शन है आपका !" इस बार सचमुच शिरीष भाई ने ज़रा आवेश से कहा, "आत्महत्या के कैसे सुंदर नाम हैं—आत्मज्ञान, ब्रह्म में लीन होना, माया-मोह के बंधनों से छुटकारा, स्थित-प्रज्ञता ! अरे साहब, कौन आपके हाथ जोड़ने गया था कि आप इस संसार में आकर इसे कृतार्थ कीजिए ही ? बाजीगर ने एक गोला निकाला तो आपके हाथ में ब्रह्म पकड़ा दिया, दूसरा गोला निकाला तो माया आ गई, तीसरे गोले से गुणों का जन्म हुआ—लीजिए साहब, हवा में दर्शन का महल खड़ा होता गया। अब आप घर-बार की जिम्मेदारी छोड़िए और भागिए इस ब्रह्म-ज्ञान के पीछे..."

"इससे आप बेकार के झंझटों और चिंताओं से बच जाते हैं," मैं बोला।

"जी हाँ, हमारे घर एक दुर्घटना हो गई और आपको प्राप्त हो गया ब्रह्म-ज्ञान। आप तो एक तरफ आसन लगाए बैठे हैं। अब इस दुर्घटना को कौन सँभाले ? ब्रह्म-ज्ञान न हो गया, शराब की बोतल हो गई कि पिया और औंधे पड़े हैं। भाड़ में जाए घर, और कुएँ में जाएँ घरवाले !" और फिर अचानक जैसे उन्हें कुछ याद हो आया हो। वे बोले, "अच्छा, क्यों साहब, मान लीजिए आपके माँ-बाप ने न आपको पढ़ाया-लिखाया, न अच्छा खाने-पहनने को दिया। आपकी देख-भाल भी ठीक नहीं की, तब बड़े होकर आप उन्हें गालियाँ क्यों देते हैं ? क्यों नहीं मान लेते कि उन्हें भी ब्रह्म-ज्ञान हो गया था और उन्होंने आपको माया मानना शुरू कर दिया था ? वे क्यों माया के पीछे भागते ? इसलिए उन्होंने आपकी चिंता नहीं की।"

इस बार मैं सचमुच बौखला गया। ब्रह्म-ज्ञान के इस रूप को तो मैंने देखा नहीं था। इस दृष्टि से तो सचमुच यह अहसानफरामोशी और गैर-जिम्मेदारी हुई। मैंने फिर पैंतरा बदलने की कोशिश की, "ब्रह्म-ज्ञान का मतलब इतना स्थूल और ऊपरी ही तो

नहीं है। ये बहुत से ऐसे कार्य जिन्हें हम ईश्वरीय कहते हैं... ये बहुत-सी चमत्कार लगनेवाली चीज़ें..."

"आपकी इस चमत्कार और दैवी घटनाओंवाली बात पर मुझे एक चीज याद हो आई।" शिरीष भाई ने ज़रा मुस्कराकर कहा, "पता नहीं, यह कहाँ तक सही है, लेकिन मैंने इसे स्वामी विवेकानंद के ही नाम से सुना है। कहते हैं एक बार कहीं जाते हुए रास्ते में नदी पार करने की ज़रूरत आ पड़ी। पार करानेवाली नाव दूसरे किनारे गई थी। स्वामीजी बैठकर राह देखने लगे कि उधर से नाव लौटे तो वे नदी पार करें। तभी कोई एक महात्मा भी वहाँ आ पहुँचे। परिचय हुआ। महात्माजी को जब पता चला कि स्वामीजी नाव की प्रतीक्षा कर रहे हैं तो उनकी बहुत भर्त्सना की। कहा 'कि अगर ऐसी-ऐसी ज़रा-सी बाधाओं से यों रुककर खड़े हो जाओगे तो कैसे दुनिया में चलोगे ? तुम तो स्वामी विवेकानंद हो, बड़े आध्यात्मिक गुरु और दार्शनिक माने जाते हो। ज़रा-सी नदी पार नहीं कर सकते ? देखो, नदी यों पार की जाती है।' और महात्माजी खड़ाऊँ खटखटाते हुए पानी पर चलते चले गए। पानी की सतह पर लंबा चक्कर लगाकर महात्माजी लौटे और चुनौती के स्वर में बोले, 'अमेरिका घूम आने और भाषण देने से ही कोई स्वामी नहीं हो जाता। उसके लिए तपस्या और साधना करनी होती है।' इस महात्मा की शक्ति पर स्वामी वास्तव में चकित थे। पूछा, 'महात्मन, यह सिद्धि आपने कहाँ और कैसे पाई ?' अपने प्रभाव और स्वामीजी की मूढ़ता पर महात्मा मुस्कराए और बड़े गर्व से बोले, 'यह सिद्धि यों ही नहीं मिली। इसके लिए मुझे हिमालय की गुफाओं में तीस साल तपस्या करनी पड़ी है।' महात्माजी की इस बात पर स्वामीजी खिलखिलाकर हँस पड़े।" शिरीष भाई ने अपनी बात तोड़कर मुझे प्रश्न करने का अवसर दिया।

और बात सचमुच ऐसी रोचक थी, और ऐसी जगह तोड़ी गई थी कि मेरे मुँह से अपने आप निकल गया, "क्यों ? इसमें हँसने की बात क्या है ?"

"वही तो स्वामीजी ने कहा, वे बोले, 'महात्मन्, आपके इस चमत्कार पर मैं सचमुच चकित हूँ। लेकिन भगवन्, नदी पार करने का काम तो दो पैसे में हो सकता है। उसके लिए आपने अपनी ज़िंदगी के तीस साल बरबाद कर दिए ! दो पैसे के काम के लिए ऐसे तीस साल, जो कभी आपको वापस नहीं मिलेंगे। तीस साल आपने इस साधना में लगाए और जीवन के बाकी दिन आप इस चमत्कार या सिद्धि के दर्शन में लगाएँगे। ज़िंदगी-भर नदियाँ पार करेंगे और लोगों की श्रद्धा लूटेंगे। ये तीस साल आप मानव-कल्याण के किसी कार्य में नहीं लगा सकते थे ? कोई दवा ही खोजते, जिससे लोगों को किसी रोग से मुक्ति मिलती'।" अपनी बात समाप्त करके शिरीष भाई बोले, "मैं नहीं जानता, यह घटना सच है या झूठ। लेकिन इस सच्चाई से हम इंकार नहीं कर सकते कि आदमी भूख और रोग में तड़प-तड़पकर मरता रहा और आपकी भारतीय संस्कृति मानव-मात्र के कल्याण का राग अलापती रही। औरत और शूद्र के कबाब भून-भूनकर खाते हुए हम लोग जीव-मात्र की समानता के नारे लगाते

रहे। चींटी और हाथी में तो हमने एक ब्रह्म देखा, लेकिन शंबूक और सीता को जीवित प्राणी नहीं समझ पाए। उन पर हमने क्या-क्या अत्याचार नहीं किए ?''

और अचानक मुझे शिरीष भाई की बात सुनाई देनी बंद हो गई। लगा, जैसे मैं प्रभा के सामने सिर झुकाए अपराधी की तरह खड़ा हूँ। क्या मर्यादा-पुरुषोत्तम राजा राम के भीतर एक क्षण के लिए भी यह 'अपराध' सिर झुकाकर नहीं खड़ा हुआ होगा ? कभी उसने सीता के सामने अपने-आपको निरुत्तर नहीं पाया होगा ? जैसे अचानक मेरा दम घुटने लगा। मन हुआ अभी-अभी, इसी क्षण मुझे प्रभा के सामने होना चाहिए और मैं यहाँ बैठा-बैठा बहस कर रहा हूँ। कैसे इस बहस को समाप्त करूँ, भागूँ। लेकिन उनकी बातें ऐसी आकर्षक थीं कि उठने को मन ही नहीं करता था।

वह बता रहे थे, ''और हमारी सबसे बड़ी मुसीबत यह है कि हमारे पास अपना इतिहास नहीं है। पता नहीं और किसी जाति के पास अपना सच्चा इतिहास है या नहीं, लेकिन हमारे पास निश्चय ही जो कुछ है वह इतिहास नहीं, पुराण है। पुराणों में काव्य और इतिहास का ऐसा घपला होता है कि सच्चाई का पता लगाना बड़ा कठिन हो जाता है। ऐतिहासिक सत्यों और तथ्यों को जब-जब काव्यरूप दिए जाते हैं तो उनकी सारी वास्तविकता के क्रम को एक नए ही अभिप्राय से अर्थान्तरित कर दिया जाता है। फिर हर युग में पुराणों को इतनी बार काव्य का जामा पहनाया गया है कि सच्चाई का पता ही नहीं लगता। यह बात तो किसी से छिपी नहीं है कि हर युग, इतिहास और पुराण को अपनी परिस्थितियों और समस्याओं के प्रकाश में देखता है। उसी हिसाब से तोड़-मरोड़ करता है और सिर्फ नई व्याख्या ही नहीं करता, पुराने वेश में नई आत्मा रखता है। फिर एक कान से दूसरे कान तक आती हुई सच्चाई सैकड़ों सालों में क्या रह जाती होगी, इसे आप खुद सोचिए। एक जरा-सी घटना पाँच मिनट के समय में चार कानों में क्या-क्या रूप ले लेती है यह तो आपने खुद देखा होगा। कविता में तो यों भी सारे इतिहास को रूपक, प्रतीक, उत्प्रेक्षा और व्यंजना से लाद दिया जाता है।''

उनकी कुछ बातें मेरे कानों में पहुँच रही थीं और कुछ ऊपर ही रह जाती थीं। शायद मेरी मनःस्थिति वे समझ गए थे। बोले, ''आपको मेरी बात तकलीफ़ पहुँचा रही है ?''

''नहीं-नहीं, क्यों, आपको ऐसा क्यों लगा ?''

''मुझे लगा आपको शायद कुछ परेशानी...''

''बात यह है... बात यह है...'' मैंने हकलाकर बड़ी मुश्किल से कहा, ''मैं इस समय ज़रा जल्दी में था। घर में कुछ काम है। वैसे आपकी बातें इतनी रोचक हैं कि जाने को मन नहीं करता। बहुत नई बातें हैं, इसलिए चौंकाती ज़रूर हैं।''

''अरे, आपने पहले क्यों नहीं कहा कि आपको जाना है ? भई वाह ! कमाल के आदमी हैं आप भी !'' वे उठ खड़े हुए, ''भाई, हमें तो बहस करने का रोग है।

आप बता दिया कीजिए कि आपको काम है। हम बातूनी आदमी हैं।'' अपनी कमज़ोरी पर हँसकर वे बोले, ''हाँ, आपके तो रिज़ल्ट निकलनेवाले होंगे न आजकल ? चारों तरफ वही सब सुनाई दे रहा है।''

''इसी चिंता से तो सूखे जा रहे हैं। जाने क्या होगा !'' मेरा दिल वास्तव में धसकने लगा। फीकी मुस्कराहट के साथ कहा, ''हमारे छोटे भाई ने इस बार मैट्रिक का इम्तिहान दिया है। उसे तो जब देखो तब रिज़ल्ट की ही चिंता है। रात में सोता भी है या नहीं ! आज इस मंदिर में दीया जलाने चले जा रहे हैं, कल उस ज्योतिषी के पास गए हैं। कभी हनुमानजी का चोला और कभी महादेवजी का परसाद...''

इस बार दिवाकर बोला, ''हाँ-हाँ, मैं जानता हूँ उसे। मैं तो उसके बारे में तुमसे बातें भी करना चाहता था। जब भी कभी निकलता हूँ, अक्सर उसे इधर-उधर देखता हूँ। यह उम्र बड़ी कच्ची होती है। उस पर अच्छी निगरानी होनी चाहिए, वरना इधर-उधर भटक जाएगा। जिन लड़कों के साथ देखा है, वे भी मुझे कुछ ऐसे ही लगे।''

''देखता मैं भी सब-कुछ हूँ, दिवाकर, लेकिन भाई, मैं कुछ नहीं कर सकता। अब सारी बातें तुम्हें क्या बताऊँ ?'' परेशानी से सिर झुकाए मैंने कहा। प्रभा के साथ बदतमीजी की सारी घटना मुझे फिर से याद हो आई। शिरीष भाई को नमस्कार करके मैं बाहर निकला।

दिवाकर साथ था। बाहर निकलते हुए उसने कहा, ''जिस समय तुम लोग सभ्यता और संस्कृति की खाल उधेड़ रहे थे, मैंने तुम्हारी समस्या का एक हल खोज निकाला।''

''क्या ?'' मैं सोचने लगा, आज यह देवदूत की तरह मेरी समस्याओं का हल ही निकाले जा रहा है। वाकई कितनी सारी परेशानियाँ इसने आज हल कर डाली हैं।

''साढ़े चार या पौने पाँच पर यहाँ से एक गाड़ी जाती है। पाँच-दस मिनट में राजामंडी पहुँचा देती है। बस, वहाँ से पैदल भाग जाया करना।''

''हाँ यार, इसका तो मुझे ख्याल ही नहीं था।'' मैं उछल पड़ा। अरे, यह समस्या बड़ी आसानी से हल हो गई !''

''लेकिन आने-जाने में दो आने रोज़ लगेंगे।'' दिवाकर फिर चिंतित हो आया।

मैंने हाथ मिलाकर चलते हुए कहा, ''अरे छोड़ो, किस झंझट में पड़े हो ? यहाँ टिकट लेनेवालों में से नहीं हैं। वह चरका दें कि टी.टी. का बाप देखता रह जाए।''

और अकारण ही खिलखिलाकर हँसता हुआ मैं चला आया।

एक धोती का दाम जब बारह रुपया सुना तो सारा उत्साह मर गया।

सोचा था कम से कम दो धोतियाँ तो ले ही जाऊँगा। खैर, एक ही सही। यही क्या कम है ! उस समय धोती का बंडल कभी इस हाथ से उछलकर उसमें पहुँच जाता

था और कभी इस बगल से उस बगल में। पाँव सीधे ही नहीं पड़ रहे थे। मन होता था कि सड़क बरफ के ढलान की तरह चिकनी और ढालू होती तो फिसलता-दनदनाता हुआ मैं पलभर में घर जा पहुँचता। धोती प्रभा को देता तो वह उछल पड़ती। एकदम ऐसा लगता जैसे आसमान से उतरता हुआ चला आ रहा हूँ। चलते-चलते कभी अपने-आप ही मुस्कराता और कभी बड़बड़ाता। कभी उँगलियों पर हिसाब लगाता हुआ सिर झटकता और होंठ कस लेता। फिर अपने इस पागलपन पर खुलकर हँस पड़ता। अब भगवान् करें, रिजल्ट भी अच्छा निकल आए तो मज़ा आ जाए, सारी मुश्किलें हल हो जाएँ। फिर एम.ए. करने में रह ही क्या जाएगा।

भगवान् करें... शिरीष होता तो भगवान् की भी खाल उधेड़ डालता। हुँह, मूर्ख है। वैसे बातें तो सच ही कहता है। लेकिन भाई, बिना सभ्यता, संस्कृति और धर्म के कहीं काम चलता है ! कहते थे आप कि अब हम वहाँ आ गए हैं जहाँ आदमी को मानवता के सिवा किसी भी धर्म की ज़रूरत नहीं है मगर हमारा धर्म तो अनादि है। अरे, इतनी-सी बात पर दो घंटे लगातार बहस होती रहती। मुझे जल्दी पड़ी थी कि कैसे प्रभा के पास पहुँचूँ और आप बहस किए हुए चले जा रहे थे। हाय, उस बेचारी ने भी कितनी मुसीबतें सही हैं ! यह पहली चीज़ ले जाकर उसे दूँगा।

लेकिन शीघ्र ही सारी खुशी चिंता में बदल गई। इस तरफ तो मैंने सोचा ही नहीं था। यह प्रभा को दूँगा कैसे ? सचमुच यह तो बड़ी भारी समस्या है। सबके सामने दूँगा तो अच्छा नहीं लगेगा। अम्मा और भाभी बुरा मानेंगी, सो अलग। हाँ यों तो हो सकता है कि धोती सीधे अम्मा को जाकर दूँ। कहूँगा, अम्मा धोती तो तुम्हारे ही लिए लाया हूँ। समझ तो जाएँगी। अभी-अभी तो धोती को लेकर इतनी बातें हुई हैं। वे खुद ही दे देंगी। हाँ, यही ठीक है। दुनिया-भर के झंझटों से बच जाऊँगा। हमारे यहाँ भी ज़रा-ज़रा-सी बातों पर कितनी चख-चख होती है। और वे बेचारी भी करें क्या ? घर की हालत भी तो ठीक नहीं है। भाईसाहब बेचारे सारे दिन हाड़ तोड़कर जो कमाते हैं वह भी कोई कमाना है ? वह तो कहो मकान अपना है। कहीं किराए का होता तो पता चल जाता ? तीस तो कम से कम देने ही पड़ते किराए के। कायदे से अपनी पहली कमाई की यह धोती मिलनी तो अम्मा को ही चाहिए। अगर दे दूँ तो सचमुच खुश हो जाएँ...

लेकिन जैसे ही घर का दरवाज़ा दिखाई दिया कि ये सारी भावनाएँ काफ़ूर हो गईं। घुसते ही कुँवर ने पूछा, "भैया, यह क्या ले आए ?" मैंने तो स्वाभाविक रूप से कह दिया, "कुछ नहीं, तुम्हारी भाभी की धोती लाया हूँ। उसके पास थी नहीं।" और ज़्यादा कुछ न पूछकर वह जहाँ जा रहा था, वहाँ चला गया। बंडल मैंने सीधे अम्मा की गोद में डाल दिया। उन्होंने पूछा, "क्या है ?" मैंने स्नेह से कहा, "अम्मा, तुम्हारे लिए धोती लाया हूँ।" और वास्तव में मेरे मन में आया कि अगर इसे अम्मा रखना चाहेंगी तो मैं कुछ नहीं कहूँगा। क्या है, प्रभा के लिए दूसरी लेता आऊँगा। तभी कोने में चटनी पीसती प्रभा दिखाई दे गई। तब लगा, नहीं, अम्मा से ज़्यादा

ज़रूरत इसे है। जैसे ही पहला वेतन मिला, प्रभा के लिए ज़रूर ले आऊँगा। यह अम्मा के नाम सही।

अम्मा बोलीं, "हाँऽऽऽ, हमें तो बहुत लाएगा। यों क्यों नहीं कहता कि अपनी बहू को लाया है ?" अम्मा ने मुस्कराकर कहा। वे बंडल खोलने लगीं। बच्ची को गोद में झुलाती भाभी भी देखने के लिए आ खड़ी हुईं।

"धोती तो बड़ी अच्छी है !" अम्मा और भाभी दोनों के मुँह से निकला। तभी कुँवर भी आकर खड़ा हो गया। और थोड़ी देर देखकर बोला, "भाभी के लिए लाए हैं।"

"हाँ, हाँ, उतना क्या हम समझते नहीं हैं," अम्मा ने इस तरह कहा, जैसे यह इस बात को वह पिछले जन्म में भी जानती थीं।

"नहीं, अभी दरवाज़े पर कह जो रहे थे," अपनी बात को और भी सच बताने के लिए कुँवर ने कहा।

अम्मा की प्रसन्नता एकदम घुप्प हो गई। मैंने तेज़ आँखों से कुँवर को घूरा, लेकिन अँधेरे के कारण या तो उसने देखा नहीं, या अम्मा को कहीं मेरे खिलाफ़ भड़काने में उसे अच्छा लगा। रस्म-अदायगी के तौर पर थोड़ी देर धोती को उलट-पुलट देख चुकने के बाद अम्मा ने उसे समेटकर मेरी ओर बढ़ा दिया, "ले..."

"तुम्हीं रख लो अम्मा, मैं क्या करूँ !" मुझे अपने और कुँवर, दोनों के ऊपर गुस्सा आ रहा था। बात जबान पर आते-आते ही रुक गई कि 'तुम्हीं दे देना', लेकिन चुप रहा।

"जिसके लिए लाया है, उसे तू खुद ही क्यों नहीं दे देता ? मेरा नाम क्यों लगा रहा है ?" इस बार अम्मा ने इतने कटु शब्दों में कहा कि धोती मुझे ले लेनी पड़ी। चुपचाप उठकर ऊपर चारपाई पर डाल आया। सारा उत्साह और आनंद समाप्त हो गया।

और उसी दिन खाना खाते-खाते भाईसाहब को मैंने सूचना दे दी—"भाईसाहब, मैंने सोचा है कि थर्ड-इयर में एडमीशन ले ही लूँ।" मैं डर रहा था कि कहीं कोई कांड न उठ खड़ा हो इस पर।

भाईसाहब का कौर चबाता मुँह रुक गया। कुछ देर मुझे इस तरह देखते रहे जैसे पहचानते न हों। फिर पूछा, "बाबूजी से पूछ लिया ?"

"आप कहेंगे तो वे आसानी से मान लेंगे।" जब वे नाराज़ नहीं हुए तो मैंने अपनी बात ज़रा हिम्मत के साथ सामने रखी, "भाईसाहब, बात यह है कि जब तक कोई डिग्री न हो तो नौकरी भी ढंग की नहीं मिलती। बड़े-बड़े बी.ए., एम.ए. तक यों ही घूमते हैं।"

आहत स्वर में भाईसाहब ने कहा, "सो तो ठीक है, लेकिन उस डिग्री के लिए खर्चा भी तो चाहिए। बी.ए. की पढ़ाई का खर्चा है। मुझे तो अमर भी पास होता नहीं लगता..."

इस बार कुछ दृढ़ स्वर में मैंने कहा, "बी.ए. की पढ़ाई का खर्चा तो निकाल लूँगा अपना। उसके बारे में आपको चिंता की बात नहीं होगी।" नौकरी की बात मेरे मुँह तक आ-आकर रह गई।

"लेकिन भाई, तुम अकेले ही तो नहीं हो। और भी लोग तो हैं न ?" उनका इशारा स्पष्ट ही प्रभा की ओर था।

"वह सब मैं देख लूँगा, भाईसाहब !" मैंने हठ और खुशामद से कहा, "बस आप बाबूजी से कहलवा दीजिए ज़रा।"

"अब तुम्हें जो दीखे सो करो। मैं तो बाबूजी से नहीं कहता। उनका दिमाग़ यों ही ठीक नहीं रहता।" भाईसाहब नाराज़ होकर चुप हो गए। मगर अभी बाबूजी के गुस्से को तो मुझे भुगतना था। शीघ्र ही वह क्षण भी आ गया।

धोती पर प्रभा नाराज़ भी हुई और खुश भी। गंभीरता से बोली, "बड़ी लाए धोती ! अम्मा को तो नाराज़ कर दिया !"

"तुम बताओ करता क्या ? मेरा कसूर हो तो मुझ को कहो।" मैंने ईमानदारी से कहा, "मैं तो तैयार था कि अगर इसे वे ले लेतीं तो मैं तुम्हें दूसरी ला देता।"

"ओहो, बड़े रईस हो गए हो ! क्या बात है, कहीं रुपए पड़े मिल गए क्या ?" प्रभा ने आँखें नचाकर दुलार से पूछा।

मैंने प्रयत्नपूर्वक, जैसे कोई बहुत ही साधारण-सी बात हो, लापरवाही से कहा, "मुझे नौकरी मिल गई है न !"

"एँ ? सच ?" प्रभा उछल पड़ी। उसकी आँखें आश्चर्य, प्रसन्नता और उत्सुकता से फैल गईं। "तुम तो बड़े वैसे हो जी ! चुपचाप बैठे हैं, बताया तक नहीं ! कैसे धीरे से कह रहे हैं, जैसे कुछ हुआ ही नहीं।"

मुझे उसकी उत्सुकता, बेचैनी बड़ी अच्छी लगी। फिर भी बनावटी लापरवाही से कहा, "हाँ...। उसमें ऐसा था भी क्या ? बता ही देता।"

खुशी प्रभा के रोम-रोम से फूटी पड़ रही थी। फूलों की खिली डाली जैसी उसकी खुशी देखकर मुझे लगा सचमुच कितनी बड़ी घटना हो गई है ! और तब मैंने आवेश में उसे बाँहों में बाँध लिया और चुंबनों से उसका मुँह छा दिया, "हाँ प्रभा, मैं तुम्हें तंग कर रहा था। नहीं तो यही फिक्र थी कि आगे पढ़ भी पाऊँगा या नहीं।"

प्रभा को जब साँस आई तो पूछा, "है कितने की ?"

"बस यही मत पूछो। यों समझो कि पढ़ने लायक खर्चा निकल आएगा। अगर यह चलती चली जाए तो कम से कम एम.ए. तो कर ही लूँगा।" मैं दूर भविष्य में जाकर खो गया।

बेचैनी से उसने मेरे दोनों कंधे झकझोरकर कहा, "तब भी, है कितने की, यह तो बताओ।"

और उसकी झुँझलाहट मेरे भीतर गुदगुदी पैदा करने लगी। मैं आराम से उसकी गोद में लेट गया और बाँह के नीचे से आती हुई उसकी चोटी से खेलता रहा, जैसे उसकी बात ही न सुनी हो। अपने ही आत्मप्रवाह में मैं बोलता रहा, ''बस, सबसे पहला काम यह करूँगा कि कॉलेज में नाम लिखाऊँगा। बाद में फीस माफ करा लूँगा। जैसे-तैसे तुम्हारे लिए खूब-खूब कपड़े बनाऊँगा। दो धोतियाँ, ब्लाउज, कोट जाड़ों के लिए।''

''जो हम पूछ रहे हैं सो बताएँगे नहीं, और दुनिया-भर की बेकार की बातें किए चले जा रहे हैं।'' वह और भी ज़्यादा झुँझलाती जा रही थी। उसने मेरा हाथ पकड़ रखा था। मेरी उँगली लेकर अपने दाँतों के नीचे दबाती हुई बोली, ''अच्छा अब तो बताओगे ?'' दाँतों का दबाव बढ़ता गया।

''और देखो, घर से एक पैसे की चीज़ लेने की ज़रूरत नहीं है। जिस भी चीज़ की ज़रूरत होगी, खुद ही ले आया करेंगे।'' मैंने कहना जारी रखा।

''बताओ... बताओ...'' दाँतों का उँगली में गड़ना बढ़ता जा रहा था।

''स्सी...! अरे छोड़ो, अब क्या उँगली ही काट डालोगी ?'' इस बार मैं दर्द से कराह उठा।

''तो फिर बताते क्यों नहीं हो ?'' वह अपनी हरकत पर अपराधी और खिसियानी निगाहों से मुझे देखती रही। उँगली पर दाँत के निशानों को देखकर मैं चिढ़ उठा और धमाक से घूँसा पीठ पर रख दिया, ''अगर रोकता नहीं तो उँगली ही काट लेती, बेवकूफ !'' फिर लगा, कहीं नाराज़ न हो जाए। अपने बच्चों जैसे लड़ने पर हँसी आ रही थी। उसे दबाकर सारी बात को मजाक बनाकर बोला, ''तीन बच्चों की माँ बनने लायक हो गई और अपने को अभी तक बच्ची ही समझती है। दाँत भी चुहिया जैसे तेज कर रखे हैं।''

वह रूठ गई और ज़ोर से मेरा सिर उठाकर जमीन पर रखकर बोली, ''एक तो इस ढाई मन बोझ को गोद में रखे रहो, और ऊपर से पिटो।'' उसकी मुस्कराहट बिखरी पड़ रही थी। मुझे डर था कहीं जोर से न लग गया हो।

मैंने फौरन ही सुलह कर ली, ''अच्छा-अच्छा भाई, बता रहे हैं। मगर पहले हमें सिर रख लेने दो।'' और फिर मैंने बड़े ठाठ से सिर गोद में रखकर सारी बात बता दी।

उस रात बड़ी देर हम लोग बातें करते रहे। मेरी कल्पना को तो पंख लग गए थे। बार-बार और ठहर-ठहरकर मैं अपने सपनों का वर्णन करता था। यह तो तय ही था कि एम.ए. अगर अच्छे डिवीजन में कर लिया तो कहीं न कहीं प्रोफेसर हो जाऊँगा। ''तुम्हारी मौज़ है।'' मैं उससे कहने लगा, ''पढ़ने-लिखने के नाम पर काला अक्षर भैंस बराबर, और आगे जाकर प्रोफेसरनी कहलाओगी। ज़रा कोई प्रोफेसरनी की सूरत तो देखो आकर !''

प्रभा नाराज़ हो गई, ''तब ठीक है, कोई पढ़ी-लिखी ले आना। लड़कियों को भी

तो पढ़ाओगे, उन्हीं में से किसी को छाँट लेना।''

''और अपनी लड़की को जो पढ़ा लेंगे...'' मैंने खुशामद से कहा।

गुस्सा भूलकर प्रभा बोली, ''हाँ, यह तो अभी से कहे देती हूँ, बाद में तुम चीं-चपड़ करो। मैं कॉलेज ज़रूर ज्वॉइन करूँगी।''

''अरे, जो चाहो सो कर लेना, प्रभा! तुम घर की रानी होगी। कौन तुम्हें रोकनेवाला होगा फिर!'' मैं सपनों में खो गया, ''और देखो हमारी एक अच्छी-सी लाइब्रेरी ज़रूर होगी। उसमें नई से नई किताबें लाकर रखेंगे। दो-तीन पत्रिकाएँ मँगाया करेंगे।''

''लेकिन रेडियो के बिना तो घर सूना-सूना लगेगा,'' प्रभा बोली।

''नहीं, घर सूना क्यों लगेगा,'' मैंने दुष्टता से कहा, ''उसका भी इंतज़ाम कर लेंगे पहले ही। चलता-फिरता रेडियो तब तक तो घर में घूमने लगेगा।''

प्रभा लजाकर लाल हो उठी। और उस समय तो कुछ भी होना कठिन नहीं लग रहा था। प्रभा की मांसल बाँह पर सिर रखे हुए मुझे संसार की बड़ी से बड़ी मुसीबत छोटी लग रही थी। लगता था मैं हर बाधा को जीत सकने की सामर्थ्य रखता हूँ। मैं एक योजना रखता तो प्रभा उसमें सुधार करती और प्रभा जो कुछ बताती उसमें मैं मीन-मेख निकालता। उस रात बगीचे के फूलों से लेकर बँगले के फाटक पर लगनेवाले अपने नाम की प्लेट तक हर विषय पर हम लोगों ने बातें कीं। बीच-बीच में जब भी ध्यान आ जाता कि ये बातें कितनी निराधार हैं, या कोई इस बात की याद दिला देता तो खुद ही कहते, ''सूत न कपास और हम लोग भी जाने कहाँ-कहाँ के कुलाबें मिला रहे हैं।'' थोड़ी देर चुप रहते, लेकिन फिर नए सिरे से बातें निकलतीं। हाँ, सारी बातें यहीं आकर समाप्त होतीं, ''बस, बीच की ही ये थोड़ी-सी कठिनाइयाँ और मुसीबतें हैं। इसके बाद तो बेड़ा पार ही समझो। इन्हें ही ज़रा हिम्मत से सह लें फिर तो प्रभा, मैं तुम्हें रानी बना दूँगा, रानी।''—और जब बदले में वह संसार की सारी कठिनाइयों को चुपचाप सह लेने का आश्वासन देती तो मैं कृतज्ञता और विश्वास में गद्गद हो आता। जब मुझे याद आया कि अपने इन सारे नक्शों में हमने अपने घरवालों को तो शामिल ही नहीं किया तो बोला, ''मैं एक भाई को अपने साथ रखकर पढ़ाऊँगा। अमर को नहीं, वह तो बद्तमीज़ है। कुँवर सीधा है, वह रह भी लेगा। घर छोड़कर अम्मा-बाबूजी तो हमारे साथ क्या रहेंगे, हाँ, कभी-कभी आया ज़रूर करेंगे। भाईसाहब का भी बोझ कुछ हलका हो जाएगा।'' प्रभा कुछ नहीं बोली।

उस रात हृदय की कल्पना उन्मुक्त थी और होंठों के स्वप्न गीत बनकर फूट पड़ना चाहते थे। उस रात हम दोनों की आत्माएँ एकाकार होकर सतरंगे पुल जैसी बन गई थीं जो इस वर्तमान से उठाकर हमें भविष्य के सुनहले संसार में ले जाएगा। हम लोग हाथ में हाथ झुलाते हुए उस पर चलते, अपने को साफ देख रहे थे... उस दिन सारा आकाश रोशनी के फूलों से दिप-दिप कर रहा था।

निश्चय किया कि कल रविवार है, मैं जाकर काम देख आऊँ, समझ लूँ और तब

घरवालों को किसी तरह बता दिया जाए। लेकिन यह साफ कह दूँगा कि नौकरी दिवाकर ने इसी शर्त पर दिलाई है कि मैं आगे पढ़ूँगा। जब हम लोग सोए तो फिर ध्यान आया कि जिसने नौकरी दिलाई है उसके बारे में तो मैंने प्रभा से कोई बात ही नहीं कही। शिरीष भाई की बात भी प्रभा को बतानी है।

सुबह उठते ही मैंने कहा, "प्रभा, एक दिन तुम्हें दिवाकर के यहाँ ज़रूर चलना है। वह कई दफा कह चुका है।" मैंने तब उसे उस दिन की सिनेमावाली बात बताई। कैसे तब मैंने कहा था कि वह तो अपने घर गई है। किरण की बात भी बताई।

प्रभा किरण के सामने होने की कल्पना से सकुचा उठी। बोली, "देखो, मैं कैसे चल सकती हूँ ? घर पर तो तुम देख ही रहे हो।"

"तुम हमारे साथ चलोगी। घर का तो वह सब चलता ही रहता है। और खैर, इस पर अभी से सिरदर्द करने की ज़रूरत नहीं है। हाँ, चलेंगे जल्दी ही। शिरीष भाई की बहन से भी मिल आना एक दिन।"

"कौन... ?" उसने चकित भाव से पूछा।

और मैं देर तक उसे शिरीष भाईसाहब के बारे में बताता रहा—एम्प्लॉयमेंट एक्सचेंज़ से लेकर अब तक की सारी बातें उसे बता दीं। फिर बोला, "सच प्रभा, कभी-कभी तो मैं उस आदमी की इस बात पर आश्चर्य करता हूँ। हर चीज़ को देखने का उसका अपना अलग ही तरीका है। वह तो जैसे किसी चीज़ को मानता ही नहीं। जिसे देखो, उसका खंडन ! कहता है, हमारे पास अपना इतिहास है ही नहीं। जो कुछ है, वह पुराण हैं, जिनमें धर्म, अंधविश्वास और कविताओं का घपला है और वहाँ सच्चाई का पता ही नहीं चलता। या फिर किराए के भाटों द्वारा लिखे हुए कुछ राजाओं के प्रशस्ति-काव्य हैं जिनमें पाँच गाँवों के राजा को धरती का सिरमौर बताया जाता है। कहता था कि शास्त्रों और स्मृतियों के नाम पर हमारे पास वे चीज़ें हैं जिनमें कहा गया है कि नियम-कायदे पहले बने, और मनुष्य-समाज बाद में आया। बोलो, जब मनुष्य ही नहीं थे तो नियम-कायदे पहले बने कैसे, और किसके लिए ? इस समय हिंदू, मुसलमान, क्रिश्चियन, किसी भी धर्म की आदमी को ज़रूरत नहीं है। इस समय तो एक ही धर्म चाहिए, वह मानवता..."

लेकिन मेरी बात बीच में ही टूट गई। किसी ने किवाड़ों को ऐसे ज़ोर से धक्का दिया मानो पूरी ताकत से लात मारी हो। हम लोगों पर जैसे बिजली टूट पड़ी। घबराकर हड़बड़ाते हुए सँभलें-सँभलें कि बाहर चीख-पुकार शुरू हो गई। पहले तो समझ में ही नहीं आया कि यह अचानक हुआ क्या ? लेकिन फिर बाबूजी के चीखने का स्वर साफ सुनाई देने लगा। वे मुहल्ले-पड़ौस के सुनने की चिंता किए बिना ज़ोर-ज़ोर से दहाड़ रहे थे। प्रभा अपने कपड़े ठीक करने लगी थी और मैं लड़खड़ाते घुटनों के साथ किवाड़ की दरारों से झाँककर देख रहा था। बाबूजी एक तरफ़ खड़े ज़ोर-ज़ोर से कह रहे थे, "जवानी हमें भी आई थी, पर ऐसी नहीं कि न दिन देखें, न रात ! जब देखो, तब बहू को लिए पड़े हैं। अरे, घर में बच्चे हैं, बड़े-बूढ़े हैं... किसी

का तो लिहाज करो। दस बजने आ रहे हैं और बाबूजी का अभी सवेरा ही नहीं हुआ है। ऐसी भी बेशरमी किस काम की साली ! रात-भर ही-ही, ही-ही ! मस्त हो रहे हैं ! चूर हैं जवानी में ! न दुनिया का ध्यान है, न आँखों की शरम। आग लगे ऐसे अंधेपन में। नहीं बोलते थे तो ऐसे डरते थे कि औरत न हो गई कोई शेरनी हो गई, और अब बोलने लगे तो जब देखो तब उसी के पास मँडरा रहे हैं। सारा घर नहा लिया, धो लिया, काम-काज सारा खत्म हो गया और यहाँ अभी गुलछर्रे ही उड़ रहे हैं !''

हम दोनों ने एक-दूसरे को इस तरह देखा जैसे कहीं से अचानक बम आकर बीच में फट गया हो। अब क्या हो ? फिर झाँका। बाबूजी का भाषण निर्बाध जारी था, ''हालत तो यह है और हिम्मत उल्लू के पट्ठों की देखो—ये आगे पढ़ेंगे। लाटसाहब ने खत्ती गाड़ दी है न ? साले नवाबज़ादे कहीं के !''

हूँ; तो रात की धोती की बात, आगे पढ़ने की बात, सब बाबूजी के पास पहुँच गई। जब खूब चीख-चिल्लाकर बाबूजी चले गए तो ज़रा-से किवाड़ खोलकर प्रभा ने डरते-डरते झाँका। और दबी-ढकी सिमटी-सिमटाई-सी भीगी बिल्ली बनी चुपचाप निकलकर नीचे चली गई। मैं साहस संचित करने लगा कि कैसे निकलकर सबकी आँखों का सामना करूँगा।

लगता था जैसे हम लोग कोई घोर अनैतिक और अनुचित अपराध करते हुए रँगे हाथों पकड़ लिए गए हों।

सात

दो दिन में ही मेरे लिए घर की सारी दुनिया बदल गई। हरेक का व्यवहार कुछ नया-नया-सा लगने लगा। इसे कुछ-कुछ महसूस तो मैं भी कर रहा था, लेकिन सबसे पहले इसे बताया प्रभा ने ही।

उस दिन आते हुए मुझे देर हो गई। आशंकाओं से काँपते हुए ही घर में पाँव रखा कि बाबूजी से सामना पड़ गया। वे मजदूर के सिर पर लकड़ियाँ लदवाए चले आ रहे थे। झोले में कुछ सब्जियाँ लटकी थीं। यह उनकी आदत थी। जब भी बाहर लकड़ियाँ या गेहूँ खरीदने जाते तो झोला साथ ले जाते और किसी सब्जीवाले का आखिरी सामान सस्ता-सा ले आते। वे दिन-भर खाली रहते, इसलिए लकड़ी, गेहूँ या घर का अन्य सामान ले आते। अक्सर हम भाइयों में इसको लेकर भी झगड़े हो जाते कि ये सारे सामान कौन लाए ? सबको अपनी-अपनी पढ़ाई महत्त्वपूर्ण लगती थी और सबको डर था कि आते-जाते क्लास का कोई लड़का या अध्यापक देखकर क्या सोचेगा। जैसे ही बाबूजी को देखा कि मेरे प्राण सूख गए। पिछले दिनों तो मेरी यह आदत हो गई थी कि चुपचाप दबे-पाँव ऊपर चला जाता और वहीं अलग-थलग रहता। इसलिए जब भी किसी से मुलाकात होती, वह या तो बाहर आते-जाते या नहाने खाने के लिए नीचे उतरते-चढ़ते। सोचा, अब उस दिन का गुबार बाबूजी दुबारा निकालेंगे।

लेकिन मुझे देखते ही वे बोले, "बड़ी देर लगा देते हो समर, आखिर बहू खाने को भी तो बैठी रहती है। खाना-वाना खाकर ही घूमने निकल जाया करो न ! फिर ठंडा खाना शरीर को लगता भी तो नहीं है।"

बाबूजी के स्वर के इस वात्सल्य को तो जाने कब से मैं भूल ही चुका था। सुनकर शरीर ऊपर से नीचे तक रोमांचित हो आया। मैं तो डाँट खाने के लिए तैयार था। इस अपनेपन के स्वर से मन डर से दहल उठा। भगवान् जाने क्या होने को है ! लेकिन प्रभा ने जल्दी ही मेरा डर निकाल दिया। उसने बताया, "अब तो घरवालों का रवैया हमारी तरफ से बड़ा उदार होता चला जा रहा है।"

मैं चौंका। दोपहरवाली बात याद आ गई। "क्यों, कोई खास बात हो गई क्या ?" मैंने पूछा।

"नहीं, खास बात तो नहीं। वैसे ही, हर बात मैं देखती हूँ। पहले जिन बातों पर

बुरी तरह कलह होती थी, अब उनको तुम्हारी अम्माजी और भाभी जान-बूझकर तरह दे जाती हैं। अब तो अम्मा बात-बात में कहती हैं, कि वह सहारा दे देगा तो मुसीबतें कुछ कम हो जाएँगी। कल पूछ रही थीं कि कपड़े-वपड़े तो हैं न तेरे पास ? भाभी ने बेटी को आइसक्रीम ली तो मेरे भी पीछे पड़ने लगीं कि तुम भी खा लो।''

''हुँ...'' मैं चुप हो गया। हाँ, यही तो परिवर्तन मैं जब से महसूस कर रहा हूँ और घरवालों का यह नरम व्यवहार ही मन को डर से दहला देता है। काफी देर तक कुछ नहीं बोला तो प्रभा ने झकझोरा, ''क्यों, क्या सोचने लगे ?''

गहरी साँस लेकर कहा, ''कुछ नहीं, प्रभा, अब तुम बताओ, मैं इन घरवालों को कैसे समझाऊँ कि मैं अभी घर की कोई मदद नहीं कर सकता ! ये हैं कि मुझ पर ही सारी आशा लगाए बैठे हैं। मैं तो कहता हूँ अपना और तुम्हारा ही खर्च निकलता चला जाए, यही बहुत है। कम से कम हम लोग घर पर बोझ तो नहीं रह जाएँगे। अपने को अलग कर लेंगे। फिर इस बार बी.ए. की पढ़ाई है। हँसी-खेल तो है नहीं। उधर दिवाकर ने साफ बता दिया है कि अगर बी.ए. में पढ़ो तभी यह काम लेना। जिस विश्वास पर काम लिया है उसे पूरा नहीं करेंगे तो उसे बुरा नहीं लगेगा ?''

''खैर, इसमें बुरा लगने की क्या बात है ?'' प्रभा ने मेरा मन लेने के लिए पूछा।

''भाई, मैंने नौकरी करने को कहकर तो यह काम लिया नहीं है। मैंने तो पढ़ाई चलाए रखने के लिए काम लिया था। इस बार पंद्रह-पंद्रह रुपए की तो एक-एक किताब आएगी। किताबें तो खैर, मैं दिवाकर से ले लूँगा। साथ ही पढ़ेंगे तो अलग से ज़रूरत नहीं पड़ेगी, लेकिन तुम ही सोचो कि पचहत्तर में बचेगा क्या ? बीस तो दिवाकर को ही देने हैं। जैसे ही कॉलेज खुलेंगे, एडमीशन वगैरह मिलाकर छब्बीस के करीब वहाँ देने होंगे। उधर ये कपड़े कॉलेज जाने लायक रह गए हैं, तुम्हीं बताओ ? तार-तार तो निकला चला आ रहा है। कम से कम एक कमीज़-पतलून तो हो ही अपने पास। यों होने को जूते नहीं हैं, कलम नहीं है, भाईसाहब का रेज़र इस्तेमाल करता हूँ, एक मुसीबत है। सारी आफ़तें एक साथ इसी महीने आ पड़ी हैं। कागज़, कॉपी, अटर-सटर में ही पच्चीस-तीस रुपए निकल जाएँगे। फिर सोचता हूँ कि तुम्हारे लिए एकाध धोती-ब्लाउज़ भी ले आऊँ...''

''तुम मेरी बात बीच में क्यों ले आते हो ? कह तो दिया कि मेरे पास बहुत है। ज़रूरत होगी तो खुद ही कह दूँगी, समझे ! मेरे लिए कुछ नहीं। अगले महीने आ जाएगा, फिर कभी आ जाएगा।'' इस बार प्रभा ने मुझे समझाने को नहीं, सचमुच चिंता से कहा।

''खैर, फिर भी हिसाब तो तुम्हारे सामने है ही। अब बताओ, पचहत्तर रुपयों में से बचा क्या ? इनमें से कौन-सी चीज़ कम कर दूँ और क्या घरवालों को मदद दूँ ? बहुत से बहुत, दिवाकर को इस बार नहीं दूँगा।'' —फिर अचानक याद आया तो बोला, ''और कॉलेज तो आठ को ही खुल जाएँगे। मुझे पैसे मिलेंगे पंद्रह तक। उधार तो और भी लेना पड़ेगा, क्योंकि इन चीज़ों की ज़रूरत पहले ही पड़ेगी।''

फिर हम दोनों देर तक अपनी-अपनी मुसीबतों को एक-दूसरे से रोते रहे। अपने ही विचारों में खोए-खोए मैंने कहा, "प्रभा, यह तो मैं देख रहा हूँ कि बाबूजी, अम्मा, भाईसाहब सभी मुझसे उम्मीद लगाए बैठे हैं। सभी यह दिखाने लगे हैं कि उन लोगों के सारे कष्ट दूर हो जाएँगे क्योंकि समर कमाने लगा है। लेकिन उन्हें ये सारी बातें बताई भी तो नहीं जा सकतीं। बता भी दें तो समझेंगे नहीं। सबको पता है कि मिलेंगे वही पचहत्तर रुपए, लेकिन सोच रहे हैं, जैसे जाने कहाँ की हुंडी मिलेगी। तुम्हीं बताओ, कैसे समझाऊँ इन लोगों को ?" आगे गहरी साँस लेकर कहा, "और इधर यह साला रिज़ल्ट अलग जान मुसीबत में किए है, पता नहीं क्या होगा ? मालूम नहीं, कॉलेज भी ज्वाइँन करने देगा या सारे अरमान यों ही मन के मन में रह जाएँगे ?" और अपने आगे मुझे अंधकार का ऐसा सागर लहराता दिखाई दिया जिसका कहीं ओर-छोर ही नहीं था।

उन दिनों वातावरण में बस रिजल्ट-ही-रिजल्ट गूँज रहा था। जिधर देखो उधर ही दो-तीन लड़के मिलकर यही बातें करते कि फलाँ पेपर ऐसा हुआ था, उसमें इतने नंबर आ ही जाने चाहिए। उमानाथ नंबर बढ़वाने की कोशिश करने पहुँचा तो परीक्षक ने कैसे उसे धक्के देकर निकलवा दिया और उसी ने बालेश्वर के नंबर चुपचाप बढ़ा दिए... निकल आया कोई ताऊ, उसकी गरदन दबानेवाला !

मैं सुनता और कान दबाकर आगे बढ़ जाता। अब तो एक आत्मविश्वास आ गया था। जो होगा देखा जाएगा। लड़कों की अधीरता पर दया भी आने लगी थी। पता नहीं किसके घर की स्थिति कैसी हो !

मैंने अपनी नौकरी पर जाना शुरू कर दिया था। अभी तो स्कूल-कॉलेज नहीं खुले थे, इसीलिए सोचता था, जब तक हो सके प्रभा को कम से कम कष्ट दिया जाए। फिर तो मजबूरी हो ही जाएगी। अब तो सुबह बिना खाए भी जा सकता था। ग्यारह-बारह बजे तक लौट ही सकता हूँ। जब वहाँ से सीधे कॉलेज जाना पड़ेगा तब तो बेचारी को सुबह साढ़े तीन-चार पर उठना होगा ही। वैसे भी बेचारी चौबीसों घंटे बैल की तरह जुती ही रहती है। सुबह से लेकर रात के ग्यारह-बारह तक मैंने तो उसे कभी खाली नहीं देखा। लेकिन लाख चालाकी बरतने और बड़े बेमालूम तरीके से सुबह उठने के बावजूद उसे जाने कैसे पता चल जाता और वह खुद भी उठ बैठती। मेरे बड़े अनुरोध पर ज़रा-सी देर यों ही सोती या सोने का बहाना करती रहती। मैं जानता था कि मेरे बाहर निकलते ही वह उठकर काम में लग जाती होगी। मुझे बड़ी कचोट होती। अब मेरे जल्दी उठने से उसे भी उठना पड़ता है, पहले कम से कम छः बजे तक सो लेती थी।

काम पर पहुँचने का तरीका भी बड़ा दिलचस्प था। हमारे शहर में दो स्टेशन थे—एक हमारे घर के पास पड़ता था और एक उधर जहाँ मुझे काम करने जाना होता। सुबह एक गाड़ी जाती थी और बीच में कहीं रुकती नहीं थी। मुश्किल से पाँच मिनट का रास्ता था। गाड़ी के रुकते ही मैं रेल की टूटी तारोंवाली बाढ़ से फुर्ती से बाहर

हो जाता और शान से इस तरह से सड़क पर चलने लगता जैसे मैं तो सड़क पर चल रहा था। पहले दो-एक दिन तो जो हालत थी उसका बयान नहीं कर सकता। प्रभा को मैंने बताया था, "मेरा दिल ऐसा धड़क रहा था कि कानों में बजता सुनाई देता था। रेल में ऐसा मन घबराता कि चक्कर आने लगते। बार-बार सारा शरीर पसीने से तरबतर हो जाता और हर पल लगता कि इधर टी.टी. आया, उधर से काले कोटवाले आदमी ने मेरी बाँह पकड़ी।" लेकिन यह तो पहले दो दिनों की हालत थी। इसके बाद तो हिम्मत बढ़ गई और मैंने तरह-तरह के बचाव के पैंतरे सीख लिए। गाड़ी के चलने तक मैं निहायत ही तटस्थ की तरह ही घूमता रहता, मानो किसी और गाड़ी का इंतज़ार कर रहा हूँ या किसी और काम से यहाँ आया हूँ। टी.टी. पर आँख रखता और जैसे ही गाड़ी चलती, उससे सबसे दूर पड़नेवाले डिब्बे में चढ़ जाता। जैसे ही गाड़ी रुकती कि सबसे पहले प्लेटफॉर्म पर उतरकर फिर इस तरह टहलने लगता मानो मैं तो जाने कब का यहाँ टहल रहा हूँ... मुझे इस रेल से क्या लेना-देना।

इस तरह रेल का यह सफ़र एक मनोरंजन भी रहता था और एक भारी मुसीबत से छुटकारा भी इसकी वजह से मिल गया था, वरना सुबह ही जितना पैदल चलकर आना पड़ता उसकी तो कल्पना से ही मैं डर गया था। गर्मियों में तो जैसे-तैसे घूमते हुए आया जा सकता था, मगर जाड़ों में अपने पुराने कपड़ों में ठंड से ठिठुरते हुए आना तो सचमुच मुसीबत होती। उस कल्पना से ही रूह काँप जाती।

लेकिन काम शुरू में जितना रोचक लगा, बाद में तबीयत उतनी ही उससे ऊबने लगी। पाँच से ग्यारह तक प्रूफ के गीले खुरदरे कागज़ों पर फैलती स्याही से छः घंटे लगातार उलटे-सीधे निशान बनाते-बनाते सिर भन्नाने लगता था। उस समय मैं और भी डर जाता कि अगर यह काम सचमुच इतना ही थका देनेवाला और कष्टदायक है तो कॉलेज के दिनों में यहाँ से जाने के बाद पढ़-लिख क्या पाऊँगा ! कुछ समझ में ही नहीं आएगा। पहले कुछ दिन तो जोश-जोश में मैंने इतने सारे पन्नों के प्रूफ एक-साथ देख डाले कि सारे प्रेसवाले चकित रह गए। लगता था कि इस ज़रा-से काम में दिक्कत ही क्या है ! केवल पढ़ना ही तो है, जहाँ ग़लत लगे वहाँ निशान लगा दो। लेकिन मैनेजर ने बाद में सारे पन्ने लौटा दिए, क्योंकि उनमें ढेरों गलतियाँ भरी पड़ी थीं। मैंने तो खूब ध्यान से देखा था, ये कैसे छूट गईं। मेरी समझ में ही नहीं आया। धीरे-धीरे वह सारा जोश समाप्त हो गया और एक-एक अक्षर कापी से मिला-मिलाकर जाँचने के बाद अपना सिर गीली मिट्टी के लोंदे-जैसा लगता था। प्रेस की मशीनों की खस्स और खटर-खटर चलती रहती और इन आवाज़ों के ऊपर सारे गले से चीखकर दिए गए हुक्म गूँजते रहते, 'नोट, टाइप उभर क्यों नहीं रहा है ?' 'अब स्याही ज्यादा आने लगी।' 'अब देख क्या रहा है मुँह फाड़कर, कागज़ लगा।' मैनेजर अपनी स्याही लगी पतलून में दोनों हाथों को ठूँसे पास आकर खड़ा हो जाता और मुझे प्रूफ देखते हुए देखता रहता तो मुझे ऐसी घबराहट और बेचैनी होती जैसे इम्तिहान के दिनों में इन्विजिलेटर के पास आकर खड़ा हो जाने पर होती थी। फिर वह चलते-चलते कह

जाता, ''बड़े सुस्त प्रूफ देख रहे हैं मिस्टर, मशीन खाली पड़ी है। अभी तो करेक्शन भी टाइम लेगा। ज़रा ध्यान से देखिए और कई बार देखिए। प्रूफ देखने का काम तो झाड़ू लगाने का काम है। जितनी बार झाड़ो उतनी ही बार कूड़ा कहीं न कहीं से दुबारा निकल आता है।'' इसके अलावा और जिधर देखो उधर ही कालोंच, स्याही छाई रहती। एक तरफ सुमेरा बैठा-बैठा पानी में भिगो-भिगोकर कुछ कूटता रहता और दूसरी तरफ मशीनमैन, दो-चार ईंटों का चूल्हा बनाकर स्याही औटाया करता। सरेस की बदबू से उबकाई आती रहती और मशीनों से टपकती काली तेलदार कीचड़ अदबदाकर कपड़ों पर लग जाती। सिन्धी होटल का लड़का हर दस मिनट बाद अपने गिलासों को तारों के लटकन में लगाए कभी किसी को और कभी किसी को चाय देता रहता, या मैनेजर के पास छपाने के लिए आए ग्राहकों की खातिर के वक्त सुमेरा उसे आवाज़ें दिया करता।

लेकिन वहाँ काम करनेवाले लोग इतने दिलचस्प थे कि मन ऊबता नहीं था। पहले तो बड़ा अजनबी-अजनबी-सा लगता था, लेकिन जल्दी ही वे मुझे अच्छे लगे। टाइपों को केसों में डिस्ट्रिब्यूट करते या कंपोज करते हुए बड़े रस ले-लेकर किसी की लड़की की प्रेम-कहानी, अपने पड़ोसी की व्यभिचार-कथा, काल्पनिक या कई सिनेमाओं के घाल-मेल से तैयार किए गए अजीबोगरीब किस्सों का बखान हुआ करता। चाहे बात सिनेमा की हो या अपने जीवन की, सबके पास विषय एक ही था—अपने-अपने सेक्स अनुभवों का वर्णन। उनमें एक लड़के ने मेरा ध्यान अपनी ओर अक्सर खींचा। वह अक्सर चुप ही रहता था और उसके चेहरे, बोल-चाल के ढंग को देखते ही लगता था कि वह किसी शरीफ घराने का है। अक्सर चुप ही रहता था मानो अपने को इन सबके स्तर के साथ मिलाने को तैयार न हो। बुड्ढे मशीनमैन ने बहुत कम सिनेमा छोड़े थे। और उन लोगों के सारे किस्से मैं रोज़ प्रभा को आकर सुनाया करता।

जब बारह बजे की कड़कती धूप में पसीने से तर-बतर घर आता तो भूख के मारे चक्कर आ रहे होते, लेकिन गरमी के कारण दो गिलास पानी चढ़ा लेता और फिर देर तक खाना खाने की इच्छा नहीं रहती। खाना मैं ऊपर ही मँगा लेता। प्रभा मेरे लिए इतनी देर भूखी बैठी रहे, यह बात मुझे कोंचती थी। इसलिए पहले ही दिन मैंने कहा था, ''यह तुम्हारी क्या बेवकूफी है, प्रभा ? इतना पढ़-लिखकर भी तुम हो वही मूर्ख ही। एक बजे तक मेरे लिए बैठे रहने की क्या ज़रूरत है ? वक्त पर खा लिया करो न, दिन-भर काम करती रहती हो।''

''मैं तो अपने वक्त पर ही खाती हूँ। तुम समझते हो तुम्हारे लिए इतनी देर बैठी रहती हूँ ? घर के काम-काज से छुट्टी ही अब मिलती है।'' और प्रभा मुँह बनाकर कहती, ''बड़े खूबसूरत हो न, जो तुम्हारे लिए इतनी देर बैठी रहूँगी ? यहाँ खाने के लिए किसी की राह नहीं देखते।''

''नहीं देखते तो पहले क्यों नहीं खा लेती ?'' उसकी चालाकी पर मुझे अच्छा लगा, ''आई खूबसूरत की बच्ची ! मिलाकर देख लो, तुम्हारे घरवालों में सबसे ज़्यादा

खूबसूरत हूँ। एक से एक बनमानुस रखे हैं सब !"

"एऽऽए, हमारे घरवालों को अगर कुछ कहा तो बुरा हो जाएगा। हाँ तो नहीं, जब तक कुछ कहें नहीं, सिर पर ही चढ़े आते हैं।" उसने त्योरियों पर बल डालकर आँखें तरेरीं।

"हम भी तो देखें कि कहकर ही कोई किसी का क्या कर लेगा ?" मैंने चिढ़ाया।

"तो हम चलते हैं, तुम यहाँ अकेले बैठकर बको।" वह झमककर उठकर चल दी, "एक तो अम्माजी-जिठानीजी की जली-कटी सहकर यहाँ इनके पास बैठो, और यहाँ फिर यह सब बकें। हम ही तो फालतू मिले हैं ?" और उसका गला भर्राया ही था कि घूँट भरकर उसने सारी बात को परिहास बना दिया, "तुम भी तो तभी ठीक रहते हो, जब बाबूजी हल्ला मचाते हैं।"

मैंने मनाने के ढंग से उसका हाथ पकड़ लिया, "मेरा क्या गया ? तुम ही हो रही थीं लाल उस वक्त, जैसे सिंदूर में नहला दिया हो।"

"ओहो, अपनी नहीं बताएँगे कि काँप रहे थे। गले से आवाज़ नहीं निकल रही थी और अब शान ऐंठ रहे हैं।" वह उस दिन की बात से हँस पड़ी।

"अच्छा छोड़ो भी, तुम भी क्या बेकार की बातें लेकर बैठी हो ! आओ, हम लोग खाना खाएँ।" मैं उसका हाथ थाली की ओर खींचकर उससे ज़बरदस्ती रोटी तुड़वाने की कोशिश करने लगा।

"हाय, तुम मुझे ज़िंदा नहीं रहने दोगे। कोई देखे तो घर से बाहर ही निकाल दे। हूँ, साथ-साथ खाना खा रहे हैं !" उसने डरते हुए बाहर की ओर देखा।

"अच्छा, बको मत, खाओ चुपचाप !" मैंने उसे डाँट दिया। मन में सोचा, एक तो बेचारी इतनी देर तक बैठी रहे और फिर साथ खाने का सुख भी न पाए। आँखों के आगे भविष्य की वह तसवीर कौंध गई जब हम और वह मेज पर बैठकर साथ-साथ खाया करेंगे। जंगले से झाँकती हुई वह मेरे कॉलेज के ख़ाली पीरियड्स के लिए प्रतीक्षा किया करेगी।

एक खोयी-खोयी-सी मुस्कराहट उसके चेहरे पर भी उभरी। लगा कि कुछ इसी ढंग की तसवीर उसके दिमाग में भी कौंधी। उसने उठकर किवाड़ बंद कर दिए। "अच्छा, पहले किवाड़ बंद कर लें..." और फिर एकदम बच्चों की तरह कंधे हिलाकर मचलकर कहने लगी, "हमें तो शरम लगती है साथ खाते..."

"पिटोगी, अगर शरमाने-वरमाने का बहाना किया।" वह उठने की कोशिश करने लगी तो मैंने फिर खींचकर बिठा लिया।

और उस समय सारा घर स्तब्ध रह गया, जब सुना कि मैं तो जैसे-तैसे सेकंड डिवीजन में पास हो गया, लेकिन अमर का कहीं नाम ही नहीं निकला। घर की वह तसवीर अभी भी मेरे सामने है। अमर एक ओर बैठा सुबक रहा था। सारे घर में मुर्दनी-सी

छाई थी। इस चोट की गहराई के सामने मेरे पास होने की खुशी को किसी ने महसूस ही नहीं किया था। उसे अब फिर एक साल नए सिरे से पढ़ाना होगा, इस कल्पना की विभीषिकाएँ सबकी आँखों के सामने नाच रही थीं। बाबूजी पहलवानों की तरह दोनों हाथ छाती पर बाँधे उद्वेग से इधर से उधर टहल रहे थे, "उल्लू के पट्ठों से कहते थे कि पढ़ो, पढ़ो। पर इन सालों को फुरसत कहाँ ? एक की शादी क्या कर दी, हाथ से ही चला गया। बड़े छाती ठोककर कहते थे, 'बाबूजी आपको क्या है ? मैं चाहे जो करता रहूँ, लेकिन फर्स्ट-डिवीजन न आए तो कहना।' अब ले चाट, सेकंड डिवीजन को रखकर। और अमरजी, तुम तो साफ सुन लो बात, मेरे तो बस का है नहीं कि हर बार रुपया तुम्हारे ऊपर पानी की तरह बहाऊँ। तुम्हें अपनी मटरगस्ती से फुरसत हो तो पढ़ने-लिखने में भी मन लगे। पढ़ना है तो अपने बूते पर पढ़ो, वरना भीख माँगो।"

प्रभा ने बताया कि भाभी वैसे तो अपने अमर लालाजी के फेल होने पर बड़ा दुख प्रकट करती रहीं, उन्हें सांत्वना बँधाती रहीं, लेकिन भाईसाहब से कह रही थीं, 'अच्छा अंधेर है इस घर में। एक तो दिन-रात हड्डे पेल-पेलकर इन मुस्टंडों को पालो-पढ़ाओ और इनको इतना तक खयाल नहीं है कि अगले के भी तो बाल-बच्चे हैं। इसके आगे भी तो ज़िंदगी पड़ी है।' तब फिर भाईसाहब ने समझाया, 'चुप रहो, हमारी ज़िंदगी तो सिर्फ इसी काम के लिए बनी है कि बैल की तरह कमाएँ और इस गड्ढे में डालते रहें...' और इसके बाद वे रो पड़े थे।'

भाईसाहब का दुख मुझे बहुत गहराई तक मथ गया।

सारे घरवालों के तानों और विरोधों के बावजूद मैं दिवाकर के साथ जाकर बड़ी मुश्किल से अपना नाम कॉलेज में लिखा आया। कॉलेज में भरती होने के लिए लड़कों की जो धक्कम-पेल थी, जो सिफारिशें और तिकड़में थीं, उन्हें देखते हुए तो कहना चाहिए कि इस सबके मुकाबले पास होना कतई कठिन नहीं है। उस समय तो यही लगता था कि किसी तरह एडमीशन की यह 'वैतरणी' पार हो जाए तो जीवन सफल हो। कोई पूछनेवाला नहीं था और बड़े-बड़े फर्स्ट-क्लास लड़के प्रिंसिपल के कमरे से वाइस-प्रिंसिपल के कमरे में टकरा रहे थे। कोई किसी एम.पी. की सिफारिश लिए चला आ रहा था और किसी के साथ कोई मजिस्ट्रेट खुद अपना आदमी भेज रहे थे। अभी भी उम्मीद यही लग रही थी कि एक-एक क्लास में साठ-साठ लड़के होंगे और इस तरह की हर क्लास में चार-चार सेक्शन तो कम से कम होंगे ही। शैतान की आँत की तरह सिलसिला बढ़ता ही चला जा रहा था। साइंस, आर्ट्स के हिसाब से पहले क्लासों को बाँटो, फिर ए, बी, सी, डी, सैक्शन्स। मुझे भी अपने भरती होने में पूरे तीन दिन बिगाड़ने पड़े। कॉलेज का पुराना विद्यार्थी होने के कारण हो भी गया। मुसीबत तो बेचारे फर्स्ट-इयरवालों की थी।

लेकिन ताज्जुब यह था कि घर में एडमीशन से पहले उठा हुआ बवंडर और विरोध दो दिन में कैसे जादू के जोर से कहीं उड़ गया। सबसे ज़्यादा अमर के दाख़िले में दिक्कत हुई।

अब प्रभा के लिए असली मुसीबत आई। प्रेस से ग्यारह बजे छूटते ही मुझे कॉलेज भागना पड़ता था और वहाँ से तीन बजे छुट्टी मिलती थी। हमारा आख़िरी पीरियड तीन बजे ही पड़ता था। वह तो कहो कॉलेज में अभी एम.टी. (मिलिट्री-ट्रेनिंग) शुरू नहीं हुई थी वरना साढ़े-चार से लेकर साढ़े-सात तक वहाँ घिसना पड़ता। न जाओ तो आठ आने फाइन दो। तब तो सुबह साढ़े-चार बजे घर से निकलकर बड़ी मुश्किल से रात को साढ़े-सात या आठ बजे घर पहुँच पाया करूँगा। खाने की समस्या फिर बुरी तरह सामने आ गई। प्रभा ने कहा, "तुम क्यों बेकार सिर खपा रहे हो ? मैं कह तो रही हूँ कि सुबह तीन बजे ही उठकर कुछ बना दिया करूँगी।"

"एक तो तुम यों ही सारा दिन काम में जुती रहती हो, फिर ऊपर से यह ! साढ़े-ग्यारह बजे सोकर ढाई-तीन बजे सुबह उठोगी ? आखिर तुम्हारा इरादा क्या है ?" मैंने नकली गुस्से से कहा, "साफ ही कह दो न, मैं तुम्हें यों ही मार दूँ।"

"ओहो, ज़रा-सा काम करने में नहीं मरी जाती हूँ। और काम क्या मुफ्त करूँगी ? कहे देती हूँ, सारा बदला चुकाना पड़ेगा।..."

मैं उसके इस ढंग और अदा पर रीझ गया। गद्गद कंठ से बोला, "देखो, ज़िंदा रहा तो पाई-पाई चुकाऊँगा। सबकुछ इसीलिए तो कर रहा हूँ कि तुम्हें ठीक से रख सकूँ, नहीं तो चार बजे से रात के दस बजे तक जुता रहूँ, मुझे क्या दौरे आते हैं ?" फिर अचानक सँभलकर कहा, "नहीं, जो कुछ भी हो, तीन बजे तुम्हें किसी भी हालत में नहीं उठने दूँगा। अच्छा ऐसा क्यों नहीं करतीं कि रात को बनाकर रख दिया करो..."

"लेकिन सुबह तक बासी हो जाएगा..."

"नहीं होगा बासी। और सुबह दस बजे प्रेस में तो खा ही लिया करूँगा। इतनी देर में क्या बासी हो जाएगा ?"

मुझे लगा प्रभा जैसे राज़ी हो गई। बोली, "और दिन-भर उस बरतन को साथ लिए घूमा करोगे ?"

"साथ लिए तो बहुत घूमा ! वहीं कहीं प्रेस में रख दिया करूँगा। लौटते वक्त उठा लाया करूँगा। एकदम पास ही तो है।"

लेकिन उसने एकदम टालकर कहा, "अरे जी, कुछ नहीं होता। सुबह ही बना दिया करूँगी। गरम-गरम खाना खाकर जाया करोगे तो ज़रा 'स्मार्ट' भी लगोगे। कहते हैं बासी खाना खाने से दिमाग ठस हो जाता है। सारा दिन आलस्य रहता है।" फिर एकदम याद करके ज़रा उमगे स्वर में बोली, "और हाँ, एक बात बताएँ... अम्मा ने कह दिया है कि अगर खाना ले जाओ तो ढंग के चार पराँठे सेंक दिया करूँ। बाहर कोई दोस्त ही खाने बैठ जाए, या देखे-भाले तो रोटी अच्छी नहीं दीखती।"

''अच्छा... ! यह मुझे नहीं मालूम था।'' मैंने चिंता-भरे स्वर में कहा, ''प्रभा, मैं सारे घर को जानता हूँ। यह सब इसलिए है कि मुझे दस-ग्यारह को तनख्वाह मिलेगी। नहीं तो मैंने जो कॉलेज के लिए कपड़े बनवाए हैं वे, या किताबें-कॉपियाँ और फ़ीस—तुम समझती हो सब यों ही चुपचाप हो जाता ? एक-एक चीज़ पर हत्या हो जाती, हत्या... ! अब तुम्हीं बताओ, इन्हें उनमें से क्या दूँगा ? अच्छा, एक काम करें... तुम किसी तरह भाभी को इस महीने के हमारे सारे खर्चे का हिसाब दे सकती हो ?''

''सो मेरी खोपड़ी पिटे और तुम अपने अलग खड़े तमाशा देखो। तुम्हीं तो अकेले चालाक हो न...? अम्मा दाँत किटकिटाकर कहेंगी... खसम की कमाई का हिसाब दे रही है।''

''तो फिर तुम्हीं बताओ, कैसे समझाया जाए ? वैसे तो मैंने अब जान लिया है कि खाने के सिवा घरवालों पर बहुत ही कम खर्च रखेंगे। लेकिन देखें, आगे क्या होता है !'' और एक बार गहरी साँस इस तरह अपने-आप फूट पड़ी कि सारा वातावरण आर्द्र हो आया।

कुछ देर की चुप्पी के बाद मैंने सिर झटककर कहा, ''प्रभा, मेरे तो जी में आता है कि छोड़ो इस सारी आफ़त को और मारो इस मुसीबत को गोली ! किस चक्कर में जाकर उलझ गए ? न दिन को चैन, न रात को आराम। फिक्र के मारे दिन-रात की परेशानी। सुबह चार से लेकर रात के दस बजे तक पागलों की तरह इधर और कभी उधर भाग रहे हैं। कहीं अपने आनंद से क्लर्की करेंगे और साठ-सत्तर रुपए महीने में मस्ती फटकारेंगे। सुबह दस बजे जाएँगे और पाँच बजे घर हाज़िर हो जाया करेंगे। ज़्यादा से ज़्यादा फ़ाइलें ही तो लानी पड़ा करेंगी...''

प्रभा ने हमदर्दी से मेरा चेहरा देखा, ''लेकिन मुसीबत सिर्फ रुपयों की ही तो नहीं है। उतना तो तुम्हें अभी भी मिलता है। असली मुसीबत तो यह है कि हमारे सपने बहुत ऊँचे हैं। भविष्य के नक्शे बिलकुल अलग हैं।''

''यही तो सारी मुसीबतों की जड़ है। लेकिन वह सपने मेरे अकेले के ही तो नहीं हैं,'' मैंने परेशानी से कहा। ''अब तुम्हीं बताओ कि इन सपनों को कहाँ ले जाएँ ? दिल है तो सपने भी हैं।''

''आज तुम कैसी बातें कर रहे हो ये सब ?'' प्रभा प्यार से झिड़ककर बोली, ''अरे, ज़रा-सी मुसीबत है, दूर हो जाएगी। सपनों का सुख भी तो हम ही उठाएँगे। उनके लिए ज़रा-सी तकलीफ़ भुगत लेने में हर्ज ही क्या है ? और चाहे तुम्हारे साथ कोई हो या न हो, मैं तो हूँ ही।'' उसने मेरे कंधे पर हाथ रख दिया।

और मेरा हृदय इस तरह गद्‌गद हो आया कि मन हुआ उसकी गोद में सिर रखकर रो पड़ूँ। यह किसी स्वर्ग की शाप-भ्रष्टा देवी है जो अपना समय गुजारने यहाँ चली आई है। अगर यह मेरी हिम्मत को न ललकारती रहती तो क्या मैं इस सबको पार कर पाता ? कभी नहीं, कभी नहीं ! मैं तो जाने कब का टूट चुका होता। भर्राए

गले से मैंने पूछा, "अच्छा प्रभा, एक बात बताओ, इतने कष्टों, मुसीबतों और निराशाओं में भी तुम्हारा दिल नहीं घबराता ? जिन दिनों मैं बोला नहीं करता था और तुम्हें तंग किया करता था, उन दिनों ज़रा देर को भी तुम्हारे मन में पराजय की भावना नहीं आई थी ?"

"मैं ?" उसने निहायत ही आत्मविश्वास-भरे लहज़े में कहा, "मुझे तुम अभी नहीं जानते। मुझमें बहुत ज़्यादा जीवनी-शक्ति है। इससे भी ज़्यादा मुसीबतों में मैं विचलित नहीं हो सकती। विवाह से पहले बड़ा डर लगा करता था कि आगे जाने कैसे होगा। लगता था कि किसी भी मुसीबत को मैं सह नहीं पाऊँगी। अब जब देख लिया है कि तकलीफ़ किसे कहते हैं तो लगता है कि बस, इसी के लिए इतना डरना था ?" और शायद अध्यापिकाओं जैसी अपनी इस भाषा पर वह खुद ही लजाकर नीचे देखने लगी। मुझे लगा, जैसे उसके चेहरे से एक तेजोज्ज्वल अरुणाभा फूट-फूटकर ज्योतिर्मंडल-सा बना रही है।

"नहीं प्रभा, मैं कोई हारा थोड़े ही हूँ। मैं तो यों ही कह रहा था। तू देखती रहना, मैं सब करूँगा। मैं तेरे लिए क्या करता हूँ, क्या कर सकता हूँ, अभी तुझे पता ही नहीं है..." और अपने रोमांचित हाथों से मैंने उसके दोनों कंधे पकड़कर उसका सिर उठा दिया। उसके झुकी पलकोंवाले चेहरे को देखकर एक अजब-सा खयाल मन में आया... मान लो, इस बीच ही यह माँ बन गई तो ? और मुझे लगा, मेरी बात को जाने कैसे वह समझ गई है और उसका चेहरा पहले से भी गुलाबी हो आया है...।

आठ

थकान का भी अपना एक अजब नशा होता है। अपनी कोठरी के सामनेवाली छत पर, मैं एक छोटे-से खटोले पर इस तरह पड़ा था जैसे पानी पर रखी नाव पर पड़ा हूँ। सिर नीचे लटक रहा था, हाथ अलग फैले और पाँव ज़मीन पर टिके थे, जैसे सारे अंग निर्जीव होकर झूल रहे हों–नीचे सब लोगों के बातें करने की आवाज़ आ रही थी। हुँह, अब अमर की शादी होगी...।

जैसे ही घर में कदम रखा कि परिचित आवाज़ को सुनकर चौंक गया। बैठक में ज़रा-सा झाँककर देखा, मामाजी थे। आश्चर्य हुआ। मेरी शादी के बाद वे अब आए थे। नाराज़ हो गए थे। ज़रा-सा झिझका और ऊपर चला गया।

तभी नीचे से आवाज़ आई, "अरे समर, तू तो हमसे मिला ही नहीं, बेटे।..." उनको शायद मेरे आने की खबर मिल गई थी। बड़ी अनिच्छा से उठकर नीचे आया। वे बैठक ही में बैठे थे; शायद नाराज़ी के कारण भीतर नहीं आए थे। मैंने चरण छुए तो उन्होंने बाँह में भरकर पास ही बिठा लिया और बाबूजी से बात करते रहे।

"समझो ठाकुर साहब, जो कुछ आपको करना-धरना है, सो खुद ही देखिए-भालिए। लड़की मेरी निगाह में थी सो मैंने बता दी। क्योंकि बात ऐसी है जी, आदमी करता अच्छे के लिए है और समझा बुरा जाता है। समर की शादी में जीजी ने जो कुछ कहा, मेरे लिए तो डूब मरने को उतना ही काफ़ी है।" वे बाबूजी की बात का गुस्से से जवाब देते हुए बोले।

बाबूजी मूढ़े पर बैठे-बैठे तरह-तरह के मुँह बनाते दियासलाई से कान का मैल निकाल रहे थे। लगता था बलपूर्वक अपने को व्यस्त बनाए रख रहे हों। आखिर उँगलियाँ से कान झाड़कर बोले, "अरे छोड़ो, तुम भी क्या औरतों की बात पर ध्यान देते हो, चंदनजी ! इन लोगों को कुछ और काम तो है नहीं, उठाई ज़बान इधर दे मारी, उठाई उधर दे मारी।" फिर मुलायम स्वर में समझाते हुए-से बोले, "लड़की तुमने देख ही ली होगी ! कुल-खानदान कैसा है ? ज़रा खुलासा तो करो।"

हुँ, तो फिर किस लड़की के बारे में बातें हो रही हैं ! मैं चुपचाप सुनने लगा।

"सो बात झूठी है," दोनों हाथ कंधों के ऊपर मोर के पंखों की तरह फैलाकर वे बोले, "लड़की तुम देख लो, अमर को दिखा लो, और दो-चार मुहल्ले-पड़ोसवालों को दिखा लो। सारी बातें आप खुद ही करो सा'ब। मुझसे तो उन्होंने बातचीत करने

को कहा, तीन दिन पड़े रहे। मजबूर कर दिया तो आ गया हूँ और कुछ मुझसे नहीं होगा।''

''च्चू...भई, वह तो सब ठीक है...। लेकिन...''

अब मुझसे नहीं रहा गया। बोला, ''बाबूजी, तुम्हें जल्दी क्या पड़ रही है ? अभी वह फेल होकर चुका है और अब शादी कर दो ऊपर से, सो और फेल हो...''

''चुप रहो जी तुम, समझते तो कुछ हो नहीं और बीच-बीच में अपनी छोंकते हो !'' बाबूजी ने डाँट दिया, ''अरे, अभी शादी हुई जा रही है ? सालों तो बातचीत चलती है। मेरी आँखों के आगे सब हो-हवा जाए तो गंगा नहाऊँ। पता नहीं, फिर क्या हो ?'' उनकी आवाज़ भर्रा गई और उसे संयत करने के लिए वे सामने रखा हुआ हुक्का पीने लगे। मामाजी ने गुड़गुड़ाकर उनकी तरफ बढ़ा दिया था। एक कश लगाकर बोले, ''पास-फेल तो लगा ही रहता है। इसके लिए कोई ज़िंदगी रुकती हो ? हाँ तो चंदनजी, भाई बुरा मानने की बात तो है नहीं, समर की शादी की तरह गोल-मोल बात हम इस बार नहीं रखना चाहते। लेन-देन की बात साफ होगी...''

बाबूजी के यों डाँट देने से अपमान की कड़वाहट दिल में उमड़ उठी और आँख भर आईं। मुझसे तो तबीयत भर गई, अब अमर की शादी और कर दो ! अभी तो घर में चख-चख कम है न, सो एक आदमी का खर्चा और बढ़ा लिया जाए। अरे ठीक है, शादी किसी की नहीं रुकती, लेकिन ज़रा अपने पैरों पर खड़ा होने लायक तो हो जाने दो। लेकिन, नहीं। यहाँ तो बीच में बोलना गुनाह है। अब लेन-देन की बातें साफ होंगी, फिर लेन-देन पर झगड़ा भी होगा। कोई मना करे, या कुछ करे, अब मानेंगे थोड़े ही। इस बारे में बातें करने का अधिकार तो सिर्फ इन्हीं लोगों को है। हम या तो बेवकूफ हैं या बलि के बकरे। अभी तक तो मैं मरता था, अब बेचारा अमर। और मुझे लगा कि मेरा यहाँ बैठना बेकार है। अच्छा-खासा आराम कर रहा था।

उठने लगा तो फिर मामाजी ने हाथ पकड़कर बिठा लिया, ''अरे-अरे, बैठो भाई, चल कहाँ दिए ! हम तो जाने कब से तुम्हारी राह देख रहे थे ! चले कहाँ गए थे !''

घूँट लीलकर बोला, ''कॉलेज चला गया था, मामाजी !'' अमर ने भाईसाहब की बिटिया को लाकर बाबूजी की गोद में रख दिया और निहायत तटस्थ की तरह चला गया मानो उसे इन सारी बातों से कोई मतलब ही न हो।

मामाजी बोले, ''अच्छा-अच्छा, कॉलेज जाने लगे ?'' फिर प्रसन्नता से सिर हिलाकर कहा, ''बड़ा अच्छा है। खूब पढ़ो, बेटा ! विद्या ही सच्चा धन है।''

मैं चुप रहा।

''कहो, और तो सब ठीक-ठाक है ? बड़े कमज़ोर दिखाई दे रहे हो। क्या बात है ? तंदुरुस्ती की तरफ ज़्यादा ध्यान-व्यान नहीं देते !'' फिर बहुत अर्थ-भरे ढंग से हँसे, ''आजकल संघ-वंघ में सुबह परेड करने नहीं जाते ?''

''नौ बजे से पहले कुँवर साहब का सबेरा ही नहीं होता। परेड क्या दोपहर में

जाएँगे ?'' बाबूजी ने बच्ची को खिलाते हुए धीमे स्वर में कहा, लेकिन उनकी बात के तीखेपन से मैं तिलमिला उठा। वे उस दिन की याद दिला रहे थे।

मन में आया कि झटके से सिर उठाकर कह दूँ कि हाँ, सुबह दस बजे से पहले मेरी आँखें नहीं खुलतीं, कहिए क्या कहना है ? लेकिन किसी तरह अपने पर सब्र करके बोला, ''नहीं मामाजी, ऐसी कोई खास बात नहीं है। गरमी इस बार इधर ऐसी जबरदस्त है न, कि कुछ भी करने की हिम्मत नहीं पड़ती।''

''हाँ, सो तो है ही। सो तो है ही।'' फिर बाबूजी की तरफ से नै खींचकर होंठों की तरफ बढ़ाते हुए बोले, ''अब कुछ थोड़ा घर की तरफ भी ध्यान दो, बेटा ! यहाँ भी कुछ मदद करने की बात सोचो। माँ-बाप का फर्ज सबसे बड़ा है। अब तुम बड़े हो गए, गृहस्थ हो गए, अपने छोटे भाइयों को पढ़ाओ। अकेला बड़ा ही कहाँ तक करेगा ?''

इस बार बाबूजी फिर बीच में बोल पड़े, ''इन्हें क्या चिंता है ? ये बने रहें और इनकी बहूरानी बनी रहे। बाकी सारी दुनिया भाड़ में चली जाए, इनकी बला से !''

कोई कड़ी बात कहने ही जा रहे थे कि मामाजी ने उन्हें रोक दिया, ''मैंने कहा, तुम चुप रहो, ठाकुर साहब ! बात मैं कर रहा हूँ और बोल आप रहे हैं। एकदम बच्चा तो वह है नहीं जो समझता न हो। और बेटा, तुम्हारी शादी कर दी, तुम्हें पढ़ा-लिखा दिया, आखिर अब कब तक माँ-बाप के सहारे रहोगे ? खुद दुनिया-भर की मुसीबतें सहकर यह जो माँ-बाप बच्चों को पढ़ाते-लिखाते हैं वह किसी उम्मीद से ही तो करते हैं न ?'' उन्होंने मुझे फिर बगल में भींच लिया।

ज़रूर बाबूजी बैठकर मामाजी के सामने रोए होंगे, वरना मामाजी को पता कैसे हुआ। इन्होंने कहा होगा कि मैं समझाऊँगा। सब-कुछ पहले से पका-पकाया है। पूरी योजना मेरी समझ में आ रही थी। लेकिन शायद दो वर्ष में पहली बार कोई घरवाला मुझसे ऐसे प्यार से बोल रहा था, घर की बातें समझा रहा था। सारा आशय समझते हुए भी यह अपनापन मुझे पिघलाए दे रहा था, आँखें गीली हो आईं और मैं चुपचाप पाँव का अँगूठा मोड़ता-सीधा करता सुनता रहा।

''शादी-ब्याह तो सभी के होते हैं भाई, लेकिन इसके लिए कोई अपने भाई-बहन, माँ-बाप को थोड़े ही छोड़ देता है ? जहाँ चार बरतन होते हैं, खटकते ही हैं। औरतों का क्या है, पल में इधर, पल में उधर। समझदार आदमी को तो उनकी बातों में आना ही नहीं चाहिए। तुम खुद हमसे ज़्यादा पढ़े-लिखे हो, अच्छी तरह समझते हो। वे तो अलग घर, अलग खानदान से आई हैं, उन्हें किसी के आपसी रिश्ते से क्या लेना-देना ! खून का रिश्ता तो तुम्हारा आपस में है। वह अलग थोड़े ही हो जाएगा। सो बेटा, ये सब तो घर-गिरस्ती के मामले हैं। खूब फूँक-फूँककर कदम रखना चाहिए।'' मामाजी मेरे कंधे पर हाथ फेरते रहे।

और तब मेरे भीतर कोई चीत्कार उठा—'मामाजी, तुम नहीं जानते, तुम नहीं जानते, इस घर की हालत क्या है ? अगर जानते होते तो यों अमर की शादी कराने

नहीं चले आते।' सोच सब गया, लेकिन यों ही अपराधी की तरह आँखें धरती में गड़ाए सुनता रहा।

"तुम कहो, सास-बहुओं की कहन-सुनन ? तो भैया मेरे, किस घर में यह नहीं होता ? बड़े-बड़े लखपतियों की घर की हालत तो मैं जानता हूँ। घर-घर मिट्टी के चूल्हे हैं। समझे !" मामाजी मेरी पीठ पर प्यार से हाथ फेरते रहे।

जाने क्यों न चाहते हुए भी मेरे हृदय से रुलाई उमड़ रही थी। जोर से मन में आ रहा था कि दौड़कर बाबूजी के चरणों में गिर जाऊँ, खूब रोऊँ, क्षमा माँगूँ कि मैंने बहुत ज़्यादतियाँ और अशिष्टताएँ की हैं। आज तक कभी इस निगाह से सारी चीज़ को देखा ही नहीं। मेरा व्यवहार उनके प्रति सचमुच कितना उपेक्षापूर्ण और ग़लत रहा। बड़ी ही कठिनाई से केवल इतना ही कह पाया, "मामाजी, मैं आगे पढ़ना चाहता हूँ।"

"पढ़ने को कौन नहीं पढ़ाना चाहता, बेटे ! लेकिन भैया, सबकुछ अपने घर की हालत देखकर होता है। 'तेते पाँय पसारिये जेती लाँबी सोर'। तुम्हारा भैया भी है, वह भी तो अपना फर्ज़ पूरा कर रहा है या नहीं ? घर में रहकर सब सोचना पड़ता है, मेरे मुन्ना ! अब तुम गिरस्ती में आए हो, समझने की कोशिश करो कि दुनिया चलती कैसे है ? बहू को ज़रा दबाके रखो, उसे अदब-कायदा सिखाओ। और अगर इन्हीं दिनों कहीं प्यार में आकर तुमने सिर चढ़ा लिया तो उसकी सीखती है बलाय। लड़कियों को तो सभी-कुछ ससुराल में सीखना पड़ता है; घर पर उछलने-कूदने के सिवा कोई काम करती होगी वे !" और मामाजी अपने मक्खन जैसे मुलायम और शहद-से मीठे शब्दों में 'औरत को सँभालकर रखने' के गुर देते रहे। मैं जानता था कि सब सलाह नहीं दी जा रही बल्कि मेरे और प्रभा के ऊपर लगाए गए आरोपों का पुनर्कथन मात्र है। कई बार मन में आया कि उनकी बात का विरोध करूँ।

"और तुम्हारे बाबूजी कह रहे हैं कि तुम पूजा-पाठ, धरम-करम सब छोड़ते चले जा रहे हो। ऐं ? कहीं पढ़ना-लिखना इसलिए होता है, बेटा ? लोग सारे धरम-करम को छोड़ देंगे तो दुनिया रहेगी कैसे ? देखो, अपने पुरखों को देखो। कितनी-कितनी मुसीबतें आईं, कैसे-कैसे संकट पड़े, लेकिन वाह रे मेरे शेरो, जान छोड़ दी पर धरम नहीं छोड़ा। हकीकत राय, बन्दाबहादुर पर क्या-क्या जुल्म नहीं ढाए गए ! भैया, अपने धरम का तो प्रताप ही है कि हम-तुम यहाँ बैठे हैं, वरना जाने पाकिस्तान में होते या किसी गिरजे में प्रार्थना कर रहे होते। तुमने तो हमसे ज़्यादा पढ़ा है। तुम तो खुद ही जानते हो, जर्मनी हमारे यहाँ से वेद न चुरा ले गया होता तो एक से एक नायाब चीज़ें आज कहाँ से ईज़ाद कर लेता ? अरे, चोरी करके तो तुम जो चाहे सो कर लो, अकल हम तब मानते कि खुद अपने-आप ये हवाई जहाज़, रेडियो निकालते।" और अपने अतीत के गौरव की याद में उनकी आँखों में आँसू भर आए।

इन सारी बातों का जवाब मैं क्या दूँ, मैं सोच ही रहा था कि अचानक तेज़ आवाज़ में कही गई बाबूजी की बात ने सारा जादू एक झटके में छिन्न-भिन्न कर डाला, "तुम किस पत्थर को समझा रहे हो, चंदन ? कहा है, 'सीख दीजिए ताहि को,

जाको सीख सुहाय... सीख न दीजे बाँदरा घर बया कौ जाय।' वहाँ कोई असर नहीं है, भैया ! पानी की बूँद नहीं टिकनेवाली। सब चुपचाप सुन लेगा, लेकिन करेगा वही जो उसके जी में आएगा, जो बहू कहेगी। क्यों अपना वक्त बिगाड़ रहे हो तुम ? उसे भी बहू के पास जाने को देर हो रही होगी।" फिर एक पल चुप रहकर बोले, "मैं तो कहता हूँ, जो इनके जी में आए सो खूब कर लेने दो, हमारी तकदीर में होगा सो भुगत लेंगे। अब तक भी तो भुगता है।"

मामाजी भी बाबूजी के इस अप्रत्याशित विस्फोट से हतप्रभ हो गए। लगा, यह उनके कार्यक्रम में नहीं था। पीठ ठोंककर बोले, "नहीं जी, कोई बच्चा थोड़े ही है हमारा समर बेटा। समझता तो सब है, ज़रा-सा लड़कपन है। क्यों, है न बेटा ? बाबूजी से माफी माँग लेना, बेटा ! यह बड़े हैं।"

खट् से स्विच दबाकर जैसे किसी ने नम्रता, शील, हृदय में उमड़ आई कातर आर्द्रता एक साथ सब समेट ली। बाबूजी की बात दिल को चीरती चली गई। सारी शिष्टता और तमीज़ को ठोकर मारकर कोई कड़ी-सी बात कह देने को जी कसमसाता रहा और ज़बान तड़पती रही। अपना नम्रता से झुका सिर मैंने उद्दंडता से ऊपर उठा दिया और तना हुआ, बिना एक भी शब्द बोले, ऊपर चला आया। हाँ, मैं जैसा हूँ वैसा हूँ। करो क्या करते हो ?

बीच छत पर खड़ा-खड़ा सोच ही रहा था कि बाहर भटकने निकल पड़ूँ या फिर अपनी खाट पर जा लेटूँ। तभी कोठरी के भीतर से बदले हुए ब्लाउज के सामनेवाले बटन लगाती प्रभा निकल आई। कुछ देर खड़ी-खड़ी यों ही देखती रही। फिर पास आकर पूछा, "क्या हुआ ?" कनपटी के पास आकर मेरा गाल छूकर देखा, "तबीयत तो ठीक है न ?"

मैं कुछ नहीं बोला और बिना कोई प्रतिक्रिया दिखाए खड़ा रहा। वह फिर बोली, "क्या कहते थे मामाजी ?"

"कहते थे मेरा सिर !" जैसे ही झुँझलाकर कहा कि मेरी निगाहें उसके चेहरे पर जा पड़ीं ! सोचा, इस बेचारी ने क्या किया है जो उस पर झुँझलाहट निकाल रहा हूँ ? इसे तो पता भी नहीं है। थोड़ा नरम पड़कर बोला, "समझा रहे थे कि बहू को कैसे दबाकर रखना चाहिए ? मुझे पता है, बाबूजी ने कहा होगा सब। रोए होंगे बैठकर वरना वह कोई ज्योतिषी हैं कि सूरत देखते ही पता चल जाए ! आते ही उन्हें ये सारी बातें मालूम कैसे हो गईं ?"

प्रभा ने स्नेह से कंधा छूकर कहा, "अरे, कोई बात कह ही दी तो ऐसा क्या हो गया जो यों मन खराब करते हो ? जाओ, ज़रा घूम आओ, तबीयत ठीक हो जाएगी। बड़े हैं, समझाना उनका फर्ज़ है।"

"बड़े आए समझानेवाले। दूसरों को क्यों नहीं समझाते ?" फिर थोड़ी देर सोचकर कहा, "नहीं प्रभा, सारी कमज़ोरी यह है कि मैं बहुत कच्चे दिल का आदमी हूँ, सो जिसका मन होता है दबाता चला आता है। ज़रा उन्होंने प्यार की बात कह

दी और पिघल गए। तुम्हीं बताओ, ऐसा मैंने क्या कर डाला कि बाबूजी से माफी माँगने को कहते थे ? आखिर मेरा कुछ कसूर भी तो बताओ जिसका नाम लेकर कहूँ, बाबूजी ग़लती हो गई, माफ़ कीजिए। मैंने आज तक उनसे कोई बदज़बानी नहीं की, उनके सामने नहीं आया। कभी उनके बारे में कोई ऐसी-वैसी बात नहीं की। जब देखो तब सुन लो, 'बहू सिखाती है, बहू सिखाती है।' आखिर तुम मुझे क्या सिखाती हो, बताओ न ? कोई कुछ बोले नहीं तो उसके ऊपर काँव-काँव ही किए जाओ, यह कहाँ की नीति है ? बहू ने ऐसा किया, बहू ने वैसा किया। सुबह तीन बजे से उठकर काम में लगती हो, आखिर तुम ही कहाँ जाकर मर जाओ ? रात को बारह से पहले सोने को नहीं मिलता, आखिर किसी को सोचना भी तो चाहिए कि औरों की भी कुछ इच्छाएँ हैं। तुम्हीं बताओ, यहाँ कोई सोचता है कुछ किसी के लिए ?'' मैं कहता रहा।

''सब ठीक है। इस वक्त तुम यह सब सोच-सोचकर क्यों भुनभुना रहे हो ? थोड़े दिन की बात ही तो है। कोई हमेशा तो चलता नहीं है।'' प्रभा ने समझाया।

मैं अपनी ही रौ में कहता गया, ''बड़े आए हमें धर्म समझानेवाले ? पहले खुद तो समझ लो। धर्म का नाम ले-लेकर मार दो आदमी को। दुनिया किधर जा रही है, उसे देखने मत दो। बस, मंदिर में बैठकर खरताल बजाया करो; सारे काम खुद हो जाएँगे, भगवान् कर देगा। कोई भी अकल की बात कहो तो नास्तिक कह-कहकर काट खाने को दौड़ो।''

प्रभा भी शायद खीझ उठी, ''तो फिर हो क्या गया, कह ही दिया तो ? जाकर अपना काम देखो न। बड़े-बूढ़े हैं, उन्हें सब कहने का हक है।'' और तब शायद हलकी चुहल से बोली, ''उन्होंने तो तुम्हारी शादी कराई है। इतना भी हक नहीं है उन्हें कहने का ?''

''बहुत अच्छा किया,'' मैं बिफरकर बोला, ''अभी घर की हालत बहुत अच्छी है न, सो दूसरी शादी कराने आ पहुँचे हैं ? अब अमर साहब पर निगाह है। न कमाना, न धमाना। आकर वह भी तरसा करेगी तुम्हारी तरह एक-एक पैसे के सुई-धागे को, कि हो तो फटी धोती सिले। एक ने कमाना शुरू किया तो मेरी शादी कर दी और अभी मैंने कुछ किया भी नहीं है कि तीसरे को फाँस दो। पीटेगी तो अपनी किस्मत वह पीटेगी।''

इस बार प्रभा खुलकर हँस पड़ी, ''तुम्हारा अभी से जब यह हाल है, बूढ़े होकर तो सचमुच इन लोगों से भी खतरनाक साबित होगे !''

बात उसने कुछ ऐसे ढंग से की कि मैं भी गुस्सा भूलकर हँस पड़ा। मन हुआ गाल पर चपत मारकर कहूँ, ''दुष्ट !'' लेकिन फिर अपनी उस गंभीरता को खींच लाया, ''नहीं प्रभा, असली बात तो मैं जानता हूँ। आज हो गई ग्यारह तारीख। अब उनके हिसाब से मुझे अपनी तनखा के रुपए मिल गए होंगे। मैंने एक टका नहीं दिया। और जब आज भी इस बारे में मैं कुछ नहीं बोला तो सारा धीरज छूट गया।''

''अरे हाँ, वह तो मैंने पूछा ही नहीं। रुपए तो तुम्हें कल मिल गए होंगे, क्या

किया ?" इस बार उसकी आवाज़ में सचमुच गृहस्थ-नारी की बुजुर्गी आ गई।

मेरी ज़बान फिर तीखी हो गई, "उस साले प्रेसवाले ने कुछ दिया ही नहीं। उससे अच्छा तो कोई ट्यूशन ही कर लेते। मर जाएँ उसके साले के बाल-बच्चे ! न मालूम क्या जी में है उल्लू के पट्ठे के ! यहाँ इकसठ रुपए तो यों ही उधार हो गए हैं। अब बाकी आठ बाबूजी को थमा दो तो मूँगफली तक खरीदने को तरसो। अच्छी आफत है। कल अगर नहीं दिए तो साफ कह दूँगा, तू जा भाड़ में, मुझे मेरे रुपए दे। मेरे यहाँ क्या कोई खजाना गड़ा है ? तुझे क्या चिंता है, तेरे यहाँ तो अनाप-शनाप चला आता है। अगर इसी तरह देने हैं तो रख ले यह अपनी प्रूफरीडरी। अरे हाँ, हम कुछ और कर-करा लेंगे। बाज़ आए ऐसी नौकरी से। बकस मेरी खाला, मैं तो लंडूरा ही भला ! रुपए ही नहीं निकलते जेब से साले के..."

प्रभा इस बार मुँह पर पल्ला रखकर देर तक हँसती रही। मुझे लगा, मेरा दर्द भुलाने के लिए नकली हँसी हँस रही है। बोली, "तुम तो सत्तर साल की बुढ़ियों-जैसी गाली देने लगे। कोई सुने तो क्या समझे..." और उसने जबरदस्ती मुझे धकेल दिया, "जाओ-जाओ, ज़रा खुली हवा में टहल आओ। लेकिन लौट जल्दी आना। मैं खाना लिए बैठी रहूँगी।"

अपनी बेवकूफी और प्रभा की बातों पर उस समय यों हँसता चला आया, लेकिन शीघ्र ही बाबूजी और मामाजी की बातें नए सिरे से दिमाग़ में घुमड़ने लगीं। एक बात सोचकर सचमुच आश्चर्य हुआ कि चाहे बाबूजी ने डाँटकर कहा हो, या मामाजी ने शहद में लपेटकर, बातें तो दोनों ही एक कहते हैं। दृष्टिकोण में कोई अंतर नहीं है, ज़बानें दो हैं।

सोचता हुआ मैं सड़कों पर भटकता रहा।

अपने आपमें डूबे-डूबे चलते हुए अचानक मुझे लगा जैसे मेरे पीछे-पीछे कोई चला आ रहा है। मुड़कर देखा तो दिवाकर सचमुच ही खिलखिलाकर हँस पड़ा। उसके साथ कोई और भी था। जब तक मैंने उसे पहचाना नहीं था, मैं एकदम डर गया था। दिवाकर बोला, "तुम्हें चलते वक्त ध्यान रहता है कि कहाँ जा रहे हो, किसलिए जा रहे हो ! दो फर्लांग से हम लोग साथ हैं। जाने क्या आप ही आप बड़बड़ाते हो, आप ही आप हाथ चलाते हो। खुद ही नाराज़ होना, खुद ही तन जाना, यह सब क्या है।"

मैं झेंपकर सकपका गया। ध्यान से देखा, अँधेरे में तटस्थ की तरह शिरीष भाई खड़े-खड़े सिगरेट पी रहे थे। जब कश खींचते थे तो आग का फूल उनकी आँखों के नीचे चमक उठता था। मैंने झट उन्हें नमस्कार किया। अब यह सोच-सोचकर बड़ी झेंप लग रही थी कि जाने कितनी दूर से ये लोग पीछे-पीछे चले आ रहे होंगे। इस बीच मैंने जाने अपने-आपसे क्या-क्या बातें की होंगी, किसी-किस तरह की हरकतें की होंगी। उन सबको देख-देखकर जाने क्या सोचा हो इन्होंने ! किसी तरह बोला, "आप लोग किधर से आ रहे हैं ?" मुँह पर खिसियानी मुस्कराहट आ गई थी।

"बता तो दिया कि आधे घंटे से तुम्हारे ही साथ आ रहे थे।" धृष्टता से दिवाकर

ने अपनी बात दुहराई। ''सुनते आ रहे थे कि तुम अपने-आपसे क्या-क्या बातें करते हो।''

''हाँ, यह तो हमें भी लगा कि किसी बहुत ही भारी समस्या पर विचार हो रहा था। क्या बात है ? भारतीय संस्कृति की कोई गुत्थी उलझ गई क्या ?'' और शिरीष भाई खुद ही बड़े ज़ोर से हँस पड़े। फिर मेरे संजीदा चेहरे की ओर देखकर हमदर्दी से पूछा, ''ऐसी क्या विकट समस्या आ गई।''

दिवाकर होता तो शायद मैं उसे उस समय झिड़क देता या दूसरी तरह बताता। उनकी मैं इज़्ज़त करता था, इसलिए कुछ सकुचाकर बोला, ''कोई ऐसी खास बात तो नहीं थी, शिरीष भाई ! मेरे मन में कोई बात आ जाती है तो देर तक फिर निकलती ही नहीं।''

''देखिए, जो बात मन और आत्मा को कष्ट दे उसे हमेशा किसी न किसी से कह देना चाहिए। इससे अपने ऊपर उसका बुरा प्रभाव कम हो जाता है। ईसाइयों में पादरी के सामने अपराध स्वीकार कर लेने की परंपरा के पीछे शायद यही भावना है कि इससे मन हलका हो जाता है।'' पास आकर मेरे कंधे पर हाथ रखते हुए वे बोले, ''लेकिन यह मैं आपसे व्यक्तिगत बात पूछने का अनुरोध नहीं कर रहा।''

''और अगर कोई व्यक्तिगत बात भी पूछ ही ले, या यह बता ही दे तो कौन-सी मुसीबत हो जाएगी !'' दिवाकर ने दूसरे कंधे पर हाथ रखकर कहा।

''लेकिन अपराध स्वीकार कराने का यह पुलिसवाला तरीका मुझे पसंद नहीं है।'' शिरीष दिवाकर की बात पर हँस पड़े।

कहीं दोनों मेरी बात का बुरा न मान जाएँ, मैंने बताया, ''नहीं, ऐसी कोई बात नहीं है; भाई !'' फिर एक क्षण सोचा और आगे बता ही दिया, ''तुम तो जानते ही हो दिवाकर, हमारे यहाँ कितने घरेलू झंझट हैं। एक न एक चक्कर रोज़ निकलता ही रहता है। मेरी शादी होकर चुकी नहीं कि अब अमर की शादी हो रही है। कुछ कहो तो दुनियाभर के उपदेश।''

शिरीष भाई ने पूछा, ''आप लोग तो सब साथ ही रहते हैं न।''

''चाचाजी वगैरह सब अलग हैं। हम लोग सब साथ ही हैं।'' मैंने बता दिया।

''माफ कीजिए, आपके परिवार की कुछ व्यक्तिगत बातें पूछ रहा हूँ।'' और फिर चलते-चलते शिरीष भाई देर तक मेरे परिवार के बारे में, लोगों के बारे में पूछते रहे और मैं बिना कुछ छिपाए बताता रहा। बात घर के लड़ाई-झगड़े पर आई तो मैंने दुखी स्वर में स्वीकार कर लिया कि मेरे घर में लड़ाई-झगड़े शादी के पहले ही दिन से शुरू हो गए थे। फिर प्रभा के बारे में पूछा कि कितनी पढ़ी है, स्वभाव कैसा है, उसके क्या-क्या सपने हैं और घर पर मुसीबतें क्या-क्या हैं। उनके इन डॉक्टरों जैसे सवालों से मैं परेशान मन ही मन ज़रूर था, लेकिन प्रभा की समझदारी, शिक्षा और सपनों के बारे में बताते हुए अच्छा भी बहुत लग रहा था। मगर अंत में उन्होंने एक ऐसा सवाल कर दिया कि सचमुच मैं उसका जवाब नहीं दे पाया।

"ठीक है, आपकी इच्छा से शादी नहीं हुई, लेकिन अब एक सवाल का सच-सच जवाब दीजिए। क्या अब आप अपनी पत्नी को सचमुच प्यार करते हैं या सिर्फ पति होने से फर्ज़ के कारण उसके बारे में ऐसा सोचते हैं ?" उन्होंने सिगरेट पीने की व्यस्तता में पूछा।

"मैं... मैं..." मैं हकला गया। सचमुच उस क्षण मैं निर्णय नहीं कर पाया कि प्रभा के प्रति मेरे मन में जो भावना है, वह प्यार है, या अपने किए का पछतावा है, या उसकी मजबूर स्थिति के प्रति दया-भर है। मुझे कोई जवाब नहीं सूझा। फिर भी अपने को जैसे-तैसे सँभालकर बताया, "मैं उसी की इच्छा से पढ़ रहा हूँ। वह न होती तो शायद मैं भी न जाने कब से कहीं सौ-सवा सौ का क्लर्क हो गया होता। उसका बड़ा मन है कि मैं खूब पढ़ूँ और तब कोई अच्छी-सी नौकरी करूँ। मेरे लिए उसने कितनी मुसीबतें उठाई हैं शिरीष भाई, मैं आपको बता नहीं सकता। अब भी सुबह तीन बजे उठकर खाना बनाती है और रात को बारह बजे तक पिसती है..."

हम तीनों चुप हो गए और मैं सिर्फ अपनी बात का जवाब खोजता रहा। सहसा तब एक बात कौंधी तो मन में आया कि इसे भी शिरीष भाई को बता डालूँ। 'उसने अपने-आपको मेरे लिए बिलकुल भुला दिया है, जैसे उसके अपने दुःख-सुख, आकांक्षाएँ कुछ हैं ही नहीं।' पर फिर सोचा कि यह तो बात उसकी तरफ से हुई न। मेरे मन में उसके लिए वास्तव में भावना क्या है, इस बात का जवाब तो यह नहीं है। फिर भी मेरा दिल प्रभा के लिए पसीज उठा। अपने भीतर की छटपटाहट को किन शब्दों में या किस तरह प्रकट करूँ, इस बेचैनी से मैंने शिरीष भाई की तरफ देखा। वे चुपचाप कुछ सोचते-से एक-एक कदम चल रहे थे। कुछ कहेंगे ज़रूर, यह मैं जानता था। शायद उसी की राह देख भी रहा था।

सड़क सूनी-सूनी थी, पता नहीं हम लोग किधर निकल आए थे। ज़्यादा ग़ौर करके मैं जगह को पहचान भी सकता था, लेकिन साथ चलती ऊँची-सी दीवार पर बड़े-बड़े काले अक्षरों में जूतों और कपड़ों के विज्ञापन पढ़कर ही रह गया। लगा जैसे मैं एक धुंध में लिपटा जा रहा हूँ। शायद साढ़े-आठ या नौ बजे होंगे। बरसती चाँदनी के दूध से धरती और आकाश धुल गए थे। शायद इसलिए बत्तियाँ नहीं जली थीं। शुक्ल पक्ष में बत्तियाँ प्रायः बंद रहती हैं। अजब बात थी। चाँदनी रात में मैं रहूँ कहीं भी, लेकिन जब भी प्रभा का ध्यान करता हूँ तो वह मुझे छत पर सिमटी-सिमटाई बैठी—या ज़्यादा ठीक कहूँ तो रोती हुई—दिखाई देती है। इस समय भी अपनी छत का दृश्य ही सामने आ गया।

"भाई समरजी !" आखिर शिरीष भाई जैसे कहीं बहुत दूर से बोले, "आपकी अपनी या दिवाकर की, सबकी वास्तविक स्थिति जानकर एक बात मेरी समझ में आती जा रही है—इस संयुक्त परिवार की परंपरा को तोड़ना ही होगा। अब आपके लिए ही कहूँ कि अगर आप खुद ज़िंदा रहना चाहते हैं या चाहते हैं कि आपकी पत्नी भी ज़िंदा रहे तो इसके सिवा कोई रास्ता नहीं है कि अलग रहिए। जैसा भी हो अलग

रहिए... ।"

यह बात (या कहूँ कि सलाह) इतनी अप्रत्याशित थी कि मैं चौंककर स्तब्ध रह गया। अचकचाकर पूछा, "मैं आपका मतलब नहीं समझा, शिरीष भाई !"

"आप बुरा न मानिए, लेकिन समर भाई, सचाई यह है कि आपकी पत्नी की सारी आकांक्षाएँ और आपके सारे प्रयत्न इस वातावरण में बिलकुल बेबस होकर घुट-घुटकर मर जाएँगे। एक के बाद एक मुसीबतें निकलती आएँगी और आप लोग शायद सुख की नींद के सपनों में ही ज़िंदगी बिता देंगे।"

"यानी संयुक्त परिवार के आप बिलकुल पक्ष में नहीं हैं ?" व्यक्तिगत रूप से शायद उनकी बात सच हो, क्योंकि अपनी मुसीबतें मुझे अनंत लगती थीं, लेकिन परिवार की एक पूरी की पूरी व्यवस्था के लिए वे ऐसा सोचें, यह बात गले नहीं उतर रही थी।

"हाँ, आप ऐसा ही समझिए।" उन्होंने अपनी बात पर ज़ोर देकर कहा, "आज की आर्थिक स्थिति में संयुक्त परिवार चल नहीं सकता। अगर चलेगा भी तो ऊपर से देखने में चाहे जो हो, लेकिन अंदर से उसमें छोटे-छोटे परिवारों की कई इकाइयाँ बन जाएँगी। आप सोच नहीं सकते कि यह ज़रा-सी भावुकता कितने भयंकर परिणामों को जन्म दे रही है। रात-दिन हैरान-परेशान रहेंगे, लड़ेंगे-मरेंगे, सब होगा, लेकिन रहेंगे साथ ही, इज़्ज़त का सवाल, अलग चूल्हा न जलने की हठ, ऊपरी भावुकता के पीछे स्वार्थ की खींच-तान, इन सबके कारण कितनी हत्याएँ-आत्महत्याएँ रोज़ होती हैं। इस बात को जाने भी दीजिए तो भी एक इसका परिणाम ही इतना भयंकर है कि उसकी किसी से तुलना नहीं हो सकती।"

"क्या ?" उन्होंने बात को ऐसे ढंग से तोड़ा कि मुझे पूछना पड़ा।

यह जानकर कि हम लोग उनकी बातें ध्यान से सुन रहे हैं, उन्होंने बताया, "संयुक्त परिवार का शाब्दिक आदर्श चाहे जितना महान् हो, उसका सबसे बड़ा नुकसान यह होता है कि परिवार का कोई भी सदस्य अपने व्यक्तित्व का विकास नहीं कर पाता। सारा समय तो समस्याएँ बनाने में, या बनी-बनाई समस्याओं को सुलझाने में जाता है। लड़ाई-झगड़ा, खींचतान, बदला, ग्लानि, सब मिलाकर वातावरण ऐसा विषैला और दमघोंटू बना रहता है कि आप साँस न ले सकें। कारण आर्थिक ही है यह आप भी जानते हैं। नतीजे में हम दो हिस्सों में बँटे रहते हैं—बाहर अपनी आर्थिक लड़ाई लड़ी और भीतर अपनी पारिवारिक उलझनें सुलझाओ ! सीधे-सरल दिल-दिमाग़ का आदमी इन्हीं झंझटों में पिस जाता है।"

इतनी देर बाद दिवाकर ने अचानक मुड़कर सवाल रखा, "लेकिन यह तो स्थिति हुई, परिणाम कहाँ हुआ ?"

"मैंने बताया न, परिणाम यही होता कि आप अपने व्यक्तित्व का विकास ही नहीं कर पाते। अपनी शक्तियों और प्रतिभा को सही दिशा में बढ़ाने का आपको अवसर ही नहीं मिलता। या कहें, आप अपने-आपको ऐसी बातों में उलझाकर थका

डालते हैं कि आपका दिल-दिमाग अपने सपने पूरे करने लायक ही नहीं रह जाता। पढ़ाई-लिखाई या किसी भी बौद्धिक और मानसिक विकास के लिए आपके पास शक्ति बच ही कहाँ पाती है ? हमारे यहाँ बहुत अच्छे ब्रेन न आने का बहुत बड़ा कारण यह भी है। उलटा-सीधा रट-रटाकर पास हो गए तो समझ लिया कि बहुत बड़ा काम कर डाला। जिसे रटते हैं, वह खुद ही किसी की जूठन होती है। संसार के ज्ञान-विज्ञान, साहित्य-दर्शन को कुछ देने की बात तो दूर रही, आप उसके विकास तक से परिचित नहीं हो पाते। वहाँ भी जो कुछ जानते हैं वह किसी की उगली-निगली जूठन या पचास साल पुरानी बातें। अपनी इस मजबूरी या असफलता को तब हम यह कह-कहकर छिपाने लगते हैं कि हमें संसार के ज्ञान-विज्ञान को जानने की ज़रूरत ही क्या ? हम इस संसार की सबसे ज्ञानी जाति के अलमबर हैं, हमने संसार को बहुत दिया है। और यों रूढ़िवादी बुद्धुओं की एक के बाद एक पलटन तैयार होती जाती है।'' अपनी बिखरी बात को समेटकर वे बोले, ''भैया मेरे, सीधा-साधा हल यही है कि आप अलग रहिए और घर के लिए जो ज़िम्मेदारी महसूस करते हैं, वह पूरी कीजिए।''

मैं इस व्यक्ति की विश्लेषण-प्रतिभा पर चकित था। सारी बातें मेरी समझ में ऐसी आसानी से आती चली जा रही थीं कि आश्चर्य हो रहा था। इतनी सीधी बात आज तक मेरी अकल में क्यों नहीं आई ? अचानक एक सवाल सूझा। पूछा, ''लेकिन शिरीष भाई, यह तो घोर स्वार्थ की बात हुई न ? माँ-बाप जाने किन-किन आशाओं से बच्चों को पालते, पढ़ाते-लिखाते हैं। सोचते हैं कि बुढ़ापे में वे उन्हें सहारा देंगे, हारी-बीमारी में मदद करेंगे, वंश को आगे बढ़ाएँगे और बच्चे समर्थ होते ही अलग हो जाते हैं तो यह स्वार्थ नहीं है ?''

''यों देखने में स्वार्थ ज़रूर है,'' मेरे सवाल से वे एक क्षण को हिचके, ''लेकिन बच्चों के व्यक्तित्व को विकास न देकर, उनको उन्नति का अवसर न देकर अगर बाप इस सबके लिए उन्हें अपने से बाँधे रखे, इसकी जगह क्या यह अच्छा नहीं है कि उन्हें स्वयं विकसित होने दे और आपकी इस बात को फ़र्ज की तरह उनके मन में उगने दे। जहाँ तक मैं समझता हूँ, एक-दो संतानों के साथ इस तरह का संकट आता भी नहीं। संयुक्त परिवार अभिशाप बन जाता है वहाँ जहाँ कई संतानें हों, आर्थिक रूप से परिवार समर्थ न हो और आय के साधन बहुत ही कम हों। अब ऐसी जगह माँ-बाप सोचते हैं कि बेटे पर मेरा हक़ है और पत्नी सोचती है वह किसी का बेटा हो या न हो, उसका पति जरूर है और उसकी कमाई पर सबसे पहला हक उसी का है। फर्ज़ ही अदा करना है तो अलग रहिए और अपने साथ एकाध अपने और छोटे भाई-बहन को रखिए। इस तरह और अपने माँ-बाप को अपने बोझ और परेशानियों से काफी हलका कर सकेंगे। साथ ही व्यावहारिक अनुभव कहता है कि इसमें संबंध भी बाद में अच्छे ही बने रहते हैं। भाई-भाई अलग बाद में भी होते हैं, लेकिन उस अलग होने पर एक कांड होता है, दुर्घटना होती है और अक्सर बोलचाल भी बंद हो

जाती है। माँ-बाप को खुद चाहिए कि बच्चों को समर्थ बनाकर उन्हें अपनी-अपनी शक्तियों का परीक्षण करने को छोड़ दें, उनकी मदद करें। उनकी ज़रा-सी यह भावुकता कि सब साथ रहें, कितना नुकसान करती है, इसे वे नहीं जानते।''

काश, इस सबको सुनने के लिए प्रभा भी होती ! रास्ते-भर सोचता आया कि सारी बातें प्रभा को बताऊँगा। बाबूजी को समझाऊँ तो शिरीष भाई को गालियाँ और मिलें, 'हम भी तो देखें, कौन-से तुम्हारे दोस्त हैं जो ऐसी अच्छी सीख दे रहे हैं ? इन लफंगे दोस्तों के साथ यही तो सीखोगे।'

मामाजी ने सचमुच हमारे यहाँ खाना नहीं खाया।

नौ

प्रभा के प्रति मेरे मन में प्यार, उसकी मजबूरियों और तकलीफ़ों के प्रति दया है, या सिर्फ़ अपने किए पर पछतावा है ?... उस क्षण उठा हुआ यह सवाल जाने कब तक मेरे मन को मथता रहता मगर तभी एक ऐसी बात हो गई कि मेरा पोर-पोर सिहर उठा। और तब मुझे लगा जैसे मैं जाने कब से यों ही अकेला खड़ा हूँ, मेरे आस-पास कोई नहीं है।

"आज तुमने बहुत काम किया है। लाओ, तुम्हारे पाँव दबा दूँ।" कहती हुई प्रभा जैसे ही पाटी पर मेरे पैताने की ओर बैठी, नींद की खुमारी से जागकर मैंने पाँव समेट लिए।

"नहीं, मुझे हाथ-पाँव कुछ नहीं दबवाने, तुम आराम करो। आज ज़रा-सा काम कर दिया तो क्या हो गया ? तुम तो सारा दिन इतना काम करती रही हो।" आसमान की ओर देखकर पूछा, "साढ़े दस-ग्यारह बजे होंगे। इतनी देर में खतम हुआ है चौका-बरतन ?"

"क्या करती, जेठजी ने अब खाना खाया। कहीं चले-चला गए थे किसी के साथ। मुझे तो सच, उन पर बड़ी दया आती है। गऊ आदमी हैं। न किसी से बोलते हैं, न चालते हैं। सारा दिन लगे रहते हैं।" पाटी पर बैठे-बैठे अपने लटके पाँव हिलाती हुई प्रभा बोली, "उन्हें खिलाया, चौका-बरतन साफ किया। सुबह की तैयारी की। बहुत गरमी थी, इसलिए ज़रा-सी नहाई..."

"ओह, तभी आज एकदम साफ कपड़े-वपड़े पहनकर रानी-मुन्नी बनी बैठी हो। मुझे भी आज लग रहा था कि कोई नई बात है। बड़ी खुशबू आ रही है। कौन-सा इत्र लगा आईं ?" मैंने प्रभा को अपने पास खींच लिया।

प्रभा लजा गई। दूसरी ओर देखती हुई बोली, "ज़रा-सा खस पड़ा था सो मन नहीं माना।" फिर अपने को छुड़ाकर बोली, "आज तो सच, तुम्हारे पाँव दबाने को बड़ा मन कर रहा है। जब तुम ऊपर बाल्टियाँ भर-भरकर ले जा रहे थे तभी मेरे मन में आ रहा था कि अब ये ज़िद में बाल्टी पर बाल्टी लिए चले जा रहे हैं, रात को भड़कन होगी।"

कितना खयाल रखती है प्रभा ! मैं गद्‌गद हो आया। पीठ पर हाथ फेरकर प्यार से कहा, "नहीं प्रभा, इस उम्र में ज़रा-सा काम करने से ही भड़कन होने लगे तो

बाबूजी की उम्र में जाकर मैं क्या कर पाऊँगा ? देख लो, आज भी बीस-बीस सेर गेहूँ दोनों तरफ दो थैलों में लटकाकर बाज़ार से ले आते हैं।... और आज गरमी कितनी थी !''

आज मुझे साँझ से ही लग रहा था कि बहुत गरमी है, सो मैंने नीचे से पानी की बाल्टियाँ ला-लाकर बुरी तरह सारी छत पर छिड़काव किया था। हम लोगों ने अपने सोने की जगह ज़रा आड़ में रखी थी। मेरी कोठरी और गली की ओर वाली मुँडेर के बीच में जो छोटी-सी खुली जगह बची थी, वही हमारे सोने का स्थान था। यह जगह कुछ ऐसे कोने में दूर हटकर पड़ती थी कि अगर खास तौर से ही कोई इधर न आए तो प्रायः छत पर आने-जानेवालों से बेपर्दगी नहीं होती थी। भैया और भाभी दूसरी तरफ थे, लेकिन उन्हें आड़ करनी पड़ती थी। अमर, कुँवर और अम्मा-बाबूजी सब एकदम खुले में सीढ़ियों की तरफ़ सोते थे। आज मैंने सारी छत को ही पानी से भिगोया नहीं था, बल्कि दिन-भर की धूप में अकड़ी, जलती खाटों पर भी एक-एक बाल्टी पानी डाल दिया था। इसलिए इस वक़्त ज़रा ठंडी हो गई थी। गीली चारपाई पर सिर्फ़ एक तकिया लगाए मैं लेटा-लेटा खुले आसमान को देखता रहा। सारे आकाश पर तारों की नक्काशी की हुई थी और कभी-कभी एक तारा लपककर जलती लकीर खींचता हुआ दूसरे दल में जा मिलता था। उसे देखकर मैं साश्चर्य अपने मन को समझाता था कि देखने में इसे जाते हुए एक पल भी नहीं लगा, लेकिन हो सकता है वास्तव में इसे हज़ारों प्रकाश-वर्ष का समय लगा हो, अपना सौर-मंडल बदलने की इस यात्रा में। क्या कोई ऐसा तरीका नहीं हो सकता कि इसी जीवन में आदमी इन सारे नक्षत्रों की यात्रा करके देख सके--आखिर वहाँ लोग किस तरह रहते हैं ? फिर मन में झुँझलाता--हम अपनी दुनिया के बारे में तो जानते नहीं हैं, सारे नक्षत्र-मंडल के बारे में जानेंगे ! उस दिन शिरीष भाई कहते थे, ''दुनिया के ज्ञान-विज्ञान को आगे बढ़ाने या उसमें कुछ नया करने की बात तो दूर, जो कुछ दूसरों ने कर लिया है, हम उसके बारे में ही अभी नहीं जानते...''

और यही सब सोचते-सोचते मेरी आँख लग गई। अवचेतन मन में नीचे के बरतन खनकने की आवाज़ों तथा बातचीत से मैं अंदाज़ लगाता रहा कि कौन आया, कौन गया, या घर का कितना काम हो गया। छत के कोने से भाभी और बच्ची की आपस में कुछ बातें करने की भनक भी आती रही। दूर कहीं बजते सिनेमा के गीतों की लहरी भी कभी-कभी सुनाई दे जाती थी। जब हम लोग अलग मकान लेकर रहेंगे तो उसकी छत पर किस तरह सोया करेंगे ? लेकिन वहाँ तो लॉन होगा--

''क्या सोचने लगे ?'' प्रभा ने कुहनी से ज़रा-सा टहोका लगाकर पूछा, धीरे से कब उसका हाथ मेरी पिंडलियों पर आ गया, मुझे पता नहीं।

उसकी आवाज़ से चौंककर फिर मैं लौट आया। जम्हाई लेकर पूछा, ''तुमने खाना-वाना खा लिया ?''

''खा ही लिया होगा, तुम्हें क्या है ?'' उसने शिकायत के लहज़े में कहा।

स्वर की असहाय शिकायत और अपनेपन से पिघलकर मैंने कहा, "नहीं प्रभा, ऐसा क्यों सोचती हो ? यहाँ की मजबूरियाँ तुम भी जानती हो, मैं भी जानता हूँ। मैं तो चाहता हूँ कि हम लोग हमेशा साथ ही खाना खाया करें। प्रोफेसर होने के बाद जब हमें अलग से मकान मिल जाएगा तो देखना, तुम्हें कभी कोई शिकायत करने का मौका नहीं दूँगा। अब यहाँ हर बार आकर यह भी तो नहीं पूछ सकता कि तुमने खाना खा लिया या नहीं। कल को इसी बात पर हंगामा और मच जाएगा।"

प्रभा खिलखिलाकर हँस पड़ी, "अरे, मैं तो यों ही मज़ाक कर रही थी। मैंने तो आज आपसे अच्छा खाना खाया है—खीर-पूरी, हलुवा। आप लोगों को आज जो थोड़ा-थोड़ा मिला था, वह क्या आप समझते हैं आपके लिए ही बना था ?"

उसकी खिलखिलाहट रात के सन्नाटे में मुझे बड़ी भली लगी, जैसे छोटी-छोटी चाँदी की घंटियों की झालर हवा के झोंके से झनझनाती दूर तक चली गई हो। साथ ही शायद दोनों को उस दिन की बाबूजी की दहाड़ का भी खयाल हो आया और उसकी हँसी बीच में ही टूट गई। बात को भुलाने के लिए मैंने पूछा, "क्यों भाई, ऐसी आज क्या खास बात थी ? मैंने तो समझा कि किसी के शादी-ब्याह से आया होगा।"

तभी ध्यान गया, धीरे-धीरे मेरी पिंडलियों को सहलाती हुई प्रभा सचमुच पाँव ही दबाने लगी थी। उसका हाथ रोककर पूछा, "आज आख़िर तुम्हें यह हो क्या रहा है ? मैंने कह दिया न मुझे अच्छा नहीं लगता। पाँव तो मुझे तुम्हारे दबाने चाहिए, दिन-भर बैल की तरह जुती रहती हो।" फिर एकदम बात पलटकर कहा, "हाँ, तो आज किस खुशी में यह सब हुआ था ? मामाजी कहीं बात पक्की कर आए क्या अमर के लिए ?"

"नहीं, यह बात नहीं, जी !" समझदारी से प्रभा बोली, "आज हम लोगों ने व्रत रखा था। मैं, भाभी और पड़ोस के अवस्थीजी की बीवी ने—?"

"अच्छा। तभी आज इतनी पति-सेवा सूझ रही है," मैं परिहास से बोला, "किस सिलसिले में, देवी ?"

"अरे, किसी सिलसिले में रखा हो, आपसे मतलब ? ये सब औरतों के मामले हैं।" मैं बुरा न मान जाऊँ इसलिए समझाकर बोली, "तुम खूब पढ़ो, अच्छी-सी नौकरी करो, उसके लिए मुझे भी तो कुछ करना चाहिए न—?"

उसके हाथ पाँव दबाने का काम करते रहे। मुझे भी अब कुछ-कुछ सुख मिलने लगा था, इसलिए हटाने की ज़्यादा ज़िद नहीं की। सिर के नीचे मुड़ी कुहनी लगाकर प्रभा की ओर करवट बदलते हुए कहा, "पहले ही तुम कौन-से कम काम कर रही हो प्रभा, जो यह व्रत, पूजा-पाठ और शुरू कर दिए ऊपर से ? कभी-कभी अपनी तंदरुस्ती की ओर भी देख लिया करो। इस सबसे बीमार-वीमार पड़ गईं तो मेरे पास दवा का इंतज़ाम भी नहीं हो पाएगा।"

प्रभा ने सिर झटक दिया, "अरे, तो व्रतों से भी कहीं कोई बीमार पड़ता होगा ? इससे तो और भी तबीयत ठीक हो जाती है। तुम्हें कुछ पता भी है, उपवास करने

के कितने फ़ायदे हैं ?''

कुछ रुखाई से मैंने कहा, ''होंगे। मेरा इन सबमें विश्वास नहीं है और मुझे सुनकर भी अच्छा नहीं लगता।'' अपनी इस रुखाई से खुद ही चौंककर मैंने बात सँभाली, ''व्रत के लिए चाहिए खाना-पीना, फल, दूध, मेवे-मखाने—तब उससे फ़ायदा भी होता है। दिन-भर पानी की सूरत भी न देखो, यह व्रत हुई या सज़ा हुई ?''

प्रभा ने टालने के लिए कहा, ''तो रोज़-रोज़ कौन व्रत करता है ? कभी साल-छः महीने में एकाध बार हो गया।''

''बात साल-छः महीने की नहीं है,'' मैंने कहा, ''मेरा तो इन सब ढकोसलों में विश्वास नहीं है। तुमने भी कभी नहीं बताया कि तुम इन सबमें विश्वास करती हो। मैं खुद कभी इन सारी चीज़ों में विश्वास किया करता था, मंदिर जाया करता था, व्रत रखता और माना करता था। लेकिन अब इन सब बातों पर कतई विश्वास नहीं रह गया है।'' और मन में सोचा कि शायद शिरीष और दिवाकर के संपर्क में आने के कारण।

प्रभा का गला भर आया, ''विश्वास तो मेरा भी नहीं है, लेकिन एक घर में रहने पर बिना इच्छा के भी बहुत-कुछ करना पड़ता है। भाभी ने रखा था। मैं नहीं रखती तो कितना ऊधम मचता ! चलो, किसी अच्छी ही भावना से रखा था, अब तुम उसके लिए लड़ो तो मत।'' फिर मुझे समझाती हुई-सी बोली, ''व्रत तो एक संकल्प को याद दिलाए रखने का बहाना होता है।''

''बहाना होता है मेरा सिर !'' मुझे गुस्सा आ गया। ''एक तो वह काम किया जो मुझे पसंद नहीं है और फिर मुझे चला रही है। मैंने कह दिया कि मेरा इन सब बातों में विश्वास नहीं है। एक तो दिन-भर इतनी हाड़-तोड़ मेहनत करो, ऊपर से ये...।''

तब दो-तीन आँसू उसके गालों से ढुलककर मेरी पिंडलियों पर चू पड़े, ''तुम्हारे हाथ जोड़ती हूँ। आज कुछ मत कहो, कल डाँट लेना।''

उसके इस याचना-भरे लहजे, इस स्वर और रोने से अचानक मेरे भीतर एक ऐसा ज्वार-सा उमड़ा कि मैंने उसे खींचकर अपनी छाती से लगा लिया। ग्लानि से तन-मन भर गया कि देखो, वह बेचारी तो मेरे लिए, मेरे और अपने भविष्य के लिए सारे दिन भूखी मरी और मैं हूँ कि अब उसे डाँट रहा हूँ। किसी बुरे उद्देश्य के लिए तो उसने किया नहीं है। मान लो कोई सचमुच विश्वास ही करता हो, तो क्या इतनी छूट नहीं दी जानी चाहिए ? किसी को नमक पसंद है और किसी को मीठा। क्या यह उचित है कि मैं ज़बरदस्ती किसी से मीठा ही पसंद कराऊँ ? मैं भी सचमुच कभी-कभी अति कर देता हूँ।

प्रभा न जाने क्यों देर तक रोती रही और मैं उसे समझाता रहा, ''मैं तो तुम्हें यों ही तंग कर रहा था। यों ज़रा-ज़रा-सी बातों का बुरा मत माना करो, प्रभा ! मैं क्या इस बात को समझता नहीं हूँ कि बहुत-सी बातें लोक-दिखावे के लिए भी करनी

पड़ती हैं ?'' लेकिन मेरी छाती पर रखी उसकी कनपटी से आँसू की बूँदें बह-बहकर छाती पर आतीं और पसलियों के नीचे गुदगुदी पैदा करती रहीं। नहीं, यह नाराज़ी या दुःख के आँसू नहीं, यह जीवन की सार्थकता और कृतार्थता के आँसू हैं। वे उच्छ्वास हैं जो प्रभा अपने मुँह से व्यक्त नहीं कर पा रही। अपने जीवन और अस्तित्व की हर साँस इसने मेरे लिए ही तो समर्पित कर दी है। मेरी भी आँखें गीली हो आईं। प्रभा के शरीर से उठती खस की खुशबू मेरी नस-नस में तैरती चली गई। उस क्षण मुझे लगा ऐसी पत्नी पाकर संसार में कौन सुखी नहीं होगा ? धुँधली आँखों से ऊपर देखा, सारा आकाश तारों की खीलों से झम-झम कर रहा था...। पलभर को मन में ख्याल आया, मेरे इस सुख के साक्षी ये तारे मन में न जाने क्या सोच रहे होंगे। हो सकता है कि इनमें से भी किसी नक्षत्र में इस समय किसी ऐसे घर की छत पर कोई दिन-भर का हारा, थका जोड़ा आपस में गुँथा एक-दूसरे के श्रम का परिहार कर रहा हो; उसे भी जो नक्षत्र अपने आसमान पर दिखाई दे रहे हों, उनमें एक हमारी यह धरती भी हो... और ठीक इसी समय उनके मन में भी यह बात आ रही हो। तब अचानक एक चमक के साथ लगा—ये तारों-भरा आसमान, ये दिशाएँ सब कुछ अपनी ही आत्मा के, अपने ही अस्तित्व के एक हिस्से हैं, हम खुद हैं। और मैं प्रभा की कनपटी थपथपाता हुआ धीरे-धीरे उसके होंठ और आँखों को चूमता रहा, ''नहीं प्रभा, यों रोते नहीं हैं... सुनो, देखो अब मत रोओ।''

बच्ची को जाने क्या तकलीफ थी कि रात को जागकर रोती रही। अचानक भाईसाहब की दहाड़ से मेरी भी आँखें खुल गईं। वे भाभी को डाँट रहे थे, ''नहीं चुप होती तो फेंक दो गली में। ले जाओ उधर, मुझे सोने दो।'' शायद बाबूजी भी जाग गए। भाभी अम्मा के पास आकर बच्ची को चुप करने लगीं। थोड़ी देर सोने की कोशिश की, जब नींद नहीं आई तो अपने-आपसे ही पूछा, ''क्या बजा होगा ?''

प्रभा भी जाग गई थी। मुझे सुबह जल्दी जाने के लिए उसे जल्दी जागना होता था। तकिए के गिलाफ के भीतर से अपनी घड़ी निकालकर उसने बताया, ''अभी तो डेढ़ ही बजा है।''

''अच्छा, सो जाओ।'' और मैं चुपचाप फिर आसमान को देखने लगा। अंदाज़ से सप्तर्षियों और ध्रुव तारे को पहचानने लगा। आसमान के एक कोने में ऐसा प्रकाश हो रहा था जैसे कहीं बहुत तेज़ रोशनी हो रही हो और उसकी छाया ही ऊपर दिखाई दे रही हो। मुझे याद आया, पहले यहाँ एयरोड्रोम की सर्चलाइट घूमा करती थी। तब रह-रहकर तेज़ रोशनी की जीभ सारे अँधेरे को लीलती-लीलती चली जाती थी। रेल के इंजन की दहाड़ और दूर जाती छक-छक से मुझे वह दिन याद आ गया जब कोठरी में लालटेन जलाए मैं 'सोहराब और रुस्तम' पढ़ रहा था और नाराज़ होकर प्रभा एक कोने में पड़ी थी। लगता था उन दिनों को जाने कितना पीछे छोड़ आया हूँ... ! अगले

साल इन्हीं गरमियों में जाने कहाँ लेटा हूँगा ! हम लोग जब अलग रहेंगे तो पता नहीं हमारी ज़िंदगी का ढर्रा किस तरह होगा। शिरीष की बातें प्रभा को बताने को बहुत मन होने लगा।

प्रभा की बाँह छूकर कहा, ''हमें नींद नहीं आ रही, प्रभा !''

प्रभा भी शायद जागी पड़ी थी। बोली, ''तो बातें करो। लेकिन फिर सो मत जाना कि सुबह आँख ही न खुले। बहुत दिन से उन दोस्त की तुमने बातें नहीं बताईं।''

''किसकी ? दिवाकर की ?'' मैंने उत्साह से कहा, ''तुम्हें उसकी वाइफ़ कितना बुलाती हैं, तुम चलती नहीं। एक दिन चलो न ! और देखो, आजकल शिरीष भाई भी यहीं हैं।''

''कौन शिरीष भाई ? वह तो नहीं, जिनकी एक बहन...''

''हाँ-हाँ, वही। बेचारे बड़े परेशान हैं। डाक्टरों ने उनकी बहन को असाध्य बता दिया है। कल उन्होंने जो बातें मुझे बताईं उनसे तो मेरी आँखें खुल गईं।'' चलो, नींद नहीं आ रही तो प्रभा को उनके बारे में ही कुछ बताता रहूँ, इस भावना से मैंने बताना शुरू किया, ''रास्ते-भर पहले तो हम लोग संयुक्त परिवार के बारे में बातें करते रहे। वे साथ रहने के बहुत ही खिलाफ हैं। कहते हैं, इससे व्यक्तित्व का विकास नहीं होता। आदमी अपनी प्रतिभा और शक्तियों का प्रसार नहीं कर पाता। यही नहीं, आपसी लड़ाई-झगड़े और बदले की भावना से वह अपना फर्ज़ भी भूल बैठता है। अलग रहकर अपने को बनाने के साथ-साथ क्या वह फ़र्ज़ को नहीं निभा सकता ? अच्छा, तुम्हीं बताओ, हम लोग साथ रहकर क्या अपना फ़र्ज़ अदा कर रहे हैं ? सिवा इसके कि मन ही मन एक कटुता पाले चले जा रहे हैं। अब तो न फ़र्ज़ है, न सद्भावना। अलग रहने में कोशिश करते कि कम से कम दोनों रहें, और कुछ भी न होता तो एक तो रहें ही।''

प्रभा अपलक आसमान को देखती रही। बोली, ''बात तो ग़लत नहीं लगती।''

''ठीक यही बात मैंने उनसे कही थी प्रभा ! मैंने कहा कि बात सही ज़रूर लगती है, लेकिन आत्मा नहीं मानती। लगता है यह तो घोर स्वार्थ है। तो फिर वह देर तक आत्मा और संस्कारों की बातें बताते रहे। कहते थे कि आत्मा नाम की कोई चीज़ नहीं होती। अभ्यास, प्रभाव, परंपरा, नकल, सब मिलाकर एक प्रकार के संस्कार मन में जमा देते हैं। यही संस्कार हर नया काम करने में बाधक होते हैं। हम समझते हैं कि यह हमारी आत्मा हमें रोक रही है। आत्मा न हो गई, दरवाज़े पर बँधा हुआ कुत्ता हो गया। अनजान आदमी आए तो भौंकने और उछलने-कूदने लगे और परिचित आए तो दुम हिला रहे हैं। जो मांस नहीं खाता, उसकी आत्मा मांस खाने में कोंचती है और जो प्याज से परहेज करता है, उसे प्याज अपनी आत्मा के विरुद्ध लगती है। अब या तो यह मानिए कि जो मांस और प्याज़ खाते हैं उनमें आत्मा नाम की कोई चीज़ होती ही नहीं, और आत्मा का ठेका केवल कुछ लोगों ने ही ले रखा है, या यह कि आत्मा केवल संस्कारों का दूसरा नाम है। एक ज़माना था जब कट्टर पंडित की आत्मा नल

का पानी पीते रोती थी और वह हाथ धोने के लिए मिट्टी भी साथ लिए घूमता था। यानी अब यह भी मानो कि आत्मा केवल पुराने ज़माने में ही हुआ करती थी। असल में अपनी परंपरा-प्रियता और नए को स्वीकार न कर पाने के आलस्य और मूर्खता को हम अपनी अंतरात्मा का नाम दे देते हैं। वरना ये केवल संस्कार हैं और एक बार संस्कारों का असली रूप पहचानकर आप अपने संस्कारों को बदल भी सकते हैं।''

प्रभा अपलक सुन रही थी और मैं कुहनी के बल उठा हुआ उसे बताए जा रहा था। मन में आया कि अगर मैं इसे इसी तरह समय-समय पर बातें बताता रहूँ तो यह जाने कितना सीख जाएगी। खुद ज़रा कहीं लग जाने पर थोड़ा-सा समय देकर मैं तो इसे पढ़ा भी सकता हूँ। आगे जब मेरे आस-पास के लोग बी.ए., एम.ए. होंगे, उनकी बीवियाँ एक से एक पढ़ी होंगी, तब प्रभा को भी तो उनमें उठने-बैठने लायक बनने के लिए थोड़ा-बहुत पढ़ाना ही पड़ेगा। चलो, उसके लिए यह मानसिक तैयारी ही सही। कॉलेज तो जब ज्वॉइन करेगी, तब करेगी। कम से कम इतना तो हो जाएगा कि शिरीष भाई से मिलाने की बात सोचते समय मन में जो संकोच आया था, वह तो नहीं आएगा तब। मैंने उसे सोचने और सवाल करने का पूरा समय दिया। वह बोली, ''सुनने में तो सभी बातें समझ में आ जाती हैं। लेकिन आज ही तुम मुझसे कहो कि उलटे पल्ले की साड़ी पहनकर मुँह खोले, सड़क पर मेरे साथ चलो तो मेरी हिम्मत नहीं पड़ेगी।''

बात उसकी समझ में आ रही है, इससे संतोष हुआ। कहा, ''तब तो संस्कारों की ही बात सच हुई न ? शिरीष भाई ने संस्कारों या अंतरात्मा के बारे में एक बड़ा अच्छा उदाहरण दिया। उन्होंने कहा, 'मन में जमे हुए संस्कार रेल के डिब्बे में आराम से बैठे हुए मुसाफिरों की तरह होते हैं। भरे हुए डिब्बे में आप घुसने की कोशिश कीजिए, अंदरवाला हर आदमी आपको बाहर धकेलेगा, कोशिश करेगा कि आप भीतर न आने पाएँ। लेकिन आपकी भी तो आवश्यकता है, सो लड़-भिड़कर जैसे-तैसे आप भीतर घुस जाते हैं। एक बार जहाँ आपने अपने-आपको भीतरवालों से स्वीकृत कराया कि सारा विरोध समाप्त हो जाता है। आप भी उनमें से एक हो जाते हैं और थोड़ी ही देर में यह हालत आ जाती है कि जिस जगह को आपने बुरी तरह युद्ध करके हासिल किया था, एकाध घंटे बाद उस जगह को छोड़कर इधर-उधर हो भी जाएँ तो आपकी जगह सुरक्षित ही रहती है। लेकिन यहीं एक मुसीबत और है। जहाँ आप भीतरवालों में से एक बने कि आप भी दूसरों की तरह नए आनेवालों का विरोध शुरू कर देते हैं। इस बात को बिलकुल भूल जाते हैं कि आपके साथ भी वही व्यवहार हो चुका है...' ''

मगर प्रभा ने इस बारे में कोई सवाल न पूछकर एकदम बात बदल दी, ''मैं अभी-अभी यही सोच रही थी कि तुम्हारे ये शिरीष भाई आख़िर मानते किस चीज़ को हैं ? मेरा बड़ा मन होता है कि उनसे मिलूँ, लेकिन बड़ी झेंप लगती है। उनसे क्या बातें करूँगी ? मेरी तो ज़बान ही नहीं खुलेगी।''

"ज़बान कैसे नहीं खुलेगी ! तुम्हें हम ज़रूर मिलाएँगे," मैंने कहा। फिर प्रभा की बात का जवाब दिया, "ठीक यही बात मैंने उनसे पूछी थी कि 'शिरीष भाई, आप सारी चीज़ों का विरोध करते हैं, आख़िर आप मानते किसे हैं ?' तो जवाब में वे ज़ोर से हँस पड़े। बोले, 'ईश्वर, धर्म, अंतरात्मा और संस्कार के बाद जो भी कुछ बाकी बच जाता है मैं उस सबको मानता हूँ।' मैंने कहा, 'यानी किसी को नहीं मानते !' तो बोले, 'अगर मानने लायक सारी बात इन्हीं चार-पाँच शब्दों की बपौती हैं, तो यही समझ लीजिए कि मैं किसी को नहीं मानता।' मैंने फिर और कुरेदा, 'ऐसा कैसे हो सकता है ? बिना किसी चीज़ के विश्वास के आदमी विकास कैसे करेगा ? किस दिशा में करेगा ?' तो बोले, 'हर स्थिति में, हर कहीं आदमी विकास करता है, वह पुराने को छोड़कर नया ग्रहण करता है—इतना काफ़ी है मानने के लिए। आदमी के पाँव इसीलिए आगे की ओर मुड़े हुए बनाए गए हैं कि वह आगे चले, सामने बढ़े। भूत के पाँव पीछे मुड़े बताए जाते हैं। अर्थात् अतीत-जीवी आदमी भूत होता है। और सच पूछो तो तुम जिसे भारतीय संस्कृति, भारतीय गरिमा कहते हो—मुझे यह सारी की सारी एक सिरे से ही इन्हीं अतीव-जीवी भूतों की सभ्यता और संस्कृति लगती है। मेरा हर चीज़ से विश्वास उठ गया है।' इसके बाद प्रभा, उन्होंने एक ऐसी सख्त बात कह दी कि मेरा खून खौल उठा। अगर उनके प्रति मेरे मन में श्रद्धा न होती तो मैं उन्हें वहीं उठाकर दे मारता। लेकिन ग़म खा गया।"

"क्या ?" प्रभा ने ज़रा चिंता और उत्सुकता से पूछा।

"वे बोले, 'समरजी, मुझे तो ऐसा लगता है कि हम लोग उन झूठों, मक्कारों, ठगों और नपुंसकों की औलाद हैं जो सिर्फ अतीत में जीते थे। न उन्हें अपने समाज की समस्याओं का खयाल था, न अपने समय का। वे सारी दुनिया से अलग रहा करते थे और खुद ही अपने माथों पर अक्षत-चंदन लगा-लगाकर अपनी पूजा किया करते थे, कि हम कितने महान् थे। कभी हमने नहीं सोचा कि वे जिन्हें पूजते हैं, या जिन्हें 'हीरो' बनाए हुए हैं, वे महान् और हीरो आख़िर क्यों हैं ? इसीलिए तो हैं कि वे सीना तानकर अपने समय और समाज की समस्याओं से जूझे थे, सिरों पर कफ़न बाँधकर उन्होंने अपने युग की ललकार का जवाब दिया था। बैठकर राम-नाम का कीर्तन करते हुए वे लोग हीरो नहीं बन गए थे।' मैं बात काटकर बोला, 'खैर, जो भी हो, अपने पुरखों को यों याद करना अच्छा नहीं लगता। वे जैसे भी थे, अच्छे ही थे।' तो शिरीष भाई बोले, 'आप ऐसा कह सकते हैं, लेकिन मैं तो अपने-आपको भी गाली देता हूँ कि क्यों कुछ नहीं कर पाता ? हमारे ये पुरखे खुद 'गोबर संस्कृति' के अजायबघर थे। हम उनकी संतान हैं, इसलिए सिर्फ़ भुस के पुतलों की सेना हैं—जो सिर्फ़ या तो जलना जानती है, या जगह को कूड़े-कचरे से भरना; सो यों ही एक दिन जल-जलाकर खाक़ रह जाएँगे। और कुछ न कर पाएँ तो कम से कम इतना तो हम कर ही जाएँ कि अपने बीच में जो थोड़ा-बहुत लोहा-सोना है उसे ही अपनी जलन की आग में तपाकर फ़ौलाद और कुंदन बना दें—' सहसा मैंने अपनी बात बीच में तोड़ दी। मुझे

लगा शिरीष भाई का यह प्रभाव पता नहीं मुझे कहाँ ले जाएगा ! आजकल जैसे मैंने अपनी भाषा में सोचना तो एकदम बंद ही कर दिया है। हमेशा वही दिमाग़ पर छाए रहते हैं। मानो उसी प्रभाव का विश्लेषण करते हुए कहा, कभी-कभी तो इस आदमी का गुस्सा देखकर मुझे भी जोश आता कि मैं भी इसी तरह क्यों नहीं सोच पाता ? मुझे भी कोई चीज़ इसी तरह क्यों नहीं मथती, और क्यों मैं एकदम जड़ होता चला जा रहा हूँ ? कभी दया आती है कि बेचारा दुखी और परेशान है, इसीलिए हर चीज़ का विरोधी हो गया है। लेकिन जो भी हो उनकी बातें और बोलने का ढंग मुझे बहुत प्रभावित करता है। और कुछ देर चुप होकर मैं उनकी भाव-भंगिमाओं की कल्पना करता रहा।''

अचानक लगा, जैसे सुनते-सुनते प्रभा सो गई। पहले मन हुआ कि सोने दो, बेचारी सारे दिन की थकी-माँदी है। और मैं उस समय की याद करने लगा जब शिरीष के पास से लौट रहा था। पिछला जो कुछ भी था उस समय तो उस सबको जैसे मैं भूल गया था, मानो वह कभी मेरा रहा ही नहीं। इन्हीं नई बातों का एक-एक शब्द दिमाग़ में गूँज रहा था। ऐसा लग रहा था जैसे दिमाग़ के कमरे हज़ारों साल से बंद थे और उनमें सील, घुटन, धूल-कूड़ा, उमस, जाले और भी न जाने क्या अलाय-बलाय जमा हो गए थे। उन कमरों की हवा खराब होकर ज़हरीली बन गई थी। उनके भीतर का सन्नाटा और एकांत खुद अपने को ही खाए जा रहा था। अब जैसे उन कमरों के दरवाज़ों को किसी ने भारी बूटों की ठोकर मार-मारकर खोल दिया है, धीरे-धीरे घुटन और उमस निकलती जा रही है। वर्षों पुरानी धूल प्रचंड-विक्षोभ से उठ खड़ी हुई है और चारों तरफ़ ऐसी आवाज़ें गूँज रही हैं मानो किसी ने शहद की मक्खियों के छत्ते पर ईंट दे मारी हो। घर में प्रवेश करते हुए मैंने अपने आपसे कहा था, 'अब मैं अतीत-जीवी भूत नहीं हूँ। मेरा मस्तिष्क अब दुनिया-भर के कूड़े-करकट से साफ है।—लेकिन अब वह कौन-सा सपना है जो खाली कमरों में सजाया जाएगा ? वे कौन-से स्वर्ग के गीत हैं जो अब भैरवी की तरह गूँजेंगे ? वह कौन-सा विराट युग है जिसके लाने के लिए हम छोटे-छोटे पहिए एक ताल-लय पर चलने लगेंगे ? कहाँ से आएगा वह युग? क्या हमारे रहते ही वह आएगा ? हम क्या सचमुच उसे देखेंगे ? उसे महसूस करेंगे कि यह वही युग है जिसके लिए हम रातों में तड़पे हैं—?'

और युग बदलने की कुलबुलाहट और बेचैनी को मैं बाल्टियाँ भर-भरकर ऊपर की छत पर छिड़काव करने में बहलाता रहा था। इस समय प्रभा को सब बताते या मन ही मन उस सबको दुहराते फिर वैसी ही अकुलाहट होने लगी। समझ में नहीं आया कि क्या करूँ ? प्रभा शायद सचमुच सो गई थी। पहले मन हुआ कि खाट की मूँज का कोई तिनका लेकर उसके कान में घुमाऊँ। 'हम जागे पड़े हैं और आप कैसे मज़े में सो रही हैं !' और अचानक मन में आया कि उसकी कमर गुदगुदाने लगूँ। कमर गुदगुदाने से वह बहुत उछलती है, यह मुझे पता था। एक डर है, कहीं जोर से न चीख पड़े। मन की इच्छा ऐसी दुर्निवार हो गई कि सहसा मैं उसकी कमर में

उँगली गड़ाकर गुदगुदाने लगा, "ए प्रभा, उट्ठो भाई, हम तो जाग रहे हैं, आप बातें करते-करते सो भी गईं।"

"हैंऽऽ ? क्या हुआ ?" प्रभा एकदम ज़ोर से उछल पड़ी, "मैं कब सो गई ?"

मैं और भी गुदगुदाता कि अचानक मुझे लगा कि जैसे उसकी कमर में कोई गोली-सी बँधी है। शायद डोरे से बँधी थी। उसे चुटकी में पकड़कर पूछा, "यह क्या है, भाई ?"

"कुछ नहीं... कुछ नहीं, छोड़ दो।" प्रभा घबराकर प्रार्थना के स्वर में बोली।

"अब तो और भी नहीं छोड़ूँगा। पहले मुझे तो बता दो..." मैंने उसे कसकर पकड़ लिया और टटोलकर जानने की कोशिश करने लगा कि क्या है। सुपारी-जैसी चीज़ थी।

"तुम्हारे हाथ जोड़ती हूँ। छोड़ दो। कुछ नहीं है।" उसने ऊपर से मेरा हाथ हटाने की कोशिश करते हुए कहा। लेकिन मैंने छोड़ा नहीं। उसके मना करने का ढंग ऐसा घबराया हुआ था कि मैं बार-बार पूछने लगा। उसने बताया, "मेरे पेट में तकलीफ़ रहती है, सो अम्माजी ने दवा बताई है।"

साफ बहाना था। मैंने सख्त स्वर में कहा, "दवा बाँधी तो नहीं जाती, खाई जाती है। बताओ, नहीं तो तोड़कर फेंकता हूँ।"

"तुम्हें मेरे सिर की कसम है !" वह गिड़गिड़ाती रही।

मुझे गुस्सा चढ़ता जा रहा था। गुर्राकर पूछा, "नहीं बताना ?" तब उसने डरते-डरते बताया, "भाभी और अम्माजी मानी ही नहीं। मैंने बहुत कहा कि मेरा विश्वास नहीं है तो मुझे ही गालियाँ देने लगीं। उनका मन रखने को करना पड़ा।"

मैंने बात काटकर पूछा, "उनका मन रखने को व्रत रखना पड़ा, यह तो समझ में आता है, लेकिन यह क्या करना पड़ा ? साफ-साफ क्यों नहीं बतातीं ?"

"उन्होंने कहा—उन्होंने कहा—" प्रभा हकलाकर रुआँसी हो आई।

"क्या कहा, अब बोलती क्यों नहीं हो ?" सचमुच मुझे लग रहा था कि गुस्सा काबू से बाहर हुआ जा रहा है।

"उन्होंने कहा कि सैयद बाबा की धूनी से ठीक हो जाएगा।" मानो मेरे पड़ते तमाचे को बचा रही हो, इस तरह कुहनी सामने की ओर करके जैसे-तैसे वह बोली।

और जब नहीं रहा गया तो उसके दोनों कंधे झकझोरकर मैंने पूछा, "क्या पेट ठीक हो गया—? साफ-साफ क्यों नहीं बतातीं ? कोई रोग है तो हमसे कहतीं।"

प्रभा सचमुच रोने लगी, "अवस्थीजी की बीवी कहती थीं कि शादी के चार साल बाद, सैयद बाबा की धूनी से उनके प्रमोद हुआ था..."

बात समझ में आई तो अचानक उसके कंधे छोड़कर मैं पागलों की तरह हँस पड़ा, "अच्छा, तो यह बात है ! इसीलिए ये सारे व्रत-उपवास हो रहे हैं ! सैयद-पीर पूजे जा रहे हैं। कमर में सैयद बाबा की धूनी और कपड़ों में इत्र लगाया जा रहा है !" और मैंने इतने जोर से दाँत पीसे कि करकराहट खुद सुनाई दी, "बच्चा

चाहिए ?... खुद अपने खाने-पहनने का ठिकाना नहीं और टटूँगना अभी से लटका लो...'' और एक ही झटके में मैंने वह कमर में बँधी धूनी की पोटली तोड़कर गली में फेंक दी। कितनी हवाई और आसमानी बातें सोच रहा था, मैं अभी-अभी ! सचाई तो यह है...

बाकी समय निष्फल क्रोध में भुनता हुआ मैं खाट की पाटी से माथा कूट रहा था अैर घुटनों में सिर दबाए प्रभा रो रही थी, ''बताओ, मैं क्या करूँ ? सारा दिन मेरी जान खाई जाती है...। बाँझ-बाँझ कह-कहकर भाभी और अम्मा कोसती रहती हैं। भाभी अपनी बिटिया के पास नहीं झाँकने देतीं। छाया से बचाती हैं...''

हर बार माथा ठोककर मैं कहता, कितना अकेला हूँ मैं। सोचा था कि प्रभा मेरा साथ देगी, लेकिन यह... यह... यह... यह वही प्रभा है जिसने एक बार गणेशजी से बरतन माँज लिए थे... और आज ? इसी के ऊपर मैंने वे बड़े-बड़े सपने सँजोए थे...?

दस

"यहाँ क्यों बैठे हो सुबह से ? कुछ काम नहीं है ? कॉलेज नहीं जाना आज ?" प्रभा ने आकर बहुत मुलायम स्वर में पूछा।

मैं सुस्त और उदास-सा प्रेस से आने के बाद ऊपर छज्जे पर ही बैठ गया था। कोठरी की आड़ होने के कारण यहाँ छाया थी—गुमसुम, न किसी से बोला, न कहा-सुना। बैठा-बैठा एक गिलहरी को कुट-कुट करते देखता रहा। शायद मेरा चेहरा इतना थका और उतरा हुआ था कि प्रभा ने पास आकर मेरी कलाई छूकर देखी—बुख़ार तो नहीं है। मैं सूनी-सूनी आँखों से प्रभा को देखता रहा और तब भी चुप रहा। उस दिन की बात ने मेरे भीतर की जाने किस चीज़ को जड़ से हिला दिया था कि अब मुझे अपने आस-पास कुछ भी सच नहीं लगता था। लगता था, झूठ और छल का एक अंतहीन जाल है और उसमें मुझे कैद कर दिया गया है, एक फंदे को काटता हूँ तो दूसरा सामने आ जाता है—यह प्रभा ? यह भी वैसी ही निकली ? इसी को लेकर मैंने अपने सुनहरे भविष्य के सारे सपने सँजोए थे ? जब भी मैं उसे देखता, मेरे मन में सवाल अपने-आप गूँज जाता।

फिर मैं चुपचाप नीचे आँगन में देखने लगा। नीचे चूड़ियों से भरा बड़ा भारी-सा डला रखा था। इधर-उधर मोटा मैला-सा कपड़ा लगा था ताकि चूड़ियाँ फूट न जाएँ। हरी-नीली, लाल-सुनहरी तरह-तरह की चूड़ियों की मालाएँ बड़ी सावधानी से लिटाई हुई थीं। चूड़ीवाली ओट में पड़ती थी और झुककर ही उसे देखा जा सकता था। नीले-नीले फूल पत्ती-गुदे उसके हाथ ही कभी दीख जाते थे। जिस हाथ को ये गोदनवाले हाथ चूड़ियाँ पहना रहे थे वे निश्चय ही भाभी के हाथ हैं, यह मैं जान गया। उनके अँगूठे के पीछे एक काला-सा दाग़ है।

मेरी इस चुप्पी से प्रभा शायद एकदम घबरा गई। वहीं धरती पर बैठकर कंधे पर हाथ रखकर पूछा, "तुम बोलते क्यों नहीं ? तुम्हें मेरी कसम है, बताओ न, क्या बात हो गई ? किसी से लड़ आए क्या ?"

"कुछ नहीं," चटखे गले से सूखी आवाज़ निकली। मैं जिस तरह बैठा था, बैठा रहा। खुली पलकों और सूनी आँखों से जिधर देख रहा था उधर ही देखता रहा। अचानक इतनी देर से दबा एक बड़ा-सा प्रश्न उठता हुआ आकर फिर सामने खड़ा हो गया—अब ?... अब क्या होगा ?

"तो भी ?" प्रभा ज़रा-सा ओट में हो गई। आंतरिक बेचैनी में मेरा हाथ हिलाकर भर्राए गले से प्रार्थना के स्वर में पूछा, "अभी तक नाराज़ हो उस बात पर ?" उसकी अधखुली गुलाबी कमल-कली-सी आँखों में पिघली चाँदी-सा पानी तैर आया। वह यों ही अनुरोध और क्षमा-याचना के स्वर में मुझे देखती रही।

आवाज़ की आर्द्रता से चौंककर बहुत ही धीरे-से मैंने गरदन घुमाकर उसे देखा और फिर उधर ही देखने लगा जिधर देख रहा था। घुटी आवाज़ में बताया, "प्रभा, मेरी नौकरी छूट गई।"

"छूट गई ? कैसे ?" चौंककर प्रभा उछल-सी पड़ी। शायद एक पल को उसकी आँखों के आगे सारे परिणाम कौंध गए।

तभी नीचे से आती अम्मा की पुकार सुनाई दी, "बहू, अरी ओ बहू," फिर बड़े स्निग्ध स्वर में कहा, "ज़रा नीचे तो आ, बिटिया !"

जवाब में ज़रा-सा झुककर प्रभा ने जवाब दिया, "आई अम्माजी !"

मैंने बताया, "यों ही। साला कहता था कि पंद्रह दिन तो तुमने काम सीखा, इसलिए उन दिनों का कुछ नहीं। तनख़ा के कागज़ पर पचहत्तर होगी, लेकिन देंगे साठ। इसी बात पर मैं लड़ आया।" मैंने बिना हिले-डुले प्रभा को बता दिया, "नाम पार्ट-टाइम का और काम पूरा। फिर ये सब।"

"क्यों, ऐसा क्यों ? बड़ा आया पचहत्तर लिखाकर साठ देनेवाला ! तुम दिवाकर से जाकर क्यों नहीं कहते ? उसके पिताजी का तो वह दोस्त है न !" प्रभा के माथे पर बल पड़ गए, "अच्छा अंधेर है यह भी !"

"अंधेर तो है ही।" दर्दीली मुस्कराहट होंठों पर उभर आई। फिर गहरी साँस लेकर धीरे-से कहा, "अब उनसे क्या कहें जाकर ! देखो, कुछ न कुछ तो करना ही पड़ेगा। कल और जाऊँगा आख़िरी बार। पंद्रह दिन के ही सही, कम्बख़्त कुछ तो दे। इसी उम्मीद में यह जो दुनिया-भर का उधार चढ़ा लिया है, उन्हें भी तो कहीं न कहीं से चुकाना ही है।"

फिर अम्मा की आवाज़ आई, "अरी आई नहीं, कर क्या रही है ? फ़िर कर लीजो बातें बाद में।" मुझे आश्चर्य हुआ कि आवाज़ में अब भी चिकनाई और प्यार है।

"क्या बात है ? जाती क्यों नहीं हो ? अम्मा बुला रही हैं जब से ?" मैंने पूछा।

"तुम्हीं बताओ, मैं क्या करूँ ? चूड़ी पहनने को बुला रही हैं अब, आजकल तो हमारी बड़ी पूछ हो गई है न !" प्रभा ने परेशानी से जवाब दिया।

"हुँ !" मैं एकदम गंभीर हो गया। सख़्त स्वर में कहा, "नहीं प्रभा, चूड़ी-ऊड़ी कुछ नहीं। हमें किसी की झूठी उम्मीद नहीं रखनी और किसी से कुछ नहीं लेना...।" मेरा चेहरा एकदम भावहीन हो गया।

अम्मा ने फिर आवाज़ दी तो मजबूरी की कातर निगाहों से देखती प्रभा बड़े बे-मन से उठकर नीचे चली गई। मैंने एक बार उसे देखा, लेकिन यों ही चुपचाप देखता रहा।

आधे रास्ते से लौटकर उसने धीरे से कहा, "देखो, तुम फिकर मत करो। गई नौकरी तो जाने दो, इतना खून क्यों जलाते हो ? मेरे पास घड़ी है, सोने की चूड़ियाँ हैं, इयरिंग हैं, आखिर किस दिन काम आएँगे ? बाद में बन जाएँगे। यों भी तो संदूक में ही बंद रखे रहते हैं। यहाँ कौन रोज़-रोज़ पहनने की ज़रूरत पड़ती है ? थोड़ी देर में आकर निकाले देती हूँ। पढ़ाई तो चलेगी ही..." और उसी तरह उलटे कदमों वह लौट गई।... कोई और समय होता तो शायद मैं उसकी इस बात से कृतार्थ हो जाता... मेरी आँखें डबडबा आतीं, लेकिन अब सुन लिया और बिना सोचे यों ही बैठा रहा।

नीचे से अम्मा की प्यार-भरी झिड़की सुनाई दी, "हमारा इतना भी अधिकार नहीं है तुम पर ? पहना दो जी मनहारिन, पहना दो ! बोल, कैसी पहनेगी ? अपने आप पसंद कर ले।" यानी प्रभा नीचे पहुँच गई है।

"नहीं... नहीं, अम्माजी, मेरा मन नहीं है। अम्माजी, ऊपर चलकर देख लो, मेरे पास ऊपर संदूक में बहुत रखी हैं...।" यह प्रभा थी।

"और पहन लेगी तो क्या हो जाएगा ? रखी तो सभी के पास हैं। हम लोगन का भी तो पेट पलेगा किसी तरह ?" चूड़ीवाली ने कहा और खनखनाहट से लगा कि चूड़ियों की मालाएँ खोल-खोलकर दिखाने लगी। एकाध टूटा-फूटा वाक्य ऊपर आया, "इसके साथ तो यह खूब खिलेगी... गोरी-गोरी कलाई में तो यह खिलती है...।"

"पहन ले न प्रभा, अब इतना नखरा छोड़... अम्माजी की बात रखने की खातिर ही पहन ले।" भाभी का स्वर आया।

एकदम चुप्पी छा गई। मैं थोड़ी देर साँस रोके प्रतीक्षा करता रहा कि कोई आवाज़ सुनाई दे। मुझे विश्वास था कि वह नहीं पहनेगी। हुँ, अब चूड़ियाँ पहनाने का ध्यान आया है। अभी तक तो मानो कोई रहता ही नहीं था। ज़रा-सा नीचे की ओर झाँककर देखा। अम्मा और भाभी चूड़ियाँ पहन चुकी थीं और बड़ी प्रसन्न उत्सुकता से प्रभा की ओर देख रही थीं। प्रभा घुटनों पर बाँह रखे बैठी थी और उसने अपना हाथ चूड़ीवाली की ओर बढ़ाया हुआ था। एक हाथ दूसरे पाँव के पंजे पर रखा था और उसमें ढेर सारी चूड़ियाँ पहनाई जा चुकी थीं। दूसरे हाथ का पंजा दबा-दबाकर मनहारिन चूड़ियाँ चढ़ा रही थी। नीचे कुछ साबुत और कुछ टूटी चूड़ियों के टुकड़े बिखरे थे। दर्द से प्रभा ने अपनी गर्दन दूसरी ओर मोड़ ली थी। आँखें बंद थीं और होंठों से बार-बार 'सी-सी' की कराहट फूट पड़ती थी। दूसरा हाथ, पाँव के पंजे पर रखा अँगूठे को कसकर भींच रहा था।

'सन्न' से जैसे कोई नुकीला तीर दिमाग़ की तहों को चीरता चला गया। 'मैंने मना किया था न ! हुं।' फैले नथुनों से कुछ फुफकार निकली और मैं झटके से उठ खड़ा हुआ। दाँत एक-दूसरे के ऊपर घिसे और होंठ भिंच गए। दृढ़ता से कदम रखता हुआ नीचे उतर आया और सीधा चूड़ीवाली के सामने जा खड़ा हुआ।

प्रभा चूड़ियाँ पहन चुकी थी और शीशे के धक्-धक् करते रंगों में दोनों कलाइयाँ झलमला रही थीं। उसने मुझे देखा और जैसे बिजली के करेंट से उसका चेहरा सफेद

पड़ गया। जैसे-तैसे आवाज़ ठेलकर खिसियानी-सी हँसी हँसने की कोशिश करते हुए उसने कहा, "देखो, कैसी लगती हैं ? अम्मा और भाभी की पसंद की हैं... ।" उस वक्त वह शायद यह भी भूल गई कि अम्मा और भाभी के सामने वह मुझसे नहीं बोलती।

मैंने एक पल उसे अपनी निगाह की सारी कड़वाहट और तीखेपन से घूरा और झपटकर उसकी दोनों कलाइयाँ चूड़ियों के ऊपर से पकड़ लीं। भय से प्रभा मानो घिघिया उठी। मुझे नहीं पता, उस समय मेरे हाथों में कौन-सा दुर्दान्त दैत्य आ गया था। तड़पकर मैंने उसकी दोनों कलाइयों को आपस में ज़ोर से बजा दिया और मुट्ठियाँ भींचकर चूड़ियों के टुकड़े-टुकड़े कर दिए। चट-चट करते हुए चूड़ियों के टुकड़े ज़मीन पर बिखर गए और मैं पागलों की तरह ऊपर मुँह करके गला फाड़कर ऊँची आवाज़ में अट्टहास कर उठा। मानो किसी भुनगे को मसलकर फेंक दिया हो कुछ इस भाव से मैंने उसके दोनों हाथ छोड़ दिए। चूड़ियों के टुकड़े मेरी हथेली और उँगलियों में घुस गए थे। मेरे हाथ खून से तरबतर थे और उसकी कलाइयों से खून की कई धारियाँ चूने लगी थीं। यों खून टपकता देखकर मैं और भी ज़ोर से ठठाकर हँसा। फिर बिना इधर-उधर देखे, खूब आराम और निश्चिंतता से हाथ हिलाता हुआ ऊपर लौट आया।

चूड़ीवाली, अम्मा, भाभी, सभी मुझे फटी-फटी आँखों से देखे जा रही हैं, यह बिना मुड़े भी मैं जान गया।

बड़ी देर बाबूजी प्रतीक्षा करते रहे कि मैं ही अपनी तरफ़ से कुछ कहूँ। आखिर हारकर उन्होंने रात को पूछ ही लिया, "क्यों रे समर, तूने तो शायद दस तारीख से काम करना शुरू किया था ?"

मैंने लापरवाही से जवाब दिया, "बाबूजी, मेरी नौकरी छूट भी गई।"

"अरे, तो वह कोई तुझसे कुछ माँग थोड़े ही रहे हैं जो तू नौकरी छूटने की बात बता रहा है ?" अम्मा ने बीच में कहा।

उद्धत स्वर में मैंने जवाब दिया, "साफ-साफ तो नहीं ही माँग रहे, लेकिन मतलब क्या है, वह मैं भी जानता हूँ।"

इस बार बाबूजी एकदम भड़क गए। हवा में हाथ-पाँव फेंककर कहा, "जानता है तो क्या फाँसी पर चढ़ा देगा ? बड़े जानते हैं ये ! हमने तो एक बात पूछी सो सीधा जवाब तो दिया नहीं, काटने दौड़े। आ बैल, मुझे मार !" फिर माथे पर हाथ मारकर बोले, "बेटा, हम तो तुम्हारी नस-नस जानते हैं। हमारे सामने ही तो बढ़े हो। अब साफ-साफ माँगने की धमकी देने लगे ? हिम्मत तो देखो पूत की ! अरे, हमने अपनी पहली तनख़ा लाकर बाप को दी थी, सो अदब-कायदा गया चूल्हे-भाड़ में, साफ-साफ माँगने की धमकी देने लगे। हरामी ! तुझे पाला-पोसा, पढ़ाया-लिखाया, सब इसलिए कि तू यों हमारी इज़्ज़त उतारकर रख दे ? छाती पर चढ़-चढ़कर आए। सीधी-सीधी बात करो तो कटखने पागल कुत्ते की तरह भौंके ?"

मैंने दुखी और संयत स्वर में पूछा, ''बाबूजी, मैंने आख़िर आपसे कहा क्या है जो आप इतने नाराज़ हो रहे हैं ?''

''और तू हमसे कहेगा क्या शहज़ादे ? हम अंधे हैं न ? दीखता थोड़े ही है हमें ? हाँ, अब तो पढ़ लिए, लिख लिए, ब्याह हो गया। अब माँ-बाप का क्या है ! जाएँ जहन्नुम में, चूल्हे में पड़ें और भाड़ में निकलें ! तुम अपनी मस्ती मत छोड़ना।'' वे चीख़-चीख़कर सुनाते रहे।

''मैंने तो मना किया था बाबूजी, कि मेरी शादी मत कीजिए। पहले तो आप ही लोगों ने ज़बरदस्ती...''

शोर सुनकर घर के और लोग भी जमा हो गए थे। डरे-सहमे-से एक ओर झुंड बनाए सब देख रहे थे।

''शादी... शादी... शादी !'' बाबूजी को जब और कुछ कहने को नहीं सूझा तो बेहद नफरत से उन्होंने दुहराया। वे उत्तेजना के कारण थरथरा रहे थे। ''ऐसा पता होता कि तू ऐसा निकलेगा तो हम तो तुझे पैदा होते ही खोदकर गाड़ देते। क्या निहाल कर दिया आपने ! अब पढ़ा-लिखाकर हाथी बना दिया है न, सो हमारी ही छाती रौंदोगे। बेटा, यही रीत है। खूब नाम ऊँचा कर रहे हो पुरखों का ! अब तो पर फूटे ही हैं। घर में अब और तो कोई कुछ रहा ही नहीं। अपनी मरज़ी के मालिक हैं। दूसरे भौंकते हैं सो भौंकने दो। कुत्ते हैं, अपने आप चुप हो जाएँगे थककर...। सुबह चूड़ियाँ पहनाईं, सो फोड़ दीं लाट साहब ने...। किसी का अब हक थोड़े ही रह गया है तुम पर और तुम्हारी बहू पर ? तू तो ऐसा ही चला आया था ईश्वर के पास से ? हम तो सोचें कि कौन मुँह लगे, कौन मुँह लगे ! समझदार लड़का है, खुद ही सारी बातें समझता है, पर उन्हें तो अच्छे से अच्छा खाने को मिलता है न, सो उनकी सोचे बलाय ! अपने लिए पढ़ लें, अपने लिए कपड़े आ जाएँ, अपनी बहू का साज-सिंगार हो जाए। बस, सब अपना ही अपना हो जाए। जब तक कोई कुछ बोले-कहे नहीं, तब तक सिर पर ही चढ़े चले आते हैं।''

आख़िर जब नहीं सुना गया तो पूछा, ''बहू के लिए कौन-सा साज-सिंगार लाया हूँ, बाबूजी ?''

''और जवाब दिए चला जाएगा, जवाब दिए चला जाएगा ?'' बाबूजी क्रोध में हकलाने लगे। अचानक गुस्से से काँपते हुए वे मेरे ऊपर झपट पड़े और भाईसाहब, अमर उन्हें रोकते ही रह गए। मेरे सँभलने से पहले ही लात, घूँसे, थप्पड़ों की बौछार शुरू हो गई। हाँफते थे और मारते जाते थे, ''ले... ले... और दे जवाब ! और जवाब देकर देख ? लाख बुड्ढा हूँ, हज़ार मरा-गिरा हूँ, लेकिन तेरी अकल अभी भी ठिकाने लगा दूँगा। तू बहुत हाथ से निकल गया है...'' मैं चुपचाप बैठा-बैठा पिटता रहा, घुटते क्रोध की आग में भुनता रहा और एक शब्द भी मुँह से नहीं बोला। शायद यह बात उनके गुस्से में घी का काम कर रही थी... न रोया, न अपने को बचाने की कोशिश की। बाबूजी को भाईसाहब और अमर ने पकड़ लिया था, लेकिन खुद ही डर के मारे

थर-थर काँप रहे थे।

"निकल जा मेरे घर से, निकल जा ! हट जा, दूर मेरी आँखों से... डूब मर कहीं कुएँ-तालाब में कम्बख्त कमीने ! हम तो शुरू से ही रंग-ढंग देख रहे थे, अब पढ़ने लगे हैं न..."

"अब चुप रहिए बाबूजी, गुस्सा शांत कीजिए।" भाईसाहब समझा रहे थे। वे लोग उन्हें दोनों तरफ से पकड़कर अलग हटाए लिए जा रहे थे। क्रोध के आवेश में उनके मुँह से झाग-जैसा थूक निकल रहा था, आँखें खूब चौड़ी-चौड़ी फैलकर माथे पर चढ़ गई थीं और मुँह से गालियों की अजस्र वर्षा हो रही थी। स्त्रियाँ आपस में रुलाई रोकती-सी फुसफुसा रही थीं, "क्या हुआ ?... क्या बात हो गई ?..." शायद दो-एक पड़ोस से भी आ गई थीं। उनकी धोतियों की पटलियों को पकड़े बच्चे भी आ गए थे और अब यह दृश्य देखकर रोने लगे थे।

"हाँ बाबूजी, अब चला ही जाऊँगा," मैंने झुका हुआ सिर धीरे से उठाकर भर्राई आवाज़ में कहा।

सुनते ही उन लोगों को एक ओर झटककर बाबूजी फिर मेरे ऊपर पलट पड़े, "यह तो मैं पहले ही जानता था, यह तो दीख ही रहा था। असल माँ-बाप का है तो अभी निकल जा, अभी, इसी वक्त ! तू तो जब जाएगा तब जाएगा। ला, मैं तुझे अभी रास्ता दिखाए देता हूँ।... निकालो जी, इसका सामान निकालो...। विदा करो दोनों को। हमारे ये कोई नहीं लगते। हमारे लिए पैदा होकर मर गए। चलो, उठो, जाओ जी। अपना सामान उठाओ और अपना ठिकाना देखो... हमने हाथ जोड़े !" उन्होंने ज़ोर से आपस में हथेलियाँ मारकर हाथ जोड़े। फिर मेरी बाँह पकड़कर बुरी तरह झिंझोड़ते हुए बोले, "जाइए हुज़ूर, चलिए, तशरीफ ले जाइए। हमारे यहाँ आपके लिए कोई जगह नहीं है। खबरदार जो कभी फिर इस घर में पाँव रखा। मुझसे बुरा कोई नहीं होगा। हमारी तरफ से कहीं मरो, बाहर सड़क पर पड़ो, हमारे बस का नहीं है साँड़ों को पालना...।" तब तक भाईसाहब वगैरह ने उन्हें फिर पकड़ लिया था और समझाते-शांत कराते एक ओर ले चले थे।

सारी स्त्रियाँ मेरे ऊपर थू-थू करने लगी थीं। अम्मा ने डाँटकर दो झापड़ दिए, "तू चुप क्यों नहीं हो जाता, समर ? खबरदार जो ज़बान मुँह से निकाली ! बाप को बराबर से जवाब दिए जा रहा है... बेशरम !"

इस बार बिना किसी की बात सुने मैंने खूब गरजकर कहा, "बस अम्मा, साफ ही सुनना चाहता था, आज सुन लिया। मुझे खुद ही इस नरक में नहीं रहना। न रात को चैन, न दिन को शांति ! सब मतलब के माँ-बाप बने हैं। कहीं रहूँगा, कुएँ में, भाड़ में, कहीं जा पड़ूँगा। कल यहाँ से चला जाऊँगा।... सँभाल लेना अपना राज-पाट।" उस उद्वेग, शोर और गुस्से में भी मन के भीतर कहीं लगा कि मैं घोर अनुचित बात कह रहा हूँ। बाप से इस तरह नहीं बोलना चाहिए। दूसरी बात बड़ी अजब लगी, कम से कम उस अवसर को देखते हुए। मन में आया कि क्या राम-सीता

भी इसी तरह लड़-भिड़कर घर छोड़कर तो नहीं गए थे ? भीतर ही अपनी इस बात पर कोई हँसा भी।

बाबूजी ने मेरी बात सुनी तो फिर पलटने को मचले, लेकिन किसी ने नहीं छोड़ा। उन्हें वे लोग बाहर बैठक में ले गए। उस क्षण मैंने मन ही मन कसम खाई—कुएँ, भाड़, सड़क... फुटपाथ कहीं भी पड़ रहूँगा, यहाँ नहीं रहूँगा, यहाँ नहीं रहना। कहीं सही, कहीं भी सही... जहाँ ऊपर छत और नीचे ज़मीन हो, लेकिन इस नरक में अब नहीं। भीख माँगो, चोरी करो... दुनिया बहुत बड़ी है...

सारा रोना-चिल्लाना बंद हो गया और सारे घर-बार वाले एक स्वर से मेरी भर्त्सना करते रहे, मेरी बद्तमीज़ी पर गालियाँ बकते रहे, लेकिन मैं चुपचाप घुटनों में सिर गड़ाए बिलकुल चुप बैठा रहा। बस, दिमाग़ में एक ही बात गूँजती रही... यहाँ नहीं, यहाँ नहीं। दुनिया के किसी भी सिरे पर... धरती के किसी भी छोर पर... कहीं भी। एक ही तसवीर कौंधती रही, आगे-आगे टीन का बक्सा लादे मैं और पीछे-पीछे ठिठकती चलती प्रभा... और शायद उसके पीछे रोता हुआ कुँवर... (लक्ष्मण !!—?)

लोहे की सलाख़ों पर भुनते हुए कबाब की तरह मैं रात-भर अंगारों पर भुनता रहा। विचित्र-विचित्र आवाज़ें दिमाग़ में आती रहीं। एक पल को भी आँख नहीं लग सकी, लेकिन एक तंद्रा या जड़ता थी जो मेरे ऊपर छाई रही और मैं जागृति और सुषुप्ति के बीच जैसे लटका रहा। मुझे ऐसा लगता रहा जैसे मेरे दिल की जगह किसी ने एक भारी पत्थर रख दिया हो और उसके बोझ से मेरी साँस घुटी जा रही हो। पता नहीं दिल डूबने की बीमारी में कैसा लगता है, लेकिन रह-रहकर मुझे लगता, कहीं हार्ट-फेल ही तो नहीं हुआ जा रहा ? शरीर इस तरह सुन्न रहा जैसे ममी की तरह मुझे किसी खोल में बंद कर दिया गया है। बिलकुल ऐसा लगता रहा जैसे केकड़े-जैसी कोई चीज़ है जो काँटेदार रोओं, बाँहों में मुझे भींचे हुए है, और मेरे सिर में अपनी सूँड़ गड़ाकर बूँद-बूँद मेरा खून चूसे ले रही है। छटपटाता हूँ, रोता हूँ लेकिन उसकी अंगारों जैसी आँखों के सम्मोहन में बँधा हूँ, और वह मुझे खाए चली जा रही है। साँय-साँय, भाँय-भाँय करता अजब सन्नाटा दिमाग़ में कराहता है और मैं अपने को इस तरह डूबते महसूस करता रहा जैसे पानी की सतह पर लिटाकर किसी ने मेरी छाती पर पाँव रोप दिया हो। मुझे ऐसा लगता रहा जैसे रात-भर पानी बरसता रहा। बार-बार मैं चौंककर उठ जाता कि अभी बंद हुआ या नहीं।

अचानक किसी ने मुझे छुआ तो मैं बुरी तरह हड़बड़ाकर उठ बैठा। ऊपर से चौंक गया, लेकिन भीतर से मानो उम्मीद कर रहा था कि इसी तरह मुझे कोई छुएगा और मैं उसके इशारे पर उठकर उसके पीछे-पीछे चला जाऊँगा। बड़ी मुश्किल से आँखें खोलकर देखा, कौन है। कलाई में पट्टियाँ बँधे हाथों से बड़ी डरती-झिझकती-सी प्रभा मुझे छूकर जगा रही थी, "चार बज गए... जाओगे नहीं आज ?"

हाँ याद आया, शायद रात को कई बार प्रभा ने मेरा माथा छुआ था या माथे पर कुछ मलती रही थी। मैं उठ बैठा। मुँह-हाथ धोते हुए सोचा, मुझे आज यह अजब-अजब-सा क्यों लग रहा है। मैं इस तरह सारे काम क्यों किए जा रहा हूँ जैसे किसी ने मंत्र से मुझे बाँध दिया है और मैं अपनी इच्छा के बावजूद सब करता चला जा रहा हूँ ? मुझे ऐसा क्यों महसूस हो रहा है जैसे ये हाथ-पाँव मेरे नहीं हैं... ? और मैं कहीं दूर... बहुत दूर ऊँची जगह चला गया हूँ, और वहाँ से सारी चीज़ें बड़ी धुँधली-धुँधली, अस्पष्ट और अवास्तविक-सी दिखाई देती हैं। किसी की भी आवाज़ सुनाई नहीं देती। मुँह धोते-धोते अचानक मैंने मुड़कर पूछा, "रात को पानी बरसा था क्या ?"

नीचे हम दोनों शायद अकेले थे। प्रभा अंगीठी जलाकर कुछ कर रही थी और मैं नल पर था। प्रभा ने गत्ते के टुकड़े से अंगीठी धोंकना रोककर पूछा, "पानी ? कहाँ बरसा था पानी ?" और उसकी यह बात सुनते ही सहसा मुझे याद आ गया—हाँ, आज मुझे इस घर को छोड़ देना है, इससे मुझे कोई मोह नहीं है। मुझे घर खोजना होगा—कहीं भी—कितना भी मुसीबतों से।

प्रभा ने छोटे से एल्युमीनियम के कटोरदान में खाना भरकर खाट पर रख दिया था। मैंने अभ्यासवश उसे उठाकर जेब में ठूँसा। कोट पहनते वक्त हथेलियों में पहली बार दर्द हुआ—शायद कल की चूड़ियों के टुकड़े चुभने की तकलीफ़ थी।

बत्ती बुझाकर एक-एक कदम रखता हुआ ज़ीना उतरा। लगा, आज पाँव कुछ काँप रहे हैं—जूतों की आवाज़ भी कुछ-कुछ अजब-सी निकल रही है। सब-कुछ बड़ा अनजाना और अजीब लग रहा है। निचली सीढ़ी से मुड़कर ऊपर देखा, प्रभा मुझे उतरते देख रही हो। लेकिन वहाँ कोई नहीं था। अभी तक सारे लोग सोये पड़े थे।

तभी बाहर किसी ने कुंडी खटखटाई तो मैं इस तरह उछल पड़ा जैसे हत्यारा हूँ और बाहर पुलिस आ खड़ी हुई है। एक पल को सकपका गया, घबराकर चारों ओर देखा, दरवाज़ा खोलूँ या न खोलूँ। फिर सिर के पीछे खुजाता हुआ आगे बढ़ गया।

कुंडी खटखटाने के साथ फिर ऊँची आवाज़ आई, "तार लेना, साहब !"

किवाड़ खोले। लाल साइकिल और खाकी वरदीवाला पियन तार लिए खड़ा था। दस्तखत करके तार लिया। फिर उसे साइकिल पर चढ़कर जाते देखता रहा। ऊपर बाबूजी का नाम लिखा था।

हलका-सा उजाला होने लगा था। एक बार फिर तार को पलटकर देखा और मन में आया तार को ज्यों का त्यों दे आऊँ। फिर न जाने क्या सोचकर स्थिर हाथों से लिफ़ाफ़ा फाड़ा। गुलाबी काग़ज़ पर टाइप की हुई पत्ती चिपकी थी—'मुन्नी ऐक्सपायर्ड', मुन्नी मर गई !'

एक बार पढ़ा, दो बार पढ़ा और मेरी समझ में ही नहीं आया कि इस ज़रा-से वाक्य का अर्थ क्या है ? तार की बात सुनकर भाईसाहब और बाबूजी घबराए हुए

नीचे उतर आए थे, "कहाँ से आया ? क्या लिखा है ?"

मैं बड़े अस्वाभाविक रूप से धीरे से हँसा और तार उनकी ओर बढ़ा दिया। और कहा, "लिखा है कि मुन्नी मर गई। साफ नहीं लिखा कि उसे मार दिया–।"

और बिना उन पर उस तार की प्रतिक्रिया देखे मैं चला आया... बेहोश और अचेतन। बाद में शायद घर पर रोया-पीटी भी हुई होगी... मैं जानता था कि प्लेटफ़ार्म किधर लगेगा, इसलिए उसकी ठीक उलटी दिशा में बैठा ताकि जिधर बैठा हूँ उधर ही आने-जानेवाले तंग न करें। गाड़ी चलती रही और मैं खिड़की से बाहर सिर निकाले फटी-फटी आँखों से सुबह की फूटती रोशनी को देखता रहा–आज बड़े अजब ढंग से सुबह हो रही है।

मस्तिष्क में एकदम अँधेरा था, ऐसा सन्नाटा जैसे अचानक चलते हुए बिजलीवाले कारखाने का फ्यूज़ उड़ जाए और सबकुछ रुककर एक भयानक सन्नाटे में डूबा रहे। उस क्षण तो एक ही आवाज़ थी जो रेल की नियमित खटरखटर में दिमाग में गूँज रही थी, नसों पर हथौड़े चला रही थी और कानों में पैंडुलम की तरह टकरा रही थी–मुन्नी मर गई–मुन्नी मर गई–मुन्नी को मार दिया–मुन्नी को मार दिया।

एक बड़े भारी खँडहर के गुंबद जैसे चिमगादड़ों के पर फटकाने की कोई हलकी कातर आतंकोत्पादिनी आवाज़ गूँजे और उसकी ध्वनि-प्रतिध्वनियाँ सन्नाटे की लहर बनकर एक के ऊपर चढ़कर आती दूसरी लहर की तरह उमड़कर सारे वातावरण में छा जाएँ और... और फिर सब-कुछ मौत के गाढ़े सन्नाटे में डूब जाए। फिर अखंड और अभेद्य अंधक-ा-ा-र।

यह आज मुझे क्या हो गया है ! मैंने खुद अपने माथे पर हाथ फेरा। धीरे-धीरे हथेली से ठोका।

तब अचानक गाड़ी एक झटके के साथ रुक गई। दूसरी ओर स्टेशन आ गया था और मुझे यहाँ उतरना था। मैंने एक बार प्लेटफार्म पर निगाह डाली और बैठा-बैठा खिड़की से झाँककर अपनी तरफ के प्लेटफार्म की ओर देखने लगा। बीच में तीन चमकदार पटरियाँ बिछी थीं, तब प्लेटफार्म का उठान था। अँधेरा अब कतई नहीं था, लेकिन स्टेशन की बत्तियाँ अभी जल रही थीं। सामनेवाले प्लेटफार्म के दूसरे सिरे पर जमादार झाड़ू लगा रहा था और धूल के गुब्बारे उसके चारों ओर छाए थे। उसने मुँह पर कपड़ा बाँध रखा था। मैं इस तरह बैठा रहा जैसे उतरना ही न हो। पर रेल ने सीटी दी तो अचानक ख़याल आया कि अरे, मुझे तो यहीं उतरना है। झट दरवाज़ा खोला और नीचे गिट्टियों पर उतर आया।

खाली पटरियों पर पाँव रखा ही था कि देखा कि इन्हीं पटरियों पर दूसरी दिशा से, शायद कोई गाड़ी दिल्ली से चली आ रही है। दूर सड़क के पुल के नीचे बड़ा-सा इंजन प्रतिक्षण पास आता चला जा रहा था–झटकों के साथ इंजन धुआँ छोड़ता और लोहे की चमकदार पटरियाँ खनन-खनन करके काँप उठतीं। भयंकर दैत्य जैसे लुढ़कता चला आ रहा हो।

सहसा भीतर से जैसे बात उछली—अगर मैं अपने-आपको इसके सामने डाल दूँ तो ? इस सवाल के साथ ही बंदूक पकड़े हुए दरोग़ाजी की तसवीर कौंध गई। सामने घोड़ा था। ज़िंदगी-भर की मुसीबतों से छुटकारा मिल जाएगा। और मुझे लगा, जैसे एक अनजान बिजली के भारी झटके से मैं झपटकर इंजन के सामने जा पड़ा हूँ, पटरियों पर गिरने से पहले क्षण के अविभाज्य खंड में चेतना पर छाया सारा खोल—मकड़ी के जाले-जैसा धुंध—अचानक फट गया है और सपना टूटने पर मैं जाग उठा हूँ।... यह मैंने क्या किया ? लेकिन तब तक बर्फ-सी ठंडी पटरियों ने मुझे अपने से चिपका लिया है और बढ़ते इंजन का पंखा मुझे छूने लगा है...। दाँत भींचकर मैं ज़ोर से पंखे को पकड़ लेता हूँ... प्रभा की निरीह सूरत आँखों के सामने आ जाती है। लेकिन इंजन की गति के साथ मैं घिसट रहा हूँ... एक पल... दो पल...। मेरे हाथों की ताकत चुक गई है, मेरी पकड़ छूट गई है और मैं ज़ोर लगाकर चीखना चाहता हूँ—'प्रभा—ा—ा!' और मेरे खुले मुँह पर दनदनाते इंजन के भारी-भारी पहिए घूमते चले जाते हैं...

सारी तसवीर ऐसी सजीव होकर सामने आ गई कि मुझे लगा, कहीं मैं यह सब कर ही न डालूँ। लेकिन मैंने पाँव पटरी से हटा लिया था और तब गाड़ी सामने आकर खड़ी हो गई थी। मेरे सामने ही दो डिब्बों के जुड़ने की जगह खाली थी। मोटे-मोटे तार और लोहे की भारी-भारी हथेलियों से निकले डंडे, डिब्बों की दूरियाँ बनाए रखने के लिए आपस में सट गए थे। एक लालाजी खिड़की से मुँह निकाले दातुन कर रहे थे। मैं दोनों गाड़ियों के बीच यों ही खड़ा रहा जैसे दो दीवारों के बीच में घिर गया हूँ।

मन में आया, मान लो अभी हैंडिल पकड़ूँ और इस डिब्बे में जा बैठूँ तो ? और अगले ही क्षण मैंने अपने को बंबई से विदेशों को जानेवाले पानी के जहाज में खलासी के कपड़े पहने हुए देखा—लेकिन शीघ्र ही वह तसवीर कोपीन पहने, दाढ़ी बढ़ाए, कमंडल लिए साधु के रूप में बदल गई। मैंने देखा, मैं बाबा काली कमलीवाले आश्रम में कंबल लपेटे पड़ा रहता हूँ और ऋषिकेश के एक भारी-से पेड़ के नीचे मेरी एक कुटिया है... जाने कितना समय यों ही बीत जाता है और तब विधवा-वेश में एक औरत कई और बुढ़िया के साथ आकर मेरी कुटी के सामने खड़ी हो जाती है...। नहीं, हर-की पैड़ी पर मैं नहाते हुए एक औरत को देखता हूँ कि 'अरे, यह तो प्रभा है...।' मैं प्रभा को पहचान लेता हूँ, लेकिन वह मेरी दाढ़ी और मोटे कंबल के कारण नहीं पहचान पाती... फिर दिखाई दिया—लोग मुझे जूतों और लाठियों से पीट रहे हैं—नहाती हुई एक जवान औरत के पास मैं पहुँचा था और उसे 'प्रभा-प्रभा' के नाम से बुलाने लगा था...

और फिर एक साथ ही सारी तसवीरें गडमड होकर एक बड़ी तसवीर में बदल जाती हैं। अखबार में मेरी तसवीर छपी है—"प्रिय बेटा समर, तुम्हारी माँ की तबीयत बहुत खराब है, एक बार तुम्हें देखना चाहती है।"

सामनेवाली रेल की सीटी से चौंककर फिर मैं तंद्रा से जागा—सामनेवाली ट्रेन का

मेरे आगेवाला पहिया धीरे-धीरे घूमा—अगर दो डिब्बों के बीच की खाली जगह में अचानक कूद पड़ूँ तो ? या लपककर हैंडिल पकड़कर डिब्बे में चढ़ जाऊँ, तो ?

अब पीछेवाली ट्रेन भी खिसकने लगी थी—दोनों गाड़ियाँ दो विरोधी दिशाओं की तरफ सरक रही थीं। मुझे लगा जैसे मैं तेज़ी से चक्कर खाते चाक पर खड़ा हूँ... भीतर कोई दुहराए चला जा रहा है—कूद पड़... चढ़ जा !... कूद पड़ !... चढ़ जा... ! घबराकर मैंने ऊपर देखा... सारा आकाश डग-डग करता घूमने लगा था।

क्या इक्कीसवीं शताब्दी में भी यही सब लिखना होगा ?

–राजेन्द्र यादव

'प्रेत बोलते हैं' और 'सारा आकाश' के बीच लगभग सात-आठ वर्षों का अंतराल है। 'प्रतीक' के दिनों में प्रगति प्रकाशन के साहित्यिक सलाहकार अज्ञेयजी ने पांडुलिपि पढ़कर सुझाव दिया था कि उपन्यास के प्रारंभ और अंत की ज़रूरत नहीं है। तब मुझे लगा कि इससे कहानी एक हताश, हारे हुए युवक की 'आत्महत्या' कथा या पलायन-गाथा होकर रह जाएगी। और कुछ नहीं तो इस स्थिति के लिए जिम्मेदार मध्यवर्गीय समाज पर टिप्पणी तो होनी ही चाहिए यानी समर की आत्महत्या का 'समाज के मुँह पर तमाचा' होना ज़रूरी है। शायद हम ऐसे युग से नए-नए आए थे जब इसी तरह समाज या व्यवस्था के मुँह पर तमाचे और ठोकरें मारा करते थे। आज यह मुहावरा ही बचकाना और अर्थहीन लगता है। ये ठोकरें और तमाचे अपने ही लिए थे क्योंकि हम खुद उसी व्यवस्था के हिस्से थे। कुछ दिनों बाहर रहे, या विद्रोह-फिद्रोह किया और फिर उसी में सोख लिए गये। खुद व्यवस्था और समाज कभी नहीं बदले। शायद इस तरह के भावुक उच्छ्वासों और कटखने मुहावरों से बदलते भी नहीं हैं। जब तक पारिवारिक ढाँचा सामंतवादी रहेगा और उसे महान भारतीय संस्कृति का संरक्षण मिलता रहेगा, तब तक समाज में किसी भी बदलाव की बात करना सदाशयता हो सकती है, वास्तविकता से मुठभेड़ नहीं। मानसिकताएँ तो स्थितियाँ बदलने पर ही बदलती हैं।

बहरहाल, मेरे लिए यह वह युग था जब नए लेखक में फुंकारता अतिरिक्त आत्मविश्वास होता है और उसे अपनी हर पंक्ति गीता की तरह महान लगती है। सात-आठ साल लगे यह समझने में कि अज्ञेयजी सही थे। इसलिए 'सारा आकाश' का पुनर्लेखन करते समय मूल पाठ में तो कोई परिवर्तन नहीं किया गया (केवल एक प्रसंग नया जोड़ दिया गया है) हाँ, प्रारंभ और अंत निकाल दिए गए। लगा कि कहानी उनके बिना ही पूरी है।

अगर चार-पाँच साल पहले राजस्थान में रूपकुँवर के सती होने की घटना देशव्यापी समाचार न बनी होती तो शायद अभी भी ये छोड़े हुए भाग 'प्रेत बोलते हैं' में ही

पड़े होते। समाचार पत्रों में सती के विवरण पढ़ते हुए मुझे लगा कि सार्वजनिक हत्या के ऐसे एक-एक विवरण से मैं परिचित हूँ। राजा राममोहन राय और विलियम बैंटिक के जमाने के दस्तावेजों से प्रतापचंद्र चुन्दर के 'लेवदेव की प्रेमिका' तक इनके सजीव और चित्रात्मक डिटेल्स भीतर जागने लगे, याद आया कि इस नरमेध का ऐसा ही विशद् वर्णन मैं खुद प्रभा के सती होने के प्रसंग में लिख चुका हूँ। तब ग्वालियर के आस-पास हुई सती की घटना और अनेक स्रोतों या अखबारों में विस्तार से आए आँखों देखे हाल ही शायद दिमाग में थे। इस प्रसंग को 'सती' नाम से 'हंस' में प्रकाशित भी किया—उस समय 'जनसत्ता' के प्रभाष जोशी से विवाद चल रहा था और मैं सिद्ध करना चाहता था कि मामला न उतना निर्दोष है न आध्यात्मिक और सांस्कृतिक। यह सोची-समझी गई सार्वजनिक हत्या है। ऐसे धार्मिक विस्फोटों के लिए बैठकर गुप्त मंत्रणाएँ नहीं की जातीं—यह षड्यंत्र तो समाज के मनोविज्ञान में अंतर्भुक्त (इनबिल्ट) होता है। उत्तेजना की एक चिन्गारी अपने आप सन्निपात का ऐसा विराट रूप लेने लगती है कि अमरीका में कालों की लिंचिग, अपने यहाँ नरबलि या सती या चुड़ैल-वध, मुसलमानों में संगसारी लगभग उत्सव की तरह पैशाचिक मनोरंजन बन जाते हैं—आयोजन ठीक से सम्पन्न हो, इसके लिए स्वयंसेवकों के दल स्वतः ही कमान सँभाल लेते हैं। हर व्यक्ति कहीं जानता है कि जो कुछ हो रहा है वह ग़लत और अमानवीय है, मगर उसके भीतर से उछलकर बाहर निकल आता है वह बर्बर आदिम हिंस्र; जो भुनते हुए शिकार की चीखें सुनकर उन्मत्त, उल्लास से नाचने लगता था। या लाखों की उपस्थिति में सऊदी अरब की राजकुमारी का सिर काटा जाना पैशाचिक उत्सव बन गया था। हो सकता है मनोवैज्ञानिक एक अधिक सभ्य सुसंस्कृत समाज के लिए कैथार्सिस या रेचन का नाम देकर इसे सही सिद्ध करें, या धार्मिक पुरोहित इसे भगवान के श्रीचरणों में अर्पित आध्यात्मिक नैवेद्य का प्रतीक बताकर अपने अपराध-बोध का उदात्तीकरण कर लें—मगर क्या यह सारा कृत्य, मनुष्य को किसी दानव की अँगुलियों से संचालित-नियंत्रित कठपुतलियों में नहीं बदल देता जहाँ न अपना विवेक रह जाता है, न व्यक्तिगत आत्मा ? कैसा अजीब तर्क दिया था प्रभाष जोशी ने कि बलिकर्ता के मन में बलि दिए जानेवाले के प्रति न कोई वैमनस्य होता है, न क्रोध। वह तो शांत-चित्त से इस अनुष्ठान को सम्पन्न करता है, इसलिए वरेण्य भी है और धर्म-सम्मत भी। नृशंसता और अमानवीयता के पक्ष में यह दलील दिल दहला देनेवाली है। युद्ध या दंगों में भी सामनेवाले के लिए हत्यारे के मन में व्यक्तिगत रूप से कोई वैमनस्य नहीं होता—वह तो धर्म और कर्त्तव्य की रक्षा के लिए उसका वध करता है—लगभग धार्मिक अनुष्ठान की तरह। उधर दूसरी तरफ भी बल और समर्थन धर्म का ही है—दोनों एक-दूसरे को धर्म-विरोधी मानकर धर्म-सम्मत हत्याएँ करते हैं।

इसी सबके अध्ययन की दृष्टि से सती वाला मूल प्रसंग भी उपन्यास के अंत में जोड़ा

जा रहा है कि पाठक भारतीय मध्यवर्गीय परिवार की इस अनिवार्य परिणति को देख सकें—हो सकता है, प्रभा को सती न करके समर के जीते-जी ही दहेज में जला दिया जाता या नया दहेज लाने के लालच में पुराने बोझ से मुक्त होने की प्रक्रिया में उसे स्टोव की लपटें खा जातीं। कैसा सुखद संयोग है कि आग में, वह स्टोव-गैस की हो या मंत्रपूत चंदन की लकड़ियों की—औरत को जलना ही है, चुनाव उसके पास सिर्फ यही है कि वह आत्महत्या करे या हत्या की शिकार हो...

कैसा लगता है लगभग 50 साल बाद फिर से यह सब लिखना ?

—3.7.87

प्रेत बोलते हैं...

[पहले संस्करण (1951) का वह अंश जो 'सारा आकाश' में छोड़ दिया गया था]

'सारा आकाश' उपन्यास का नाम था पहले 'प्रेत बोलते हैं'। पांडुलिपि मेरे पास नहीं है, मैंने सीधे ही उसे प्रगति प्रकाशन, या प्रोग्रेसिव पब्लिशर्स, 7/23, दरियागंज, को दिया था। उन्होंने काफी समय अपने पास रखा और फिर सुलेमानी प्रेस, बनारस, में छपने दे दिया। प्रकाशकों की स्थिति ख़राब हो गई और वे पुस्तक प्रेस से उठा नहीं पाए। मेरे आग्रह पर नामवर जी ने उसके छपे हुए फ़र्मे किसी तरह प्राप्त करके मुझे भेजे (मेरी उनकी मित्रता की यह शुरुआत थी) बाद में शायद 'राष्ट्रीय प्रकाशक मंडल', मछुआ टोली, पटना, ने फर्मे उठा लिए और 'प्राप्ति-स्थान' की जगह अपना नाम डालकर उपन्यास जारी कर दिया। हो सकता है, कुछ के पास अभी भी 'प्रेत बोलते हैं' की प्रतियाँ हों। बहरहाल, इस झंझट में प्रूफरीडिंग बिल्कुल नहीं हुई। उपन्यास के पूर्व कथन में तारीख़ 5.12.52 हो गई है, समाप्ति पर 5.12.51 । जहाँ तक याद आता है, सन् 51 तक एम.ए. का इम्तिहान देने के बाद अक्टूबर-नवंबर में उपन्यास लिखा गया था। शायद दो महीने लगे थे। इसलिए सन् 51 ही इसका लेखन-समय लगता है।

जैसाकि 'सारा आकाश' की भूमिका में लिखा है, 'प्रेत बोलते हैं' के शुरू और अंत के हिस्से को छोड़कर ही उपन्यास को नया रूप दिया गया। 'प्रेत बोलते हैं' समर और प्रभा की मृत्यु से शुरू होता है। 'सारा आकाश' इतने निर्णयात्मक रूप से समाप्त नहीं होता—यहाँ समर के सामने 'सारा आकाश' यानी अनिश्चय का फैलाव है, वह उसमें प्रेत बनकर भी भटक सकता है और ज़िंदगी की किसी दिशा में उड़ान भी भर सकता है।

उपन्यास, लेखक और पात्र समर की ओर से प्रथम पुरुष में लिखा गया है। प्रारंभ होता है कि मैं यानी लेखक की परीक्षा की तैयारी के दिन हैं और उधर छोटे भाइयों ने रात-दिन की मेहनत के बाद रेडियो बनाना सीख लिया है। घर-भर में रेडियो लगा दिए हैं और हर कमरे से हर समय पूरे वॉल्यूम में कुछ न कुछ बजता रहता है। स्थिति यह है कि 'मैं आजिज़ आ गया। मैं लिखने-पढ़ने बैठा हूँ कि उस्ताद बन्ने खाँ ठुमरी के गरम पानी से वह गरारे कर रहे हैं कि न सिर्फ़ मैं झुँझलाकर भन्ना जाता हूँ, मुझे खुद कै होते-होते रह जाती है। अब हालत मेरी यह हो गई कि मैं सोता तो आज़ाद कश्मीर या कराची से आते शमशाद के गीतों की गोद में और जागता तो गोआ और

सीलोन से गूँजते लता मंगेशकर के स्वरों की प्रभाती में, भोजन की जगह मुकेश के गाने और तलत महमूद के टेंटुए की तरकारी... सारे घरवाले भाइयों की तरफ थे और इस गुंजान माहौल में मैं झल्लाया-सा, मरखने बैल की तरह घर में घुसता और कटखने कुत्ते की तरह बाहर निकलता था...'

ऐसी ही एक रात मैं अपने-आप और माहौल से लड़ते हुए पढ़ते-पढ़ते सोता हूँ और सुबह पाँच बजे शोरगुल से जागता हूँ। हमारा घर स्टेशन के पास ही था। पता लगता है कि वहाँ कोई युवक ट्रेन से कट गया है। मैं भी वहाँ पहुँचता हूँ...कटी लाश, भीड़, वहाँ का सारा माहौल, सबकुछ मेरे दिमाग़ पर ऐसे छा जाते हैं कि जब लौटता हूँ तो लगता है जैसे मैं अकेला नहीं आया, कोई 'हवा', कुछ 'अजीब' या सब मिलाकर युवक का 'भूत' मेरे साथ आया है...आदमी पर भूत इसी तरह आता है, यह संस्कार लेखक के बचपन से ही उसमें मौजूद है...(भूतों के किस्से कुछ विस्तार से दिए गए हैं कि कैसे वे सुनी-सुनाई स्मृतियाँ संस्कार बनी चेतना में बैठी हैं।)

मैं चुप, उदास, गुम लौट आता हूँ और सो जाता हूँ, लेकिन युवक का कटा हुआ सिर हमेशा आँखों के सामने है। शाम तक मुझे बुखार चढ़ आता है—नींद नहीं आती, दिमाग़ में वहाँ का वातावरण, वार्तालाप और स्थिति ही जागती-डूबती रहती है। अगले दिन भी लेटा रहता हूँ। घर में रेडियो बज रहे हैं और मुझे लगता है, जैसे मेरे दिमाग़ में भी अंतरिक्ष की ऐसी आवाज़ें गूँजने लगी हैं जैसे स्टेशन पकड़ने से पहले रेडियो से आती हैं। शायद तीसरे दिन आवाज़ें आनी बंद हो जाती हैं और अचानक मुझे लगा, सारी नसों को जकड़कर बाँधे रखनेवाला शिकंजा एकदम ढीला हो गया और मस्तिष्क में अजीबोगरीब आवाज़ें सुनाई देने लगीं...पता नहीं कैसी आवाज़ें थीं। जिनका कोई भी अर्थ नहीं था—जैसे एक कमरे में बीस-पच्चीस आदमी हा-हा, ही-ही कर रहे हों या सैकड़ों रेल के इंजन एकसाथ पटरियों पर दौड़ रहे हों...। फिर मुझे लगा, जैसे सारी आवाज़ें रुक गईं और सिर्फ़ एक आवाज़ साफ़-साफ़ सुनाई दे रही है—मैं मोहाच्छन्न की तरह बैठकर लिखने लगा। लगा, जैसे मैं लिख नहीं रहा, दिमाग़ से आती आवाज़ का डिक्टेशन ले रहा हूँ...

मेरे दिमाग़ का रेडियो 'प्रेत-लोक' से जुड़ गया था और मैं समर-प्रभा की कहानी लिख रहा था—'सारा आकाश' ! पूरी कहानी समर की ओर से है। अंत में प्रभा और मन्नो भी अपनी-अपनी ओर से बोलते हैं। उपन्यास समाप्त होता है तीनों के इस सम्मिलित वक्तव्य से, 'आज इस प्रेतलोकीय रेडियो से हम स्पष्ट घोषणा करते हैं कि हम कलमों में उतरेंगे, दिमाग़ों पर छाएँगे और नसों में तैरेंगे...हम निरंतर माँग करते रहेंगे, हमें नए शरीर दो, हमें नया रूप दो...हम इन कब्रों में नहीं रहेंगे, हम निराकार नहीं भटकेंगे...'

'प्रेत बोलते हैं' में प्रभा की मौत का दृश्य समर के प्रेत की ओर से रनिंग-कमेंट्री या किसी आयोजन के 'आँखों देखे हाल' की तरह लिखा गया है। समर ने झटके से अपने-आपको इंजन के सामने फेंक दिया है, लेकिन फिर भी कुचलते पहियों से जूझ

रहा है...'मेरे हाथों की शक्ति चुक गई, मेरी अंगुलियाँ थक गईं, मैं विवश हो गया और सारा दम लगाकर मैंने चीखना चाहा, "प्रभा...मेरा मुँह खुला...फिर पता नहीं... दनदनाते इंजन के विशालकाय पहिए चलते चले गए...और एक खटर-खटर...पहिए दौड़े चले जा रहे थे...'

और अगले ही क्षण समर प्लेटफार्म पर लाकर रखी गई लाश का दर्शक हो जाता है—भीड़ के साथ...

प्रस्तुत अंश वहीं से प्रारंभ होता है और लगभग शब्दशः वही है जो स्वतंत्रता के चार साल बाद, यानी सन् 1951 में लिखा गया था।

इतनी देर हम लोग अपनी कहानी में ही व्यस्त रहे। पता नहीं, इस बीच इधर और क्या-क्या हो गया। लेकिन देखिए, प्लेटफार्म पर भीड़ और बढ़ गई है, दो हिस्सों में बँटी हुई है...दर्जनों आदमी माथे पर हाथ रखे बड़े दुखी-चिंतित से अफसोस प्रकट करते हुए लाश को घेरे बैठे हैं, उनके पीछे झुंड के झुंड बड़ी उत्सुकता और 'धक्के' से सब देख रहे हैं। स्त्रियाँ रो रही हैं।

भीड़ का दूसरा हिस्सा वहाँ से बीस-पच्चीस फुट हटकर बैंच के चारों ओर आ इकट्ठा हुआ है। यहाँ पुलिस के कुछ अधिकारी, सिपाही, रेलवे के कर्मचारी जमा हैं, पीछे एक-दूसरे के ऊपर चढ़े चले आते दर्शक हैं। कोई बैठा बीच में कुछ लिख रहा है। लिखनेवाला दरोगा है, बतानेवाला उसका सहायक है। कभी-कभी कोई और भी बोल देता है, "हाँ, तो जेब में और क्या निकला...? आप चुप रहिए साहब...।"

काफी रो-धो लेने के बाद बाबूजी और भाईसाहब भी यहीं बैठे हैं—बिखरे बाल, सुर्ख आँखें, सूना चेहरा। कभी एकटक एक तरफ देखते रहते हैं और फिर कभी कुछ याद करके नए सिरे से सिसकने लगते हैं।

एक पुलिस अधिकारी रूखे स्वर से कह रहा है, "देखिए साहब, जब तक पूरी बात की तफतीश नहीं होगी, हम लाश कैसे दे दें ? स्यूसाइड है, एक्सिडेंट है या किसी ने धक्का दिया है ! बात तो साफ है। अभी तो डाक्टरी रिपोर्ट बनेगी, पोस्टमार्टम होगा..."

"साहब, मैं अर्ज कर रहा हूँ कि स्यूसाइड की तो कोई वज़ह ही नहीं है...अभी साल-डेढ़ साल पहले शादी हुई है, इस साल थर्ड ईयर में एडमिशन लिया है, सुबह प्रेस में काम करने आता था...सब बातें ठीक हैं, गड़बड़ी की कोई ऐसी बात नहीं है। एक्सिडेंट के सिवा और क्या हो सकता है ? अँधेरे में दूसरी गाड़ी का अंदाजा नहीं लगा होगा..." बाबूजी के पास खड़े उनके दोस्त सफाई दे रहे हैं...।

"और झाड़ू लगानेवाला जमादार कहता है कि उसने खुद देखा, इसने अपने-आपको रेल के आगे डाल दिया। आस-पास कोई था भी नहीं। किसकी बात ठीक मानें ?" अब देखिए यही सिपाही भाईसाहब के कंधे पर हाथ रखकर सरगोशी के अंदाज में

उन्हें प्लेटफार्म के ज़रा एकांत हिस्से में ले आया है। दोनों रहस्यमय मुद्राओं में कुछ बातें कर रहे हैं। दो-चार शब्द ही 'जोर-जोर' से बोले गए हैं, 'फँस जाओगे, क्यों मामले को खींच रहे हो ? मामला कुछ नहीं है, बस... ।'

खैर, छोड़िए इस मामले को, और ज़रा इधर आइए...अरे यह कौन भागा जा रहा है ? अमर है यह तो—मेरा छोटा भाई ! कोई नई सूचना देने जा रहा है शायद...कुछ अनिश्चित और गोल-माल खबरें तो पहले ही पहुँच गई हैं, तभी तो परिवार के इतने लोग यहाँ इकट्ठे हो गए हैं। अमर घर की ओर भाग रहा है। कनपटियों से पसीना चू रहा है, सारा शरीर लथ-पथ है, नंगे पाँव, रोते हुए...कोई पूछता है, क्या हुआ ? ...लेकिन वह कुछ नहीं बताता...घर में घुसते ही जैसे-तैसे पौली पार करके अमर चीखकर औंधे मुँह बेदम-सा गिर जाता है, "भइया...रेल से कट गए...भइया ही हैं... ।" मन्नो की मौत का अफसोस मनाने धरती पर इकट्ठी रोती-बतियाती स्त्रियों में से कोई दौड़कर उसके ऊपर झुक गई है, "क्या हुआ, क्या हुआ ? एकदम ठीक से पहचान लिया था...?"

फटे गले से वह पूरी ताकत लगाकर चिल्लाता है, "भइया ही हैं—कई टुकड़े हो गए हैं...बाबूजी, भाईसाहब और मोहल्ले के सारे लोग वहीं हैं।"

अनिश्चय और असमंजस का वातावरण एकदम खत्म हो गया है, रुलाइयाँ गले में जम गई हैं, स्त्रियों की आँखें मानो इस नए अप्रत्याशित आघात से फटी रह गई हैं, हाय-हाय-राम..च्च..च्च...

ध्यान से देखिए, पत्थर की तरह जड़ बैठी पीछेवाली जो स्त्री अचेत होकर एकदम उठंगकर लुढ़क गई है—वही प्रभा है। सफेद निचोड़े कपड़े-सा चेहरा...

और सारा घर जैसे एकदम फट पड़ा हो। सारी औरतें दहाड़ मार-मारकर रो उठी हैं—एक दूसरी से जोर से। ये आवाज़ें तो आपको भी सुनाई दे रही होंगी।

मोहल्ले की कुछ होशवाली स्त्रियाँ प्रभा को उठाकर कोठरी में ले गई हैं—जहाँ बैठी अम्मा अपनी छाती में दोनों हाथों से जोर-जोर से घूँसे मार रही हैं, चौखट से सिर फोड़ रही हैं—बिखरे बाल, कपड़े अस्त-व्यस्त...भाभी उन्हें सँभाल रही हैं—गले से आवाज़ नहीं निकल रही—सारा माहौल जैसे अजीब सन्निपात में अपने-आप चल रहा हो... !

और फिर झटके से आस-पास के पकड़े हाथों से छूटकर अम्मा जैसे प्रचंड शक्ति से उस कोठरी की ओर दौड़ती हैं जहाँ प्रभा बैठी है...

प्रभा को घेरे हुए सारी स्त्रियों को झटक-गिराकर उन्होंने बेहोश पड़ी प्रभा के बालों को दाँत भींचकर पागलों की तरह जकड़ लिया है और खींचकर चारपाई के नीचे डाल दिया है। वे साक्षात् चंडी बनी बालों से उसके सिर को पकड़े उठा-उठाकर धरती पर मार रही हैं, "कम्बख्त...डायन...चुड़ैल...राक्षसी खा गई। मेरे लाल को एक साल में ही खा गई...मैं तेरा खून पी लूँगी, तुझे भी जिंदा नहीं छोड़ूँगी, मार डालूँगी, जिंदा गाड़ दूँगी, राँड ! तूने हमारे चमन-से घर को बर्बाद कर दिया ! सब निगल गई !"

सात-आठ औरतों ने बड़ी मुश्किल से उन्हें रोका है, कुछ प्रभा के खून से लथ-पथ बेदम लोथ जैसे शरीर को सँभाल रही हैं। शायद बड़ी कठिनाई से अपनी बेजान पलकें उठाकर, मरे स्वर में कुछ कहने की कोशिश की है प्रभा ने, ''ऐसे में मुझसे खुद ही नहीं जिया जाएगा अम्माजी...इससे अच्छा तो एक बार ही...'' शायद वह फिर बेहोश हो गई है...

''हाय, मेरे कलेजे का टुकड़ा...'' रोती हुई अम्मा फिर उन्मत्तों की तरह उधर ही झपटती हैं, ''हाँ...हाँ...तू सती नहीं होगी तो मैं झोंक दूँगी चूल्हे में, डायन...''

और देखिए, बाहर रोती-बिसूरती भाभी औरतों को बता रही है, ''सती होने को कह रही है... ।''

सारी औरतें बड़ी तत्पर बेचैनी से समाचार एक-दूसरे तक पहुँचा रही हैं, ''अरे, उसने तो सती होने की ठान ली है...रो नहीं रही, बिल्कुल शांत बैठी है...''

और अब सारी घटना दूसरा मोड़ लेने लगी है। पड़ोस-से-पड़ोस, मोहल्ले-से मोहल्ले, घर-घर में यह समाचार छतें, सड़कें, गलियाँ, दीवारें फाँदता-लाँघता बिजली के करंट की तरह दौड़ रहा है :

'...मोहल्ले में एक औरत सती होगी।'

'ठाकुर जवाहर सिंह की बहू सती होगी...'

'समर नाम का लड़का था न, उसकी बहू सती होगी...'

'एक हिंदू स्त्री सती होगी...'

जो सुनता है, जानने के लिए दौड़ रहा है; देखने, एक झलक पाने के लिए दौड़ रहा है—कहीं हमारे पहुँचने से पहले ही वह सती न हो जाए। जिसने सुना है, वही भागा चला जा रहा है। लोगों की लाइनें, भीड़ के काफिले, ठठ-के-ठठ...जो भी सुनता है, एक बार समाचार-वाहक को ऊपर से नीचे तक अविश्वास से देखता है और फिर झटके से चल पड़ता है, ''चलो-चलो कहाँ है ?''

समाचार को फैले मुश्किल से दो-ढाई घंटे हुए हैं लेकिन मेरे घर के आस-पास की भीड़ को देखिए। जैसे समुद्र उमड़ पड़ा हो, बाढ़ आ गई हो। दोपहर की चटकती धूप और आग उगलते सूरज से, आँखों पर हाथों की आड़ करके बचाते हुए मेरे घर की ओर देखते आदमी-ही-आदमी खड़े हैं—बच्चे-बूढ़े, जवान, स्त्री-पुरुष...भीड़ घर में घुस गई है, लोग पड़ोस के घरों पर चढ़ गए हैं। छज्जों, दीवारों, मुँडेरों, मोखों, जंगलों से चिपके चेहरे झाँक रहे हैं। शायद कुछ दिखाई दे जाए...इस बीच मेरी लाश स्टेशन से घर ले आई गई है...

जो दूर पड़ रहे हैं, वे धक्के खाते हुए भीड़ की लहरों में बेबस-से इधर से उधर झूल रहे हैं। सब आपस में एक-दूसरे से पूछते हैं, ''क्या भाईसाहब, इसी घर में है ?''

लाचारी से जवाब मिलता है, ''हमें तो पता नहीं भाई, लगता तो यही है ।''

सब विनम्र और सहनशील हो गए हैं। सबके चेहरों पर श्रद्धा-सद्ानुभूति और

व्यस्तता के भाव हैं, आँखों में मुग्ध एकाग्रता का आतंक है, छाती में जिज्ञासा, तमाशबीनी और उत्सुकता है—भीतर डूबते 'कुछ गलत हो रहा है' के भाव के साथ ...लगता है, जैसे सारा शहर यहीं उलट पड़ेगा...।

कभी कोई हिम्मती दिलेर मेरे घर के दरवाजे की दिशा से भीड़ चीरता बाहर निकलने की कोशिश करता है, "हटो भई, हटो, रास्ता छोड़ो, निकलने दो..."

सारे लोग उससे प्रार्थना और अनुनय के स्वर में पूछते हैं, "तुमने देखा ? आपने देखा भाईसाहब ?"

"हाँ...हाँ, एकदम चुप है। बिल्कुल नहीं रो रही...और मुँह ? अहा, क्या तपे सोने की तरह दमदमा रहा है ! आँखों में तेज है। सती है साब, साक्षात् सती है ! आज के जमाने में ऐसा सत हँसी-खेल नहीं है..."

और फिर वही धूल-धक्कड़, शोर-गुल। चारों तरफ कैसी काँय-काँय, भाँय-भाँय मची है ! भीड़ सागर की तरह हिलोरें ले रही है—गलियों, सड़कों, सभी से नदियाँ बही चली आ रही हैं...।

यहाँ जिस छत पर मैं इस समय खड़ा हूँ वहाँ से नजारा देखिए...अहा, क्या दृश्य है—जैसे चींटियों के दल-के-दल उमड़ आए हों, या काले रंग की बाढ़ आ गई हो...उसमें मेरा छोटा-सा मकान बिल्कुल एक छोटे टापू की तरह हिचकोले लेता लगता है। आकाश पर यहाँ से वहाँ तक धूल और धुंध छा गई है।

अच्छा लौटें, अब फिर प्रभा की तरफ चलें। कुछ मेरी मौत के धक्के से, कुछ अम्मा की मार से और कुछ सारे वातावरण के बढ़ते कोलाहलपूर्ण दबाव से वह एकदम बेहोश, बेजान हो गई है। लेकिन उसे कैसे सुंदर, जरी-गोटेवाले, लाल चमकदार कपड़े पहनाए गए हैं, हाथों में चूड़े और चूड़ियाँ हैं, माँग भरी गई है, सारे सौभाग्य-चिह्न सजाए गए हैं—सिक्कों और फूलों की वर्षा की जा रही है।

और उधर आँगन में बढ़िया अर्थी पर मेरी लाश रखी गई है ! कितना कीमती रेशमी कपड़ा और शॉल डाला गया है, शायद हज़ारों का होगा। ज़िंदगी में मैं और प्रभा ऐसे कपड़ों को छूने को भी तरसते रहे हैं। सचमुच हमारे यहाँ मरे हुए आदमी के भी कैसे मजे हैं। ढेर-के-ढेर फूलमालाएँ मेरे ऊपर डाली गई हैं, मेरे ऊपर नहीं, मेरी लाश पर...कैसे सम्मान से लोग हाथ जोड़कर सिर झुकाकर लाश को पूज रहे हैं ! जब इसमें आत्मा थी तो सब उसे ठुकराते थे, और अब तो आप जानते ही हैं, आत्मा यहाँ आपके पास खड़ी इस सारे तमाशे को देख रही है...।

लीजिए, अब लाश उठ रही है। मंत्रोच्चार के बीच झालर, घंटे, घड़ियाल, काँसे की थालियाँ, बेले, शंख एकसाथ बजने लगे हैं, गुलाल फेंकी जा रही है। और सबसे ऊपर आवाज़ें गूँज रही हैं—'सती माता की जय ! राम-नाम सत्त है, सत्त बोलो गत्त है...'

जैसे-तैसे नियंत्रित की हुई भीड़ जैसे अब एकदम बेहाथ, अनियंत्रित हो गई है—बिखर उठी है। सब 'सती माता' के दर्शनों या चरण-स्पर्श के लिए एक-दूसरे पर

चढ़े पड़ रहे हैं।

लेकिन प्रभा ? प्रभा बेहोश है...मानो नशे में बेहोश है। दस-बारह व्यक्ति भीड़ के थपेड़ों से उसे बचाए दृढ़ता से घेरा डाले हुए हैं, बाँहों से पकड़कर उसे उठाए हुए हैं...।

और लो, मेरी अर्थी का विमान किसी राजा की सवारी की तरह, शान से गली के बाहर की ओर चल पड़ा है। अथाह भीड़ के उठते हुए कोलाहल, जय-जयकारों में मेरे घरवालों के रोने के स्वर डूब गए हैं। वही, 'राम-नाम सत्त है, सत्त बोलो गत्त है'। पूरी ताकत से गला फाड़कर उठा हुआ एक स्वर सबके ऊपर छा गया है--'सती महारानी की जय, हिंदू धर्म की जय...'

बड़े-बड़े धर्म-धुरंधर लोग अर्थी को उठाए हुए हैं। इधर-उधर, आस-पास शंख-घड़ियाल, झालर-घंटों की आवाज़ों के साथ चँवर झुलानेवाले चल रहे हैं। ये इतने सारे ताम-झाम कहाँ से निकल आए हैं ? पीछे से कुछ लोग फूलों-खीलों की मुट्ठियाँ फेंक रहे हैं। शायद कुछ सिक्के भी हैं। दर्शन करनेवालों, चरण छूनेवालों के क्रूर और दबाव-भरे स्पर्शों से बचाए रखने के लिए प्रभा को अर्थी के नीचे ले लिया गया है। छह-सात पुरुष और आठ-दस सुहागिनें उसे घेरे हैं। उसके बाद अर्थी को भीड़ के धक्कों से बचाए रखनेवाला पुरुषों का सुदृढ़ घेरा है। भीड़ के थपेड़े उन्हीं से टकराकर पीछे लौट जाते हैं...।

और अब अर्थी मुख्य सड़क पर आ गई है। आप ही देखिए, अर्थी के नीचे जो प्रभा चल रही है, दरअसल, वह चल नहीं रही है। बेचारी में खड़े हो सकने की भी शक्ति नहीं है। उसके संरक्षकों के बलिष्ठ हाथ, उसे कंधों-बाँहों से पकड़कर उठाए हुए हैं, एक प्रकार से उसे लटकाए हुए हैं। जो कपड़े उसने पहने हैं, या उसे पहनाए गए हैं वह इतने भारी, बड़े और ज्यादा हैं कि उनमें से उसके हाथ-पाँव-मुँह कुछ भी नहीं दिखाई दे रहे ! लेकिन कपड़ों की रुकावट तो औरों के लिए है । मैं तो साफ देख रहा हूँ कि बाँहों और बगलों से लगातार इस तरह लटकाए हुए चलने की तकलीफ से वह कराह रही है। शायद उसकी समझ में ही नहीं आ रहा कि यह सब क्या हो रहा है—उसका मस्तिष्क एकदम शून्य हो गया है। मुँह एकदम रक्तहीन है, दिल की गहराइयों को चीरकर उठती कराह होंठों पर ऐंठकर रह जाती है। कभी-कभी अपने-आपको छुड़ाने के लिए कसमसाती भी है लेकिन धार्मिक हाथों की जकड़ उसे हिलने नहीं देती...अरे, यह क्या ? उसके होंठों से निकलते अस्फुट स्वर में मैं सुन रहा हूँ, "मुझे छोड़ दो जालिमों, मुझे छोड़ दो...मुझे जिंदा रहने दो..." लेकिन उसकी ये आवाज़ें पर्दों में खो जाती हैं, सुहाग के कपड़ों में घुट-घुटकर ही रह जाती हैं। कपड़ों की दीवारों पर है धर्मांधों की शक्तिशाली सामूहिक पकड़। जब-जब प्रभा की ओर से ऐसा कोई प्रयत्न देखते हैं तो पकड़ मजबूत कर देते हैं, सारे दम से गला फाड़कर जय-जयकार करने लगते हैं। उनके साथ गूँजते हैं हज़ारों कंठ, देश और काल को पार करते हुए आक्रामक लाखों-करोड़ों जय-जयकार...इस सबके बीच प्रभा, एक

औरत अकेली है और मजबूर है...।

छतों, मोखों, खिड़कियों, बारजों और जंगलों पर हज़ारों चेहरे आ चिपके हैं, कभी कोई मुट्ठी भरकर फूल फेंक देता है तो कभी रुपया-पैसा, कपड़ा...जो नीचे तक पहुँचते-पहुँचते पता नहीं कहाँ बिला जाता है। आसमान फटा पड़ रहा है—भीड़ है कि आफत, कहीं सुई घुसाने की जगह नहीं है। लोग भिंच रहे हैं, लोग गिर रहे हैं, कुचल रहे हैं, लेकिन एक बहाव, एक रेला है जो सिर्फ़ अंधे, उन्मत्त हाथियों की तरह चला जा रहा है—गली, सड़क या इतिहासों की दरारों से रेंगता हुआ...।

अर्थी के बिल्कुल सामने पचास-साठ व्यक्ति डंडा खेलते, नाचते हुए चलते हैं ...क्रमबद्ध ताल के साथ झूम-झूमकर फिरकियाँ लेते हुए...यह रासलीला है, हरेक के माथे पर चंदन-गुलाल और गले में मालाएँ हैं...।

आतंक, आश्चर्य, श्रद्धा, ईर्ष्या, दया-सहानुभूति, गर्व और विह्वलता की समवेत भावनाओं के फेन जैसे लहरों पर मचलते हुए करवटें ले रहे हैं। अर्थी से उठती हुई तेज इत्र की लपटें, अगरु और अन्य परम-पवित्र सामग्री का धूम्र सारे वातावरण को एक दिव्य मदहोशी दे रहा है...।

और चौड़े फीते की तरह सागर आगे की ओर सरकता है...

अरे, यह क्या ? कुछ गड़बड़ जैसी लगती है। एक उन्मत्त व्यक्ति जैसे-तैसे भीड़ के इन थपेड़ों-भरे लंबे-चौड़े समुद्र को पार करके अर्थी को घेरकर चलनेवाली दीवारों तक आ गया है। जिस-जिसको अपनी कुहनियों ओर हुंकारों से झपटकर वह एक तरफ गिरा या सरका देता है, वही सहमी और पीस डालनेवाली निगाहों से उसे घूरता है। कौन है यह जंगली ? 'कौन है यह ? है कौन ?'...लेकिन मजबूती से एक-दूसरे के हाथ पकड़े, घेरा डाले स्वयंसेवकों की इस दीवार ने उसे रोक दिया है। क्रोध से धक्का देकर इस दानवी दीवार को चीरकर वह अर्थी तक पहुँच जाना चाहता है, लेकिन वहाँ फुँफकारती आँखों और खूँखार हाथों ने उसे रोक दिया है। आखिर साँसों, बिखरे बाल, फटे कपड़ोंवाला वह व्यक्ति सिर उठाकर खूनी आँखों और लाचार निगाहों से अर्थी को घूरता है। तब तक ठीक उसी वेश और हुलिया में एक और व्यक्ति वहाँ तक आ पहुँचा है। "रास्ता छोड़ो; हमें जाने दो..." दोनों गरजकर दहाड़ते हैं। शरीर पर जगह-जगह खून और खरोंचों के निशान हैं। साफ है कि काफी जद्दोजहद, संघर्ष और धक्का-मुक्की के बाद ही ये यहाँ आ पाए हैं...

"कौन है? क्या टंटा है ?" एकसाथ सैकड़ों कंठ क्रोध से गुर्राते हुए इन दो असभ्य पागलों को रोकते हैं।

"एँ...ये तो शिरीष और दिवाकर हैं। अच्छा, तो तुम दोनों हो।"

दोनों सारा जोर लगाकर कहते हैं, "उसे मत जलाओ। हम उसे ले जाएँगे। उसे मत मारो..."

एकसाथ जैसे ज्वालामुखी भड़क उठता है, "मारो, सालों को ! कौन हैं ? कहाँ से आए हैं ? मारो नास्तिकों को..कम्यूनिस्ट हैं साले...मारो-मारो......"

लात-घूँसों और भीड़ में पता ही नहीं चलता कि वे दोनों कहाँ डुबा दिए गए। जय-जयकारों के घोष और भी ऊँचे हो गए हैं...

अर्थी अपनी मंथर गति से चल रही है।

और अब आइए, यह अंतिम दृश्य है...

काफी खुले मैदान में चंदन की चिता बनाई गई है। इतना चंदन...? नहीं भाई, इसमें आश्चर्य की कोई बात नहीं है। हमारे यहाँ वैसे चाहे कोई चीज़ हो न हो, धार्मिक उत्सवों के लिए सब निकल आता है। धर्मप्राण देश है न...ढेरों कपूर और मनों चंदन से यह चिता बनी है...

वह सारी भीड़ जो अब तक कम-से-कम आकार में चौगुनी हो चुकी है, बड़ा-सा घेरा छोड़कर चारों ओर खड़ी है—स्तब्ध, मंत्रबिद्ध। चारों तरफ धड़कते कलेजों में अगला दृश्य देखने की उत्सुकता से बँधी। चिता पर मेरी लाश लिटा दी गई और बगल में बैठी है प्रभा...देखिए, एकाध बार जो छूटकर भागने का उसका प्रयत्न बिल्कुल स्पष्ट दिखाई दे रहा है, लेकिन वह बेचारी कमज़ोर और अकेली है और उसे पकड़कर रोकनेवाले हाथों की संख्या अनगिनत है। जल्दी-जल्दी लकड़ियाँ उसके चारों ओर चुनी जा रही हैं—जैसे अनारकली के लिए दीवार चुनी जा रही हो...

सुनाई दे रही हैं न, देवभाषा के पुण्य श्लोकों की प्रतिध्वनियाँ, विवाहगीतों के समवेत स्वर...शंख और ढोल ढमाके...?

और वह भयानक क्षण निकट आता जा रहा है, लोगों के दिल उमड़कर आँखों में आ जमे हैं...

अरे, ये क्या...भीड़ के अभेद्य मंडल के चारों ओर वे दोनों पागल, बदहवास, बौखलाए से इधर से उधर भाग रहे हैं। लेकिन उनकी चीख-पुकार कोई नहीं सुनता ...जैसे-जैसे निर्णायक क्षण निकट आ रहा है, उनकी हताशा और घबराहट बढ़ रही है...अब वे दर्शकों की धक्का-मुक्की में इधर-उधर भटकते और खुद दर्शक बने हुए किसी बहुत बड़े पुलिस अधिकारी से गिड़गिड़ाकर प्रार्थना कर रहे हैं, "बचाइए साहब, उसे बचाइए,...वे लोग एक लड़की को जिंदा जलाए दे रहे हैं और आप कुछ भी नहीं कर रहे हैं...हम आपके हाथ जोड़ते हैं, उसे बचाइए, प्लीज़..."

झल्लाकर अधिकारी जवाब देता है, "हम क्या कर सकते हैं जी ? वह औरत खुद अपनी रजामंदी से जल रही है। हम कुछ नहीं कर सकते..." वह लाचारी से हाथ झटक देता है।

"लेकिन वह होश में नहीं है। उसे बिल्कुल कुछ भी नहीं पता है, क्या हो रहा है ! वह पागल हो गई है। नहीं साहब, अपनी रजामंदी से वह नहीं जल रही, छूटकर भागने की कोशिश करते हमने उसे खुद देखा है, चाहें तो आप रोक सकते हैं..."

"रोक सकते हैं !" बुरा-सा मुँह बनाकर अधिकारी घृणा से मुँह बिचका देता है।

"और बलवा हो गया तो कौन जिम्मेदार होगा ? नहीं जी, हम कुछ नहीं कर सकते ? आप भीड़ का मूड नहीं देख रहे ? दंगा हो जाने का पूरा-पूरा ख़तरा है। आप तो कहकर ज़रा से में अलग हट जाएँगे...भीड़ हमारा भुर्ता बना डालेगी। बच गए तो बर्ख़ास्त होंगे नौकरी से..."

और बहुत व्यस्तता का बहाना करके वह भीड़ में घुस जाता है। वे दोनों जैसे हक्के-बक्के खड़े हैं...

प्रभा एक बार फिर जैसे सारा जोर लगाकर छूट भागने के लिए तड़पती है... लेकिन तभी अचानक चारों ओर से पत्थर जैसे भारी-भारी नारियलों और लकड़ी के टुकड़ों की बौछारें होने लगती हैं और फिर सहसा भक से कोई दियासलाई दिखा देता है—या शायद कलछी में पूजा के घी-कपूर को चिता पर फेंक दिया जाता है। शायद अमर है। और धक-धक करता कपूर चारों ओर से जलने लगता है। चारों तरफ जैसे एकदम लपलपाती लपटों का पर्दा तान दिया गया है...

आग की गर्मी और झुलस से बचते हुए चिता के कर्ता-धर्ता पीछे हट गए हैं, और इतनी देर से इसी प्रतीक्षा में रुकी हुई भीड़ मानो बाँध तोड़कर चिता की ओर दौड़ पड़ती है। इस पुण्य-कर्म में अपना कुछ-न-कुछ योगदान रखने, हज़ारों लोग जो कपड़े, लकड़ी, चंदन, फूल लाए थे—अब एकदम अंधाधुंध चिता पर फेंक रहे हैं, जैसे ऊपर से बारिश हो रही हो...धीरे-धीरे ढेर ऊँचा होता जा रहा है। धुएँ की जीभें, लपलपाती लपटों की नागिनों-सी इधर-उधर से निकलकर बल खाती ऊपर छलाँगें मारने लगती हैं...

'सती माता की जय' के कान-फोड़ नारे धरती-आकाश को एक किए हुए हैं।

और अब हज़ारों चर्चाएँ, किंवदंतियाँ, विवरण इधर-से-उधर फैल रहे हैं :

'उसने हाथ मले और अपने-आप आग जलने लगी...'

'अग्निदेवता को हाथ जोड़े खड़े हुए मैंने खुद अपनी आँखों से देखा...'

'आग उसके तेज से अपने-आप जलने लगी—अहा, माता ऐसे बैठी थी जैसे फूलों की सेज पर बैठी हो...'

'अग्निपरीक्षा देती साक्षात् सीताजी थीं...'

'हिंदू धर्म का प्रताप है...'

भीतर-ही-भीतर लोगों के दिल बैठे जा रहे हैं, लेकिन होंठों पर श्रद्धा की धधकती सीलें लगी हैं...वे झुक-झुककर प्रणाम-भाव से चिता की धूल उठा-उठाकर माथे से लगा रहे हैं—घर के लिए ले जा रहे हैं...सामने चिता से धुएँ के गुब्बारे, जो अब काफी बड़े-बड़े और घने हो गए हैं, आसमान की ओर छलाँगें और कुलाँचें भरते चले जा रहे हैं...चारों ओर ऊँची-ऊँची हवेलियों की खिड़कियों से माथे सटाए स्त्रियाँ सामनेवाले दृश्य को उदास और भयभीत निगाहों से ताक रही हैं...

सूरज कहीं डूब गया है...और लीजिए, प्रभा मेरे पास आ खड़ी हुई है...

●●●